EMMA SCOTT

The Peace That Is You

Die Romane von Emma Scott bei LYX:

Das Dreamcatcher-Duett:
1. A Whisper Around Your Name
2. The Peace That Is You

Die Lost-Boys-Trilogie:
1. The Girl in the Love Song
2. When You Come Back to Me
3. The Last Piece of His Heart

Die Only-Love-Trilogie:
1. Be My Tomorrow
2. Forever Right Now
3. Someday, Someday

Das Beautiful-Hearts-Duett:
1. Bring Down the Stars
2. Light Up the Sky

Das All-In-Duett:
1. All In – Tausend Augenblicke
2. All In – Zwei Versprechen

Standalones:
The Light in Us
You Are My Light *(E-Book-Novella zu »The Light in Us«)*
Never Doubt
Between Your Words

Weitere Romane der Autorin sind bei LYX in Vorbereitung.

EMMA SCOTT

THE PEACE THAT IS YOU

Roman

Ins Deutsche übertragen von Inka Marter

LYX

LYX in der Bastei Lübbe AG

Die Bastei Lübbe AG verfolgt eine nachhaltige Buchproduktion.
Wir verwenden Papiere aus nachhaltiger Forstwirtschaft und verzichten darauf,
Bücher einzeln in Folie zu verpacken. Wir stellen unsere Bücher in Deutschland
und Europa (EU) her und arbeiten mit den Druckereien
kontinuierlich an einer positiven Ökobilanz.

FSC www.fsc.org MIX Papier | Fördert gute Waldnutzung FSC® C014496

Die Originalausgabe erschien 2017 unter dem Titel
»Sugar and Gold«

Textredaktion: Uta Dahnke
Umschlaggestaltung: © Jeannine Schmelzer unter Verwendung von
Motiven von © Greens and Blues / Shutterstock, mythja / Shutterstock,
Nechitayka / Shutterstock, grafius / Shutterstock,
maxim ibragimov/Shutterstock
Satz: Greiner & Reichel, Köln
Gesetzt aus der Adobe Caslon
Druck und Verarbeitung: GGP Media GmbH, Pößneck

Printed in Germany
ISBN 978-3-7363-2020-8

1 3 5 7 6 4 2

Weitere Informationen unter:
lyx-verlag.de
luebbe.de | lesejury.de

PLAYLIST

Fiona Apple: *Criminal*
Dimitri Vegas: *Hey Baby*
Sam Smith: *Stay with Me*
Cage the Elephant: *Trouble*
K.Flay: *Blood in the Cut*
The Revivalists: *Keep Going*
Coldplay: *Yellow*
LP: *Lost on You*
The Revivalists: *Wish I Knew You*

Liebe Leser:innen,
dieses Buch enthält potenziell triggernde Inhalte.
Deshalb findet ihr auf Seite 463
eine Triggerwarnung.

Für Robin in Dankbarkeit,
die größer ist als ein einfaches Danke

PROLOG

Der Mann fuhr aus dem Schlaf hoch. Die Nacht war still und undurchdringlich, das Hausboot unter ihm schaukelte. Er versuchte, den Traum festzuhalten, der am Rand seines Bewusstseins tanzte. Bilder zogen vor seinen Augen vorüber wie Geister. Ein dunkler Highway. Eine Gestalt kniete am Straßenrand. Und Regen. So viel Regen. Aber der Rest des Traums zerrann ihm wie Sand zwischen den Fingern, und er konnte nur ein paar wenige Dinge klar erkennen.

Highway 23

Margo Pettigrew

Eine Dankbarkeit, die größer war als ein einfaches Danke …

Wie bei den anderen Träumen dieser Art wusste er nicht, was all das bedeutete, nur dass er es am Ende erfahren würde.

Er wandte sich seiner Frau zu, die neben ihm schlief, und küsste sie. Sie bewegte sich, und ihre Hände legten sich schützend auf ihren gerundeten Bauch.

»Ich muss weg«, flüsterte er.

Sie blinzelte im Halbdunkel, strich sich das dunkle Haar aus dem Gesicht. Eine Narbe teilte ihre linke Wange von oben bis unten. »Weg …?« Ihr schläfriger Blick fiel auf den Digitalwecker, der 3:21 anzeigte. »*Jetzt?*«

Der Mann nickte. »Jetzt.«

»Warum?« Sie setzte sich auf. »Wo musst du hin?«

»Ein Traum«, sagte er schlicht. »Ich weiß noch nicht, wohin.« Er legte den Kopf schief, als würde er einer Stimme lauschen, die nur er hörte. »Nach Osten. Ich muss nach Osten. Und ich muss den Pick-up nehmen.«

Er stand auf und schaltete die Lampe an, die den kleinen Raum in gelbes Licht tauchte. Er zog Jeans und ein T-Shirt an. Das Hausboot schaukelte leicht, als er zu der kleinen Kommode ging, ein paar Sachen zum Wechseln herausnahm und aufs Bett warf.

»Moment mal«, sagte sie. »Du … du kannst mich nicht allein lassen. Du kannst *uns* nicht allein lassen.« Sie schlang die Arme um ihre Körpermitte. »Was ist, wenn dir etwas passiert?«

Der Mann hielt inne und drehte sich zu ihr um. »Es wird nicht gefährlich, versprochen. Aber ich muss gehen. Ich muss jemandem helfen.«

»Wem?«

»Das weiß ich noch nicht«, sagte er. »Ich erkenne ihn, wenn ich ihn sehe.«

»Warum braucht er deine Hilfe?«

Ihr Mann zuckte die Achseln, ein leichtes Lächeln auf den Lippen. »Liebe«, sagte er. »Es hat was mit Liebe zu tun.«

Sie lehnte sich an die Kissen, die dunklen Augen besorgt. Der Mann nahm ihr Gesicht in die Hände und drückte seine Stirn an ihre.

»Weißt du noch, was ich das letzte Mal gesagt habe?«, fragte er. »Es stimmt noch. Ich schwöre es, Baby. Es ist immer noch wahr.«

»Du kommst immer zu mir zurück«, flüsterte sie, schloss die Augen und legte ihre Hände auf seine.

»Immer«, sagte er. »Ich schwöre es.«

Sie sah zu, wie er fertig packte.

»Wie lange?«, fragte sie.

Er hielt inne, lauschte. »Sechs Tage«, sagte er schließlich.

»Du musst die nächsten sechs Tage nicht auf die Feuerwache«, sagte sie. »War das geplant?«

Er lächelte zerknirscht. »Ist es das je?«

Sie antwortete mit einem trockenen Lächeln, das schnell verblasste. »Ich dachte, du hättest diese Träume nicht mehr. Ich dachte, es wäre vorbei.«

»Das dachte ich auch«, sagte er. »Aber es ist wichtig. Ich muss da hin. Ich fühle …«

»Was fühlst du?«

»Wenn ich nicht hinfahre, wird er sie verpassen. Sie haben sich in der Dunkelheit verlaufen.«

»Wer?«, fragte sie, dann winkte sie ab. »Vergiss es. Du weißt es erst, wenn du es weißt.«

»Genau.«

Er hängte sich die gepackte Reisetasche über die Schulter und ging mit ihr zum Eingang des Hausboots. Dort umarmte er sie, legte die Hand auf ihren Bauch und ihren Sohn, der seit über fünf Monaten darin wuchs.

»Ich bin bald zurück«, flüsterte er am dunklen Haar seiner Frau. »Ich liebe dich.«

»Ich liebe dich auch.« Sie löste sich von ihm und sah ihn eindringlich an. Ihre Narbe hob sich deutlich ab auf ihrer Haut. »Versprich es mir. Sag es noch einmal.«

Er küsste sie und strich mit dem Finger über die glänzende Linie auf ihrer Wange. »Ich komme immer zu dir zurück.«

Dann trat er aufs Deck, und die Dunkelheit verschluckte ihn ohne ein Geräusch.

1. TEIL

Der Teufel in mir

Gesicht, das; -[e]s, -e: Sehvermögen, Vorstellung, Vision; das Zweite Gesicht haben, ein Gesicht sehen/haben

1. KAPITEL
Nikolai

»Wann hat es angefangen, Nik?«

»Das weiß ich nicht mehr. Es war schon immer da.«

»Spürst du, was ich jetzt fühle?«

»Ja. Es sieht aus wie bräunlich oranger Staub und riecht nach … nassen Blättern.«

»Was?«

»Was Sie fühlen. Ich kann es sehen. Sie glauben mir nicht, aber Sie sind aufgeregt, weil Sie so was noch nicht kennen. Es ist neu.«

»Und du nennst es dein Gesicht*?«*

»Ich weiß nicht, was es ist. Ich habe das Wort in einem Wörterbuch gefunden. Ein anderes weiß ich nicht.«

Er schreibt sich etwas auf. »Konntest du das schon immer? Gefühle ›sehen‹?«

»Ja, es ist netschistaja sila. Stimmt's, Mama?«

Er sieht meine Mutter an, dann wieder mich. »Was bedeutet das?«

»Ich hab den Teufel in mir.«

»Glaubst du, was du kannst – das Gesicht *–, ist falsch?«*

»Ich mag es nicht. Ich will es nicht haben. Können Sie machen, dass es weggeht?«

»Ich glaube, diese Behandlung könnte genau das leisten. Du hast nicht den Teufel in dir, Nikolai. Dein Gehirn spielt dir einen

Streich, und du denkst nur, du kannst wahrnehmen, was andere fühlen.«

»Aber ich kann den Staub sehen … Ich kann ihn schmecken …«

»Alles nur Halluzinationen.«

»Und Sie werden die aus mir rausschocken?«

»So etwas in der Richtung.« Sein Lächeln ist aschgrauer Rauch, und ich muss an Lügen denken. »Stell dir dein Gehirn als einen Computer vor, der eine kleine Störung hat. Ihn herunterzufahren hilft, die Störung zu beseitigen. Der Strom funktioniert wie eine Art Neustart.«

»Sie schalten mein Gehirn aus und wieder an?«

»Das sollte nur erklären, wie es funktioniert.«

»Ich weiß nicht …«

»Die Medikamente helfen nicht, oder?«

»Nein. Ich hasse die. Da bin ich wie betäubt.«

»Ich glaube, diese Behandlung passt besser zu deinem besonderen Leiden.«

»Dann bin ich krank? Das hat Dad gesagt, bevor er weggegangen ist. Krank im Kopf.«

Sein Lächeln wird angespannt, und er antwortet, als hätte er mich nicht gehört. »Was denkst du, Nikolai? Bis du bereit, es auszuprobieren?«

»Ich denk schon.«

»Sehr gut.« Er blickt zu meiner Mutter. »Wenn Sie dann die Einverständniserklärung für ihn unterschreiben würden …«

»Mama?«

Sie wendet sich ab. Vielleicht kann sie mich wieder angucken, wenn ich das mache.

Sie führen mich in ein anderes Zimmer, und ich muss mich hinlegen. Sie geben mir eine Spritze in den Arm und halten mir eine Maske vors Gesicht. Ich atme Gas ein und fühle mich leichter als Luft. Ich schwebe an die Decke, und auf einmal kann ich runter-

gucken. Ich schlafe. Sie kleben mir runde Dinger auf die Stirn, an denen Kabel befestigt sind. Dann stecken sie mir einen Stock in den Mund.

Der Arzt mit dem verlogenen Lächeln drückt auf einen Knopf, und nichts passiert. Nur ein Fuß, der unter der Decke rausguckt, zittert, als wäre ihm kalt, weil er nicht zugedeckt ist.

Eine Sekunde später werden meine Gedanken zerschnitten. Blitze durchschlagen mich, blenden, reißen, brennen. Ich sehe nur Chaos, und dann verrottet alles zu dem Grau toten Fleisches.

Ich schreie meinen schlafenden Körper an.

NEIN! STOPP! BITTE!

Schwestern und Ärzte, die ruhig dagesessen haben, flitzen jetzt herum. Das langsame Piepen meines Herzschlags ist jetzt so schnell wie der weiße Blitz, der durch mich hindurchschießt, bis alles ein einziger Lärm ist, ein einziger schrecklicher Schmerz …

WACH AUF!

Der Arzt stellt die Maschine ab. Der Blitz löst sich knisternd in nichts auf, und ich falle wieder in meinen Körper hinab.

Ich öffne die Augen und schnappe nach Luft, als hätte ich seit Jahren nicht geatmet. Mein Kopf dröhnt vor Schmerz. Stimmen umringen mich.

»Er war unter Vollnarkose …«

»Schwere Tachykardie …«

»Das kann nicht sein …«

Ich setze mich auf und höre noch mehr verwirrte Schreie. Ich reiße die Kabel ab und ziehe mir die klebrigen Dinger von der Stirn; dann reiße ich mir die Schläuche aus dem Arm.

»Nikolai, bitte beruhige dich …«

Ich werfe die dünne Decke zur Seite. Der Boden ist kalt unter meinen Füßen, als ich losrenne. Jemand versucht, mich festzuhalten, aber ich entwische. Der Schmerz hämmert, treibt mich wie eine Trommel an, durch die Tür. Ich renne mit dem Kopf voran in das *blendend weiße Tageslicht, das mich bremst wie eine Mauer. Ich halte mir den Arm vor die Augen, um sie zu schützen. Dann packt man mich grob an den Schultern und reißt mich zurück.*

Ich wehre mich, aber die anderen sind zu stark, und das Licht ist so hell … so hell …

»Bist du noch da, Nik?«

Ich blinzelte heftig und riss den Blick von der einzelnen Glühbirne über dem Tisch los. Es dauerte eine Sekunde, bis die Erinnerung schwand und die Realität erschien, als würde eine Szene in einer Fernsehserie zur nächsten überblenden. Der fünfzehnjährige Junge im Krankenhaushemd wurde wieder zum tätowierten Vierundzwanzigjährigen, der mit Muskeln bepackt war – weil mich verdammt noch mal nie wieder jemand einsperren würde.

»Unser neuer Kumpel Nik hat sich verabschiedet«, sagte Paulie.

Atlanta. Das Pokerspiel. Ich setzte mich gerade hin und lachte schnaubend. »Ich bin noch da und werd euch Vollpfosten ausnehmen.«

Die Beleidigung wurde von den anderen sechs Typen mit einem Lachen quittiert, das angespannt und freudlos klang. Sie mochten mich nicht. Alle hatten unterschiedlich hohe Stapel Chips vor sich, aber ich hatte am meisten.

Wir saßen im Keller von Paulies Pfandleihe in der Innenstadt von Atlanta, Georgia. Über uns im Erdgeschoss versetzten verzweifelte Menschen ihre Familienerbstücke oder Omas besten Schmuck für ein paar Kröten, um weiterzumachen. Um die Stromrechnung zu bezahlen oder an den nächsten Schuss zu kommen. Hier unten war es nicht viel anders.

Paulie veranstaltete dreimal die Woche ein Texas-Hold'em-Spiel, und ein paar der Spieler setzten die Miete oder das Haushaltsgeld. Blinds von fünfzehn und fünfundzwanzig Dollar bei einem Buy-in von zweihundertfünfzig Dollar.

Einsätze in dieser Höhe hätte ich überall finden können, bei jedem illegalen Pokerspiel in fast jeder Stadt. Und das hatte ich auch auf meiner endlosen Fahrt durch das Land. Aber ich wollte eine Großstadt. Die endlosen Tage auf der Straße forderten ihren Tribut. Ich brauchte Menschen.

Ich kann ihnen nur nicht so verdammt nahe kommen.

Atlanta war zu viel. Es war dumm gewesen zu glauben, ich könnte damit klarkommen. Es fühlte sich an, als befände sich die ganze Stadt über meinem verdammten Kopf, nicht nur die Pfandleihe. Der Ansturm all dieser Existenzen traf mich wie ein LSD-Trip, der nicht zu Ende ging. So viele Menschen mit so vielen Emotionen. Sie brüllten mir in Farbexplosionen ihr Leben entgegen, im Mund hatte ich den bitteren Geschmack ihrer schlechten Erinnerungen.

Schweiß lief mir den Hals hinunter, obwohl die Klimaanlage auf Hochtouren gegen die Sommerhitze von Georgia kämpfte, und ich hatte Kopfschmerzen, als würde mir ein Hammer von innen gegen den Schädel schlagen. Ich war am Meeresgrund, das vernichtende Gewicht des Wassers drückte mich zu Boden …

Ich hob die Ecken meiner zwei Karten mit dem Daumen an. Herzass und Herzvier. Der Flop bestand aus Herzzehn, Herzsieben und Karobube.

Ich ließ die Karten liegen und zeigte keine Regung. Ein Flush war keine schlechte Hand. Ich konnte gewinnen, und danach würde ich verschwinden. Atlanta war zu viel. Ich musste hier weg.

»Herz, Herz, Herz, Mann, was für eine Scheiße!«, sagte der große Typ – Oliver –, der links von mir saß.

Lügner.

Es war Olivers Tell. Dass er bei jedem Spiel kryptische Bemerkungen über die Karten machte, verwirrte die anderen Spieler. Manchmal bluffte er, manchmal nicht. Ich durchschaute ihn immer. Ich durchschaute sie alle. Selbst ohne das *Gesicht* konnte ich in ihnen lesen wie in einem Buch. Mit dem *Gesicht* war ich unschlagbar. In meinen vierundzwanzig Jahren Pseudo-Leben war das die einzige verdammte Sache, zu der ich gut war.

»Und, Nik?«, sagte Paulie und kaute an seiner Zigarre. »Was machst du beruflich?«

Ich betrüge beim Poker.

»Ich bin Vertreter«, sagte ich und bemühte mich, normal zu klingen. Ich war dran mit Bieten. Normalerweise würde ich nur mitgehen, um die anderen in Sicherheit zu wiegen, aber diesmal hielt ich den Big Blind und erhöhte um fünfzig Dollar.

Der Tisch atmete kollektiv ein, und der Rauch, der im Licht der Glühbirne waberte, verfärbte sich, nahm kranke, argwöhnische Schattierungen von Grünlichgrau an und das Pissgelb der Angst eines jungen Typen namens Eli schräg gegenüber von mir. Eigentlich konnte er sich den Buy-in von zweihundertfünfzig Dollar nicht leisten, aber er spielte trotzdem. Für ziemlich viele Typen hatte Poker eine stärkere Wirkung als Heroin.

»Motorradteile, oder?«, fragte Angus. Er war mein Zugang zu diesem Spiel gewesen. Ich hatte ihn bei einem Onlinespiel kennengelernt, mit ihm gechattet und eine Einladung gekriegt. Meine übliche Vorgehensweise.

»Ja, Motorradteile«, sagte ich und nahm einen Schluck aus meiner Bierflasche.

Angus hielt meinen Raise und warf die Chips in den Pot, statt sie für alle ersichtlich vor sich zu schieben.

»Mann, Angus, hör auf mit dieser Scheiße«, sagte Eli. Er arbeitete in der Pfandleihe und war meiner bescheidenen Meinung nach ein Idiot. Jeder, nicht nur ich, hätte begreifen müssen, dass Angus die Chips in den Pot warf, wenn er bluffte. Es war sein Tell.

»Kümmere dich um deinen eigenen Scheiß«, sagte Angus zu Eli und warf mir einen Seitenblick zu. »Ich muss mit Nik hier mithalten, der den ganzen Abend schon einen Lauf hat.«

»*Den ganzen Abend schon*«, zischte ein Typ namens Will.

Er saß mir genau gegenüber, harte Kanten, steinerne Blicke und Argwohn in einem schlaksigen Körper. Die Sorte Typ, der ein Messer zog, wenn man ihn überraschte – ein geborenes Arschloch, das keinen Spaß verstand, selbst wenn sein Leben davon abhinge.

Ich kannte solche Typen – er beobachtete alles, was passierte, mit Adleraugen und führte mit analfixierter Gewissenhaftigkeit Buch darüber, wer die Blinds hatte. Ich hatte ihn sofort gehasst.

Er taxierte mich zum hundertsten Mal an dem Abend, stierte auf die Tattoos auf meinen Armen und meinem Hals und auf die Silberkrallen-Piercings mit zweieinhalb Millimeter Durchmesser, die ich in den Ohren trug.

»*Hoax* und *Pawn*«, las er die Tattoos auf den Fingergliedern meiner beiden Hände. »Soll das irgendwas bedeuten?«

»Verrat ich nie vor dem dritten Date.«

Der Tisch wieherte in einer Wolke aus Rauch, Krach und Farben los. Will war sauer.

Paulie legte die Turn-Karte auf den Tisch und drehte sie um. Eine Herzsechs, ich hatte meinen Flush.

Oliver pfiff durch die Zähne und stieg aus. »Für irgendjemanden ist anscheinend heute Valentinstag, aber das bin nicht ich.«

Dem dumpfen Grau um mich herum nach zu urteilen, hatte außer mir keiner was Gutes auf der Hand. Eli, der zu dumm war, um zu wissen, wann er aufgeben sollte, versuchte einen Bluff, den nur ein Blinder mit Krückstock nicht durchschaut hätte. Drei andere hielten oder stiegen aus, und dann war ich dran mit Setzen.

»Du bist dran«, sagte Will, als würde ich das verfickt noch mal nicht wissen.

Will beobachtete mich aufmerksam. Obwohl er ein erstklassiges Arschloch war, spielte er gut; keine Tells. Wenn ich nicht das *Gesicht* hätte. Der dezente Geschmack seines Zweifels sagte mir, dass seine Hand nicht schlecht war, er sich aber fragte, ob ich eine bessere hatte. Ohne das *Gesicht* hätte ich konservativ gespielt und angenommen, dass er den besseren Flush hatte. Das *Gesicht* zeigte mir etwas anderes.

Ich hätte einfach All-in gehen und alle anderen zwingen sollen, auszusteigen, aber ich hatte wahnsinnige Kopfschmerzen, und es gefiel mir nicht, wie Will mich ansah; wie sein Argwohn sich wie Rauch um ihn verdichtete.

»Zwanzig«, sagte ich.

Will hielt meine zwanzig und erhöhte um fünfzig. Ich kämpfte gegen die Kopfschmerzen, diesen unerbittlichen Druck, der in meinem Kopf pochte.

»Du siehst nicht gut aus, Nik«, sagte Will und grinste. »Zweifel?«

»Nein.« Ich hielt seine fünfzig und trank noch einen Schluck. Es juckte mich unter der Nase, und ich rieb mit der Hand drüber, in der ich das Bier hielt. Die Tattoos auf dem Handrücken waren mit Rot verschmiert.

Fuck.

Paulie teilte die letzte Gemeinschaftskarte aus, die River Card. Kreuzfünf. Die hatte für keinen irgendeinen Wert, auch nicht für Will. Aber bei ihm machte der Stolz die Einsätze; er steckte zu tief drin, um jetzt noch aufzugeben. Die noch dabei waren, stiegen aus. Will setzte All-in.

»Idiot«, sagte Oliver. »Nik hat einen Flush. Warum schmeißt du dein Geld aus dem Fenster raus?«

»Er blufft«, sagte Will. »Er wird einknicken wie ein Liegestuhl.«

Ich nahm mir schnell eine Papierserviette und hielt sie mir unter die Nase, damit niemand das Blut sah. Es war nicht viel. Wenn ich schnell genug hier rauskam …

»Ich erhöhe«, sagte ich. Ich musste meine Chips nicht in die Mitte schieben. Sie gehörten jetzt alle mir.

»Arschloch«, sagte Will und schlug mit der flachen Hand auf den Tisch.

»Ich hab's dir ja gesagt.« Oliver schnaubte.

Ich drehte meine Herzkarten um und griff nach dem Pot. Dreihundert Dollar, womit der Gewinn dieses Abends bei über sechshundert Dollar lag. »Zahl mich aus«, sagte ich zu Paulie. »Ich hör auf.«

»Nichts da«, sagte Will. »Du kannst das nicht alles einsacken, ohne uns die Chance zu geben, es zurückzugewinnen.«

»Doch, kann ich«, sagte ich dumpf und stapelte schnell meine Chips. »Ich brüte irgendwas aus. Ich hau ab.«

Paulie zahlte mich schweigend aus, und der kleine Kellerraum fühlte sich an wie der Himmel, bevor der Blitz einschlägt, brachte die Hautoberfläche zum Kribbeln.

»Ich mag dich nicht«, sagte Will und stieß mit dem Finger nach mir wie mit einem Messer.

»Beruht auf Gegenseitigkeit.«

Will war Berufsspieler wie ich. Ein Typ, der mit dem Pokern seinen Lebensunterhalt verdiente. Ich würde ihm wahrscheinlich irgendwann wieder gegenübersitzen und dann aufpassen müssen. Er wusste, dass ich falsch gespielt hatte, er wusste nur nicht wie. Ich musste mir wieder die Nase abtupfen, und Will sah das Rot auf der weißen Serviette. Er kniff die Augen zusammen und trommelte mit den Fingern vor sich auf dem leeren Filz.

Ich verließ den Keller durch eine Seitentür, die zu einer Treppe und hoch zur Straße führte, verfolgt von Feindseligkeit und Wut.

Draußen war es nicht weniger drückend als im Keller. Atlanta toste, und ich musste hier verschwinden. Ich verstaute den Gewinn in einer der beiden Satteltaschen meines Motorrads – eine Bonneville T100 Baujahr 2012, die bald 150 000 Kilometer auf dem Buckel hatte – und zog die schwarze Lederjacke an. Dann setzte ich den Helm auf, und das Visier färbte die Welt grau.

Mit spritzendem Kies fuhr ich bei dem Pfandleiher los, in den frühen Morgen hinein und raus aus Atlanta. Der bleierne Himmel drohte mit Regen.

Ein Sturm zog auf. Ein heftiger.

Ich stellte mir vor, wie er aus dem Himmel runterkäme wie eine große Faust, mich packte und zerquetschte, bis nichts mehr übrig blieb.

Ich fuhr einfach immer weiter, und meine Gedanken begaben sich auf gefährliches Terrain. In letzter Zeit hatten sie das öfter getan auf meiner endlosen Fahrt kreuz und quer durch das Land.

Es wäre so leicht, das Motorrad einfach über die Mittellinie driften zu lassen, wo im Gegenverkehr Autos an mir vorbeirasten. Die Augen zu schließen und die Maschine frontal vor einen rumpelnden Sattelschlepper zu steuern, der panisch hupte, weil er zu groß war, um noch rechtzeitig ausweichen zu können …

Manchmal dachte ich, nur die Tatsache, dass ich jemand anderen verletzen könnte, hielt mich davon ab. Andere Male war es mir egal, und meine wandernden Gedanken zogen den Lenker zu dieser Mittellinie. Ich könnte auch einfach Gas geben, alles an Geschwindigkeit rausholen, bis die Straße nur noch ein verschwommener grauer Fleck war und mich in Stücke reißen könnte; die Polizei würde mich portionsweise vom Asphalt kratzen müssen …

Das schaurige Bild war merkwürdig tröstlich. Ich wollte nicht sterben, aber das hier war kein Leben. Es sollte einfach enden.

Savannah, 5 km

Das Schild flog verschwommen vorbei. Ich beschleunigte auf über 120 Kilometer pro Stunde, um schneller zu sein als der aufziehende Regen und so viel Distanz wie möglich zwischen Atlanta und mich zu bringen. Um den Schildern nach Savannah zu folgen, hätte ich von der 16 West abfahren müssen, aber ich blieb auf dem Highway, bis das Ortsschild für **Garden City, 8905 Ew.** erschien. Savannah war zu groß. Dort wäre ich untergegangen, vor allem direkt nach Atlanta. Garden City war klein genug.

Selbst Hunderte von Kilometern und vier Stunden später konnte ich noch spüren, wie Atlanta an mir klebte wie der Schweiß und Dreck einer langen Reise. Ich musste zurück auf Anfang. Unter dem ganzen Lärm graben und endlich selbst etwas fühlen. Und wenn es Schmerz war. Bevor ich mich um was zu essen oder ein Motel kümmerte, fand ich in Garden City ein Tattoostudio in einer kleinen Einkaufsstraße. Ich parkte meine Bonneville vor *GC Tattoos & Piercings* und nahm den Helm ab.

Trotz der dunkelgrauen Sturmwolken, die sich über mir

sammelten, war das sommerliche Grün von Bäumen und Gras vor den Ladenfronten kräftig und lebendig. Feuchte Luft fing das elektrische Sirren der Zikaden ein, das ewige Lied von Georgia im Juni. Anders als menschliches Leben bestürmte das Tierleben aus irgendeinem Grund nicht jeden meiner verfluchten fünf Sinne – oder die verschiedenen anderen Sinne, die außer mir niemand zu haben schien. Ich mochte die ständige Geräuschkulisse der Insekten im Süden. Wie das Surren einer Tätowiermaschine.

Im Tattoostudio war es gnädigerweise kühler und sah aus wie in einem Barbershop. Weiße Böden, dunkle Stühle, die Wände schlicht bis auf gerahmte Designs. Zwei Tätowierer waren gerade bei der Arbeit. Ein dritter kam auf mich zu, als ich mich aus der schwarzen Lederjacke schälte und sie zusammen mit dem Helm auf eine Bank neben der Tür legte. Der Typ war groß und komplett kahlgeschoren, ein roter Drache wand sich an seinem einen Arm hoch und verschwand unter seinem T-Shirt.

Ich konnte sehen, dass er gelangweilt war und endlich weg wollte aus Georgia. Ein graugrüner Nebel aus Haschrauch überlagerte seine Gedanken und dämpfte sein Bedürfnis zu verschwinden.

»Was darf's sein?«, fragte er, als wäre er ein Barkeeper. Sein Blick wanderte über die Tattoos auf meinen Händen und Armen, hoch zu meinem Hals, dann zu den silbernen Krallen in meinen Ohren. »Ich kann tätowieren, aber unser Mann für Piercings ist heute nicht da.«

»Tattoo.«

»Okidoki.«

Er führte mich nach hinten zu seinem Arbeitsplatz, einer kleinen Nische mit gerahmten Beispielen seiner Arbeit überall an der Wand. Auf dem Weg kamen wir an den anderen zwei Tätowierern vorbei. Der Kunde auf dem ersten Platz bemühte sich nach Kräften, nicht zu zeigen, dass es zu sehr wehtat. Die jüngere Frau auf dem zweiten Platz hatte Zweifel, war aber schon zu weit, um jetzt noch aufzuhören.

»Hast du schon eine Vorstellung, was du willst?«, fragte mich der Typ.

Fast wäre mir ein »Völlig egal« rausgerutscht, aber ich konnte es noch zurückhalten. Abgesehen von PAWN und HOAX bedeuteten meine Tattoos nichts. Das Aussehen war nicht wichtig. Ich wollte nur den Schmerz.

Ich brauchte ihn.

Ich sah mich um, warf einen schnellen Blick auf seine Arbeiten. Ich entdeckte einen japanischen Koi in leuchtendem Orange und Pink, der sich um sich selbst drehte, die Schuppen fast irisierend. Ich tat so, als würde ich ein paar seiner anderen Bilder genauer betrachten, dann sah ich den Typen an.

»Ich dachte an was Japanisches«, sagte ich. »Einer von diesen ... Wie nennt man die? Die großen Goldfische?«

»Koi«, sagte der Typ und tippte auf das Bild an der Wand. »Etwas in dieser Art?«

»Ja, das ist es, Mann«, sagte ich. »Genau das hatte ich mir vorgestellt.«

Er runzelte die Stirn. »Keine Veränderungen?«

»Mach ihn eher orange als pink«, sagte ich. »Und vielleicht auf einer Seite von einem japanischen Schriftzeichen in Schwarz überlagert.«

»Welchem?«, fragte der Typ, und der Ärger in seiner Stimme war deutlich zu hören. Dank des *Gesichts* brannten mir trübe Dämpfe leicht in meinem geistigen Auge. »Es gibt ... *'n' ziemlichen Haufen.*«

Wie wär's mit ›Scheiß auf diesen Quatsch‹, dachte ich.

»Ausdauer«, sagte ich.

»Okay. Ich bin übrigens Gus.«

»Nik«, sagte ich. »Was wird das kosten?«

Gus zuckte die Achseln. »Wie groß willst du's haben?«

Ich hielt die Hände wie um eine unsichtbare Zuckermelone gelegt.

»So hundertachtzig«, sagte er.

»Geht klar.«

Obwohl Atlanta versucht hatte, mich zu erdrücken, wäre das Geld, das ich Will und Co. abgenommen hatte, eine hübsche Ergänzung für die zwanzigtausend Dollar, die auf meinem Bankkonto lagen – meine einzige fassbare Verbindung zur realen Welt. Ich hatte immer zweitausend in bar für Ausgaben dabei, plus eine mit dreitausend Dollar aufgeladene Prepaid-Kreditkarte für Onlinespiele. Der Punkt ist, ich hätte mir ein größeres Tattoo leisten können, aber ich hatte langsam kein freies Stück Haut mehr. Ich war überall am Hals, auf der Brust, einem großen Teil des Rückens, beiden Armen, Händen und Fingern tätowiert. Auf den Beinen hatte ich nur ein paar, aber wenn ich in diesem Tempo weitermachte, hatte ich lange vor dreißig einen Full Body.

Und was zur Hölle mach ich dann?

Der Gedanke, das beschissene *Gesicht* weitere sechs Jahre ertragen zu müssen, machte mich wahnsinnig. Wenn sich nicht bald etwas änderte, würde ich es nicht bis dreißig schaffen. Mann, ich würde es nicht mal bis fünfundzwanzig schaffen.

»Bereit?«, fragte Gus und riss mich aus meinen Gedanken.

»Klar.«

Ich zog mein schwarzes T-Shirt aus und zeigte ihm die einzige leere Stelle, die ich noch auf dem Rücken hatte – einen Streifen von unterhalb des Schulterblatts bis zur Taille.

»Irgendwo da ist gut«, sagte ich.

»Okidoki.«

Ich streckte mich auf der Liege aus, legte den Kopf auf

die Arme und schloss die Augen, als würde ich irgendwo am Strand liegen und in der Sonne dösen. Gus legte sich Tinte und Nadeln bereit. Er versuchte Small Talk über die vielen anderen Tattoos zu machen, die meine Haut schmückten, aber meine Antworten waren kurz und knapp; er kapierte es schnell und hielt die Klappe.

Seine behandschuhten Hände berührten meine Haut, und das verstärkte die Verbindung zwischen uns, doch das Latex half. Das Surren der Nadel half auch, dämpfte das Flüstern seiner Gedanken, die Farben und Gerüche seines Lebens. Aber der Schmerz radierte sie komplett aus.

Die Nadel stach in meine Haut, ich konzentrierte mein ganzes Bewusstsein darauf, um jede Sekunde und jede halbe Sekunde dazwischen zu spüren. Der Schmerz des Tätowierens war perfekt – nicht unerträglich, aber auch nicht schwach. Dieser Tätowierer war nicht besonders sanft, und ich genoss jeden stechenden Moment. Es war *meine* Haut, *mein* Schmerz, und gehörte niemandem sonst.

Für fast zwei Stunden war ich frei.

Als er fertig war, blieb ich noch einen Moment liegen und genoss den pochenden Schmerz an der linken Seite meines Rückens.

»Hey, Kumpel. Schläfst du?«

»Nein«, murmelte ich an meinem Arm. »Ich bin … hier.«

Ich bin noch hier.

Ich fühlte mich besser. Sauberer. Ich hatte mir ein wenig Zeit verschafft. Ich setzte mich auf und schnappte mir mein T-Shirt.

»Willst du es dir vielleicht *ansehen*?«, fragte Gus, und eine rauchige Wolke des Argwohns kräuselte sich um ihn. Das passierte mir öfter in letzter Zeit. Er machte sich Sorgen, ich könnte verschwinden, ohne zu zahlen.

Für ihn warf ich einen Blick in den Spiegel. Der Typ war gut. Ein zähnefletschender Koi schwamm über die leicht geschwollene, gerötete Haut, die Schuppen schimmerten in irisierendem Orange. Darüber lag auf einer Seite ein schwarzes Zeichen. Es konnte das japanische Zeichen für »Ausdauer« sein, um das ich ihn gebeten hatte. Es konnte auch heißen »Der Träger dieses Tattoos ist ein Arschloch«. Es war mir scheißegal.

»Sieht super aus«, sagte ich. Als Gus ein großes Pflaster draufklebte, holte ich meine Brieftasche raus und gab ihm zwei Hunderter.

»Danke«, murmelte ich. Ich zog das T-Shirt wieder an, warf mir die Lederjacke an einem Finger über die Schulter und ging.

Draußen ballten sich die düsteren Wolken. Wie ein Gedränge beim Rugby, kurz vor dem nächsten Angriff. Ich überlegte, mir ein Motel zu suchen, aber in derselben Strip Mall wie das Tattoostudio war ein Internetcafé. Ich konnte genauso gut das nächste Spiel finden, wo ich schon mal hier war.

Ich nahm einen Computer in einer Ecke, damit mich niemand beobachten konnte, und ging auf eine Onlinepoker-Seite. Zum Glück gab's in dem Laden keine Beschränkungen, und ich konnte spielen. Ich gab die Nummer meiner Prepaid-Kreditkarte ein und klinkte mich in ein Texas-Hold'em-Spiel auf einem lokalen Server ein.

Innerhalb von Minuten lud mich ein User mit dem Alias *TMoney1993* für übermorgen Abend zu einem Undergroundspiel in Port Wentworth, nördlich von Garden City, ein. Ich sagte zu, und er schickte mir eine PN mit der Adresse. Er hielt mich wahrscheinlich für leichte Beute.

Tut mir wirklich leid, TMoney, dachte ich. *Aber ich werd dich leider abziehen.*

»Tut mir leid?«, murmelte ich angewidert vor mich hin und

loggte mich aus. Als würde eine gedachte Entschuldigung irgendwohin führen. Soweit ich wusste, war diese Form der Wahrnehmung eine Einbahnstraße. Trotz meiner verzweifelten Online-Suche über die Jahre hatte ich nie von jemandem gehört, der konnte, was ich konnte.

Kein einziger beschissener Mensch, nirgendwo.

Das Motel in Garden City war genau wie jedes andere Motel, in dem ich in den letzten paar Jahren übernachtet hatte. Alle verschmolzen zu einem: Doppelbett, dünner Teppich, ein Bad mit kleinen Plastikfläschchen mit billigem Duschgel. Selbst die Gefühle der Leute in den Nebenzimmern hatten dieselben Farbtöne und Geschmäcker. Ich wusste immer, wer in meiner Nähe war: gelangweilte Geschäftsreisende, Eltern, die sich bemühten, für ihre zankenden Kids so viel wie möglich aus einem billigen Familienurlaub zu machen; Touristen, die den Wunsch hatten, das größte Kordelknäuel der Welt zu sehen, bevor sie starben.

Und so war's, wenn ich Glück hatte!

Hoffnungslosigkeit und Verzweiflung sind schwarz vor meinem geistigen Auge, und in abgelegenen Motels fanden sich oft einsame und verzweifelte Gestalten. Die schlimmsten Nächte verbrachte ich in einer Dunkelheit, die schwärzer war als die Nacht, wenn der düstere Schmerz eines Menschen im Nebenzimmer in mein Zimmer sickerte wie ein Tintenfleck.

So viel Elend auf der Welt …

Und alles wurde jede wache Stunde meines Lebens in mich hineingestopft.

Ich setzte mich im Motel aufs Bett, lauschte dem lauter werdenden Donner und dem Sturm, der seine Kräfte sammelte.

Das Pflaster auf dem neuen Tattoo juckte. Ich riss es ab und genoss den Schmerz, aber er verblasste schnell.

Ich kann so nicht weitermachen …

Ich hatte das *Gesicht*, seit ich denken konnte, und war jahrelang hin und her gependelt zwischen hoffnungsloser Resignation und dem wütenden Drang zu erfahren, was es war oder ob es einen Sinn hatte. Hin und her, hin und her, genau wie meine Fahrten durch das Land … auf der Suche nach einer Antwort oder auf der Flucht vor ihr.

Ich stand auf und ging in dem kleinen Zimmer auf und ab. Vor dem Fenster wankten die Bäume im Wind, und die ersten Regentropfen platschten gegen das Fenster. Unwillkürlich griff ich nach dem Jagdmesser, das ich an meinem Gürtel trug. Das dumpfe Pochen des neuen Tattoos war weg.

Es funktioniert nicht mehr.

Immer öfter fragte ich mich, warum ich mir überhaupt noch die Mühe machte mit den Tattoos oder dem Pokern … oder mit sonst irgendwas.

Du brauchst die Pokergewinne zum Leben, flüsterte eine lächerliche Stimme in meinem Kopf, mein eigener sterbender Selbsterhaltungstrieb.

Ich *lebte* nicht. Ich war auf einem endlosen Trip nirgendwohin. Aber ich hatte ohne einen Grund, den ich hätte benennen können, zwanzigtausend Dollar Gewinne auf einem Konto, auf das ich immer mehr einzahlte. Die Ersparnisse waren wie das *Gesicht*; ihr Sinn und Zweck entzog sich mir. Ein hohes Buy-in vielleicht? Das größte Spiel meines Lebens? Das *letzte* Spiel meines Lebens? Ein Pokerspiel mit Einsätzen wie beim Russischen Roulette?

Falls ich gewann, würde ich weitermachen.

Falls ich verlor …

Du musst aufhören, so was zu denken, bevor du was Dummes machst.

Ich nahm die Hand vom Messer und schnappte mir die Jacke. Ich brauchte einen Club. Einen Ort, wo ich nicht allein war. Wo ich umgeben von Menschen war, aber ihre Gerüche, Farben und Gedanken vom Duft nach Eau de Cologne, stampfender Musik und blitzenden Lichtern gedämpft wurden.

Ich fragte den gelangweilt aussehenden Typen an der Rezeption, ob er einen Tipp hatte.

»Der nächste ist der Club 91, kurz vor Savannah«, sagte er. »Ist nicht groß, aber die Drinks sind billig.« Er sah mich komisch an, und seine Neugier tauchte seine Worte in einen zitronigen Geruch. »Kann mir nicht vorstellen, dass da heute der Bär steppt, mit dem Sturm und so.«

»Gibt nur einen Weg, das herauszufinden«, murmelte ich.

2. KAPITEL

Fiona

Es war nicht viel los bei Garden City Greens. Wegen des aufziehenden Sturms war der Verkehr auf der Route 25, an der die Gärtnerei lag, ziemlich ausgedünnt, und nur wenige Kunden schlenderten durch den Außenbereich, wo Grünpflanzen, Bäume und eine Auswahl farbenprächtiger Blumen aufgereiht waren. Ganz hinten stand Marco, unsere Aushilfe, zwischen orangenen Tontöpfen auf einer Leiter und bediente einen Kunden.

Ich half gerade einer Stammkundin, Mrs Paulson, einen über einen Meter hohen Pekannussbaum für ihren Vorgarten auszusuchen. Als ich kassierte, stellte die ältere Dame mir tausend Fragen zur richtigen Pflege des Baums, dem besten Boden und der Wahrscheinlichkeit, dass ihr Garten von Eichhörnchen gestürmt würde, die an die Nüsse wollten. Ich beantwortete alle ihre Fragen, bis ihr nichts mehr einfiel.

»Mit Botanik kennen Sie sich wirklich aus, meine Liebe«, sagte sie schließlich.

Ich zuckte die Achseln und lächelte. »Die Pflanzen sollen sich wohlfühlen.«

»Hmmm.« Zum hundertsten Mal an diesem Nachmittag fiel Mrs Paulsons scharfer Blick auf meine taillenlangen blonden Haare mit den rosa Strähnen. Unter der Garden-City-Greens-Schürze trug ich eine zu große, an den Knien mit Erde verschmutzte Männerlatzhose, dazu Doc Martens, ein ärmelloses Oberhemd, das ein Hibiskus-Tattoo auf meiner rechten Schulter zeigte, und zahllose Stoffbänder an den Armen.

»Ich weiß, ich seh' aus wie eine Bäuerin, die gerade von einem Rave nach Hause kommt«, sagte ich grinsend.

Mrs Paulson schürzte die Lippen. »Eine *was*?«

»Nichts.« Ich unterdrückte ein Lachen und setzte mein schönstes Kundenservicelächeln auf. »Haben Sie jemanden, der den Baum für Sie einpflanzt, Mrs Paulson?«

»Mein Neffe und seine Frau kommen heute Abend«, sagte die ältere Dame. »Aber ich brauche Hilfe, um ihn ins Auto zu laden, am besten, bevor wir durchnässt werden.«

»Bin schon dabei«, sagte ich.

»Der muss furchtbar schwer sein«, sagte Mrs Paulson zweifelnd. Ihr Blick landete erneut auf meinen dünnen Armen, dann sah sie sich nach jemand anderem um. »Vielleicht können wir den Jungen rufen …?«

Ich ging in die Hocke und hob den Baum am Topf hoch. »Gehen Sie vor.«

Ich trug den Baum aus dem Holzgebäude der Gärtnerei, die nach reichhaltiger Erde und Blumen roch, und über den unbefestigten Parkplatz. Ich zwängte ihn schräg hinter den Beifahrersitz von Mrs Paulsons weinrotem Viertürer. Die Zweige kratzten am Dach, aber er passte.

Ich klopfte mir die Hände an der dreckigen Latzhose ab. »Schon erledigt, Mrs Paulson.«

»Ich muss zugeben, dass ich meine Zweifel hatte«, sagte die ältere Frau. »Sie haben ja nichts auf den Rippen.«

Um Himmels willen, kannst du bitte mal was essen? Du blamierst mich …

Ich zuckte innerlich zusammen bei der hässlichen Erinnerung, die plötzlich in meinem Geist aufploppte wie ein höhnisch grinsender Kastenteufel. Wir hatten über dreißig Grad, aber ich bekam eine Gänsehaut und rieb mir über die Arme.

»Ich bin stärker, als ich aussehe«, sagte ich zu Mrs Paulson und versuchte, mich an meinem Lächeln festzuhalten.

»Offensichtlich.« Sie kniff die faltigen Augen zusammen und blickte in den Himmel zu den dichter werdenden Wolken. »Ich hoffe, die schicken Sie nach Hause, bevor der Regen losgeht«, sagte sie und stieg in den Wagen. »Nicht, dass Sie noch weggespült werden.«

Ich ignorierte ihre Bemerkungen, entschlossen, mir von nichts und niemandem – weder kleinen alten Damen noch Gespenstern aus der Vergangenheit – die Laune verderben zu lassen.

Als ich wieder drinnen war, ging ich zur Kasse, wo Opal Crawford, die Geschäftsführerin, ein bisschen Buchhaltung machte. Sie hielt sich das krause Haar mit einem leuchtenden Tuch aus der Stirn, und die Leinenschürze über ihrer türkisfarbenen Bluse war makellos sauber.

Ich stützte die dreckigen Ellbogen auf dem dreckigen Tresen ab. »Mrs Paulson meinte, du sollst mich früher nach Hause schicken«, sagte ich grinsend. »Und du weißt ja, was man sagt: Der Kunde hat immer recht.«

Opal lächelte, ihre Zähne weiß im Kontrast zu ihrer warmen braunen Haut. »Könnte sein, dass dein Wunsch in Erfüllung geht und mehr als das. Ich erwarte jeden Moment, dass Mr Carlson anruft und mich bittet, die Gärtnerei zu schließen.«

Ich ließ die Schultern hängen. »Wie lange?«

»Ein paar Tage, wenn der Sturm so schlimm wird wie angesagt.«

Ich kaute auf meiner Lippe. »Ich bin sehr dafür, Freitagabend ein bisschen früher aufzuhören, aber gleich mehrere freie Tage? Ich brauch die Arbeit.«

»Apropos …« Opal nahm einen kleinen Stapel Umschläge aus der Schublade unter der Kasse, suchte den mit meinem Namen heraus und übergab ihn mir. »Weil Louisa krank war, hattest du ziemlich viele Überstunden, wobei ich nicht glaube, dass Mr C dir noch mehr genehmigen wird.«

Ich nahm meinen Gehaltsscheck in Empfang und steckte ihn in die Brusttasche der Latzhose. »Ich werde mehr *brauchen*, wenn wir ein paar Tage schließen.« Ich beugte mich über den Tresen und lächelte durchtrieben. »Ich hab gehört, dass Louisa einen Rückfall hatte. Ganz schlimm. Hochansteckend. Ich glaub, sie muss bestimmt noch zwei Wochen zu Hause bleiben …«

»Sie hat eine schlimme Erkältung, nicht die Beulenpest, und nein«, sagte Opal. »Ich werde nicht deine Helfershelferin!«

»Bei was?«, fragte ich lachend.

»Das weißt du genau«, sagte Opal. »Ich helfe dir nicht auch noch, Geld zu sparen, um noch schneller von hier zu verschwinden als sowieso schon.« Sie schüttelte den Kopf und schnalzte mit der Zunge. »Nein, Ma'am. Mach ich nicht. Ich werd dich viel zu sehr vermissen.«

Ich lächelte meine Freundin liebevoll an. Opal war verheiratet und zehn Jahre älter als ich mit meinen dreiundzwanzig. Sie war ruhig und gelassen, während ich in der Gärtnerei herumsprang und mir die Hände so schmutzig machte wie möglich. Ihre steife Leinenschürze von Garden City Greens war stets makellos sauber und gebügelt, während meine immer voller Erde war. »Unsere Freundschaft ergibt keinen Sinn«, scherzte sie immer, aber irgendwie passten wir zusammen. Sie war meine beste Freundin. Eine von wenigen …

Undankbare Zicke, was ist mit mir? Bin ich dir etwa nicht gut genug?

Ich zuckte wieder zusammen und wehrte mich gegen seine

höhnische Stimme in meinem Kopf. An manchen Tagen war er still, dann war ich beinahe wirklich die fröhliche, glückliche Person, als die ich mich gab. An anderen Tagen – wie diesem – verfolgte er mich und sprang mich aus den dunklen Ecken meiner Erinnerung an wie bei einem makabren Paintball-Spiel. Ich musste kämpfen, um fröhlich zu bleiben, als würde ich unter einem dunklen Himmel hin und her rennen und versuchen, im Sonnenschein zu bleiben.

In Costa Rica wird immer die Sonne scheinen, dachte ich und stupste Opal gegen den Ellbogen. »Du *bist* schon meine Helfershelferin. Du *hilfst* mir, meinen Traum wahr zu machen, nach Costa Rica zu gehen.«

Sie schniefte. »Du bist nah dran, oder?«

»Ja, bin ich«, sagte ich, und Freude erblühte in meinem Herzen und warf die bösen Erinnerungen hinaus, wie ein helles Licht die Schatten vertrieb. »Ich denke, ich könnte in sechs Monaten genug haben, um mich da unten einzurichten.«

Opal wollte etwas sagen, dann klappte sie den Mund zu. »Nein. Egal.«

»Was?«, fragte ich, auch wenn ich glaubte, es zu wissen.

»Nichts.« Sie wischte ein bisschen Dreck ab, den ich auf ihrem Ärmel hinterlassen hatte, und arbeitete weiter an der Kasse.

»Oh-oh«, sagte ich, weil ich wollte, dass die Leichtigkeit zwischen uns blieb. »Da ist schon wieder dieses Opal-Crawford-Bärenmama-Ding. Immer, wenn ich über Costa Rica rede …«

»Keine Ahnung warum«, murmelte sie, ohne von den Quittungen aufzusehen, die sie zählte. »Bestimmt nicht, weil du erst dreiundzwanzig bist und fünfzigtausend Kilometer weit weg in ein fremdes Land ziehst, dessen Sprache du nicht mal sprichst. *Ganz allein*. Nein, *damit* kann es auf keinen Fall was zu tun haben.«

»Es wird mir dort gutgehen«, sagte ich. »Besser als gut. Es ist das, was ich will. Ein kleines, von Dschungel umgebenes Stück Land, mit den Bergen im Rücken und dem Strand zu meinen Füßen. An wie vielen Orten auf der Welt gibt es das schon?«

Opal sah mich aus ihren schönen braunen Augen an, und in ihrem tiefen Blick lag mehr als nur scherzhaftes Beschützen. »Ich will einfach nur sicher sein, dass du da hinziehst, weil du es willst«, sagte sie langsam. »Nicht, um von *ihm* weiter weg zu sein.«

Ich erstarrte und schob mir dann eine lange rosa Haarsträhne hinters Ohr. »Warum geht nicht beides?«

Opals nachdenklicher Blick wurde tiefer, ein nüchterner, mitfühlender Blick, hinter dem sich tausend Gedanken verbargen. Sie ging zur Abendschule, um einen Abschluss als Psychotherapeutin zu machen, und ich wusste, dass sie mich als eine Art Freizeitprojekt sah und dazu bringen wollte, offener über *ihn* zu reden. Meinen Ex. Steve Daniels. Ich hatte ihr fast nichts von ihm erzählt, nur dass ich einen Ex hatte (ich ließ sie in dem Glauben, es wäre ein Ex*freund*) und dass es schlecht ausgegangen war. Sie wusste, dass mehr dahintersteckte, aber ich konnte mich nicht überwinden, ihr davon zu erzählen.

Es ist zu erniedrigend.

Ich wollte die Worte nicht aussprechen. Sie sollten die Jahre der Ehe mit diesem Soziopathen nicht real machen. Ich wollte nicht zugeben, dass ich eine naive und leicht manipulierbare Achtzehnjährige gewesen war. Nicht gestehen, dass er mich verzaubert und zu einer stürmischen Romanze überredet hatte, bis die Maske seines falschen Charmes von ihm abgefallen war und sich dahinter der manipulative Lügner gezeigt hatte. Er hatte mich belogen, beleidigt, klein gemacht und mein Selbstwertgefühl zerstört, und dann hatte er in meinem Schoß geweint, dass ich der einzige Mensch sei, der ihn verstehen würde. Und er hatte die Kontrolle über das Geld und mich zu einer Gefangenen gemacht, nicht nur im Haus, sondern in meinem eigenen *Kopf*.

Steve hatte alles ausgelöscht, was ich über mich zu wissen glaubte, und die Leere mit Zweifeln, Hass und der Unfähigkeit gefüllt, meinen eigenen Gefühlen zu vertrauen. Costa Rica war alles, was er nicht war – grün und golden und voller Sonne.

Finde den Sonnenschein …

»Hey«, sagte ich fröhlich, stützte die Unterarme auf die Theke, beugte mich vor und hob die Füße an. »Ich will heute Abend tanzen gehen. Kommst du mit?«

»Ich hab von deinem Themenwechsel gerade ein Schleudertrauma gekriegt.« Opal sah mich noch einen Moment lang an, dann beließ sie es dabei. Fürs Erste. »Seit wann gehst du tanzen?«

»Seit dieser Minute. Willst du?«

»Ich kann heute nicht«, sagte sie. »Jeff schleppt mich zum Bingoabend bei den Shriners mit. Ist das zu glauben? Wahrscheinlich kommt sogar Mrs Paulson, Herrgott.« Sie schloss mit einem lauten Knall die Registrierkasse.

»Bingo? Bei den Shriners?« Ich legte mir die Hand auf den Mund, und ein Dutzend bunter Stoffarmbänder rutschten mir den Arm hinunter.

»Ja, ja, ich weiß«, murmelte Opal. »Aber er macht es ehrenamtlich, und zwei zusätzliche Hände können wahrscheinlich nicht schaden.«

»Du meinst, du konntest nicht widerstehen, jemandem zu helfen«, sagte ich liebevoll.

Opal winkte ab. »Ich bin sowieso zu alt, um tanzen zu gehen«, sagte sie. »Zu jung für Bingo bei den Shriners, zu alt zum Tanzengehen. Heißt das, ich bin mittleren Alters? Jetzt schon?«

»Absolut«, neckte ich sie, schnappte mir einen Besen und fegte den Bereich vor der Kasse.

»Ich freue mich, dass du ausgehst«, sagte Opal. »Vielleicht triffst du einen netten Mann, mit dem du dich gut verstehst …« Sie zuckte die Achseln, bemühte sich, neutral zu klingen. »Du arbeitest hier seit zwei Jahren, und ich hab dich nie mit jemandem gesehen.«

»Ich ziehe bald nach Costa Rica«, sagte ich schnell. »Wozu jetzt noch was anfangen. Das wär nicht fair.« Ich hörte einen Moment auf zu fegen und stützte mich auf den Besen. »Andererseits ist es eine Ewigkeit her, dass ich die Gesellschaft eines Menschen männlichen Geschlechts genossen habe.« Ich warf ihr ein anzügliches Grinsen zu. »Ein Mädchen hat schließlich Bedürfnisse.«

Die Miene meiner Freundin hellte sich sofort auf. »Du kleines Luder!«, sagte sie. »Ein One-Night-Stand?«

Ich zögerte. Das mit den »Bedürfnissen« hatte ich eigentlich als Scherz gemeint, aber es laut auszusprechen, hatte sie geweckt. Es war ewig her, dass ich mit einem Mann zusammen gewesen war. Ich hatte mich so sehr darauf konzentriert, von Steve wegzukommen und für Costa Rica zu sparen, dass ich diesen Teil der menschlichen Erfahrung völlig vernachlässigt hatte. Meinem Körper fehlten die Berührungen eines Mannes. Andere Leute hatten ständig One-Night-Stands. Das könnte ich doch auch … oder nicht?

Seit ich Steve vor zwei Jahren weggelaufen war, hatte ich mir geschworen, nach *meinen* Regeln zu leben, und das hieß, keine zu haben. Wenn ich Lust auf etwas hatte, was aufregend war oder Spaß machte, dann tat ich es. Ich hatte es satt, mich in den Schatten zu ducken. Ich würde lautstark drauflos leben. Warum nicht einen One-Night-Stand haben, wenn ich wollte?

»Warum nicht?«, sagte ich und fegte die toten Blätter unter dem Gummibaum neben der Tür zusammen. »Eine großartige Nacht voller Leidenschaft und ohne Verpflichtungen? Damit könnte ich leben.«

Mir wurde heiß. Ich konnte mehr als nur damit leben, merkte ich. Ich vermisste das Gewicht einer männlichen Hand auf meinem Körper, vermisste es, mich in der Ekstase zu verlieren. Vielleicht würden die flüsternden Stimmen der Vergangenheit in Gegenwart von jemand anderem ausgeblendet. Einem attraktiven Fremden, den ich nicht länger als eine Nacht kennen musste.

»Ja, vielleicht mach ich das«, sagte ich. »Oder ich guck einfach, was passiert.«

Opal sah mich an. »Wie funktioniert ein One-Night-Stand heutzutage überhaupt? Man gräbt jemanden an und geht mit zu ihm?«

»Ich bin keine Expertin«, sagte ich. »Aber ich glaube, ich sollte ihn mit zu mir nehmen. Am nächsten Morgen geht die Sonne auf, ich bleibe, er geht.«

»Muss er denn gehen?«, fragte Opal sanft.

»Ja, muss er«, gab ich zurück, erwiderte ihren Blick und fegte den kleinen Blätterhaufen hin und her.

»Nicht alle Männer sind wie Steve.«

»Ich weiß«, sagte ich. »Aber ich bin nicht dazu in der Lage, den Unterschied zu erkennen.«

Du bist so dumm … eine dämliche kleine Idiotin …

Ich schüttelte den Kopf und fegte energischer weiter.

»Ich muss nach Costa Rica. Wenn ich erst einmal dort bin, kann ich … einfach sein. Wenn ich mich selbst wiederfinde … Nein.« Ich schüttelte entschieden den Kopf. »Wenn ich mir mein Selbst *zurückhole*, kann ich auch wieder daten. Und vielleicht wieder lieben.«

Das klang unmöglich. Der Gedanke, mein Herz in die Hände eines Mannes zu legen, ihm einfach zu vertrauen, kam mir völlig unmöglich vor.

»Das wünsche ich dir«, sagte Opal. »Aber mir wäre es einfach lieber, du würdest hierbleiben, damit ich es sehe.«

»Es wird irgendwann passieren«, sagte ich für sie und brachte ein Lächeln zustande. »Und bis dahin muss eben ein leidenschaftlicher One-Night-Stand reichen.«

Opal lachte wider Willen. Ich wusste, dass sie mir helfen wollte, aber das Einzige, was mir helfen konnte, war Costa Rica. In ein anderes Land zu gehen würde mir helfen. Dann könnte ich endlich aufhören, mir ständig über die Schulter zu gucken.

Ich wäre frei.

»Wie du meinst, Fi«, sagte Opal. »Ich sage nur, verschließ dich dem nicht grundsätzlich, okay?«

»Okay«, sagte ich, weil es am leichtesten war. Viel leichter, als zu erklären, dass mein Leben jetzt mir gehörte und ich nicht so dumm wäre, es aus der Hand zu geben. Nie wieder.

Opal behielt recht. Mr Carlson, der Besitzer der Gärtnerei, rief an und gab ihr die Anweisung zu schließen, bis der Sturm vorbei wäre. Opal legte auf und drehte sich zu mir um.

»Sag noch schnell Marco, dass wir zumachen, dann hast du frei und kannst mit einem großen dunklen Unbekannten Matratzensport treiben.«

»Hast du wirklich gerade Matratzensport gesagt?« Ich lachte. »Ich glaub, ein Bingoabend ist vielleicht doch dein Ding.«

»Ach, halt den Mund.«

Ich suchte Marco, und wir schlossen die Gärtnerei zu. Opal umarmte mich auf dem Parkplatz neben meinem alten blauen Prius. Der Himmel über uns war gelblich grau, und in der Ferne grollte Donner.

»Pass auf dich auf«, sagte Opal, ihre Mamabärstimme war wieder da. »Tu nichts, was ich nicht auch tun würde.«

»Da bleibt ja nicht viel übrig«, neckte ich sie.

Sie schnaubte. »Fahr. Amüsier dich. Sei vorsichtig.«

Ich fuhr auf der 25 nach Norden in die Randgebiete von Garden City. Das Haus, in dem ich wohnte, war klein und sah aus wie ein einstöckiges Motel inmitten von Kastanien und Eichen, als würde es in seinem eigenen kleinen Wäldchen stehen.

Auf dem Weg dachte ich über meine Pläne für den Abend nach. Bei dem Gedanken an einen One-Night-Stand flatterten Schmetterlinge in meinem Bauch, und meine Wangen wurden heiß. Ich fragte mich, ob Griff und Nate mitkommen würden, um mir den Rücken zu stärken.

Ich parkte vor Nummer 4, stieg aus und klopfte bei Nummer 5, während ich nervös zum Himmel blickte, an dem sich die Gewitterwolken verdichteten. Das Zirpen der Zikaden war immer im Hintergrund, es übertönte den Verkehrslärm der Route 25 fast, was noch dazu beitrug, dass das Gebäude irgendwie abgeschieden wirkte. Regnen würde es wahrscheinlich erst in ein paar Stunden.

Nate Miller machte die Tür auf und sah wahnsinnig gut und ein bisschen schickimicki aus in Polohemd und Khaki-Hosen. Sein kurzes, dunkles Haar war perfekt gegelt.

»Fiona, Schatz! Mein Gott, du bist ja total verdreckt.« Er umarmte mich vorsichtig, damit der Dreck von der Latzhose nicht an seiner Kleidung hängenblieb. »Du bist für heute fertig mit Mulch-Herumkarren und Raupen-Verkaufen?«

»Bin ich«, sagte ich. »Und ich hab mich gefragt, ob du und Griff nicht Lust habt, heute mit mir im Club 91 tanzen zu gehen.«

»Ich würd total gern, Süße, aber meine bessere Hälfte besteht darauf, sich in Savannah das Theaterstück von einem

Freund von ihm anzugucken. Ein experimentelles Stück, das garantiert absolut furchtbar ist, aber …« Er seufzte. »Ich hab versprochen, dass ich mitkomme.«

Griffin erschien an der Tür, sein blondes Haar lockte sich um seine Ohren. Er hatte sich auch in Schale geworfen, trug eine stylische Jeans und ein Seidenhemd, das am Kragen offen stand. »Genau«, sagte er und warf seinem Mann einen bewundernden Blick zu. »Nathaniel hat versprochen, seinen Teil dazu beizutragen, die Künste zu unterstützen.«

»Die *Künste*«, sagte Nate, malte Anführungszeichen in die Luft und verdrehte die Augen.

Ich lachte. »Dann muss ich wohl allein los.«

»Wohin?«, fragte Griffin.

»Tanzen im Club 91.« Und einen Fremden aufgabeln und für rein sexuelle Zwecke mit nach Hause nehmen. Ich biss mir in die Backe, um nicht loszulachen. Ein leises aufgeregtes Kribbeln wanderte mir über den Rücken. Mein Leben, meine Regeln.

»Das fällt leider ins Wasser, Fi«, sagte Griffin. Er gab mir ein Küsschen auf die Wange, dann blickte er in den Himmel. »Wortwörtlich. Dieser Sturm soll ziemlich heftig werden.«

Nate runzelte die Stirn. »Vielleicht solltest du lieber nicht fahren.«

»Und wenn, dann trink nichts«, fügte Griffin hinzu.

»Oder ruf ein Uber.«

»Oder ruf uns an.«

Ich winkte kopfschüttelnd ab. »Gott, ihr seid schlimmer als Opal. Und mit *schlimm* meine ich wunderbar und unglaublich und ich liebe euch.« Ich ging rückwärts den Weg zu meiner Tür und warf beiden eine Kusshand zu. »Viel Spaß beim Unterstützen der Künste.«

»*Spaß*, sagt sie«, stöhnte Nate. »Bis dann, Süße.«

»Wir haben dich lieb, Fi!«, rief Griffin mir nach.

An meiner Tür wollte ich gerade den Schlüssel ins Schloss stecken, als ich es hupen hörte. Ich drehte mich um und sah Nancy Davis und ihre vierjährige Tochter Hailey aus der Nummer 8 in Nancys silbernem SUV vom Parkplatz fahren. Hailey winkte hektisch mit ihrer kleinen Hand und lächelte.

Ich winkte zurück. Ich passte immer, wenn Nancy mich brauchte, auf sie auf. Am liebsten würde ich jeden Abend babysitten. Es gab nichts Schöneres, als wenn Hailey beim Einschlafen ihr süßes kleines Köpfchen unter meinen schob oder den Geruch ihrer Haare oder dass sie jeden Tag mehr Worte wusste; ein kleines Kind, das heranwuchs und lernte und seinen Weg durch die Welt machte …

Ich hatte Opal gesagt, dass Steve mir die Fähigkeit genommen hatte, meinen Gefühlen zu vertrauen, aber das war nicht das Schlimmste. Er hatte mir noch etwas anderes genommen, was ich mehr wollte als alles auf der Welt.

Der Schmerz rammte mir eine Faust in den Magen, und ich wusste nicht, ob er erinnert oder nur eingebildet war.

Ich unterdrückte ein Schluchzen und winkte Nancy schwach, als sie davonfuhren.

»Verdammt«, flüsterte ich. Ich hielt mich am Türknauf fest, bis es nicht mehr wehtat, und verdrängte das Gefühl, bevor es seine Zähne in mich schlug und mir den Abend komplett verdarb. Ich konnte nach Costa Rica, nach Nepal oder an den Nordpol weglaufen, und es wäre nicht weit genug. Ich könnte ganze Felder vollpflanzen und mich um tausend Tiere kümmern, und es würde nichts bewirken. Die Leere würde trotzdem bleiben. Für immer.

Ich atmete geräuschvoll ein, schloss die Tür auf und betrat meine kleine Einzimmerwohnung. Ich machte die Tür hinter mir zu und stellte mir vor, dass ich auch Steve und die schrecklichen Jahre damit ausschloss. In meiner perfekt quadratischen

Wohnung fühlte ich mich sicher. Das Bad und mein Bett waren rechts von der Tür, eine Küchenzeile links an der Wand und davor ein kleiner Wohnbereich. Hinten umrahmte ein altes, breites Fenster den Blick auf die Eichen und Kastanien, die das Gebäude umringten.

Abgesehen von der superniedrigen Miete, dank der ich für Costa Rica sparen konnte, war es dieser Blick, dessentwegen ich mich vor zwei Jahren für die Wohnung entschieden hatte. Ich konnte so tun, als wäre ich schon in meinem Wald, weit weg von der Zivilisation, mitten im üppigen Grün der Wildnis. Und weil sie von innen nicht so viel hermachte, dekorierte ich sie mit Dutzenden Topfpflanzen.

Lemony Snicket trillerte eine Begrüßung in seinem Käfig am Fenster. Mein kleiner Kanarienvogel hüpfte von einer Stange auf die andere und wieder zurück, seine gelben Flügel flatterten.

Ich ging zu seinem Käfig und legte meine Finger an das Gitter. »Hallo mein Süßer«, flötete ich. Er pickte einmal sanft daran und hüpfte weg.

»Es gibt Sturm«, sagte ich und hob den Käfig von seinem Haken am Fenster. »Ich stell dich hier hin, damit du keine Angst kriegst, wenn es blitzt, okay?«

Ich stellte den Käfig auf die Küchentheke und pfiff. Er sang zur Antwort. Draußen grummelte in der Ferne der Donner.

»Ein heftiger Sturm«, murmelte ich. »Vielleicht sollte ich doch zu Hause bleiben …«

Wo warst du? Draußen? Allein? Und hast mich nicht vorher gefragt?

Ich biss die Zähne zusammen. »Ich gehe«, sagte ich. Ich drehte mich zu Lemony in seinem Käfig um. »Ich will ausgehen, also gehe ich aus. Und wenn ich einen Mann mit nach Hause nehmen will, mach ich auch das.«

Die Worte ausgesprochen zu hören half mir, mich in meinem Entschluss zu bestärken, gegen den unerbittlichen Geist meines Exmannes. Ich fragte mich, ob er überhaupt als Exmann betrachtet werden konnte, da ich mich nie wirklich hatte scheiden lassen.

»*Ja*«, antwortete ich mir laut und vernehmlich und erinnerte mich daran, dass ich unsere Ehe im Kopf schon vor langer Zeit annulliert hatte.

»Eine Ehe«, sagte ich zu Lemony, »soll ein Pakt zwischen zwei Menschen sein, die sich lieben und füreinander sorgen. Sie ist nicht dazu da, die andere Person einzuschüchtern, sich ihr Geld zu nehmen und sie im eigenen Zuhause einzusperren. Hab ich recht oder hab ich recht?«

Lemony hüpfte hin und her.

Ich machte den Kühlschrank auf, um Abendessen zu machen. »Er ist weit weg, und ich bin hier und werde heute jemanden mit nach Hause nehmen, weil ich eine erwachsene Frau bin«, sagte ich und holte einen frischen Salatkopf, eine Tüte Erbsen und einen Maiskolben aus dem Kühlschrank. Ich legte alles auf die Arbeitsplatte, und ein kleines Lächeln fand den Weg auf meine Lippen. »Ich entschuldige mich schon im Voraus, Lemony, für das, was du heute Nacht vielleicht sehen wirst, aber ich brauche ein bisschen körperliche Nähe. Oder, ehrlich gesagt, ziemlich viel.«

Hitze überlief meine Haut, vertrieb die Kälte von Steves Stimme, die in meinem Kopf widerhallte.

Ich hackte den Salat, schälte die Erbsen, löste die Maiskörner mit einem Messer vom Kolben und tat alles in eine Schüssel. Dann goss ich Ranch-Dressing drüber und ließ mich auf den Hocker an der Küchentheke fallen, um zu essen. Die Schüssel war bis obenhin voll mit Grünzeug und Mais, aber … es war nur ein Salat.

Ist das alles, was du essen willst? Mein Gott …

»Ja«, antwortete ich und aß einen großen Bissen. Ich hatte nie viel Appetit, und mein Stoffwechsel war schnell. Ich konnte unglaublich viel essen und nicht zunehmen …

Magersüchtige Zicke …

Ich schloss die Augen, und das Essen verwandelte sich in meinem Mund in Lehm. Es fiel mir schwer zu schlucken.

»Wie wär's mit Musik?«, fragte ich meinen Vogel.

Ich öffnete iTunes auf meinem Smartphone, und bald wurde die kleine Wohnung von Fiona Apples »Criminal« erfüllt. Ich mochte den Song. Er handelte von einer Frau, die mit dem Herzen eines Mannes spielte, nicht andersrum. Ich liebte Fiona Apple, ihre volle Stimme, die kluge Poesie, den Sound …

Und ihren Namen.

Ich aß den Salat ganz auf, obwohl ich schon nach der halben Schüssel satt war. Ich zwang mich, aufzuessen, und hasste es, dass mir der letzte Bissen wie eine Niederlage vorkam, obwohl er ein Sieg sein sollte.

Nein, dachte ich und stellte die Schüssel in die Spüle. Tränen brannten mir in den Augen, aber ich blinzelte sie weg. *Es gibt keinen Sieg und keine Niederlage; es ist nur ein dämlicher Salat.*

Es donnerte wieder, diesmal in der Nähe, und der Himmel vor dem Fenster verdunkelte sich. Ich kämpfte, um meine gute Laune wiederzufinden. Der Wunsch, zu tanzen und Spaß zu haben, war noch da. Wie immer musste ich mich nur wie ein Bergarbeiter durch die Überbleibsel von Steves Manipulierungsversuche graben und, bedeckt mit schwarzem Staub und mit Asche im Mund, versuchen, an die darunterliegenden Diamanten zu kommen.

»Scheiß auf ihn«, murmelte ich.

Ich ging in mein kleines Bad. In meiner rosa gefliesten Dusche wusch ich den Dreck von der Arbeit ab und summte, um die Erinnerungen fernzuhalten. Das war auch ein Grund, weshalb ich den Lärm und die stampfende Musik eines Clubs liebte – beides übertönte das heimtückische Flüstern und erfüllte mich stattdessen mit Musik.

Als ich aus dem Bad kam, hatte ich mein Lächeln wieder.

Ich wickelte mir ein Handtuch um die langen Haare, ein zweites um den Körper und suchte in meinem kleinen Schrank nach etwas zum Anziehen. Ich fand ein Slipkleid aus Baumwolle mit Spitze, das nicht ganz bis zum Knie ging, und zog es an. Einen BH brauchte ich nicht – meine Titten waren zu klein, um sich im Alltag die Mühe zu machen –, aber heute war es eine bewusste Entscheidung.

Gott, du siehst aus wie ein Junge, lachte Steve in meinem Kopf auf diese gleichgültige Art, mit der er so vernichtende Dinge sagte und dabei lächelte. *Wenn du die vergrößern lassen willst, ich würd mich nicht beschweren.*

»Halt die Klappe, Arschloch«, sagte ich und betrachtete mich im Spiegel. »Was denkst du?«, fragte ich Lemony.

Er zwitscherte, was wahrscheinlich hieß *Du siehst umwerfend aus.*

»Danke«, sagte ich. Mir fiel durchaus auf, dass ich mir vorstellte, mein Kanarienvogel würde mir ein Kompliment machen.

Lächerlich. Du bist viel zu emotional. Hast du überhaupt kein Rückgrat?

Ich machte wieder Musik an, um die Worte zu übertönen ... Ich wusste nicht, ob es Steves waren oder meine.

Ich bürstete mir die Haare, bis sie mir in weichen, natürlichen, nur durch rosa Strähnen betonten Locken über den Rücken fielen. Ich streifte die Stoffarmbänder wieder über, legte Parfüm auf und ein winziges bisschen Make-up, um meine blauen Augen hervorzuheben.

»Du siehst hübsch aus«, sagte ich zu der Frau im Spiegel. Fast glaubte sie mir.

Dann ließ ich mich auf die Couch plumpsen, nahm meine Handtasche und zog meinen Führerschein aus der Brieftasche. Der Türsteher im Club 91 würde ihn sich ansehen. Ich drehte ihn in mehrere Richtungen und betrachtete, wie sich das Licht in dem schillernden Hologramm fing, das darin eingebettet war.

Er sah absolut echt aus.

Es war mein Foto mit dem Namen Fiona Starling darunter und einem Geburtsdatum daneben. Es war nicht mein Geburtsdatum, aber ziemlich nah dran. Wenigstens stimmte das Alter.

Mein Gehaltsscheck war auf die Couch gefallen. Ich warf einen Blick auf die Summe, dann legte ich mir das Laptop auf den Schoß und loggte mich in mein Konto ein. Ich hatte dreizehntausend Dollar gespart, zehntausend stammten von dem Geld, das ich Steve wieder weggenommen hatte, als ich gegangen war. Ich hätte das Konto abräumen und Steve nichts übrig lassen können, aber ich nahm nur, was mir gehörte; das Geld, das ich von meinem Vater geerbt hatte, und keinen Penny mehr.

Im Kopf zog ich von meinem Gehalt das Geld für Miete und Ausgaben ab und addierte den Rest zu dem Ersparten.

»Noch sechs Monate«, sagte ich zu Lemony. »Ich denke, in sechs Monaten haben wir fünfzehntausend Dollar, und dann geht's nach Costa Rica.«

Ohne mich würdest du keinen einzigen Tag in der richtigen Welt überleben. Und wenn du es versuchen würdest, würde ich dich finden …

Ich biss mir auf die Lippe und öffnete ein Browserfenster im Inkognitomodus. Ich sah mich um, als könnten Steve oder ein Cop oder ein Detective sich magisch hinter mir materialisieren. Meine Hände zitterten leicht, als ich einen Namen und »Duluth, Minnesota« in die Suchleiste eingab.

Da war nur die Nachricht aus dem *Duluth Courier*, die ich schon hundert Mal gelesen hatte. Sie war zwei Jahre alt und nicht upgedatet worden. Ich überflog den Artikel schnell nach den Worten, die meine Nerven beruhigten und die Angst in meinem Magen unterdrückten …

Ermittler haben die Suche abgeblasen …

Ehemann verzweifelt …

»Sie ist einfach verschwunden.«

Ich atmete durch die Nase ein, schob das Kinn vor, und der Drang, auszugehen und Spaß zu haben und mit einem Mann zusammen zu sein, wenn ich wollte, kam mit aller Macht zurück.

Keine Regeln. Lebe lautstark drauflos. Finde den Sonnenschein.

Ich klappte das Laptop zu.

»Ich bin stärker, als ich aussehe.«

3. KAPITEL

Nikolai

Es hatte nur ein bisschen genieselt, als ich vom Motel losgefahren war, aber als ich die Bonneville unter dem Unterstand auf dem Parkplatz des Club 91 parkte, schüttete es wie aus Eimern. Nur ein Dutzend Autos standen auf dem Platz, aber ich konnte durch den prasselnden Regen schon die Musik hämmern hören.

Am Eingang zeigte ich dem Türsteher meinen Ausweis, dann betrat ich den eher kleinen Raum. Zwei Dutzend Leute tanzten unter einer Abfolge von bunten Lichtern zu elektronischer Musik. Die Hitze war konzentriert wie in einem Gewächshaus; die Klimaanlage machte es kaum erträglicher, aber ich atmete erleichtert auf. Die Musik drang pochend in meinen Kopf ein und verdrängte den Strom des Lebens, der mich umgab. Die Lichter, die kreuz und quer auf die Tanzfläche strahlten, dämpften die rauchigen Farben und den Dunst der Tanzenden. Ich fühlte mich fast normal.

Dann ging ich zur Bar, bestellte eine Flasche Bier und setzte mich an einem Ende des Tresens auf einen Hocker. Ich drehte mich zur Tanzfläche um, stützte hinter mir die Ellbogen auf den Tresen und beobachtete diesen harten Kern von Elektro-Fans, die sich selbst von einem Sturm nicht davon abhalten ließen, die ganze Nacht herumzuhüpfen. Sie tanzten dicht beieinander, wurden langsamer mit der Musik, drehten durch, als der Beat wieder einsetzte.

Außer ihr.

Eine junge Frau in Weiß tanzte für sich allein, als wäre sie der einzige Mensch im Club – oder auf der Erde. Und einen kurzen Moment lang kam es mir vor, als wäre sie das wirklich. Ich sah nur sie, die Art, wie ihr biegsamer, schlanker Körper sich zu der Musik bewegte. Es war ein pulsierender Techno-Beat, aber dieses Mädchen wiegte sich dazu wie Seegras in klarem Wasser.

Zuerst dachte ich, es sei eine Täuschung durch das Licht, aber nein, sie hatte sich die Haare rosa gefärbt. In der Farbe von Zuckerwatte. Sie fielen ihr fast bis zur Taille über den Rücken, wie lange Seidenbänder. Sie war dünn wie eine Ballerina, und das weiße Sommerkleid, das die zarte Rundung ihrer Brüste betonte, reichte bis auf die Oberschenkel. Ihre Sandalen waren mit Hanfkordeln um die Knöchel festgebunden. Die ganze Zeit glitzerte ihre Haut wie Diamantstaub unter den wechselnden Lichtern und reflektierte das rosarote Schimmern.

Ich sah gebannt zu, wie sie das Haar anhob, die Augen geschlossen, ein Lächeln auf den Lippen. Ein paar Takte lang tanzte sie so, ihre Brüste drängten sich an das Kleid und nahmen mir den Atem, dann ließ sie das Haar wieder über den Rücken fallen.

Ohne nachzudenken, nahm ich den Stift, der neben der Kreditkartenquittung von jemandem auf dem Tresen lag, und eine Serviette. Ich betrachtete das Mädchen und skizzierte ihr Gesicht auf der Serviette, den Kopf nach oben gewandt, die Augen geschlossen, das süße, entspannte Lächeln …

Ehrfürchtig betrachtete ich die Skizze. Ich hatte seit Jahren nichts gemalt oder gezeichnet. Früher hatte ich das gern getan – ich hatte geglaubt, es wäre etwas Bedeutungsvolles, was ich mit meinem Leben anfangen könnte. Aber im Krankenhaus hatten sie es mir ausgetrieben. Lange Jahre hatte ich nicht einmal daran gedacht, einen Pinsel anzufassen, und hier saß ich nun und zeichnete dieses Mädchen.

Aber der Kuli war schwarz, und sie war so voller Farben …

Ein Typ bewegte sich tanzend vor sie, sehr nah, und ich spürte plötzlich den irren Drang, diesem Arschloch eine reinzuhauen. Ich legte die Skizze beiseite und nahm mein Bier, packte die Flasche.

Die Frau öffnete die Augen und war nicht überrascht zu sehen, dass jemand mit ihr tanzte. Der Typ beugte sich vor, um ihr etwas ins Ohr zu schreien, und sie nickte, aber ihre Körpersprache veränderte sich leicht; ein winziger Rückzug, den nur ich bemerkte. Ich brauchte das *Gesicht* nicht, um mir zu sagen, dass sie nur tanzen wollte und nicht mehr.

Unsere Blicke trafen sich. Hielten einander. Sie sah mich noch an, als der Typ ihr die Hände auf die Hüften legte und näher rückte. Sie tanzten aneinandergepresst, und als sie sich drehten, sah ich, wie seine Hand zu ihrem Arsch runterrutschte.

Ich nahm einen großen Schluck Bier und hoffte, das kühle Getränk würde das Feuer löschen, das in mir brüllte.

Was kümmert dich das überhaupt?

Ich wusste den Grund nicht, aber es war so.

Sie drehten sich wieder, und die Frau sah mich mit schräg gelegtem Kopf an und hatte ein komisches kleines Lächeln auf den Lippen. Sie hörte nicht auf, mich anzusehen, dann ließ sie urplötzlich ihren Tanzpartner stehen, der ihr hinterherstarrte, und überwand die Distanz zwischen uns.

Das Herz pochte mir in der Brust, während mich gleichzeitig ein Gefühl der Ruhe überkam wie eine kühle Brise an einem drückenden Tag. Sofort. Hätte es sich nicht so gut angefühlt, wäre es fast unheimlich gewesen. Das weiße Kleid der

Frau klebte ihr am Körper. Schweiß glänzte auf ihrem Hals, und aus der Nähe sah ich deutlich, dass sie keinen BH trug. Ich wollte sie anfassen, mir etwas von dieser Gelassenheit nehmen, die sie ausstrahlte, und behalten.

Das bildest du dir ein, sagte ich mir. Aber diese Ruhe war real. Ich befand mich in einem kleinen, überhitzten Club mit stampfender Musik und durch den Raum wabernden fremden Leben, aber sobald diese Frau näher kam, verschwand alles.

»Du tanzt nicht?«, fragte sie.

»Nicht oft«, erwiderte ich.

Aus der Nähe waren ihre Augen von blauestem Blau. Himmelblau oder kornblumenblau. In dem schwach erleuchteten Club waren sie unglaublich, und sie sah mich mit einer Mischung aus Nervosität und Trotz an, als würde sie kämpfen, um sich ihr Selbstvertrauen nicht nehmen zu lassen.

»Ich hatte gehofft, du würdest«, sagte sie sanft. »Tanzen, meine ich. Mit mir.«

Ihre Worte hätten von der pulsierenden Musik übertönt werden müssen, aber ich hörte jedes einzelne, und wie sie redete … Fast schüchtern, obwohl sie mich unverwandt ansah. Mein Puls beschleunigte sich, während es im Schritt schmerzhaft eng wurde.

»Gibst du dich mit einem Drink zufrieden?«, fragte ich und beobachtete eine Schweißperle, die ihren Hals hinunterrann und zwischen ihren kleinen Brüsten verschwand.

»Ich denk, das geht«, sagte sie. »Ich bin Fiona.«

»Nik«, sagte ich und winkte dem Barkeeper. »Was sie will.«

»Einen Cosmo mit Kirsche«, sagte sie. Sie setzte sich auf den Barhocker neben mir und drehte ihn zu mir um, schlug mit lässiger Eleganz die langen Beine übereinander. »Cosmopolitans sind nicht mehr ›in‹, aber trotzdem sind sie immer noch lecker.«

Als der Barkeeper ein Martini-Glas mit einer dunkelrosa

Flüssigkeit vor Fiona abstellte, tauchte der Typ von der Tanzfläche hinter ihr auf.

»Hey!« Er hatte missmutig das Gesicht verzogen. Zuerst warf er mir einen kurzen Blick zu, dann starrte er wütend Fiona an. »Ist echt nicht nett, einfach so abzuhauen, weißt du das?«

Sie drehte sich langsam um, die Stimme hölzern. »Ist ein freies Land.«

»Na und?«, sagte der Typ. »Ist trotzdem verdammt unhöflich.«

Fiona ignorierte ihn, sah mich an und richtete den Blick dann auf ihren Drink.

»Hey«, sagte der Typ und tippte ihr auf die Schulter. »Ich rede mit dir …«

Angst flammte um Fiona auf, ein schnelles Aufleuchten, das nach heißer Kohle roch. Sie schrak auf eine Weise vor seiner Berührung zurück, dass in erschreckendem Tempo Wut in mir hochkochte.

Sie mochte es nicht, also mochte ich es auch nicht. Überhaupt nicht.

»*Hey*«, sagte ich laut, und der Typ sah zu mir. Ich stellte ruhig mein Bier auf die Theke. »Willst du tanzen?«

»Was?« Der Typ blinzelte dämlich. »Nicht mit …«

Blitzschnell stand ich von dem Hocker auf und packte ihn am Kragen. Sein Schock war spürbar, als ich ihn mit so großen Schritten vor mir her schob, dass er fast stolperte. Ich drängte andere Tänzer zur Seite, als ich ihn auf die Tanzfläche stieß, dann brachte ich sein Gesicht direkt vor meines.

»Wenn du sie noch einmal anfasst, gibt's was auf die Fresse.«

Ich wartete nicht auf eine Antwort; das fahle Gelb seiner Angst – die Farbe von Pisse – war aussagekräftig genug. Mit einem letzten Schubs ließ ich ihn los und ließ ihn auf der Tanzfläche stehen.

An der Bar spielte Fiona mit der Kirsche in ihrem Drink, ein kleines Lächeln auf den Lippen. »Ich glaub, den sehen wir nicht wieder.«

Ich setzte mich und trank einen Schluck Bier. »Ich vermiss ihn jetzt schon.«

Sie ließ ein echtes Lachen hören und sah mich an. Alles an ihr war rosa – ihr Drink, die Haare, die leuchtende Aura aus glitzerndem Staub, die sie umgab.

Güte, Mitgefühl, Freundlichkeit. Das waren die Gefühle, die ich mit Rosa assoziierte.

Es war lange her, dass ich die Farbe so ausgeprägt bei jemandem gesehen hatte.

Fiona stieß ihr Glas gegen meine Flasche. »Danke, dass du dich um meinen übereifrigen Tanzpartner gekümmert hast. Und für den Drink.«

»Gern.«

Sie nippte an ihrem Cosmo. »Du redest nicht viel, stimmt's?« Ihre Augen strahlten unglaublich, ihr Lächeln lenkte meine Aufmerksamkeit auf ihren großen Mund und ihre vollen Lippen.

»In einem Club kann man nicht gut reden«, sagte ich.

»Stimmt«, sagte sie. »Aber hier sind wir nun mal.«

Hier sind wir …

Wir schwiegen kurz.

»Nik«, sagte Fiona nachdenklich. »Nik, Nik«, wiederholte sie in einer Art Singsang. »Kurz für Nicholas?«

»Nikolai«, sagte ich.

»Oh, das gefällt mir.« Ihre Farben wurden wärmer und schöner, zogen mich an wie eine Einladung. »Bist du Russe? Du hast gar keinen Akzent.«

»Meine Mutter ist Russin.«

»Und kannst du Russisch?«

»Ja«, sagte ich. »Ich hab ein bisschen was aufgeschnappt.«

Sie rutschte näher mit dem Hocker. »Sag was auf Russisch.«

»Was denn?«

»Ich bin nicht wählerisch. Ich versteh sowieso kein Wort, also wird alles gut klingen.«

Ich dachte kurz nach und sagte dann das Einzige, was mir einfiel.

»Ty samaja krasiwaja dewuschka na swete.«

Fionas Lächeln wurde breiter, und die hellen Wolkenfetzen ihres Glücks legten sich um mich. Ich wollte mehr davon. Was total unlogisch war. Die Düfte anderer Frauen waren oft so erdrückend und ungewollt, dass ich die Luft kaum atmen mochte.

Was stimmt nicht mit dir? Reiß dich zusammen.

Ich trank einen großen Schluck Bier. Fiona betrachtete mich mit hochgezogenen Augenbrauen und lachte dann. »Du weißt schon, dass du mir jetzt eigentlich verraten solltest, was du gesagt hast, oder?«

Ich zog die Schultern hoch, und ein Lächeln umspielte meine Mundwinkel. »Ich weiß es nicht mehr.«

Fiona lachte wieder. »Lügner.«

Wir tranken beide einen Schluck und ließen eine kurze Stille zu. Eine angenehme Stille.

»Es hat sich gut angehört, dein Russisch«, sagte Fiona irgendwann. »Was auch immer du gesagt hast, es klang … sexy.«

Ich sah ihr in die Augen. »Wirklich?«

Sie schob sich eine Haarsträhne hinters Ohr. »Ja. Ich wollte was Harmloses sagen wie ›einzigartig‹ oder ›exotisch‹, aber ich bin lieber ehrlich zu dir, Nikolai. Ich spiel nicht gern Spielchen.« Sie runzelte leicht die Stirn. »Gar nicht gern.«

Ich spürte, wie sich ein Schatten auf sie legte. Etwas Altes voller Schmerz. Plötzlich war mein einziger Lebensinhalt, ihn zu vertreiben.

»Wahrscheinlich magst du mich dann nicht besonders«, sagte ich. »Ich spiele ständig. Jeden Tag.«

Ein Lächeln erschien auf ihren Lippen. »Wirklich?«

»Klar«, sagte ich. »Omaha, Texas Hold'em, Seven Card Stud, Draw, Lowball, High-Low-Split …«

Sie lachte, strahlte wieder Rosa aus, und der Schatten zog sich zurück. »Ein Witz und ein Lächeln. Ich hatte mich schon gefragt, ob du jemals lächelst.«

Ich zuckte die Achseln. »Kommt schon mal vor.«

»Und diese Spiele, das ist alles Poker, oder? Du spielst jeden Tag Poker?«

»Nicht jeden Tag. Aber fast jeden.«

»Lebst du davon?«

»Nein, ich …« Ich hustete. »Ich bin Vertreter. Motorradteile. Bei dem Job bin ich viel auf Reisen, und es ist eine Art Hobby, in jeder Stadt ein Pokerspiel zu finden.«

Meine übliche Lüge, auch wenn ich es hasste, sie ihr zu erzählen. Ich kannte ziemlich viele Berufsspieler, die von ihren Gewinnen lebten, aber sie machten das, weil sie gern spielten. Ich spielte, weil ich dank des *Gesichts* leicht gewinnen konnte. Dass ich falschspielte, war mir ziemlich egal. Mir fiel nichts ein, wozu meine sonderbare Fähigkeit sonst gut war, und so konnte ich dem Universum einen dicken Stinkefinger zeigen, weil es mich überhaupt erst mit diesem Fluch belegt hatte.

Aber Fiona anzulügen fühlte sich schmutzig an. Selbst wenn die schlimmen Erinnerungen sie verfolgten, leuchtete sie, während ich tätowiert und schmutzig war, als würde die Tinte auf meinen Händen abfärben und ihr weißes Kleid besudeln, falls ich sie berühren sollte.

Sie legte den Kopf schief und lächelte verwundert. »Du siehst gar nicht wie ein Vertreter aus.« Ihr Blick wanderte über die Tattoos auf den Armen und dem Hals zu den Piercings in den Ohren. »Wenn ich an einen Vertreter denke, stelle ich mir einen Typen mittleren Alters im Anzug mit einem Koffer voller Enzyklopädien vor.«

»Ich hab keinen Koffer«, sagte ich. »Nur Kataloge und Bestellformulare.«

»Und du reist viel?«

»Fast immer.«

»Das klingt einsam.«

»Wenn man etwas so lange macht, gewöhnt man sich dran.«

»Ich weiß, was du meinst«, sagte Fiona, und eine leichte Dunkelheit färbte ihre Worte – der Schatten versuchte sich wieder auszubreiten, bis sie ihn verdrängte. »Und mit dem Pokern macht es Spaß?«

»Ist 'ne ganz nette Abwechslung.«

»Gewinnst du viel Geld?«, fragte sie, dann lachte sie, wunderschön in ihrer Verlegenheit. »Sorry, ich wollte nicht nach deinem Kontostand fragen. Ich wollte nur wissen, ob du gut darin bist.«

»Ich bin verdammt gut darin«, sagte ich.

Sie zog die Augenbrauen hoch und stieß mich lachend am Arm an. »Wenn du das sogar selbst sagst!«

»Vielleicht wollte ich auch ehrlich zu dir sein.« Ich konnte spüren, wo sie mich berührt hatte, eine kribbelnde Hitze, die nur langsam verblasste.

»Das find ich gut.« Sie hielt die Kirsche am Stängel fest und rührte damit den Drink um. »Und bist du lange in der Stadt, um Motorradteile zu verkaufen?«

»Ein paar Tage.«

»Ich hoffe, der Sturm ist nicht schlecht fürs Geschäft.«

»Ist er nicht.«

»Da hast du Glück. In meinem Job habe ich deswegen ein paar Tage frei bekommen.«

»Du klingst, als würde dich das nerven.«

»Jeder Penny zählt.« Sie sah mich an. »Ich werde bald in ein anderes Land ziehen und will sparen.«

Ich nahm einen Schluck Bier. Ich kannte Fiona gerade mal fünf Minuten, aber der Gedanke, dass sie wegzog, ja selbst, dass sie von ihrem Platz aufstand, erfüllte mich mit einer unerklärlichen Furcht.

Was zur Hölle stimmt nicht mit dir?

Aber es ging gar nicht um das, was *nicht stimmte*. Es ging um das, was richtig war. Dieses Mädchen strahlte eine Ruhe aus, die sich auf meine Haut legte, und wenn ich einatmete, schien ich den Duft von etwas Köstlichem einzuatmen, das weit entfernt war. Das pochende Leben um mich herum beruhigte sich. Zum ersten Mal fühlte ich beinahe Frieden, und ich wollte mehr davon.

Wenn ich sie berühren würde …

»Nikolai?« Die Röte in ihrem Gesicht passte zur Farbe ihres Drinks. Sie stützte das Kinn in die Hand. »Ich will ja nicht geschmacklos klingen, aber du guckst, als würdest du mich mit Blicken ausziehen.«

Ich spürte, wie mir heiß wurde im Nacken, und mir lag schon eine linkische Entschuldigung auf der Zunge. Stattdessen sah ich ihr in die Augen und beugte mich vor. »Willst du wissen, was ich auf Russisch zu dir gesagt habe?«

Ihre Augen leuchteten, und ich spürte, wie sie sich von mir angezogen fühlte. »Ja. Sag schon.«

»Ich hab gesagt, du wärst die schönste Frau, die ich je gesehen habe.«

Das Rosa verdunkelte sich zu Rot. Es war nicht das hässliche Rot von Hass oder Wut, sondern das heiße Rot starken Verlangens. Es passte zu meinem eigenen. Ich wollte dieses merkwürdige Gefühl von Ruhe, das sie ausstrahlte, aber ich wollte sie auch berühren. Sie nehmen und mich ganz in ihr verlieren.

Fiona wich meinem Blick nicht aus. »Ich glaube, das stimmt nicht, aber so, wie du mich ansiehst … kann ich es fast glauben. Genau, wie du mich auf der Tanzfläche angeguckt hast. Ich mochte es, wie du mich angeguckt hast. Es war, als hätte ich deinen Blick spüren können, bevor ich dich entdeckt habe.«

Du hast mich entdeckt …

Ihr Blick landete auf der Serviette mit der Skizze von ihr. »Bin ich das?« Sie sah mich mit großen Augen an. Ich machte mich darauf gefasst, dass sie wütend oder misstrauisch wurde, weil ein Fremder sie einfach gezeichnet hatte, als sie gerade nicht hingeguckt hatte. Aber sie nahm die Serviette vorsichtig in die Hand, als wollte sie sie nicht kaputtmachen.

»Das bin ich«, sagte sie.

»Es ist … nichts …«

»Nicht für mich«, sagte sie. »Kann ich die behalten?«

»Ja, klar.«

»Du hast wirklich Talent, Nikolai.«

Ich schüttelte den Kopf und trank einen Schluck Bier.

»Und auch noch bescheiden«, sagte sie und schob die Skizze in ihre Tasche. »Ich will ehrlich sein, Nikolai …« Sie hielt inne und legte wieder den Kopf schief. »Was ist dein zweiter Name? Ist er auch russisch?«

»Alexei«, sagte ich.

»Ich hatte so ein Gefühl, dass noch etwas fehlte«, sagte sie. »Ich will ehrlich sein, Nikolai Alexei, ich nehme nicht oft fremde Männer mit nach Hause. Total selten oder, ehrlich gesagt, nie.«

Mein Herz hämmerte in meiner verdammten Brust. »Okay.«

»Aber ich bin heute mit dem vagen Plan hergekommen, das zu machen, falls ich die richtige Person treffe. Nur für eine

Nacht …« Sie errötete, als wäre sie schüchtern, aber sie wandte den Blick nicht ab. »Es kam mir total albern vor, aber jetzt …«

»Jetzt?«

Sie sah mich einmal an, dann noch einmal, bevor sie sich wieder ihrem Drink zuwandte. »Es überrascht mich ein bisschen, was ich gerade fühle«, sagte sie. »Ich fühle mich … als wollte ich so schnell wie irgend möglich irgendwohin, um mit dir allein zu sein.«

Ich schluckte schwer. »Damit könnte ich leben.«

Scheiße, Mann, wenn das keine Untertreibung war. Ich hatte noch nie eine Frau so sehr gewollt. Ich konnte den Blick nicht von Fiona abwenden. Er wanderte über ihren Körper, über ihr dünnes Kleidchen und den Schweiß, der auf ihrem Hals glitzerte. Ihre Haut glänzte derart im Neonlicht, dass sie fast überirdisch wirkte, so blass und durchscheinend, aber rosa umrahmt. Ein paar Haarsträhnen klebten an ihrer Wange wie Zuckerwatte.

Ich wette, sie schmeckt auch so süß …

»Es passt gar nicht zu mir, unbekannte Typen in Clubs abzuschleppen«, sagte sie wieder. »Es … ist unerwartet.«

Vorsicht und Argwohn verflochten sich mit der Hitze ihrer Anziehungskraft, die sich um mich legte und mir das Denken schwer machte.

»Was kann ich tun?«, platzte ich heraus.

Sie war gerade dabei zu trinken, lachte ein bisschen, und etwas von dem Cosmopolitan lief ihr über das Kinn. »So hilfsbereit! Was du tun kannst?«, überlegte sie und tupfte sich mit einer Serviette zuerst das Kinn ab, dann den Hals, wo sich der Schweiß sammelte. »Du könntest mich beruhigen. Dass wir ausreichend Small Talk gemacht haben.«

»Was wir tun oder lassen, geht niemanden außer uns etwas an«, sagte ich.

Sie nickte. »Solange wir zwei uns einig sind. Du weißt, was ich meine, Nikolai?«

»Ja, weiß ich.«

»Bei mir. Eine Nacht. Das ist alles.«

Ich hätte mich auch damit einverstanden erklärt, mir den Arm abzuhacken, wenn das bedeutet hätte, sie berühren zu dürfen. »Was du willst«, sagte ich heiser.

Fiona blickte auf meinen Mund, und ihre Lippen öffneten sich zu einem leisen Seufzer, den ich eher fühlte als hörte. Die süße Hitze ihres Begehrens verdichtete sich um mich wie Dampf.

»Was ich will …«, flüsterte sie, und ihr Blick streifte meine Brust, meine Schultern, dann sah sie mir wieder unverwandt in die Augen. »Ich will nicht mehr reden.«

Ich warf einen Zwanziger auf die Theke und folgte Fiona aus dem Club.

Draußen goss es in Strömen, der Regen prasselte auf den Asphalt, platzende Tropfen trafen auf die geparkten Autos. Es war fast so laut wie die Musik. Wir blieben unter dem Dachüberstand auf dem Gehweg stehen.

Fionas Selbstsicherheit verschwand. Sie biss sich auf die Lippe und blickte in den Regen.

Ich sah diese Frau an und ballte die Fäuste, um sie nicht zu berühren. »Wir machen nichts, was du nicht willst«, sagte ich und übertönte den strömenden Regen. »Wenn ich gehen soll, sag es einfach.«

Wir sahen uns an, und ich spürte es, als sie wusste, dass ich die Wahrheit sagte. Ihr Lächeln kehrte zurück, ihr einer Mundwinkel hob sich, und sie betrachtete die Straße.

»Ich habe eine Philosophie, Nikolai«, sagte sie. »Das Leben ist kurz. Man muss so viel daraus machen wie möglich, in jeder Minute. Findest du nicht?«

»Ich denke schon.«

»Ich hab da so eine Liste, was ich noch machen will, und jeden Tag kommt etwas Neues dazu, wenn mir etwas einfällt, was ich gern machen würde und noch nicht gemacht habe. Ich schreibe es auf die Liste, dann mache ich es, und dann streiche ich es wieder durch.«

Es schiffte, und Fiona trat unter dem Überstand hervor, hinaus in den Regen. In Sekundenschnelle war sie klitschnass, ihr weißes Kleid wurde durchsichtig. Es klebte an ihrem Körper und zeigte alles. Sie sah, wie ich sie ansah; ihre Lippen öffneten sich leicht, und das Tiefrot ihrer Leidenschaft schmeckte wie Feuer.

»Sag, Nikolai Alexei …« Sie hob ihr Haar im Nacken an, wandte ihr Gesicht dem Himmel zu. »Hast du jemals eine unbekannte Person im Regen geküsst?«

»Nein.«

»Ich auch nicht«, sagte sie. »Aber es steht auf meiner Liste.«

Mit drei großen Schritten war ich bei ihr. Jede Nervenzelle in meinem Körper wollte, dass ich sie anfasste, sie hart küsste und ihre Süße schmeckte. Ich wollte diesen Frieden, den sie ausstrahlte, und ihn runterschlucken. Aber sie brauchte etwas anderes. Ein bisschen Bestätigung, um das pulsierende Verlangen auszugleichen.

Ich nahm ihr Gesicht in die Hände, und der Regen durchnässte uns beide. Ihre Augen waren unglaublich blau unter den gelben Straßenlaternen, und sie öffnete den Mund mit einem leisen überraschten Keuchen. Ich spürte, wie ich die Stirn runzelte und forschend ihr offenes Gesicht absuchte, als könnte ich die Antworten auf meine Fragen in der Rundung ihrer Wange finden oder im sanften Leuchten ihrer Haut.

Sanft legte ich meine Lippen auf ihre, schmeckte den Regen und dann ihre Süße. Fiona zu küssen war selbst in diesem sintflutartigen Regen, wie mittags in der Sonne ein Bonbon zu lutschen. Wärme und Süße durchfluteten mich.

Fiona erwiderte den Kuss erst zögernd, dann gab sie sich ihm hin. Sie erkundete meinen Mund, kostete mich mit sanften Bewegungen ihrer Zunge, bis sie zufrieden war.

»Zu mir«, sagte sie atemlos. »Jetzt.«

Fiona nahm ihren Wagen, einen alten blauen Prius. Ich folgte ihr mit der Bonneville zu einem kleinen Apartmentgebäude. Es war alt und schlicht, stand aber inmitten von Bäumen, die schwer waren vom Regen. Der Wind zerrte die Äste über den Himmel.

Wortlos folgte ich Fiona zu ihrer Wohnung, wo sie eilig ihren Schlüssel suchte. Sie blieb stehen und drehte sich zu mir um, bevor sie die Tür aufschloss. Ihre Augen leuchteten, ihre Wangen waren gerötet. Ich konnte selbst kaum atmen und wollte sie unbedingt berühren.

»Du musst ein Kondom benutzen, keine Ausnahme«, sagte sie, die Stimme fest, aber auch ein wenig hauchig. »Okay?«

»Natürlich.«

»*Keine* Ausnahme.«

»Verstanden.«

»Und eins noch …«

»Sag es.«

Sie legte mir die Hand auf die Brust, über meinem Herzen. »Halt dich nicht zurück. Was du bist … das hier …« Sie drückte mit der Hand fester zu. »Ich will es. Dich. Deine Kraft.« Sie sah mich an, und ihre Augen waren dunkel vor Sehnsucht. »Ich will es ganz.«

Ich nickte wie ein stummes, hirnloses Tier, in das ich mich fast schon verwandelt hatte, und sie öffnete die Tür.

Drinnen war mir vage bewusst, wie klein die Wohnung war, die grün nach Blumen und Pflanzen roch. Fiona schloss die

Tür hinter sich und schob mir die Jacke von den Schultern, als ich, so nah ich konnte, zu ihr trat. Fast berührten sich unsere Lippen, während wir einatmeten.

Unsere Münder streiften sich einmal, zweimal ... und dann prallten sie aufeinander. Ihr süßer Geschmack flutete meine Sinne, als sie mich hart und fordernd küsste, ihre Zunge schamlos an meiner rieb. Sie griff mir in den Nacken und schmiegte sich, leise stöhnend, an mich.

Mein Körper reagierte sofort; die Erektion war schmerzhaft in meiner Jeans. Ich griff in ihr Haar und zog leicht daran, dann strich ich über ihren Rücken und ihren Arsch. Sie stöhnte, und meine Hand schlüpfte unter den Saum ihres Kleides, glitt ihren Oberschenkel hinauf.

»Ja«, flüsterte sie an meinem Mund. »Das will ich ...«

Die Hitze ihres Verlangens nahm mir den Rest meiner Selbstkontrolle. Ich drückte sie gegen die Wand, legte den Mund auf ihren, und meine Hände waren überall auf ihr, packten sie, nahmen. Sie küsste mich genauso hart zurück – mit Zähnen und Zunge. Und sie nahm alles, was ich gab – meine rauen Hände, meinen Mund, der ihren grob nahm, meine Bartstoppeln, die ihre zarte Haut kratzten, bis sie sich rötete. Ihr Körper war mein, aber ich spürte, wie sehr sie auch *mich* wollte; wie furchtlos sie meinem Ansturm begegnete. Es trieb mein Verlangen nach ihr in die Höhe. Ich glaubte, ich würde meinen verfluchten Verstand verlieren, wenn ich sie nicht bekäme.

Sie hatte, was ich wollte – *brauchte* –, und jede Berührung brachte mich dem näher. In sie einzudringen musste wie ein Wunder sein.

Direkt da an der Wand zog ich ihr das Kleid über den Kopf und warf es zur Seite. Sie sah mich an, als ich ihren fast nackten Körper betrachtete. Ihre Brüste waren klein und perfekt.

»Krasiwaja«, knurrte ich, legte meinen Mund um einen Nippel, kniff ihn mit den Lippen und saugte, während meine Hand den anderen fand.

»Was bedeutet das?«, fragte sie atemlos und mit ein wenig Befangenheit in der Stimme. Irgendjemand – ein verdammtes Arschloch – hatte mal was gesagt, so oft, dass sie sich in ihrem Körper unwohl fühlte. Es war in ihr verwurzelt, und ich wollte es verdammt noch mal rausreißen.

»Du bist wunderschön«, sagte ich wild. »Alles an dir … so verdammt schön.«

Ich küsste die Antwort weg, die sie vielleicht hatte, und schmeckte stattdessen dieses Süße in ihr, in dem ihr eigenes Verlangen brannte. Sie kratzte mit den Fingernägeln über meinen Rücken und zog dann an meinem T-Shirt. Ich löste mich so lange von ihr, dass ich es ausziehen konnte, dann küsste ich sie wieder. Sie legte mir die Arme um den Hals, presste die Hüfte an meine, und jetzt – Haut an Haut – war die Verbindung, die ich zu ihr fühlte, so intensiv, dass mir schwindelig wurde.

Ich brauche dich …

Bei Körperkontakt hörte ich manchmal die konkreten Gedanken einer Person, und ich hasste es. Hasste es, so übergriffig zu sein. Aber diesmal nicht. Fionas geflüsterte Gedanken waren wie federleichte Küsse in meinem Geist. Sie wollte mich auch, genau wie ich sie, und ich hatte noch nie etwas im Leben so sehr gewollt bis zu dieser Sekunde – der flüchtigen Sekunde, in der ich für sie sterben würde, wenn ich nur das hier bekäme …

Ich fasste zwischen ihre Beine, und ihr Slip war feucht. Ich riss ihn ihr herunter.

»Ja«, stöhnte sie an meinem Hals. »Ja, Nik, ja … Das will ich …«

Ich konnte nicht schnell genug meine Hose aufmachen, und als ich es geschafft hatte, war ihre Hand da und umfasste mich.

»Oh mein Gott«, flüsterte sie, und ihre Augen weiteten sich, als sie zu meiner Erektion hinuntersah.

Durch den roten Nebel meines Verlangens erinnerte ich mich an das Kondom. Ich zog die Brieftasche aus meiner Gesäßtasche und holte eines heraus, während die Jeans auf meine Knöchel runterrutschte. Ich riss die Packung mit den Zähnen auf, spuckte die Ecke aus und rollte das Kondom runter. Ich hob Fiona hoch, drückte den Mund wieder auf ihren, und sie schlang mir die Beine um die Taille.

»Nikolai …«, flüsterte sie. »Jetzt. Schnell …«

Ja, jetzt. Jetzt, oder ich sterbe …

Ich stieß in sie und schloss die Augen, drückte das Gesicht an ihren Hals, während mich das Gefühl ihrer engen Hitze umgab und flutete. Das Verlangen nach ihr, das Begehren, war heftig wie eine Sucht. Sie war die Droge, die mein Körper brauchte. Und diese Essenz, dieses Lebenselixier, dieses Mark in ihr, das jenes ununterbrochen in mir wütende Chaos der Emotionen zum Schweigen bringen konnte – ich bekam es. Als ich tief in diese Frau eindrang, mit Hautkontakt an hundert Stellen, als sie bei jedem Kuss in meinen Mund atmete und ihre enge, feuchte Hitze mich umklammerte … da bekam ich es.

»Oh ja«, stöhnte ich. »Das will ich …«

»Ja«, antwortete sie.

Ich stieß hart und schnell in sie, immer wieder, voll kopfloser Begierde und wildem Hunger. Ich gierte nach diesem Frieden, aber ich nahm ihn mir fast mit Gewalt. Ich küsste sie, drückte kurz den Mund auf ihren und versuchte mich zu bremsen, bevor ich ihr noch wehtat oder Angst machte. Aber Fiona … verdammt, diese Frau. Sie wollte nur noch mehr. Kratzte mit den Nägeln über meinen nackten Rücken, dann weiter unten über meine Taille, meinen Arsch, grub die Finger in mich und zog mich an sich. Ich hielt sie an den Oberschenkeln, und es war, als würde sie nichts wiegen. Sie hatte mich so fest mit den Beinen umschlungen, dass es sich anfühlte, als würde sie mich nie wieder loslassen. Und das wollte ich auch nicht.

»Ja«, zischte sie und küsste mich wild, bevor sie den Kopf nach hinten gegen die Wand fallen ließ. »Genau so. Gott, ja … hör nicht auf.«

Ich stieß immer schneller in sie, bis ich fast kam, dann drang ich langsamer und tiefer in sie ein, ein harter Stoß nach dem anderen. Sie nahm mich ganz in sich auf, und jedes Mal, wenn meine Hüften an ihre stießen, stöhnte sie und bettelte nach *mehr*, nur unterbrochen von immer lauter werdenden Schreien.

Endlich fühlte ich, wie sie sich um mich zusammenkrampfte. Ihre Fingernägel bohrten sich schmerzhaft in meine Schultern, und ich genoss diesen Schmerz, der besser war als tausend Tattoo-Nadeln. Mein Körper verschlang ihn, und ich hatte das Gefühl, ich würde sie verschlingen, immer nur nehmen und nehmen …

Dann kam sie, biss mir eine Sekunde lang in den Hals, warf dann den Kopf zurück und schrie. Ich spürte meinen eigenen Höhepunkt, wie sich in meinem Unterleib alles zusammenzog wie eine Faust und dann in Fiona explodierte.

Sie hielt mich mit Armen und Beinen fest, und ihr Mund suchte meinen, als ich heftiger kam als je zuvor im Leben. Sie nahm alles auf, in ihrem Körper, ihrem Mund, durch ihre Haut und durch den dichten Nebel ihrer Ekstase.

Während uns tausend Schauder überliefen, lehnte ich Fiona gegen die Wand. Mein Atem fuhr ihr über den Hals, während ihrer mich heiß an der Brust traf, da sie die Stirn an meine Schulter drückte. Ein paar Momente lang atmeten wir nur, und ich genoss die Stille.

Die vollkommene Stille einer Welt, die nur aus ihr und mir bestand.

4. KAPITEL

Nikolai

Wir umarmten uns, kamen zu Atem, während uns das letzte Zittern unserer Orgasmen überlief. Langsam und wiederstrebend stellte ich Fiona auf den Boden. Ich zog mich aus ihr raus, und ein leiser Laut entfuhr ihr. Sie sah mich an, ihr Blick leuchtend und unverwandt.

»Du bist echt einer«, sagte sie und lachte erschöpft. Sie strich mir die Haare aus dem Gesicht, die mir in die Stirn gefallen waren. Es war eine zarte, liebevolle Berührung. Sie küsste mich sanft, dann schubste sie mich spielerisch weg.

Ihre Haut war gerötet am Hals und an der Brust, wo ich sie mit den Bartstoppeln zerkratzt hatte; ihre Lippen waren rot und geschwollen. Ich hielt sie fest, als sie an mir vorbeigehen wollte, und berührte sanft die Stelle an ihrer Lippe, an der ich sie gebissen hatte.

»Tut mir leid.«

Sie legte die Finger auf die brennenden Kratzer auf meiner Schulter und lächelte scheu. »Ich hab auch ganz schön ausgeteilt. Aber glaubst du, ich hab gedacht ›Der ist bestimmt ein Engel im Bett‹, als ich dich, so überall tätowiert und gepierct, im Club gesehen hab?«

Fiona lachte und ließ zu, dass ich ihre Wange umfasste, bevor sie zum Bett ging und auf dem Weg die Sandalen auszog.

Sie nahm die Reste des Tangas mit den Zehen hoch und warf mir ein amüsiertes Grinsen zu. »Du hast Glück, dass das kein Lieblingsstück war.«

Ich zog die Jeans hoch, nahm mein T-Shirt, dann ging ich in das kleine Bad und entsorgte das Kondom. Ich wollte nicht gehen, aber ich würde es tun. Es war so geplant.

»Es schüttet wie aus Eimern, und deine Sachen sind klitschnass«, sagte Fiona, als ich wieder herauskam. Sie hatte sich nackt ins Bett gelegt und die Decke nur bis zur Taille hochgezogen. Sie lehnte sich zurück, das nasse rosa Haar auf dem Kissen und ihren Brüsten ausgebreitet. »Es ist Bier im Kühlschrank. Wenn du was essen willst, bedien dich.«

Bleib. Besser als dieses Motel.

Eine gute Ausrede – gut genug, um die Angst zu überdecken, dass ich, sobald ich aus der Tür ging und mich von Fiona entfernte, wieder vom wütenden Lärm der Leben fremder Menschen überflutet werden würde.

Hier war es ruhig.

Ich wollte nicht gehen.

Ich nahm mir ein Bier aus dem Kühlschrank. »Willst du auch eins?«

Fiona drehte sich im Bett auf die Seite und sah mich an. »Nein, danke. Ich bin total fertig.«

Ich trank das halbe Bier, dann stellte ich die Flasche auf die Arbeitsplatte neben einen Vogelkäfig. Der kleine gelbe Vogel darin starrte mich aus aufmerksamen schwarzen Augen an. Ich starrte zurück.

»Regnet wirklich ziemlich heftig«, sagte ich und setzte dabei mein Pokerface auf.

»Bleib«, sagte Fiona leise. »Für heute Nacht.«

Das war ihr wichtig. Nur eine Nacht, nimm's oder lass es bleiben.

Ich nahm's.

»Ich könnte ein bisschen Schlaf vertragen.«

Fiona klopfte hinter sich aufs Bett. »Ich beiße nicht.« Sie lachte, als ich unwillkürlich die Bissspuren an meinem Hals berührte. »Okay, vielleicht stimmt das nicht ganz. Aber kannst du es mir vorwerfen? Du bist zum Anbeißen. Doch jetzt bist du in Sicherheit. Ich werd einschlafen, sobald du das Licht ausmachst.«

Ich betätigte den Schalter, tauchte die kleine Wohnung in Dunkelheit und ging zur anderen Seite des Betts. Ich zog mich bis auf die Unterhose aus.

»Gute Nacht, Nikolai«, sagte Fiona mit schwerer Stimme. Sie hatte mir den Rücken zugedreht. In der Dunkelheit konnte ich ein Tattoo sehen, das sich auf ihrem Rücken ausbreitete – Wildblumen in brillanten Farben mit einer fast unheimlich realistischen Biene, die zwischen ihnen umherflog.

Ich blickte an die Decke. Dieser Teil eines One-Night-Stands sollte leicht sein. Ich stand auf und ging, oder ich schlief ein mit den ungewollten Überresten der Gefühle der Frau, die wie billiges Parfüm an mir hafteten. Heute jedoch war es anders.

Ich lag neben Fiona in der Stille, ihre Seite hob und senkte sich gleichmäßig, aber sie schlief noch nicht. Das Licht ihres Bewusstseins wurde dunkler und heller mit Gedanken. Statt mich irgendwie bedrängt zu fühlen, mochte ich den Geschmack dieser Gedanken, und die Farben ihrer Gefühle waren schön – nicht grell –, als sie an meinem *Gesicht* vorbeizogen.

Ich fühle mich normal.

Oder so normal, wie es mir möglich war. Bei Fiona war das *Gesicht* keine Folter. Auf etwas Besseres konnte ich nicht hoffen – fast, als wäre es verschwunden.

Warum? Warum sie?

»Nikolai …«, sagte sie leise in der Dunkelheit.

»Nik. Nur Nik«, sagte ich und kämpfte darum, meine Verwirrung daran zu hindern, sich in Enttäuschung zu verwandeln. Das Geheimnis des verdammten *Gesichts* hatte für einen neuen Plot Twist gesorgt.

»Okay. Nur Nik«, sagte Fiona immer noch mit dem Rücken zu mir. »Dein voller Name ist so schön. Ich kann nicht versprechen, dass er mir nicht rausrutscht.«

»Vergiss es einfach«, sagte ich und kam mir vor wie ein Arschloch. »Nenn mich, wie du willst.«

Fiona drehte sich zu mir um, und die friedliche Ruhe überkam mich erneut und nahm mir die Frustration. Ich sah die rosa Aura der ihr eigenen Freundlichkeit um sie herum. Sie öffnete den Mund, als wollte sie etwas sagen, überlegte es sich dann aber anders, lachte leise und schüttelte den Kopf auf dem Kissen.

»Nichts. Gute Nacht ... Nik.« Sie drehte sich wieder um.

Sie will mehr.

Nicht den harten Sex von eben, sondern etwas anderes. Sanfte Berührungen, sanfte Küsse. Dies war ein schäbiger One-Night-Stand, und sie wusste nicht, wie sie um etwas anderes bitten sollte.

Dank des *Gesichts* musste sie das auch nicht.

Ich rutschte näher an sie heran, so nah, dass ich ihre Körperwärme spürte. Ich strich die langen, feuchten Locken beiseite und legte den Mund zwischen ihre Schulterblätter.

Sie regte sich, zitterte leicht.

Ich küsste sie noch einmal mit offenem Mund, leckte an ihr und pustete heiß darüber. Und noch einmal, immer an den Stängeln der Blumen entlang, dann ließ ich die Zunge über den Blütenblättern kreisen.

Fiona erschauderte und stöhnte leise. »Oh, Nik ... Bei mir ist das eine ... wie nennt man das? Eine erogene Zone.«

Sie verstummte, als ich meinen Mund über ihre Haut bewegte, sie küsste und leckte, mit federleichten Berührungen und sie sanft streifenden Zähnen, bis sie eine Gänsehaut bekam und sich an mich presste.

Ich legte die Hand auf ihre Taille, strich über die Kurve ihrer Hüfte den Oberschenkel hinunter und wieder hoch, während ich mit dem Mund weiter die nackte Haut ihres Rückens erforschte und kleine Feuer verursachte, die in meinem Geist rot und orange waren wie sprühende Funken.

»Was tust du?«, flüsterte sie und schmiegte sich in meine Berührungen.

Ich hatte keine Antwort. Nur ein neues Bedürfnis. Sie hatte etwas, was ich wollte, und eben hatte ich es mir mit verzweifelter Gier genommen. Jetzt war es mein Bedürfnis, ihr etwas zurückzugeben, zu geben statt zu nehmen.

Sanft rollte ich sie auf den Rücken, kniete über ihr und stützte die Hände auf beiden Seiten ihres Körpers auf. Ich beugte mich vor, um sie zu küssen, diesmal sanft, und die Rötung durch die Küsse von eben mit meinen Lippen zu lindern. Ich bewegte mich an ihrem Hals abwärts, über die geröteten Stellen, die ich hinterlassen hatte, und küsste diese auch.

Fiona griff mir ins Haar. »Oh Nikolai, ich weiß nicht, ob ich schon wieder …«

Ich schüttelte den Kopf, fuhr mit dem Mund über ihren Körper. »Das ist für dich«, sagte ich zwischen den Küssen auf ihre Brüste, den Bauch hinunter und noch weiter hinunter … »Nur für dich, sonst nichts.« Ich stützte mich zwischen ihren Beinen ab und blickte zu ihr hoch, nur um festzustellen, dass sie mich beobachtete, atemlos und bereit. »Okay?«

Sie nickte stumm und biss sich auf die Lippe. Vorfreude und Begierde gemischt, gelb und rot, und ich spürte, wie ihre Hüften sich unter mir leicht bewegten, sich anhoben. Anboten.

Ich legte den Mund auf sie.

Oh wow.

Vorher war ich so grob gewesen, mein Verlangen war so heftig gewesen, und jetzt war ich komplett umgepolt. Ich wollte nur, dass sie sich gut fühlte, wollte jeden Schmerz mit meinem Mund lindern und sie so hart kommen lassen, dass sie ihren eigenen Namen vergaß.

Sie war so köstlich. Ein süßer Geschmack, der so sehr sie selbst war. Ich musste mich zurückhalten, um nicht wieder grob zu werden, nicht zu heftig zu saugen oder die Zähne zu benutzen. Aber sie packte meine Haare und drückte mich an sich, während ihre Hüften sich hoben und senkten. Stöhnen und leise Laute entwichen ihrem Mund, während sie den Kopf von einer Seite auf die andere warf.

Mehr, mehr, mehr …

Nichts als ihre Stimme hallte in diesem hohlen Ort in mir, der allen außer mir gehörte. Aber jetzt war sie dort, erfüllte ihn mit dem, was *sie* war, und ich fühlte mich zum ersten Mal im Leben ganz.

Wer zum Teufel ist diese Frau?

»Nik, oh mein Gott …«

Ihre Worte holten mich zurück, und sie kam, ein langes Anspannen jedes einzelnen Muskels, der durchgedrückte Rücken, der sich von der Matratze hob, dann löste sich ein Schrei aus ihrer Kehle, und sie warf den Kopf zurück. Ich sah die glitzernde Kaskade ihrer Lust und nahm sie mit allen Sinnen in mich auf, statt zu versuchen, sie auszublenden.

Ich hielt ihre Hüften fest und drückte den Mund weiter auf sie, damit es andauerte. Irgendwann fing sie an zu zittern, und ich ließ von ihr ab, leckte sie ganz langsam und ruhig und half ihr durch den Orgasmus, bis sie völlig erschlafft aufs Bett sank.

»Oh mein Gott«, flüsterte sie in die Dunkelheit, die mein zufriedenes Lächeln verbarg. Ich wollte gerade von ihr herunterrollen, aber Fiona packte meine Schultern und zog mich zu sich hoch.

Ich küsste ihren weichen Körper, bahnte mir einen Weg aufwärts wie durch eine Landschaft, bis ich wieder bei ihrem Mund war. Gab ihr einen Gutenachtkuss, weil ich sicher war, dass sie hundert Stunden schlafen wollen würde. Aber das rote Pulsieren ihres Verlangens flammte auf, und ihre Zunge drang in meinen Mund ein.

»Ich dachte, du kannst nicht mehr«, flüsterte ich an ihren Lippen, als mein Körper anfing zu reagieren.

»Ich will dich in mir«, flüsterte sie drängend. »Solange ich … *das* noch fühle. Was du mit mir gemacht hast. Ich will dieses Gefühl mit dir in mir …«

Sie holte noch ein Kondom aus der Nachttischschublade, während ich die Boxershorts auszog. »Diesmal langsam«, sagte sie und riss die Packung auf. »Tief und langsam.« Sie rollte mir das Kondom über und drückte den Rücken durch. »Tust du das für mich, Nik?«

Ich nickte. Ich würde alles für sie tun, wenn das mehr von dieser unerklärlichen Ruhe bedeutete.

Ich begrub den Gedanken in einem Kuss, dann drang ich langsam zum zweiten Mal in dieser Nacht in sie ein. Ein Stöhnen entfuhr mir durch zusammengebissene Zähne, als ich sie spürte. Da war der Hunger, aber auch das Geben und Nehmen. Ihr Verlangen pulsierte und umgab mich so heiß und fest wie ihr Körper.

Ich bewegte mich langsam, stieß tief in sie hinein, war so zärtlich, wie ich konnte, damit es war, wie sie wollte. Ihre Beine legten sich um meine Taille und ihre Arme um meinen Hals: eine Falle, die ich bei den Frauen, mit denen ich fickte, normalerweise vermied. Es war zu leicht, mich in ihnen zu verstricken, in ihren Gefühlen oder ihren kaputten Erinnerungen. Bei Fiona wollte ich für immer so bleiben.

Mein Mund bedeckte ihren, meine Zunge drang tief, aber sanft in ihren Mund ein, ich saugte an ihren vollen, sinnlichen Lippen … schmeckte Zucker und Erdbeeren und eine Sommerbrise auf einem Feld voller Wildblumen …

Was ist das?

Meine Gedanken zerstreuten sich, als ich den Orgasmus tief in ihr aufsteigen fühlte – er fing dort an, wo ich in ihr war. Er ergoss sich um uns herum. Ich selbst kam nur Sekunden später, und es ging so schnell, es nahm mir den Atem, als wäre mein Körper an Fionas gekettet und wollte, was ihrer tat, und so kamen wir fast gleichzeitig in einem verschwitzten, keuchenden Crescendo, wie eine plötzliche Flutwelle auf einem stillen See.

Ich ließ mich auf sie sinken. Mein Körper schmiegte sich an ihren, und sie umarmte mich. Ihr Atem strich mir heiß über den Hals.

»Nikolai Alexei«, flüsterte sie und umfasste meine Wangen, um mich im Halbdunkel anzusehen. »Wer *bist* du?«

Diese Frage hatte ich mir gestellt, seit ich denken konnte. Ich hatte keine Antwort darauf, aber in diesem Moment, als ich nur mich selbst im Blau von Fionas Augen gespiegelt sah, kam mir ein beängstigender, beglückender Gedanke in den Sinn.

Ich weiß es nicht, aber du vielleicht …

5. KAPITEL

Fiona

Es donnerte, und Lemony zwitscherte in seinem Käfig, und beide Geräusche rissen mich aus einem tiefen Schlaf. Langsam setzte ich mich auf, blinzelte in der Dunkelheit und betrachtete den Mann, der neben mir schlief.

Nikolai Alexei – Nachname unbekannt – war schön. Sein kräftiger Körper muskulös und mit einschüchternden Tattoos bedeckt. Seine Ohrläppchen waren gepierct mit gemein aussehenden silbernen Krallen – eine stachelige Warnung, ihm nicht zu nahe zu kommen. Aber sie war nicht gegen mich gerichtet. Dieser dornige Panzer, der Menschen auf Distanz hielt, galt nicht mir.

Niks Gesicht stand in krassem Kontrast zum Rest – er sah jungenhaft gut aus mit blauen Augen und kurzen schwarzen Haaren, die vorn etwas länger waren. Ein freundliches Gesicht, aber angespannt, eine stets gerunzelte Stirn, ein hartes Funkeln in den Augen … Nur dass er jetzt friedlich schlief, auf dem Bauch, lediglich bis zur Taille zugedeckt. Seine Stirn war glatt, der Atem tief und gleichmäßig.

Friedlich.

Ich ließ meinen Blick über seinen Körper wandern, die Rückenmuskeln unter der glatten Haut. Im Wachzustand waren seine blauen Augen hart und die Muskeln angespannt, als würde Nik sich ständig gegen einen unsichtbaren Feind wappnen.

Ein Tattoo auf seinem Rücken war neu, die Haut darum noch rot. Ein japanischer Koi und ein Symbol in Schwarz. Ich fragte mich, was es bedeutete.

»Unfassbar sexy«, murmelte ich und unterdrückte ein Lachen.

Schon im Club war Niks einschüchternder Körper unfassbar sexy gewesen. Eine primitive Seite von mir hatte es geliebt, ihn in Aktion zu sehen, als er so eben mal diesen Typen in seine Schranken verwiesen hatte, der mir auf die Schulter getippt hatte. Er hatte ihn einfach mitten auf der Tanzfläche deponiert, wie ein kleines Kind, das ungezogen gewesen war und in der Ecke stehen musste.

Ich gab es nur ungern zu, aber es hatte mir gefallen. Nik zuzusehen hatte mir heiße Schauder über den Rücken gejagt, und mir war auch zwischen den Beinen heiß geworden. In dem Moment hatte ich gewusst, dass Nikolai Alexei der Spitzenkandidat war, falls ich das mit dem One-Night-Stand wirklich durchziehen wollte.

Abgesehen davon, dass es sich wirklich gut anfühlte, dass ein Mann mir den Rücken freihielt.

Es blitzte, und Lemony tschilpte ängstlich. Ich stand aus dem Bett auf und legte ein Handtuch über den Käfig, um ihn zu beruhigen. Auf dem Boden neben dem Hocker lagen Niks Jeans und seine Brieftasche, die er gestern auf der hektischen Suche nach einem Kondom aus der Tasche gezogen hatte. Ich legte die Brieftasche auf die Küchentheke, und ein paar Visitenkarten fielen heraus.

Sie waren schlicht, die Silhouette eines Motorradfahrers auf einer Harley und in einer Ecke sein Name – *Nik Young* – und eine Telefonnummer.

»Nikolai Alexei Young«, murmelte ich. »Nachname nicht länger unbekannt.«

Ich steckte die Karten wieder in die Brieftasche, bis auf eine.

Was soll das? Falls dein nicht vorhandenes Motorrad kaputtgeht und du Ersatzteile brauchst?

Ich ließ die Karte in meine Tasche neben der Tür fallen.

Ein Andenken an meinen One-Night-Stand, dachte ich. *Das ist erlaubt.*

Aber ich hatte schon ein Souvenir. Ich holte die Papierserviette mit der Zeichnung von mir aus der Tasche. Ich hatte nicht gelogen, als ich gesagt hatte, dass Nik talentiert sei. Die Zeichnung war schön und gekonnt, und das nur mit Kuli auf Serviette. Aber vor allem hatte er etwas eingefangen, was ich gefühlt hatte, als ich mich von der Musik hatte durchströmen lassen. Etwas von dem Frieden und Glück, um die ich jeden Tag kämpfte.

Ich legte die Zeichnung in meine Nachttischschublade und legte mich vorsichtig wieder ins Bett, um Nik nicht zu wecken. Er rührte sich nicht, vergrub sein Gesicht nur tiefer im Kissen und seufzte zufrieden. Ich starrte ihn ohne Scham an, nahm ihn in mich auf.

»*Wer bist du?*«, hatte ich ihn gefragt. Keine Ahnung warum – nach drei wahnsinnigen Orgasmen war ich wohl ein bisschen durcheinander gewesen. Aber Nikolai Young war alles, was ich in dieser Nacht gewollt hatte.

Ein Teil von mir hatte sich Sorgen gemacht, ich könnte mich angreifbar fühlen mit einem Unbekannten in der Wohnung. Tat ich aber nicht.

Ich dachte, ich könnte verlegen sein, da ich zum ersten Mal seit Jahren wieder Sex hatte. War ich aber nicht.

Mein Körper summte noch von seinen Berührungen; ich konnte jede Stelle spüren, an der er mich angefasst hatte, und es war köstlich.

Ich legte mich wieder ins Bett neben diesen großartigen Mann. Eine Strähne war ihm ins Gesicht gefallen, und ich wollte sie zur Seite streichen …

Ich hab immer gewusst, dass du eine Schlampe bist.

Ich riss die Hand zurück, als hätte ich mich an Steves Flüstern in meinem Kopf verbrannt. Gleichzeitig zuckte Nik im Schlaf zusammen. Er runzelte die Stirn und verzog die Miene zu einer wütenden Grimasse. Ich hielt den Atem an, als er die Arme nach mir ausstreckte und mich an sich zog. Ich drehte mich auf die Seite, als Nik mich umarmte, schmiegte den Rücken an seine Brust und spürte die Wärme seines Seufzers auf meiner Schulter. Dann schlief er weiter.

Ich rührte mich nicht, hielt den Atem an und machte mich auf mehr von Steves schrecklichen Bemerkungen gefasst.

Stille.

Ich atmete vorsichtig aus und schmiegte mich an Nik.

Soll das hier geschehen?

Es kam keine Antwort, nur seine Umarmung und der perfekte Schlaf, in den ich fiel.

Als ich das nächste Mal aufwachte, fiel das graue Licht eines regnerischen Morgens in meine kleine Wohnung. Es regnete ununterbrochen und pladderte schwer gegen das Fenster. Nik stand in Jeans ohne T-Shirt davor und sah dem Regen zu. Ich biss mir auf die Lippe. Heute war der Morgen danach, an dem man die Entscheidungen der letzten Nacht im nackten Tageslicht betrachten konnte. Bereute er, mitgekommen zu sein?

»Voll die Sintflut da draußen«, sagte ich.

»Ja, ziemlich heftig«, sagte Nik, ohne sich umzudrehen.

»Schlecht für deine Arbeit?«

»Nein«, sagte er langsam, ernst. »Ich kann fahren.«

Weil das nämlich passieren wird. Eine Nacht.

»Willst du noch einen Kaffee?«, fragte ich.

»Ja, das wär gut.«

Ich zog ein T-Shirt und einen Slip an und ging in den Küchenbereich. Ich hätte die Schlabberhose anziehen können, die unter dem Bett lag, aber ich tat es nicht. Ich mochte es, wie Nik meine nackten Beine anstarrte. Er zerstreute die Unsicherheit und die Zweifel, die Steve vor all diesen Jahren in meinem Herzen gesät hatte und die immer noch verdorbene Früchte trugen. Nik sah mich nicht angewidert oder missbilligend an, als würde mein Körper ihn enttäuschen. Wenn Nik mich ansah, hatte er Feuer in den Augen. Er gab mir das Gefühl, schön und sexy zu sein.

Und es entging mir nicht, dass er sein T-Shirt nicht angezogen hatte.

Er hat es nicht eilig, von hier wegzukommen, dachte ich. *Das ist okay für mich.*

Ich stellte die Kaffeemaschine an und holte zwei Becher aus dem Schrank. Das hatte ich noch nie gemacht in den zwei Jahren, die ich hier wohnte. Kaffee für zwei.

»Wie wär's mit Frühstück?«, fragte ich plötzlich leise. Ich räusperte mich. »Ich könnte Rührei machen, Schinken …?«

»Ich könnte schon was essen.«

Er sagte das ziemlich beiläufig, aber ich hätte schwören können, dass seine blauen Augen aufleuchteten.

Ich machte Rührei mit Schinken, und wir aßen gegenüber an der Küchentheke. Nik saß auf einem der Hocker, ich stand auf der anderen Seite. Er sagte kaum etwas, aber er schlang das Essen hinunter und spülte mit schwarzem Kaffee nach. Die Stille zog sich in die Länge, und er machte keine Anstalten, sie zu unterbrechen.

»Du bist wirklich so ein starker, schweigsamer Typ, was?«, sagte ich und lachte.

»Ich bin nicht so gut mit Small Talk«, sagte Nik. »Bin wahrscheinlich schon zu lange unterwegs.«

»Du hast gesagt, du reist viel, aber wie viel ist viel? Ein paarmal im Monat?«

»Mehr als das«, sagte er. Seine Stimme war ein heller Tenor, aber kratzig, als wäre sie eingerostet, weil er sie zu selten benutzte. »Ich fahre kreuz und quer durchs Land, ohne Pause.«

Ich runzelte die Stirn. »Aber du musst doch irgendwo wohnen.«

Er zuckte die Achseln, schob das Essen mit der Gabel hin und her.

»Nein?«, fragte ich. »Wirklich?«

»Wozu Miete zahlen, wenn ich eh nie da bin.«

Ich blinzelte und schüttelte den Kopf. »*So viel* arbeitest du bei deinem Job? Was ist mit Familie? Urlaub?«

»Ich hab keine Familie. Mein Dad ist abgehauen, als ich zehn war, und meine Mom ist in einem Heim. Dement. Sie erkennt mich nicht mehr. Nur das Pokern ist eine Konstante.« Er zuckte wieder die Achseln, als wär das keine große Sache, aber er sah mich nicht an. »Weihnachten in Vegas mit den Poker-Kumpeln ist gar nicht so übel.«

»Das mit deiner Mom tut mir leid«, sagte ich. »Alzheimer?« Ich winkte ab. »Vergiss es, sorry. Ich wollte nicht neugierig sein.«

»Schon okay. Die kümmern sich um sie.«

»Das freut mich. Aber der Rest … Ich kann mir einfach nicht vorstellen, keinen Ort zu haben, den man … Dass man nichts …«

»Zuhause nennt? Vielleicht irgendwann mal.« Niks Mundwinkel hoben sich zu einer Andeutung eines Lächelns. »Im Moment steht es nicht in den Karten.«

Ein kurzes Lachen entfuhr mir, und ich verdrehte die Augen. »Ich hasse Kalauer.«

»Tut mir echt leid. Es gibt eine Million schlechte Pokerwitze, und ich kenne sie alle.«

Ich stemmte die Hände in die Hüften. »Du bist mir wirklich ein Rätsel, Nikolai.«

»Ja?«

»Ja. Du machst Witze, wenn ich es am wenigsten erwarte.« Ich stützte die verschränkten Unterarme auf die Küchentheke. »Glücksspiel ist illegal in Georgia. Wenn ich drüber nachdenke, ist es in den meisten Staaten illegal. Wo spielst du überhaupt?«

»In Kellern, Bars nach Ladenschluss, Lagerhäusern …«

»Das klingt unheimlich«, sagte ich. »Ich stelle mir einen Haufen Gangster mit Filzhut vor, die unter dem Tisch mit Pistolen aufeinander zielen.«

»Ach, die meisten sind ganz normale Typen«, sagte Nik. »Ab und zu trifft man ein paar Kriminelle, aber wir spielen illegal, also …« Er zuckte die Achseln.

»Ist es je gefährlich?«

»Ich kann mich behaupten.«

Mein Blick fiel sofort auf seine kräftigen Schultermuskeln. »Kann ich mir vorstellen.«

Ich erstarrte, meine Worte hingen zwischen uns in der Luft. Ich schlug mir die Hand vor die Augen. »Ja, ich hab das wirklich gerade gesagt …«

Ich schielte zwischen den Fingern hervor und sah Nik, der sein Essen angrinste und einen Bissen nahm.

Ich hustete. »Und wann ist dein nächstes Spiel?«

»Heute Abend«, sagte er. »Das erste von zweien.«

»Warum zwei?«

»Die meisten Spiele gehen über mehrere Abende, acht oder zehn Stunden die Nacht. Oder länger …«

Ich riss die Augen auf. »Du spielst zehn ganze Stunden?«

»Oder länger.« Nik lehnte sich zurück.

»Klingt nach einer langen Nacht«, sagte ich. »Wie kommst du am nächsten Tag aus dem Bett, um zur Arbeit zu gehen?«

»Ich kann mir die Zeit selbst einteilen.«

»Dann bist du ein Nachtmensch.«

»Ich schlaf nicht viel«, sagte Nik. »Oder sehr gut.«

Letzte Nacht hat er gut geschlafen, dachte ich, und Hitze stieg mir in die Wangen. *Weil wir so fertig waren.*

Ich sah auf, und Nik betrachtete mich so aufmerksam, dass ich mich fragte, ob ich die Worte laut ausgesprochen hatte.

Ich nahm meinen Kaffeebecher. »Du hast gesagt, du spielst zwei Nächte …?«

»Ja, ich spiele eine Nacht gerade gut genug, um plus/minus Null rauszukommen oder etwas Verlust zu machen, wenn die Einsätze hoch genug sind. In der nächsten Nacht zieh ich sie ab.«

»Immer?«, fragte ich und hob die Augenbrauen. »Du gewinnst einfach, wenn du gewinnen willst? Immer?«

Er erwiderte unverwandt meinen Blick. »Ja.«

Mit schockierender Geschwindigkeit wurde mir heiß, meine Nippel wurden hart, und mir stockte der Atem. Ich nahm einen Schluck Kaffee, aber der war heiß und half überhaupt nicht.

»Das kann nicht sein«, stieß ich hervor und hatte immer noch das Gefühl, mir wären meine Gefühle auf die Stirn geschrieben. »Man kann nicht immer gewinnen. Wie machst du das?«

»Ich kann in Menschen lesen«, sagte er langsam. »Ich habe ein … Talent dafür. Das können viele Pokerspieler; wir lesen die Tells von anderen Spielern.«

»Tells?«

»So kleine Gesten, die die Leute machen und die zeigen, wie gut – oder mies – ihr Blatt ist.«

»Und so gewinnst du? Indem du in Menschen liest?«

Er nickte und sah mich an.

»Was ist mit Glück? Deine Karten können ja nicht *jedes* Mal gut sein.«

»Sind sie auch nicht«, sagte er. »Aber wenn die anderen Spieler was Gutes haben, und ich habe nur Scheiße auf der Hand, dann steig ich aus.«

»You know when to hold them, know when to fold them?«, zitierte ich grinsend den Text von diesem uralten Kenny-Rogers-Song. »Know when to walk away …«

Nik lachte schnaubend und verschüttete fast seinen Kaffee. »Und du sagst, ich mach schlechte Witze.«

Ich warf ihm eine Serviette zu, damit er sich das Kinn abwischen konnte. Und plötzlich war ich ganz aufgedreht, weil ich Nikolai sein schönes Lächeln entlockt hatte; zumal er so aus der Übung schien.

»Du kannst also in Menschen lesen«, sagte ich, nach wie vor lächelnd. »Was ist mit mir? Kannst du auch in mir lesen?«

Niks Lachen erstarb. »Du bist ein komplettes Rätsel.«

Ich zog eine Grimasse. Ich hatte keine Ahnung, ob er einen Witz machte. »Aber … man hat mir gesagt … Ich meine …« Ich schob mir die Haare hinters Ohr. »Ich bin ziemlich emotional. Ein offenes Buch sozusagen.«

Leichtgläubig, dumm, dämlich.

Mir schauderte. Irgendwann würde ich mich nicht mehr so erschrecken, wenn Steve in meine Psyche eindrang. In Costa Rica, dachte ich, wo ich so erfüllt sein würde vom vor Leben wimmelnden Dschungel und dem rauschenden Meer, dass gar kein Platz mehr wäre für sein heimtückisches Geflüster. Dort würde er für immer schweigen.

Aber ich hätte schwören können, dass Nik, nur Sekundenbruchteile, bevor ich erschaudert war, den Kopf gehoben und mich scharf angesehen hatte. Ich machte unwillkürlich einen Schritt rückwärts, aber sein Blick war jetzt abwesend, als würde er etwas hinter mir betrachten. Dann sah er mir in die Augen. Er blinzelte, und seine Miene war wieder neutral.

»Es ist nichts falsch daran, emotional zu sein«, sagte er leise.

»Nein?«, fragte ich. Ich wischte einen unsichtbaren Krümel von der Theke. »Ich hatte den Eindruck, die meisten Männer mögen keine emotionalen Frauen.«

»Die meisten Männer sind beschissene Idioten.«

Ich blickte in seine stahlblauen Augen. Trotz seines schroffen Tonfalls fühlte ich mich sicher und wohl in Niks Gegenwart. Wir kannten uns kaum, aber ich hatte bei ihm nie das Gefühl, auf dem Prüfstand zu stehen. Oder beurteilt zu werden.

Natürlich nicht. Wir bedeuten einander nichts. Eine Nacht voller Lust. Wir haben uns nur benutzt …

Plötzlich erinnerte ich mich, wie Niks Mund sich auf mir angefühlt hatte, und wieder stieg mir die Hitze in die Wangen. Meine Lippen öffneten sich, und mir entfuhr ein leises Stöhnen. Schnell wandte ich den Blick ab, betrachtete die Küchentheke, meinen Kaffeebecher, das Fenster …

»Es regnet wirklich wie verrückt«, sagte ich. »Musst du schon bald da raus?«

»Ich hab noch ein bisschen Zeit«, sagte Nik, und seine Stimme zog meinen Blick wieder auf ihn, wie ein Befehl. Jetzt war die Hitze unten in meinem Bauch, zwischen meinen Beinen.

»Wirklich?«

»Ich teil mir meine Zeit selbst ein, schon vergessen?«

Ich nickte schwach.

Du hast gesagt eine Nacht. Das war's. Das war die Regel.

Mein Körper wollte unbedingt diese Regel brechen.

Nik sah mich an, während er Kaffee trank, während er sich den Mund an einer Serviette abwischte, während er aufstand.

Ich war hilflos, konnte nicht wegsehen, war nicht wirklich festgenagelt, aber angenehm gefesselt. Er kam um die Küchentheke herum und stellte sich vor mich, drückte mich, ohne mich zu berühren, gegen die Wand. Ich konnte am ganzen Körper seine Hitze spüren, spürte die Anspannung in seinen tätowierten Muskeln. Die Kraft. Das Verlangen.

Er starrte mich an, eine Frage in seinen Augen. Ich antwortete.

Küss mich.

Das tat er. Nikolai legte seine Lippen auf meine, und ich schmeckte warmen Kaffee und seinen sauberen Geschmack, als seine Zunge über meine glitt. Mein Körper reagierte, als hätten wir nicht schon eine ganze lustvolle Nacht miteinander verbracht. Ich legte einen Arm um seine Taille, um die Hitze seiner nackten Haut zu fühlen und die Muskeln, die sich darunter bewegten. Mit der anderen Hand griff ich in das kurze, weiche Haar in seinem Nacken.

Wir küssten uns, bis wir mehr machen mussten, als zu küssen. Nik hob mich mühelos hoch und trug mich zum Bett.

»Du kommst vielleicht zu spät zur Arbeit«, flüsterte ich. Meine Zunge schoss hervor, um ihn zu schmecken, und meine Zähne fuhren über seine Lippen.

»Das ist es mir wert«, sagte er und fuhr mit dem Mund über meinen Hals, mit der Zunge über meine Haut.

Mein T-Shirt verschwand, seine Hose auch, und Nikolai zeigte mir, dass er alles, was wir in der Hitze der Nacht getan hatten, auch am helllichten Tag tun konnte. Er legte mich aufs Bett und küsste mich am ganzen Körper, bis kein Raum mehr für Gedanken war. Nur für Empfindungen und die wahnsinnige Ekstase seines Körpers, der auf mir lag, in mir war, sich im Takt mit meinem bewegte, bis wir beide unter unserem Orgasmus erzitterten. Es war wie ein Austausch von Gaben.

Danach lagen wir schweigend da, mein Kopf auf seiner Brust, seine Finger in meinem Haar. Wir lauschten dem prasselnden Regen, zählten die Minuten, bis er gehen musste. Weil er gehen musste. Dies war mein Territorium, und ich brauchte es zurück. Die Wände und Barrieren, die für eine Nacht gefallen waren, bauten sich wieder auf, denn egal was Steve gesagt hatte, ich war nicht dumm. Ich konnte das wie eine Erwachsene angehen. Ich konnte eine Affäre haben und mich verabschieden, auch wenn der Typ mehr war als alles, was ich je erwartet hatte.

Ich gehe nicht noch einmal in die Falle …

In genau diesem Moment löste Nik sich von mir und stand auf. Ich stützte den Kopf in die Hand und sah zu, wie er die Jeans, die Stiefel und das schlichte T-Shirt anzog. Er hob die schwarze Lederjacke vom Boden auf, wo sie die ganze Zeit gelegen hatte, und holte die Motorradschlüssel heraus.

Nik sagte nichts; er füllte die Stille nicht mit peinlichen Worten, und irgendwie kriegte ich es hin, den Mund zu halten und das auch nicht zu tun. Er beugte sich über mich und küsste mich – es war ein tiefer, intensiver Kuss, kein Abschiedsküsschen –, und ich sah zu, wie er ging. Er ging zur Tür und machte sie auf. Der Regen war wie eine Trommel, und ich fand es schrecklich, dass er dort hinausmusste.

Eine Nacht, dachte ich. *Das war der Deal.*

Nikolai zögerte an der Tür, aber er blickte nicht zurück.

»Mach's gut, Fiona.«

»Du auch, Nik.«

Er zog die Jacke an, ging raus und machte die Tür hinter sich zu.

Sobald die Tür sich schloss, ließ ich mich auf die Kissen sinken und seufzte. Ich war nackt, meine Haut von ihm gezeichnet, mein Körper summte, und ein angenehmes Ziehen pochte zwischen meinen Beinen.

»Nikolai«, murmelte ich in der stillen Wohnung. Es kam keine Antwort, nur der Regen und das Brummen seines Motorrads, das laut dröhnte und dann wegfuhr.

6. KAPITEL

Fiona

Nachdem ich geduscht und mir etwas angezogen hatte, konnte ich die Stille in meiner Wohnung keine Sekunde länger ertragen. Ich konnte noch den sauberen Duft von Niks Cologne in meinem Bettzeug riechen, der mich verleiten wollte, den ganzen Tag im Bett zu liegen und das Gesicht im Kissen zu vergraben. Ich nahm mein Telefon und schickte Opal eine Nachricht.

Lunch bei Panera?

Ihre Antwort kam wenige Sekunden später.

Bei diesem Wetter?

Ich bin mir sicher, dass sie auch drinnen Tische haben.

Scherzkeks.

Ich biss mir auf die Lippe. **Soll ich dir von meinem Matratzensport erzählen oder nicht?**

Bin in zehn Minuten da.

Bei Panera am Stadtrand von Savannah saß Opal mir an einem kleinen Tisch gegenüber. Vor uns stand je eine Schüssel mit Brokkoli-Cheddar-Suppe. Meine Freundin sah mich einen Moment aus schmalen Augen an.

»Ich kann nicht glauben, dass du das durchgezogen hast, und ich freue mich für dich. Wenn es gut war …« Sie legte den Kopf schief. »War es gut? Du siehst jedenfalls so aus.«

Ich tat so, als würde ich nachdenken, und tippte mir mit dem Finger ans Kinn. »War es gut? Lass mal überlegen …«

Opal schnaubte. »Also ehrlich …«

Ich lachte. »Okay, okay. Erinnerst du dich an die Szene aus *Thelma und Louise*, in der Thelma, die mit einem totalen Idioten verheiratet ist, in einem Hotelzimmer mit Brad Pitt wahnsinnigen, gigantischen Sex hat?«

»Jaaaaa«, sagte Opal langsam und zog das Wort in die Länge.

»Und weißt du noch, wie Thelma Louise am nächsten Morgen den wahnsinnigen Knutschfleck an ihrem Hals zeigt, der das Ergebnis von dem wahnsinnigen Sex war?«

Opal lehnte sich zurück. »Du hast nicht …«

Ich grinste breit, als ich meinen Kragen runterzog und ihr die Bissspuren von Nik zeigte. »Endlich weiß ich, warum alle deswegen so ein Theater machen.«

Opal kriegte große Augen, und ein Lachen entfuhr ihr. »Wow, Mädchen. Ehrlich …«

Wir klatschten uns ab. »Oh mein Gott, Opal, es war der Wahnsinn. Er war so …«

»Heiß?«

»Mehr als das. Tattoos, krasse Piercings, und da war dieser andere Typ, der im Club total blöd zu mir war, aber wie Nik das erledigt hat … Ich meine, er hat es einfach *erledigt*.«

»Nik?«, sagte Opal. »Nik gefällt mir …«

»Kurz für Nikolai«, sagte ich stolz, als hätte ich mir den Namen persönlich ausgedacht.

Opal hob die Augenbrauen. »Oh, sieh an, du hast einen Liebhaber mit fremdländischem Hintergrund.«

»Oh mein Gott, sag nicht Liebhaber. Niemand sagt mehr Liebhaber.«

»Fuckbuddy?«, fragte sie, woraufhin die ältere Dame am nächsten Tisch hörbar die Luft einsog. Ich dämpfte mein Kichern mit der Hand. Opal sog ihrerseits vernehmlich die Luft ein. »Ach, Wörter. Erzähl mir alle Details.«

»Er ist Vertreter. Verkauft Motorradteile«, sagte ich. »Ich weiß, ich hätte das nicht tun sollen, aber ich hab irgendwie in seiner Brieftasche rumgestöbert und seine Visitenkarte gefunden. Er ist echt.«

»Seine Visitenkarte«, sagte Opal. »Mit einer Telefonnummer …«

Das ignorierte ich. Hartnäckig.

»Jedenfalls fährt er auch selber Motorrad. Er fährt überall im Land rum, ist nur ein paar Tage in der Stadt, dann fährt er weiter. Von einer Stadt zur nächsten und wieder zur nächsten.«

Opal nickte nachdenklich. »Okay. Wie sieht er aus? Groß, dunkelhaarig und gutaussehend?«

»Nicht zu groß, aber größer als ich. Er ist …«

Wunderschön.

»… irre gutaussehend. Dunkles Haar, blaue Augen und fast komplett tätowiert.« Ich errötete. »Fast.«

Opal sah mich durchtrieben an. »Ehrlich, Mädchen. Erzähl mir mehr.«

»Er spielt Poker. Illegale Spiele, während er unterwegs ist, und er ist richtig gut darin.«

»Woher weißt du das?«

»Ich weiß es einfach.« Ich spielte mit meinem Strohhalm. »Er hat … so etwas an sich, wirkt so selbstbewusst. Oder intelligent oder so. Er redet nicht viel, aber ich kann sagen, dass er tiefgründiger ist, als er durchblicken lässt. Er hat mich im Club gezeichnet, auf einer Serviette. Und das Bild ist unglaublich.«

Opal machte den Mund auf, dann schüttelte sie den Kopf. »Nein, das ist für später.«

»Was?«

»Nichts. Erzähl weiter. Du bist fast beim guten Teil angekommen.«

»Ich wusste kaum, was ich machen soll, aber er hat dafür gesorgt, dass ich mich wohlfühle«, sagte ich sanfter. Meine Wangen brannten. »Er ist mir zu meiner Wohnung hinterhergefahren und …«

»Ihr hattet Brad-Pitt-und-Thelma-Sex …«

Ich beugte mich über den Tisch. »Ja, und wirklich, Opal, mein Körper fühlt sich richtig wach an. Zum ersten Mal seit Jahren. Was Nik mit mir gemacht hat …« Ich schüttelte den Kopf. »Wäre der Sturm nicht gewesen, hätten uns wahrscheinlich die Nachbarn im ganzen Gebäude gehört. Griff und Nate … und vielleicht noch ein paar Leute in der nächsten Stadt.«

Opal fächelte sich Luft mit einer Serviette zu. »Wow, dein Abend war so ganz anders als meiner.« Sie hob die Hände, als würde sie zwei Möglichkeiten abwägen. »Bingo bei Shriners … heißer Sex mit einem tätowierten Unbekannten.«

»Ich hab gewonnen«, sagte ich und lachte.

»Du hast so was von gewonnen.« Opal trank einen Schluck Limonade und sah mich über den Rand des Glases hinweg an. »Wirst du ihn wiedersehen?«

Ich lehnte mich zurück. »Nein.« Ich nahm mein Glas. »Nein, ich … Nein. Warum sollte ich?«

»Hast du nicht gesagt, er sei noch ein paar Tage in der Stadt?«

Das hatte ich gesagt. Warum hatte ich das gesagt? Warum hatte ich ihr das erzählt, wenn es doch nur zu dieser Frage führen konnte?

Damit es zu dieser Frage führte?

Ich runzelte die Stirn. »Man nennt es nicht umsonst einen One-Night-Stand.« Ich zuckte die Achseln. »Mehr kann es nicht sein. Eine Nacht.«

»Sagt wer?«

»Sage ich«, antwortete ich seufzend. »Ich kann mich auf niemanden einlassen, Opal.«

»Warum nicht?«, fragte Opal. »Und sag mir nicht, weil du bald nach Costa Rica gehst. Wenn man einen besonderen Menschen trifft, dann nimmt man Anpassungen vor. Das ist eben so. Glaubst du, ich hätte geplant, Jeff zu heiraten? Oh nein! Ich war ein vollauf zufriedener Single und hatte auf keinen Fall vor, unter dreißig zu heiraten. Dann hat mich dieser hinterhältige Mistkerl in einem Café in Savannah mit Kaffee übergossen, und vier Monate später war ich verlobt.«

»Aber das ist süß«, sagte ich. »Jeff ist süß …«

»Der Punkt ist, mein sorgfältiger kleiner Plan wurde durchkreuzt, und ich hab mich angepasst. Ich habe Platz geschaffen für das Glück. Ich habe ihm eine Chance gegeben. Und du hattest jetzt einen schönen Abend mit einem Typen, der – abgesehen vom Wahnsinnssex – dafür sorgt, dass du dich wohlfühlst, der ein bisschen was in der Birne hat und der dich vor unerwünschten Anmachen von anderen Kerlen schützt, *uuund* du hast seine Telefonnummer! Du willst mir doch nicht sagen, dass du die nicht benutzen willst, nur weil du schon diesen anderen Plan hast?«

Ihre Stimme wurde weich, und sie beugte sich über den Tisch und legte mir die Hand auf den Arm.

»Vielleicht wird es nichts mit diesem Nik. Er ist vielleicht nur für Sex gut. Ich will gar nicht sagen, dass er für immer bleibt, aber jetzt ist er da. Jedenfalls für ein paar Tage. Warum guckst du nicht, was passiert?«

In diesem Moment begriff ich, dass alles, was ich Opal nicht über Steve erzählt hatte, ihrem guten Rat im Weg stand. Und unserer Freundschaft.

»Ich kann nicht einfach ›gucken, was passiert‹«, sagte ich langsam. »Ich verliebe mich heftig, Opal. Ich verliebe mich heftig und blind, und das winzigste bisschen Freundlichkeit haut mich um. Und dann …«

»Was dann?«

»Sitze ich in der Falle.« Ich konnte es kaum aussprechen, aber als es einmal draußen war, wartete auch der Rest.

Opal verschränkte langsam die Hände auf dem Tisch, was hieß, dass sie sauer war. »Steve?«

Ich nickte.

»Da ist noch mehr?«

Ich nickte wieder.

»Erzähl es mir.«

Ich atmete tief ein und ließ es heraus. »Er hat mein ganzes Geld genommen, Opal. Als mein Vater gestorben ist, hat er mir zehntausend Dollar hinterlassen, und Steve hat sie auf unser ›gemeinsames Konto‹ eingezahlt, zu dem ich nie Zugang hatte. Er hat mir mein Geld genommen und meine Selbstachtung. Nein, die hat er nicht genommen, er hat sie langsam untergraben, und immer wenn ich dachte, ich würde zusammenbrechen, hat er mich geküsst und geweint und gesagt, er würde ohne mich sterben.«

Opal lehnte sich zurück, als hätten meine Worte sie vor den Kopf gestoßen. »Fiona … ich hab die ganze Zeit gedacht … Aber das ist Missbrauch. Es ist *emotionaler Missbrauch,* und ich wusste es nicht. Du hast es mir nie erzählt …« Ihre Augen weiteten sich, und sie senkte die Stimme. »Hat er dich geschlagen, Schatz?«

Ich schüttelte den Kopf. »Nein, das nicht. Er war nicht gewalttätig, nur … gemein.«

»Schlimm genug, aber warum hast du es mir nicht erzählt? Ich dachte, du hast einen miesen Ex. Gott, so einen haben wir alle …«

»Es ist zu demütigend«, sagte ich. »Es war, als wäre ich in

einem Gefängnis eingesperrt gewesen, nur stand die ganze Zeit die Tür offen, und ich war einfach zu fertig und zu ängstlich, um zu gehen.«

»Aber er hat dein Geld genommen …«

»Und er ist mit mir weggezogen von meiner Familie und meinen Freunden …« Mir lag schon auf der Zunge, dass ich ihn geheiratet hatte, aber das war zu viel. »Er hat mich isoliert, und …« Ich schluckte. »Ich habe sehr lange gebraucht, um den Mut zu finden, ihn zu verlassen.«

Ich hatte mehr gebraucht als nur Mut. Fünf Wochen Planung, zwei davon in einem Krankenhausbett.

Steve war nicht gewalttätig gewesen, das stimmte, aber er hatte mich durch seinen Verrat und die Lügen trotzdem verletzt, hatte mir Wunden beigebracht, die niemals heilen würden …

Ich begrub diesen Schmerz schnell und tief. Manche Geheimnisse durften nicht ans Tageslicht kommen, egal wie gut die Absichten der Freundin waren, die sie hören wollte.

»Ich komme mir so dumm vor deswegen«, sagte ich. »Ich kann nicht noch einmal so dumm sein.«

»Du bist nicht dumm«, sagte Opal bestimmt. »Ich komme mir dumm vor, weil ich es nicht gesehen und nicht mehr Fragen gestellt habe …«

»Du stellst ziemlich viele Fragen«, sagte ich und lachte, doch das verging schnell. »Aber deshalb kann es mit Nik nur eine Nacht sein, obwohl …«

»Obwohl …?«

Ich drehte mein Wasserglas in den Händen. »Obwohl ich nicht wirklich etwas *dagegen* hätte, die Nacht zu wiederholen.« Ich hielt mir den Kopf. »Oh mein Gott, Opal, bin ich deshalb ein schlechter Mensch? Als würde ich Nik nur wegen seines Körpers benutzen?«

Opal grinste schief. »Das liegt nicht in meinem Zuständigkeitsbereich. Ich war gestern beim Bingo, schon vergessen?«

»Es ist ein bisschen gemein von mir«, sagte ich und dachte an letzte Nacht. »Sein Körper ist total sexy, und er ist echt ein Tier im Bett, aber er hat so ein niedliches Gesicht. Er redet nicht viel, aber ich weiß, dass er Humor hat, und er sieht mich an …«

»Ja?«

»Als wäre ich schön.«

»Süße, du bist schön.« Opal schlug mit der flachen Hand auf den Tisch. »Mein Gott, was hat dieser Steve dir angetan?«

»Pssst!«, zischte ich und sah mich um. »Und es ist auch egal. Ich sollte keinen Mann brauchen, um mich schön zu fühlen, aber das war ein Teil von Steves Gemeinheit. Zuerst hat er mir nämlich ständig gesagt, wie schön ich sei, wie sehr er mich begehren würde. Ein Jahr später hat er dann so Bemerkungen fallen gelassen wie … ›*Das* willst du anziehen?‹ oder ›In der Hose siehst du aus wie ein Junge‹, und dann wurden aus den Bemerkungen Beleidigungen, dass ich keine Titten hätte, dass ich zu dünn sei. Er wurde ärgerlich, wenn ich in Restaurants nichts Großes bestellte, und bestellte für mich. Ich war immer dünn und unsicher deswegen, und in der Schule wurde ich deshalb geärgert. Er hat einfach direkt in dieselbe Kerbe geschlagen. In einem Moment hat er mich beleidigt und mir im nächsten gesagt, ich würde wie ein Engel aussehen.«

»Um dich zu verunsichern.«

»Genau. Und ich bin immer noch verunsichert. Ich weiß nicht, wie sich das jemals ändern soll. Wie soll ich meinen Gefühlen trauen? In Steve hab ich mich so geirrt …«

»Das hast du nicht«, sagte Opal. »Du hast alles richtig gemacht. Du hast ihm vertraut und ihm geglaubt, und warum auch nicht? Du hattest keinen Grund, es nicht zu tun.«

»Aber es gab so viele Gründe, es nicht zu tun.«

»Im Nachhinein, ja. Aber damals? Jede hätte dasselbe getan.«

Ich lächelte. »Danke, dass du das sagst.«

»Aber du glaubst mir nicht.«

»Egal ob es richtig oder falsch war, es ist mir passiert, und ich kann nicht zulassen, dass das noch einmal passiert. Ich muss ganz sicher wissen, dass der Mensch, den ich nach Steve an mich heranlasse, nicht so ist wie er. Ich muss mich schützen.«

»Ich weiß«, sagte Opal und ließ seufzend die Schultern hängen. »Und wenn du mehr Zeit brauchst, bin ich die Letzte, die sagt, dass du sie dir nicht nehmen sollst. Aber bitte schließ mich nicht aus. Ich will für dich da sein. Wenn du jemals mehr über … ihn reden willst.«

»Danke.«

»Und in der Zwischenzeit gibt es da diese geklaute Visitenkarte.« Sie zog eine Augenbraue hoch. »Es gibt keine Regel, die besagt, dass man aus einem One-Night-Stand keine Drei-Tage-Affäre machen kann.«

Wieder stieg mir diese blöde Röte in die Wangen. »Ich hab mich noch nicht entschieden. Aber … ich ruf ihn nicht an. Wahrscheinlich nicht. Er arbeitet den ganzen Tag und spielt die ganze Nacht Poker.«

»Die *ganze* Nacht?«

Ich lachte. »Alles nach elf Uhr abends ist ein direkter Booty-Call, und das weißt du.«

»Dann mach einen Booty-Call«, sagte Opal. »Hab Spaß. Du fühlst dich wohl mit ihm, oder?«

Mehr als wohl, dachte ich, und die Erinnerung an Nikolai, der seinen Mund zwischen meine Schenkel legte, stieg ungebeten in mir auf.

»Ja, tue ich«, sagte ich leise und spielte mit meiner Serviette.

Opal hob die Hände. »Ich sehe da keinen Nachteil.«

Ich lächelte und sagte nichts, sondern riss die Serviette genau in der Mitte durch.

Als ich in meiner Wohnung zurück war, goss ich die Pflanzen und sah nach, ob Lemony noch Wasser und Futter hatte.

»Wie geht es dir, mein Süßer?«, flötete ich. Ich strich mit den Fingern über den Käfig. »Hast du keine Lust mehr, immer auf diese Gitterstäbe zu starren? Ich weiß. Aber wenn ich dich rauslasse, kriegst du Panik und fliegst überall herum. Du wirst nur gegen das nächste Fenster fliegen, weil du glaubst, dass es die Freiheit ist. Und das ist sie gar nicht. Es sieht nur so aus, und du merkst es erst, wenn du mit dem Kopf dagegen knallst.«

Ich verschränkte die Arme auf der Küchentheke und legte mein Kinn darauf. »Wenn wir in Costa Rica sind, lasse ich dich frei. Dort werden wir beide frei sein. Und in der Zwischenzeit …«

In der Zwischenzeit hatte ich Niks Visitenkarte in meiner Tasche.

»Ich fühle mich wohl mit ihm. Ist das falsch? Kann ich das nicht länger als eine Nacht haben?«

Lemony tschilpte in seinem Käfig. Es klang nach einem glücklichen kleinen Zwitschern, aber wie konnte ich das jemals wirklich wissen?

7. KAPITEL

Nikolai

Es regnete ununterbrochen. Die Lederjacke half, aber die Jeans, die die Nacht über in Fionas Küche getrocknet war, war durchnässt, als ich wieder in meinem miesen kleinen Motel ankam.

Ich zog sie aus und ging ins Bad. Dann zog ich auch den Rest aus und drehte die Dusche heiß auf, trat aber nicht unter den Strahl. Ich konnte Fiona noch auf meiner Haut riechen, an meinen Händen, und ich schmeckte sie noch. Ich wollte sie nicht abwaschen. Ich wollte wenigstens ein bisschen von ihrer merkwürdigen Ruhe behalten, als läge die in dem Duft, der noch an meiner Haut klebte.

Idiot.

Sobald ich heute Morgen Fionas Wohnung verlassen hatte, war die Welt wieder auf mich eingestürmt.

Wir hatten eine Nacht. Das war ihr Angebot, und ich habe es angenommen.

Ich trat unter die Dusche.

Danach zog ich die andere Jeans an – ich hatte zwei – und ein schwarzes T-Shirt. Abends aß ich Fast Food in meinem Zimmer, während die Abendnachrichten im Fernsehen von Mord, Tod, Unfällen und Elend plärrten, bis ich zur Besinnung kam und sie abschaltete.

Um Viertel vor neun ging ich los. Zeit zu spielen.

Ich checkte die Adresse für das Pokerspiel, zu dem *TMoney1993* mich eingeladen hatte, auf meinem Telefon, der einzigen Verbindung zwischen mir und der normalen Welt.

Es hatte wieder angefangen zu regnen. Ein paar Tropfen landeten auf dem Visier meines Helms, als ich zu dem Spiel fuhr. Ein Lagerhaus – alt und windschief, wahrscheinlich seit Monaten, wenn nicht länger, ungenutzt – klammerte sich mit einem Dutzend ähnlicher Gebäude ans Flussufer. Der Maschendrahtzaun, der es umgab, war an mehr als einer Stelle verbogen, das verrostete BETRETEN-VERBOTEN-Schild hing schief.

Der Ort war völlig lächerlich für ein Underground-Spiel mit geringen Einsätzen – ein Büro nach Betriebsschluss hätte völlig gereicht –, aber als ich dem Typen an der Tür das Losungswort nannte, war klar, dass die anderen Spieler alle wie Tim waren – große Nummern in Banken und Investmentfirmen in der Stadt, die Gangster spielten und alles riskierten, falls die lokale Polizei Wind von ihrem zwielichtigen Treiben bekam. Ich hätte ihnen sagen können, dass das FBI keine Zeit mit solchen Flachwichsern verschwendete. Poker plus Waffen oder Poker plus Drogen, ja. Aber nur Poker? Mit einem Hundert-Dollar-Buy-In?

Ich unterdrückte ein spöttisches Grinsen, als TMoney – Tim in der realen Welt – mich den sechs anderen Typen vorstellte, die in der Mitte eines überwucherten Lagerschuppens – Holzwände, Lehmboden, flackerndes Neonlicht – an einem Pokertisch saßen.

Schwachköpfe, jeder einzelne.

Ich war angeblich der Anfänger, und ich würde ziemlich gut schauspielern müssen, um schlechter zu spielen als diese Typen.

Nach drei Stunden hatte ich sie eingelullt, aber ich langweilte mich zu Tode. Ich gewann so viel, dass sie mich noch wahrnahmen, und verlor so viel, dass sie mich nicht für eine Bedrohung hielten. Alles war bereit für die nächste Nacht.

Ich spielte auf Autopilot, mein Kopf beschäftigte sich lieber mit den Erinnerungen an letzte Nacht. Fiona mit dem rosa Haar und der rosa Aura der Freundlichkeit, die sie umgab … Ich schmeckte noch ihre Süße in meinem Mund, spürte noch, wie sie die Beine um mich schlang, als sie mich zum Höhepunkt brachte.

Und ihr Frieden …

Ich wollte den. Wollte sie. Wollte alles, noch ein einziges Mal.

Ein Telefon klingelte.

Die Männer, die eben noch auf die Karten konzentriert waren, sahen auf, ihre Hände bewegten sich nicht, und das dämliche Gebrabbel verstummte. Ich brauchte eine Sekunde, um zu begreifen, was ich hörte; dann kam es noch einmal. Es war mein Telefon.

Mein Telefon klingelte nie … es sei denn, es war das Pflegeheim, in dem meine Mutter verrottete.

Oh, Scheiße. Ist es das? Ist das der Anruf?

Es verstieß gegen die Regeln, mit jemand anderem als den Spielern am Tisch zu reden, und das wussten sogar diese Dumpfbacken. Argwohn kräuselte sich um mich wie stinkender Ruß.

»Sorry«, murmelte ich, stand auf und holte das Handy aus der Lederjacke, die ich über den Stuhl gehängt hatte. »Ich muss da rangehen …«

Ich blickte auf die Nummer und erwartete die Vorwahl von St. Louis, aber es war eine Nummer von hier. Ich ging ran.

»Nik«, sagte ich und wandte mich vom Tisch ab.

»Nik, hi, ich bin's, Fiona.«

Ich erstarrte. Meine Eier zogen sich in der Jeans zusammen, als ich ihre leise Stimme hörte, und gleichzeitig geriet mein Herz aus dem Takt.

»Fiona …«, sagte sie in mein Schweigen hinein. »Von letzter Nacht?«

»Nein, hi … äh …«, sagte ich. »Woher hast du meine Nummer?«

»Von deiner Visitenkarte. Dir ist eine aus der Brieftasche gefallen.« Eine Pause. »Ist das ein schlechter Zeitpunkt? Sorry. Es ist spät. Ich sollte auflegen …«

»Nein, leg nicht auf«, sagte ich lauter, als ich wollte. Ich hustete und senkte die Stimme. »Was gibt's?«

Was gibt's? Oh, Scheiße, Mann.

Ich hörte Fiona einatmen, und ich stellte sie mir in ihrer kleinen Wohnung vor. Warmes gelbes Licht glänzte in ihren rosa Haaren, und draußen wütete der Sturm. Und ich saß hier in einem überwucherten Schuppen und zog ein paar Idioten das letzte Hemd aus, weil ich nichts Besseres vorhatte.

»Ich hab Kekse gebacken«, platzte sie heraus.

»Kekse …« Eine merkwürdige Wärme durchflutete meine Brust. »Okay.«

»Das mach ich manchmal, wenn ich nicht schlafen kann. Ich backe. Und ich konnte nicht schlafen, also hab ich Chocolate Chip Cookies gemacht. Nach dem Rezept meiner Tante. Die sind wirklich gut. Ich nehme immer zu viele von den Schokotropfen, und … ich hab mich gefragt, ob du vielleicht welche magst.«

Ich sah auf die Uhr. Kekse um 2:10 Uhr. Ich brauchte das *Gesicht* nicht, um zu wissen, dass sie mir nicht nur die anbot.

»Ja, klingt gut«, sagte ich. Ich senkte die Stimme für sie. »Ich bin echt verdammt hungrig.«

»Ich auch«, sagte sie und atmete langsam aus. »Äh, okay, super. Bis gleich also.«

»Bis gleich.«

Ich legte auf und wandte mich dem Tisch zu, wo die Typen rumnörgelten und mir düstere Blicke zuwarfen.

»Sorry, Leute«, sagte ich und warf meine Karten auf den Pot, um zu zeigen, dass ich ausstieg. »Zahlt mich aus.«

»Was soll das, Nik?«, sagte Tim und breitete die Hände aus. »Spielen wir oder nicht?«

»Morgen«, sagte ich und errechnete schnell den Wert meiner Chips. »Morgen spiel ich weiter.«

Und erlöse euch aus eurem Elend.

»Eine Frau«, sagte einer der anderen Typen mit einem amüsierten Schnauben. »Unser Nik hier gönnt sich einen hübschen kleinen Fick.«

Ich versteifte mich und warf beinahe einen Stapel Chips um, weil dieser Typ so über Fiona redete.

Verdammt, aber es stimmt, oder?

Ja, ich würde in weniger als zwanzig Minuten wieder in Fionas Bett liegen, und der Gedanke setzte mein Blut in Brand. Aber ein Teil von mir, von dem ich geglaubt hatte, er sei längst tot, flammte schwach in seiner eigenen Farbe auf. Etwas, was über reine Lust hinausging. Ich war gern mit ihr zusammen. Und stärker als alles andere war dieser Frieden, den sie verströmte und der das *Gesicht* zum Schweigen brachte. Ich wollte mehr davon. Ich *brauchte* mehr davon.

Die regennassen Straßen verschwammen, als ich Gas gab und durch die Nacht raste wie ein Junkie auf dem Weg zu seinem nächsten Schuss.

Kaum hatte ich vor Fionas Haus geparkt, fing es an zu schütten wie aus Eimern. Ich schob die Bonneville hinter dem kleinen Prius unter den Carport und ging zu ihrer Tür. Ich nahm den Helm ab und atmete die feuchte Sommerluft ein, die nicht einmal der Regen abkühlen konnte.

Ich klopfte.

Ein gedämpftes »Komm rein« war die Antwort.

Das tat ich und sackte fast zusammen vor Erleichterung. Es fühlte sich an, als hätte ich einen schweren Felsbrocken getragen und abgelegt, sobald ich über die Schwelle getreten war.

Die Wohnung war dunkel bis auf eine kleine Lampe auf Fionas Nachttisch. Es roch köstlich nach warmer Schokolade, und man hörte das Klicken des abkühlenden Ofens. Der Vogelkäfig stand noch auf der Küchentheke, daneben ein Teller mit Chocolate Chip Cookies.

Fiona saß im Bett. Nackt. Ihre langen Haare bedeckten nur teilweise ihre Brüste, und sie versuchte nicht, sich zu verstecken, als ich die Tür hinter mir zumachte. Sie hatte ein Buch in der Hand.

Ich konnte schon an der Tür ihren Herzschlag hören.

»Hi«, sagte sie, die Stimme sanft und weich.

»Hi«, sagte ich. Ich zog die Lederjacke aus und hängte sie an einen Haken neben der Tür, atmete einmal ein und aus. Ich musste mich beruhigen, damit es länger dauerte.

Ich ging zur Küchentheke und nahm mir einen Keks. Er war noch warm und schmolz in schokoladiger Perfektion auf meiner Zunge. Ich konnte mich nicht daran erinnern, wann ich das letzte Mal selbstgemachte Kekse gegessen hatte. Als Kind wahrscheinlich.

»Gut?«, fragte Fiona und sah mich an.

»Ja«, sagte ich. »Echt verdammt gut.«

Die Hitze ihres Verlangens brannte rot im Auge des *Gesichts* und vermischte sich heiß mit der Schokolade auf meiner Zunge, dem Besten, was ich jemals gekostet hatte. Fiona legte das Buch auf den Nachttisch und lehnte sich an die Kissen. Die Luft um sie herum waberte, als würde ich durch Feuer blicken.

Ich aß den Keks auf und nahm in aller Ruhe einen zweiten, spürte, wie das Warten sich zwischen uns ausdehnte und schwer wurde. Meine Jeans wurde eng im Schritt.

Fiona biss sich auf die Lippe. »Du lässt dir ganz schön Zeit.«

Ich aß den zweiten Keks, wischte mir die Krümel von den Händen, dann ging ich – langsam – zu ihrem Bett.

Ich sah ihr direkt in die strahlend blauen Augen, während ich die Stiefel und auch alles andere bis auf die Boxershorts auszog. Sie senkte den Blick auf meine Erektion, und ich sah, dass sich ihre Augen vor Verlangen weiteten; dann schaute sie mir wieder ins Gesicht. Sie hatte die Decke zurückgeschlagen, lag da nackt und fast glühend im blassen Licht des Zimmers und dem anderen Licht, das nur ich sehen konnte.

»Komm her«, sagte sie.

Ich zog die Boxershorts aus, und ihr Verlangen flammte heller und heißer auf. Ich betrachtete ihren nackten Körper, und Vorstellungen davon, welchen Teil ich zuerst genießen würde, blitzten in meinem Kopf auf. Ich legte mich zu ihr ins Bett, meine stahlharte Erektion drückte an ihren Oberschenkel.

Aber sobald ich in Fionas Armen war, sobald ich mit ihr nackt war, schmolz meine Lust zu etwas Weicherem. Bei ihr zu sein, begriff ich schlagartig, genügte. Ich hätte sie einfach nur umarmen und einschlafen können und wäre absolut zufrieden gewesen. Ihr Frieden legte sich um mich, zog mich zu ihr, und sie war so verdammt schön …

Fiona spürte das auch und hielt mich eng an sich gedrückt. Unsere Lippen, nur eine Haaresbreite voneinander entfernt, warteten auf den Kuss, der diese Nacht beginnen lassen würde, woraufhin ich tun würde, wofür ich gekommen war. Stattdessen schmiegte ich mich an sie, ließ mich von ihr auf eine Weise ansehen und berühren, die nichts mit Sex zu tun hatte.

Sie strich mit einem Finger über meinen Kiefer, zeichnete die Umrisse meiner Lippen nach, dann die andere Seite des Kiefers bis zu meinem Ohr und dem schweren Piercing.

»Wie war's beim Pokern?«, fragte sie leise, so wie eine Frau ihren Mann fragen könnte, wie sein Tag gewesen war.

Ich bin nicht ihr Mann. Sie ist nicht meine Frau …

Aber ich betrachtete ihre Augen, ihre hellen Augenbrauen, die weiche Rundung ihrer Wange. »Gut«, sagte ich.

»Hast du gewonnen?«

»Plus-Minus Null«, sagte ich. »Morgen räum ich ab.«

Fiona nickte, und Unsicherheit überkam sie. Ich war nicht da, um sie zu umarmen und umarmt zu werden. Das war nicht Teil ihres Plans.

»Küss mich«, sagte sie.

Das tat ich. Hart. Ich spürte, wie sich alles für sie ordnete. Und für mich. Ich konnte nicht bleiben. Ich war in ihrem Plan nicht vorgesehen. Diese Nacht war nicht für sanfte Blicke und Berührungen gedacht, sondern für Sex, also schaltete ich auf Sex um.

»Du hast schon auf mich gewartet«, sagte ich, fast ein Knurren an ihrem Hals. Ich legte die Hand auf ihre kleine Brust, der Nippel war hart.

Ich kniff hinein. Sie keuchte.

»Ja«, hauchte sie. »Die ganze Nacht.«

»Bist du bereit für mich?«, fragte ich, strich mit der Hand über ihren flachen Bauch, den Bauchnabel und weiter runter.

Sie bog sich meiner Berührung entgegen. »Oh ja«, zischte sie.

Mit den Fingern fühlte ich, wie feucht sie war, und wir stöhnten gleichzeitig, als ich sie berührte.

Sie küsste mich tief, und ich dachte schon, sie würde mich in sich einführen, aber sie hielt ruckartig inne, als würde sie sich an ihre eigene Regel erinnern.

»Kondom«, sagte sie und griff in die Nachttischschublade.

Ich zog es über. Dann nahm sie mich in sich auf, und die Welt verschwand in einem perfekten Frieden. Es gab nur sie für den Rest der Nacht. Ich brachte sie zu einem lauten Orgasmus nach dem anderen, bis wir beide erschöpft waren.

Dann schlief sie ein, und ich hielt sie fest wie etwas, von dem man weiß, dass man es nicht behalten kann.

8. KAPITEL

Nikolai

Fiona lag quer auf meiner Brust, ihre nackte Haut berührte meine an hundert Stellen. Das graue Licht des Vormittags kämpfte sich durch Gewitterwolken, die nicht wichen. Regen sprenkelte das Fenster. Ich lag auf den Kissen, mein Körper war erschöpft und schwer. Der Sturm draußen hatte nicht nachgelassen, aber in Fionas Wohnung umgab mich eine vollkommene Ruhe und machte mich schläfrig.

Fionas Finger wanderten über die Tattoos auf meiner Brust, über die Schulter und dann den Arm runter bis zu meiner Hand.

»Mach eine Faust«, sagte sie. »Mach zwei Fäuste.«

Ich löste auch die andere Hand, mit der ich träge in ihrem Haar gespielt hatte, und erfüllte ihre Bitte.

»Pawn und Hoax«, sagte sie und strich über die Buchstaben, die ich mir auf die Finger hatte stechen lassen. Sie hob den Blick und sah mich an. »Der Bauer beim Schach und … Witz oder Schwindel? Was bedeutet das?«

»So ist das Leben, oder? Wir sind nur Schachfiguren in einem kosmischen Spiel. Entweder das, oder es ist alles ein Hoax, ein großer Witz.«

Oder ein Fehler. Ich bin ein Fehler.

Sie runzelte die Stirn. »Findest du das nicht ein bisschen düster?«

Ich zuckte die Achseln.

Fiona verschränkte ihre Finger mit meinen – ihre blasse, weiche Haut neben den dunklen Tattoos. »Wenn ich mir Worte auf die Finger tätowieren würde, weißt du, welche das wären?«

Love und Hope.

Ich schüttelte den Kopf. »Keine Ahnung.«

»Love und Hope«, sagte sie. »So ist für mich das Leben. Liebe wegen all des Guten, das einem passiert, und der Leute, die man mag, und Hoffnung, dass jeder Schmerz erträglich ist oder mit der Zeit weniger wird.«

Wen magst du, und wer mag dich, Fiona?

Das *Gesicht* konnte mir das nicht sagen, und die reale Welt gab keine Auskunft. Keine Bilder an der Wand, es kamen keine Anrufe oder Textnachrichten, sie hatte keine Familie erwähnt. Der einzige Beweis für Kontakt mit der Außenwelt war ein Foto auf dem Nachttisch. Fiona lachte, umarmt von einer Afroamerikanerin und zwei Typen, die etwa in meinem Alter waren. Es sah aus wie auf einem Jahrmarkt – im Hintergrund war ein Riesenrad, und einer der Typen hatte Zuckerwatte in derselben Farbe wie Fionas Haare in der Hand.

Eine persönliche Frage zu stellen war mir so fremd, dass es mir vorkam, als würde ich mit einer anderen Sprache kämpfen.

»Und … wie lange wohnst du hier schon?«

»Zwei Jahre«, sagte sie. »Die Aussicht ist schön, aber die Wohnung ist mir ein bisschen zu klein. Es ist okay für den Moment, solange ich für meinen großen Umzug spare.«

»Wohin noch gleich?«

Fionas zarte Gesichtszüge veränderten sich unsicher. Zögernd. Durch das *Gesicht* nahm ich die dunklen Ränder einer alten Erinnerung wahr – nein, *Jahre* voller Erinnerungen, die sich um sie zusammenballten wie Gewitterwolken. Es hatte mit den bösen Erinnerungen zu tun, dass sie aus Georgia weg wollte. Das *Gesicht* zeigte mir ein undeutliches Bild, wie sie mit wehenden Haaren und ausgestreckten Armen auf etwas zurannte, während ein dickes, schwarzes Seil sie an ein Unwetter gefesselt hielt. Sie rannte und rannte, und das Seil wurde dünner, aber es hielt. Ich wusste, sie würde nicht aufhören zu rennen, bis es endlich riss und sie frei war.

Das *Gesicht* zeigte mir das in weniger als einer Sekunde, und ich knirschte mit den Zähnen, weil ich es ihr nicht wegnehmen wollte. Weil ich nicht einfach einbrechen wollte in ihr innerstes Selbst.

»Du musst es mir nicht sagen …«

»Costa Rica«, sagte sie. »Wow.« Sie lachte kurz und schüttelte den Kopf. »Normalerweise erzähle ich das nicht …«

Eine halbe Sekunde lang zweifelte sie an sich, dann schüttelte sie es ab, und der Name des Landes vertrieb die Wolke der dunklen Erinnerungen. In Fionas Augen leuchteten jahrelange Träume und Pläne, als sie mich ansah.

»Ja, ich gehe nach Costa Rica. Ich will aussteigen, weißt du? Ein kleines Haus mitten in all dem Grün.« Sie zeichnete ein Traumfänger-Tattoo auf der linken Seite meines Körpers nach. »Es ist perfekt. Es ist genau, was ich will.«

»Klingt abgelegen«, sagte ich.

»Genau das mag ich daran. Ich will Gemüse anbauen und vielleicht Hühner haben … am Strand spazieren gehen, wenn ich Lust dazu habe, oder in einer Hängematte liegen und dem Dschungel zuhören und einfach sein.«

»Einfach … was sein?«

»Ich weiß es nicht«, sagte sie mit einem kleinen Lächeln. »Einfach sein. Einfach leben und atmen und sein, wer ich bin, ohne … ohne dass mir etwas in die Quere kommt. Weißt du, was ich meine?«

»Ja«, sagte ich. »Ich weiß genau, was du meinst.«

Sie legte das Kinn auf ihre Hand. Sie lag immer noch auf meiner Brust, als würde sie dort hingehören.

»Träumst du jemals von einem solchen Ort, Nikolai?«, fragte sie.

»Nein«, sagte ich.

»Nein?« Sie legte den Kopf schief. »Wenn du dir jeden Ort auf der Welt aussuchen könntest, wo würdest du hinwollen?«

Dorthin, wo es kein Gesicht *gibt.* Aber das *Gesicht* war in mir, wie eine Krankheit, die ich überallhin mitnahm.

Nur nicht hierher zu Fiona.

»Ich weiß es nicht«, sagte ich. »Hab nie wirklich drüber nachgedacht.«

»Du reist schon so viel«, sagte sie. »Hast du deshalb so viele Tattoos? Eins für jeden Ort, an dem du warst?«, fragte sie und untersuchte weiter meine Haut. »Soweit ich sehen kann, bist du vom Hals bis zur Taille belegt.« Ihr Lächeln wurde neckisch, und sie schlug die Decke zurück, um meinen nackten Körper anzusehen. »Auf deinen Beinen sind noch ein paar freie Grundstücke. Und dein Penis ist frei, glücklicherweise. Du hast einen großartigen Penis, Nikolai.«

Ich hustete und lachte kurz. »Danke.«

Sie deckte uns wieder zu. »Aber jetzt mal ehrlich, warum so viele Tattoos?«

»Ist wohl 'ne Ausdrucksform«, sagte ich.

»Sie sind alle so verschieden«, sagte sie und fuhr mit den Fingern meinen Arm hinauf, über Schädel und harpunierte Fische, einen Royal Flush und altenglische Kalligrafie neben einem leicht bekleideten Pin-up-Girl aus den 40ern.

»Versteh mich nicht falsch, es passt schon zusammen. Ich versuche nur, den Sinn zu erkennen. Es ist wie ein …«

Wirrwarr.

»… Wirrwarr aus Tinte. So viele unterschiedliche Symbole und Ideen, die sich um ein Stück deiner Haut reißen.«

Ich starrte sie an. Sie hätte genauso gut das *Gesicht* beschreiben können. Gedanken und Gefühle kamen über mich wie eine Flutwelle aus Lauten und Farben und wirren Worten, die darum bettelten, in die richtige Reihenfolge gebracht zu werden. Ich betrachtete es als Diebstahl – die schlimmste Verletzung der Privatsphäre –, aber manchmal war es, als würde mich all das unbewusst suchen. Als wäre dieser mentale Diebstahl gar keiner, sondern ein verzweifeltes Geschenk. Ein Wirrwarr aus schreienden Seelen, die nur ich hörte.

Was würde Fiona denken, wenn sie wüsste, was ich bin?

Ich sah sie einen Moment lang an, ihr schönes, offenes Gesicht und ihr Lächeln, und ich stellte mir vor, wie schnell sie dichtmachen und mich ausschließen würde, wenn sie wüsste, dass ich diese Dunkelheit aus ihrer Vergangenheit gesehen hatte, vor der sie so verzweifelt wegzulaufen versuchte.

»Du hast auch schöne Tattoos«, sagte ich und lenkte sie ab.

Ich strich über die Hibiskusblüte auf ihrer Schulter und runter zu den Wildblumen auf ihrem Rücken. Sie erschauderte und wand sich, weil sie da kitzelig war. Ich schob ihre Haare zur Seite und machte es noch mal.

»Oh mein Gott, hör auf.« Sie lachte. »Du weißt, was das mit mir macht, wenn du mich da berührst.«

»Ich weiß genau, was das mit dir macht …«

Ihre Wangen waren gerötet, und sie zog sanft meine Hand weg. »Wir führen gerade ein zivilisiertes Gespräch. Ein Kennenlerngespräch, während wir nackt im Bett liegen.«

»Ist doch vollkommen normal«, sagte ich und grinste.

Sie betrachtete mich, und ihre Miene wurde weich. Sanft legte sie die Fingerspitzen auf meine Lippen. »Du hast so ein schönes Lächeln, Nikolai. Aber man sieht es wirklich selten.«

Wir sahen einander in die Augen, und sie errötete tiefer. Die rosa Aura um sie herum strahlte heller, und ihre friedliche Ruhe legte sich um mich wie die gemütlichste Decke der Welt.

»Jedenfalls«, sagte sie und ließ die Hand sinken. »Eigentlich wollte ich mich nie tätowieren lassen. Oder meine Haare färben, wenn ich drüber nachdenke. Aber ich habe mir das Versprechen gegeben, immer zu tun, was ich will, immer, solange ich damit niemandem schade.«

»Deine Liste«, sagte ich.

»Genau«, sagte sie. »Die Liste, die nie aufgeschrieben wird. Wenn ich Lust zu etwas habe, dann mache ich es.« Sie biss sich auf die Lippe und lächelte. »Wie dich mit nach Hause zu nehmen.«

»Ach ja?«, sagte ich. »Ich stand auf deiner Liste?«

»Irgendwie schon. Klingt das schrecklich? Ich war schon so lange nicht mehr mit jemandem zusammen, und da ich weggehe ...« Sie räusperte sich und wich meinem Blick aus. »Ein kleiner Flirt kann nicht schaden ... Ich meine, du musst morgen weiter, oder?«

Es war, als würde sie zögernd die Hand ausstrecken, ausprobieren, wie nah sie der Flamme kommen konnte, ohne sich zu verbrennen. Es war wichtig für sie, dass ich Ja sagte. Aber ein Teil von ihr wollte, dass ich Nein sagte.

»Yeah«, sagte ich und hielt meine Stimme neutral. »Ich muss weiter.«

»Hast du andere Frauen in anderen Städten?«, fragte sie. »Du musst nicht antworten, wenn du nicht willst, aber ich kann mir vorstellen, dass das nötig ist.«

»Nein, nein ... ich habe keine Frauen in anderen Städten«, sagte ich.

»Nein? Und ich dachte irgendwie, ich wäre dein Mädchen in Savannah.«

Mein Mädchen in Savannah …

Fiona stützte einen Ellbogen aufs Bett und strich weiter mit dem Finger über meine Brust. »Es ist fast Mittag. Musst du nicht arbeiten?«

Ich schüttelte den Kopf. »Ich hab beschlossen, mir den Tag frei zu nehmen.«

»Aber du musst zu dem Pokerspiel heute Nacht«, sagte sie.

»Ja. Sieben Idioten warten darauf, dass ich ihnen ihr Geld abnehme.«

Sie lachte. »Nein. Sind sie so schlecht?«

»Gut sind sie nicht.«

Fiona grinste, dann legte sie den Kopf schief und zog die Augenbrauen zusammen. »Arbeitest du wirklich das ganze Jahr? Ich kann es mir einfach nicht vorstellen.«

»Ich mach das im Moment«, sagte ich. »Ich weiß noch nicht, was danach kommt.«

Das war das Wahrste, was ich gesagt hatte, seit wir uns kennengelernt hatten. Es fühlte sich gut an.

»Was ist mit dir?«, fragte ich. »Wo arbeitest du? In einer Bäckerei?«

»Nein, ich arbeite in einem Gartencenter. Blumen, Erde und Saaten … Ich liebe Pflanzen … sie wachsen zu sehen. Ich liebe auch Tiere, wie den kleinen Lemony da drüben. Wenn der Vermieter es erlauben würde, wäre diese Wohnung voller Hunde und Katzen.«

»Ja, das kann ich mir gut vorstellen«, sagte ich langsam.

»Das kann offensichtlich das ganze Universum«, sagte sie. »Ich hab mal einen Persönlichkeitstest bei Facebook gemacht, und es war der einzige dämliche Test, der zu hundert Prozent stimmte.«

»Und was kam dabei raus?«, fragte ich nur halb im Scherz. *Warum ist alles so ruhig in deiner Nähe?*

»Ich bin ein Mensch, der sich kümmert«, sagte sie. »Und das stimmt total. Ich helf sogar ehrenamtlich in einem Tierheim ein paarmal im Monat. Ich führe Hunde aus, damit sie ruhiger werden. Sie haben solche Angst, wenn sie ankommen. Sie hatten ein Leben, bevor sie auf der Straße gelandet sind oder irgendwo ausgesetzt wurden, und müssen ganz von vorn anfangen.«

Die Dunkelheit war zurück, lauerte, war bereit zuzuschlagen. Ich strich ihr mit den Fingern über den Rücken und brachte sie stattdessen zum Lachen.

»Du Unmensch«, sagte sie und schlug mir auf den Arm. »Das bist du nämlich, ein unmenschlicher Sexgott.« Sie sah mich eine Sekunde lang an und legte dann die Wange auf meine nackte Brust. »Abgesehen von Sexgott, was würde ein Facebook-Persönlichkeitstest über dich verraten?«

Ich runzelte die Stirn. »Sexgott reicht nicht?«

Ihr Lachen war Musik, und ein rosa Nebel umrankte sie.

»Trotz aller Beweise für das Gegenteil bist du mehr als das«, sagte sie. »Ich glaube, ein Test würde sagen, dass du ein starker, ruhiger Typ bist, der Frauen beschützt und Humor hat, von dem nicht viele was mitkriegen.«

»Nicht sehr viele«, sagte ich und änderte leicht meine Position.

Fiona senkte den Blick. »Tut mir leid, wenn ich zu persönlich werde. Ich hab nicht so viele Filter. Aber das ist auch Teil meines Plans.« Ihre Farben dämpften sich. »Die Tage, an denen ich geschwiegen habe, sind vorbei.«

Ich war nicht sicher, ob das wirklich stimmte. Wenn ich sie fragte, würde sie mir dann die Wahrheit über die dunkle Wolke sagen, die ich über ihr sah? Ich könnte sie auch nach … *ihm* fragen.

Es ist ein Er …

Wie in einem Traum, der im Moment des Aufwachens verblasste, sah ich noch kurz den Schatten, der sie verfolgte, dann nahm er plötzlich Form an: ein gesichtsloser Mann, der für den Schmerz verantwortlich war, vor dem Fiona davonlief. Wut kochte in mir hoch, und ich bemühte mich, ruhig zu bleiben.

Wer ist das?

Ich atmete ein. Es war sowieso egal. Ich konnte nichts tun und würde morgen weg sein. Ich war schon viel zu süchtig nach dem unerklärlichen Frieden, den diese Frau mir gab. Ich konnte es echt nicht brauchen, ihr noch näher zu kommen und mehr als nur Lust zu empfinden, obwohl ein Teil von mir sich fragte, ob es nicht jetzt schon zu spät war. Ich verspürte geradezu einen Urinstinkt, sie beschützen zu wollen, und das lag nicht an diesem Frieden, sondern nur an ihr.

Ein mehrfaches Klingeln unterbrach die morgendliche Stille. Es folgte ein Klopfen, dann rief eine Kinderstimme: »Fiony? Bist du da?«

Es wurde noch mal geklingelt, und Fionas Miene hellte sich auf, das Licht um sie herum war rosa und golden.

»Das ist Hailey, die Tochter meiner Nachbarin«, sagte sie und zog sich eilig einen seidigen Morgenmantel über. »Sie ist ein Engel. Ich passe fast jede Woche auf sie auf.«

Ich legte mich flach aufs Bett, und der Winkel war gerade so, dass man mich von der Tür aus nicht sehen konnte. Erneut klingelte es. Der Regen wurde lauter, als Fiona die Tür weit genug aufmachte, um sich in die Öffnung zu knien. Ein kleines, etwa vierjähriges Mädchen mit blonden Haaren schlang ihr die Arme um den Hals.

»Fiony!«

»Hailey, mein Schatz!«

»Tut mir leid, Fi«, sagte eine Frauenstimme vor der Tür. »Sie denkt, die Klingel ist ein Spielzeug.«

»Überhaupt kein Problem, Nance«, sagte Fiona und hielt das kleine Mädchen an den Schultern. »Diese süße kleine Maus ist immer willkommen.«

»Ich wollte Hallo und Tschüs sagen«, sagte Hailey. »Wir fahren das Wochenende zu Oma, wo es nicht regnet und ich im Park spielen kann ...«

»Okay, okay«, sagte die Mutter des Mädchens. »Fiona hat bestimmt zu tun. Wir fahren jetzt. Wie wär's mit nächsten Freitag, Fi? Hättest du da Zeit, auf diesen kleinen Quälgeist aufzupassen?«

»Auf jeden Fall.«

»Tschüs, Fiony-Baloni!«

»Tschüs, Hailey-Baley! Viel Spaß bei deiner Oma.« Fiona stand auf. »Tschüs, Nance. Fahr vorsichtig.«

Sie schloss die Tür und blieb einen Moment lang schweigend stehen, sah aus wie ausgelöscht. Ein so tiefer Schmerz, dass er fast körperlich war, traf mich durch das *Gesicht*, als hätte mir jemand in den Magen geboxt.

Was zur Hölle ...?

So etwas war mir noch nie zuvor passiert, und ich wusste, der namenlose Schatten war dafür verantwortlich. *Er.*

Egal, dachte ich. *Du dürftest das gar nicht wissen. Du solltest nicht so in ihrem Leben herumschnüffeln ...*

»Das war meine Nachbarin, Nancy ...« Fiona schüttelte den Kopf. Sie schlang die Arme um sich und lächelte schwach. »Das hab ich schon gesagt, oder?«

Der Schatten klebte an ihr.

»Ich muss los«, sagte ich, schlug die Decke zur Seite und griff nach meinen Sachen.

Fiona blickte abrupt auf, so erschrocken, dass mit einem Mal eine spürbare Spannung in der Luft lag. Sie lachte nervös. »So plötzlich?«

»Ja, ich muss arbeiten …«

»Du hast gesagt, du würdest dir den Tag frei nehmen …« Fiona verstummte und winkte ab. »Nein, ist egal. Schon okay.«

»Es ist nicht deinetwegen …«

»Ist es doch«, sagte sie und stützte sich schwer auf die kleine Küchentheke. »Es ist meinetwegen, Nik. Nicht deinetwegen, oder?«

Ich zog die Jeans hoch und hielt inne. »Fiona, hör zu …«

Ich verstummte. Fuck, sie war zu schön, zum Küssen in diesem seidigen Morgenmantel und mit dem zerzausten Haar nach dem Sex … und da war auch diese unfassbare Qualität – wie das Versprechen von Euphorie für einen Süchtigen.

Wäre ich ein normaler Mensch, würde ich richtig mit ihr ausgehen und einfach mit ihr reden.

Ich ließ das T-Shirt fallen und sank aufs Bett. Sie blieb an der Küchentheke stehen und sah mich an.

»Ich bleibe nie«, sagte ich. »So bin ich.«

»Ich weiß. Das wusste ich die ganze Zeit.« Sie schob das Kinn vor. »Aber du musst ja nicht verschwinden wie ein Dieb in der Nacht. Warte, bis der Sturm vorbei ist. Oder geh meinetwegen, aber benimm dich nicht wie ein Arschloch, okay? Ich verdiene etwas Besseres, und ich habe wirklich hart gearbeitet, um das sagen zu können: *Ich verdiene etwas Besseres.*«

»Ja, tust du«, sagte ich. Die Wahrheit entfuhr mir einfach, und wenn ich nicht aufpasste, würden mehr Wahrheiten folgen. Ich konnte sehen, dass sie aus seinem Schatten getreten war und ihr Bestes gab, um im Licht zu bleiben.

Fiona kam zu mir rüber. Sie schob meine Knie auseinander und stellte sich zwischen meine Beine, legte die Hände auf meine Schultern.

»Wir kennen uns nicht«, sagte sie und schob ihre Finger in mein Haar. »Du verlässt morgen die Stadt, und ich verlasse in ein paar Monaten das Land. Wir können uns diese Zeit nehmen. Ohne Druck. Ohne Versprechen, die wir nicht halten können. Okay?«

Ich legte die Hände auf ihre Hüften, die Stirn an ihren Bauch. Sie versteifte sich überrascht, dann rieb sie mir über den Rücken und die Schultern und fuhr mit den Fingern durch mein Haar. Und über diese Berührungen kamen mehr Gedanken von ihr.

Sie wollte zu gleichen Teilen, dass ich ging und blieb. Aber hoch über allem, viel, viel stärker, war Costa Rica. Freiheit.

Endloser Sonnenschein …

Das war es, was sie wollte. Was konnte ich ihr schon geben? Wenn ich ihr die Wahrheit sagte, würde sie mich nur hassen. Ich hatte genug von Leuten, die mich wegen dem, was ich war, hassten – wie meine Mutter und mein Vater, die mich eigentlich hätten lieben sollen … oder wie die Ärzte, die Bescheid gewusst und mich wie eine Laborratte behandelt hatten.

Ich konnte Fiona nicht näherkommen und etwas mit ihr aufbauen und dann zusehen, wie alles dem Erdboden gleichgemacht wurde, sobald sie die Wahrheit erfuhr. Ich konnte nur weiterziehen, quer durchs Land und wieder zurück, und vor meiner eigenen dunklen Wolke fliehen.

»Ich bin so verdammt müde«, sagte ich an der Seide ihres Morgenmantels. »Bis ins Mark erschöpft.«

»Dann ruh dich aus«, sagte Fiona und berührte mich sanft. »Sei einfach.«

9. KAPITEL

Fiona

Nikolai schlief stundenlang. Tief. Ich klapperte in der Küche und machte Essen, und er bewegte sich kaum, warf sich nicht hin und her, das Gesicht glatt und ohne die Härte des Stresses, den er mit sich herumschleppte. Als der Nachmittag voranschritt, fragte ich mich, was als Nächstes kommen würde. Und nicht nur in den nächsten Stunden, sondern in den Tagen und Wochen danach.

Morgen verlässt er Savannah, ermahnte ich mich, während ich versuchte, auf der Couch in dem kleinen Wohnbereich ein Buch zu lesen. *Es gibt keine Tage und Wochen. Es gibt nur heute Nacht …*

Heute Nacht.

Mein Körper erschauderte angenehm, und diese wohlige Sehnsucht erblühte in meinem Körper, während eine ganz andere Sehnsucht versuchte, sich in meinem Herzen einzunisten.

Heute Nacht. Unsere letzte Nacht.

Ich riss das leichte Bedauern aus wie ein Unkraut, das im Gartencenter zwischen den Blumen wuchs.

Sei erwachsen. Du wolltest eine Affäre, und du hast eine gekriegt, und jetzt ist sie vorbei.

Nik regte sich in meinem Bett, und einen Moment lang trübte ein Stirnrunzeln sein hübsches Gesicht, bevor es wieder glatt wurde. Ich ließ das Buch sinken, sah ihm beim Schlafen zu. Ich konnte ihn mir leicht als kleinen Jungen vorstellen, vor den Tattoos und Piercings. Sein Gesicht sah unschuldig aus, als hätte er zu schnell erwachsen werden müssen und müsste sich mit spitzem Metall und schwarzer Tinte schützen.

Ich wollte ihn nach seinem Leben, bevor er so ständig unterwegs war, fragen, aber ich hatte zu große Angst, dass die Antwort wehtun würde. Und ich konnte mir nicht erlauben, für einen Mann Schmerzen zu empfinden.

Aber ficken kannst du ihn, du kleine Nutte …

Ich zuckte zusammen, und das Buch fiel zu Boden. Nik wachte auf, setzte sich aufrecht hin und blinzelte.

»Oh, sorry, ich wollte dich nicht wecken …« Ich beugte mich vor und hob das Buch auf.

Er sah mich sonderbar an, die Stirn besorgt gerunzelt. »Bist du okay?«

Ich sah ihn verwirrt an. »Ja, natürlich. Mir geht's gut. Ich hab nur gelesen.«

Nik löste seinen prüfenden Blick von mir und sah sich um, als würde er nach jemandem suchen, dann schüttelte er seufzend den Kopf. Stress und Argwohn waren in seiner Miene zurück.

»Hast du gut geschlafen?«, fragte ich. »Wenn du weiter schlafen willst, tu das einfach.«

»Wie spät ist es?«, fragte er.

»Viertel nach vier.«

Nik rieb sich die Augen und griff nach seinem T-Shirt. »Ich sollte wahrscheinlich ins Motel zurück«, sagte er, und mir fiel durchaus das Widerstreben in seiner Stimme auf. »Duschen und was essen vor dem Spiel heute.«

»Ach ja«, sagte ich. »Dein Pokerspiel hab ich ganz vergessen.«

Ein Schweigen senkte sich auf uns, während Nik seine Jeans anzog und ich fieberhaft überlegte, was ich als Nächstes sagen sollte.

Bleib zum Essen?

Ich wollte Tacos machen.

Ich will dich noch eine Nacht.

Tacos und Sex? Wie klingt das?

Es klingelte, dann folgte ein Klopfen, und dann kam Nates Stimme durch die Tür. »Fi? Bist du angezogen?«

»Ich komme gleich«, rief ich und wartete, bis Nik das T-Shirt angezogen hatte. »Das ist ein Nachbar und Freund. Ob er mir glaubt, wenn ich sage, du bist ein entfernter Cousin, der nur für einen kurzen Besuch vorbeigekommen ist?«

»Ich würde nicht darauf wetten«, antwortete Nik.

Ein Lachen entfuhr mir, und ich machte die Tür auf. »Hallo Nathaniel.«

»Du lebst! Fantastisch«, sagte Nate. Er kam herein und redete, während er mich auf beide Wangen küsste. »Wir hatten ein paar Cocktails zu viel nach dem furchtbaren Theaterstück und sind dann über Nacht in Savannah geblieben und …«

Er erstarrte und riss komisch die Augen auf, als er Nik entdeckte, der an der Küchentheke lehnte.

»Oh«, sagte Nate, blickte zwischen uns hin und her und durchbohrte mich dann mit einem fragenden Blick. »Es tut mir so leid, ich wusste nicht, dass du einen *Freund* zu Besuch hast. Ich bin Nate Miller«, sagte er zu Nik. »Fionas neugieriger Nachbar. Die Sorte, die sich in alle ihre Angelegenheiten einmischt und sich nicht mal dafür entschuldigt.« Er betrachtete Niks Tattoos und Piercings so unaufdringlich, wie er konnte – und er konnte es überhaupt nicht. »Und du bist …?«

»Nik Young«, sagte er. »Ich bin ein entfernter Cousin von Fiona und nur für einen kurzen Besuch da.«

Nate lachte laut. »Na klar. Frech. Gefällt mir.« Er ging rückwärts zur noch offenen Tür und rief über die Schulter: »Hey, Griff, komm und lern Fionas neuen Freund kennen. *Jetzt*.«

Ich verdrehte die Augen und sah Nik hilflos an. Der zog einen Mundwinkel zu einem Lächeln hoch. Griffin erschien einen Moment später in der Tür, wie immer sportlich elegant in Jeans und Pulli.

»Hallo Liebes«, sagte er und gab mir ein Küsschen. Er schielte über meine Schulter zu Nik, und obwohl er eine Million Mal taktvoller war als sein Mann, weiteten seine Augen sich mit offensichtlichem Interesse. Er ging auch zu Nik und hielt ihm die Hand hin. »Griffin Miller.«

»Freut mich«, sagte Nik. Er schüttelte Griffs Hand und zuckte ganz kurz zusammen, als hätte er einen kleinen Stromschlag bekommen.

Wir standen schweigend da, und meine Nachbarn warfen mir stumme fragende Blicke zu.

Endlich stieß Griffin Nate in die Rippen. »Wir müssen mal los …«

»Nein, kein Problem«, sagte Nik und stieß sich von der Küchentheke ab. »Ich wollte gerade gehen.«

»Oh, wirklich? Okay …«, stammelte ich, und Hunderte Worte und Gefühle verhedderten sich in meinem Mund. *So will ich mich nicht verabschieden.*

Meine Wohnung war zu klein dafür, dass sich vier Leute vor der Tür drängelten.

Nik schob sich zwischen meinen Freunden hindurch, um seine Lederjacke zu holen, bevor Griff seinen Mann zur Seite zog und Nik und ich uns gegenüberstanden.

»Sehen wir uns noch mal … bevor du Georgia verlässt?«, fragte ich, und mir war schmerzlich bewusst, dass wir ein Publikum hatten.

»Ich komme vorbei«, sagte Nik.

Heute Nacht? Morgen?

Ein Widerhall von Steves Psychospielchen versuchte sich

anzuschleichen – wie er sich absichtlich vage ausdrückte und mich warten ließ. Ich schob das Kinn vor und zwang mich zu lächeln.

»Wenn du es schaffst. Ich weiß, dass du zu tun hast.«

Nik sah mich an, seine harten Gesichtszüge wurden weicher. »Wir sehen uns noch, Fiona.«

Meine stählerne Entschlossenheit schwand unter seiner Aufmerksamkeit. »Okay. Bye.«

Er sah mich noch etwas länger an, dann wandte er sich an meine Freunde. »Hat mich gefreut.«

»Ebenso«, sagte Nate mit verschränkten Armen.

»War mir ein Vergnügen«, sagte Griff und stieß seinen Mann in die Rippen.

Ich machte die Tür hinter Nik zu und wartete, dass meine überschwänglichen Freunde sich auf mich stürzten.

»Na, na, na, Fiona Starling«, sagte Nate und begutachtete seine Fingernägel. »Gibt es vielleicht irgendetwas, was du dem Rest der Klasse mitteilen willst?«

Griff lächelte sanft und nachdenklich, was mir gar nicht gefiel. Wenn es darum ging, sich Sorgen um mein Privatleben zu machen, gehörte er der Opal-Crawford-Schule an. Ich wusste, dass er und Nate sich fragten, warum ich nie Dates hatte, und während Opal ein bisschen was über Steve wusste, hatten die Millers keine Ahnung. Ich fand, je weniger Leute ich in meine zweifelhafte Lage einweihte, desto besser.

»Wer ist das, Fi?«, fragte Griff.

Ich zuckte die Achseln und ging von der Tür weg. Fast wäre mir ein knappes »niemand« entfahren, aber ich hielt mich zurück. Affäre oder nicht, es kam mir falsch vor, Nik »niemand« zu nennen.

Gott, jetzt werd nicht albern …

»Ich hab ihn im Club 91 kennengelernt«, sagte ich. »Wir sind ins Gespräch gekommen und … haben uns ganz gut verstanden.«

»Ist das heutzutage Slang für Sex?«, fragte Nate und warf auf dem Weg zum Kühlschrank einen Blick auf mein zerwühltes Bett. »Ich dachte, man sagt jetzt ›Netflix und chillen‹.«

Griff setzte sich auf einen der Hocker an der Küchentheke und pfiff Lemony in seinem Käfig zu. »Dieser Vogel hat ein paar Szenen gesehen, die nicht jugendfrei waren.«

Nate tauchte mit einer gekühlten Flasche Wasser auf. »Du hast doch nichts dagegen? Wir haben keins mehr, und Leitungswasser trink ich nicht.«

»Greif zu«, sagte ich mit einem schiefen Grinsen, da Nate die Kappe schon abgedreht hatte.

»Na, hast du unanständigen Sex gesehen?«, sagte Griff gurrend zu dem Vogel, dann sah er mich liebevoll an. »Du und Nik also … Ist das was Ernstes oder nur eine Affäre?«

»Ja, das. Affäre«, sagte ich, ließ mich auf die Couch fallen und sah sie an. »Er ist nur ein paar Tage in der Stadt. Er ist Vertreter …«

Nate verschluckte sich fast an seinem Wasser. »Was verkauft er? Peitschen und Ketten?«

Ich lachte. »Motorradteile.«

Nate legte beide Hände auf die Theke. »Schatz, wenn dieser Junge ein Vertreter ist, dann bin ich der Papst.«

Ich runzelte die Stirn. »Natürlich ist er das. Er hat es gesagt. Ich hab seine Visitenkarte …« Ich schüttelte den Kopf. »Jedenfalls ist er wegen seines Jobs immer unterwegs. Er spielt Poker, wenn er auf Reisen ist. Underground-Spiele.«

»Oh, ein böser Junge«, sagte Nate.

»Wirst du ihn wiedersehen?«, fragte Griff und stützte einen Arm auf die Küchentheke. »Nachdem er ›vorbeigekommen‹ ist, meine ich.«

Ich zupfte einen unsichtbaren Fussel von der Couch. »Wahrscheinlich nicht. Er reist weiter, und ich gehe in ein paar Monaten weg, also …«

Nate verdrehte die Augen. »Uh, erinnere mich nicht daran.«

»Wie geht's euch überhaupt?«, fragte ich laut. »Wie war das Stück?«

»Furchtbar«, sagte Nate, während Griff gleichzeitig sagte: »Es ist noch im Werden.«

Ich unterdrückte ein Lachen, als Griff seinem Mann einen vernichtenden Blick zuwarf, woraufhin Nate die Achseln zuckte. »Ich hab nur die Wahrheit gesagt.«

Griff wandte sich mir zu. »Es war richtig, meinen Freund zu unterstützen, und es hat sich absolut gelohnt.«

»Wie das?«, fragte ich.

»Wir haben ein bisschen zu viel getrunken und uns ein Hotelzimmer genommen«, sagte Nate. »Am nächsten Tag wollte Griff sich nach Häusern umsehen. In einem Hurrikan. Wie man das eben so macht.«

»Es war wohl kaum ein Hurrikan, und mit ›nach Häusern umsehen‹ meint er, dass wir auf der Rückfahrt ein Zu-verkaufen-Schild vor einem wundervollen kleinen viktorianischen Haus gesehen haben.« Griffs blaue Augen leuchteten glücklich auf. »Ich hab einfach so ein Gefühl, Fi. Es ist ein bisschen runtergekommen, aber ich konnte über die abgeplatzte Farbe und die schiefen Regenrinnen hinwegsehen.« Er schüttelte den Kopf. »Ich weiß, dieses Haus ist es.«

»Es?«, fragte ich. »The One and Only?«

Meine Freunde suchten nach einem Haus, seit ich vor zwei Jahren hier eingezogen war. Griff war Anwalt – er fing gerade an –, und Nate arbeitete in einer Galerie. Sie wohnten nur in unserem miesen Gebäude, um sich irgendwann die Anzahlung für ein Traumhaus in Savannah leisten zu können.

»Wir haben es gefunden«, sagte Nate, und sein sonst eher schnippischer Tonfall war stattdessen jetzt sanft und warm. Er streckte die Hand aus, und Griff nahm sie wortlos. »Ich hatte meine Zweifel, aber …«

»Aber der Besitzerin war egal, dass es wie aus Eimern schüttete«, sagte Griff. »Sie hat uns zum Tee hereingebeten, und wir haben stundenlang geredet. Als wir gingen, hat sie sich bereiterklärt, das Schild abzunehmen, wenn wir uns gleich nächste Woche mit einem Makler treffen und es offiziell machen.«

»Also tun wir das«, sagte Nate.

»Oh mein Gott, ich freue mich so für euch!« Ich sprang von der Couch auf und umarmte Griffin, dann ging ich um die kleine Theke zu Nate. »Ich bin so froh und so traurig. Wann zieht ihr um?«

»Hoffentlich in einem Monat oder so.«

Ich boxte Nate gegen den Arm. »Siehst du? Ihr verlasst mich, bevor ich euch verlasse.«

»Ja, wir ziehen ins *Zentrum von Savannah*«, sagte Nate. »Nicht nach Mittelamerika, Himmelherrgott.«

»Ich werde euch trotzdem vermissen«, sagte ich und fand es plötzlich schwer, weiter zu lächeln.

»Du musst uns jedes Wochenende besuchen, wenn du nicht gerade auf Hailey aufpasst oder mit ausgesetzten Mischlingen ums Tierheim spazierst«, sagte Nate.

Griff nahm meine Hand und drückte sie. »Das Haus hat drei Schlafzimmer. Genug Platz für dich und einen *Gast*.«

Ich drückte meinerseits seine Hand, ehe ich sie losließ. »Okay«, sagte ich und ließ mich wieder auf die Couch fallen. »Ein viktorianisches Haus? Ihr müsst mir alles genau erzählen.«

Griff und ich machten Tacos und Guacamole, während Nate Wein trank und uns beaufsichtigte. Wir aßen und redeten und lachten, und sie gingen etwa um zehn Uhr abends nach Hause. Kaum hatte ich die Tür geschlossen, trat Stille ein.

Meine Wohnung fühlte sich leer an. Mein Bett war leer.

Ich fragte mich, wie unerträglich die Stille werden würde, wenn Griff und Nate wegzogen.

Und wie kalt wird mein Bett sich heute Nacht anfühlen, wenn niemand außer mir darin liegt?

Nik hatte gesagt, er würde vorbeikommen, aber er schuldete mir nichts. Es konnte gut sein, dass ich ihn bei seinem überhasteten Abschied an der Tür das letzte Mal gesehen hatte.

Ich versuchte, die negativen Gedanken abzuschütteln. Mein Plan stand noch. Costa Rica. In dem kleinen Haus, das ich mieten wollte, würde es keine Stille geben. Der vor Leben wimmelnde Dschungel würde den Soundtrack für die dunklen Nächte liefern, und die Wellen des Ozeans, die tagsüber zu meinen Füßen ans Ufer schlugen, würden jede Stille plattmachen, die mich daran erinnern wollte, dass ich allein war.

Ich ging allein dort hin.

Allein. Nur ich. Einsam.

»Jetzt hör schon auf«, sagte ich, um die Stille zu durchbrechen.

Lemony schlummerte tief und fest auf seiner Stange und war keine Hilfe. Ich hängte den Käfig wieder an den Haken beim Fenster. Der Sturm hatte seine Macht verloren, und den Nachrichten zufolge würde er morgen vorbei sein.

Ich sah auf mein Telefon, ob Nik getextet hatte. Seit ich ihn angerufen hatte, hatte er meine Nummer. Er hatte sie nicht benutzt.

Ich komme vorbei, hatte er gesagt.

Wann?

»Heute nach der Arbeit lade ich dich in ein schickes Restaurant ein.«

»Oh … aber ich hab mich mit Janice verabredet. Die Nachbarin, weißt du? Ich kenne hier niemanden. Sie ist die Erste, von der ich glaube, dass ich mich mit ihr anfreunden könnte …«

»Sag es ab. Ich will mit dir ausgehen. In irgendein schickes Restaurant. Zieh ein hübsches Kleid für mich an, ich hol dich um acht ab.«

»Ja, okay. Es ist so lange her, dass wir zu zweit ausgegangen sind. Ich denke, ich kann absagen …«

»Vertrau mir, meine Liebste. Du wirst heute Abend begeistert sein.«

»Das klingt wunderbar, Steve.«

*»*Du *bist wunderbar. Ich liebe dich …«*

Ich blinzelte, um die Erinnerung zu vertreiben, die wie ein schlechter Film vor meinen Augen ablief. Ich hatte an dem Abend ein hübsches schwarzes Kleid angezogen. Ich trug nur ungern viel Make-up, aber ich hatte genau die Anweisungen in einem YouTube-Tutorial befolgt. Die Haare hatte ich zu einer eleganten Banane hochgedreht, weil Steve sich immer beklagte, dass ich mit dem langen Haar wie eine Highschool-Schülerin aussah.

Und ich wartete.

Stundenlang.

Steve kam erst weit nach Mitternacht nach Hause. Da hatte ich längst das Kleid ausgezogen, mich abgeschminkt und war zu Bett gegangen. Ich drehte ihm den Rücken zu und tat so, als würde ich schlafen, als er sich neben mir ins Bett legte. Ich wartete. Auf eine Berührung oder ein geflüstertes »Tut mir leid«.

Aber es kam nichts. Und Janice fragte ich nicht noch einmal, ob sie sich mit mir treffen wollte, weil es mir viel zu peinlich war …

Ich blinzelte schnell, um die Tränen zu unterdrücken, und ging zu meinem Schrank, um mir etwas zum Schlafen anzuziehen – was Schlabbriges, was bequem und nicht sexy war, weil ich anziehen konnte, was ich wollte …

Mein Telefon kündigte vibrierend eine Nachricht an. Nik.

Sorry, dass ich vorhin abgehauen bin. Ich bin in ein paar Stunden fertig. Ist es zu spät, um danach vorbeizukommen?

Mein Körper reagierte wie immer bei der Vorstellung, dass Nik mich berührte – Hitze überlief mich, und mein Atem stockte. Ein Lächeln überzog mein Gesicht, dann verblasste es langsam, als ich nervös meine Antwort tippte.

Nein, ist es nicht.

Eine Pause, dann: **Bis später.**

Und ich wusste, dass er es ernst meinte. Ich ließ das Sommerkleid an.

Ich lag auf der Couch und versuchte zu lesen, aber meine Haut kribbelte vor Vorfreude, und es fiel mir schwer, mich zu konzentrieren. Der Regen war zurück, ein letzter Auftritt, aber diesmal sanfter. Er klopfte leise gegen die Schreibe, und der Wind flüsterte in den Bäumen, statt zu heulen wie vorher.

Um Viertel nach zwei kam Nikolai zurück. Er klopfte.

»Komm rein«, sagte ich leise.

Er betrat meine Wohnung und brachte den strengen Geruch von Rauch und Alkohol und den zarten Duft von warmem Sommerregen mit. Er schloss die Tür, stand da mit dem Motorradhelm in der Hand und sah mich an. Der glänzende Regen rann wie Quecksilber über die schwarze Lederjacke, und sein dunkles Haar sah auch schwarz aus, weil es feucht war. Das Blau seiner Augen war wie der heißeste Teil einer Flamme, strahlte Begierde aus. Reines, ungefiltertes Verlangen. Noch nie hatte ein Mann mich angesehen wie Nik in diesem

Moment – als wäre ich alles, was er je auf der Welt gewollt hatte, und er müsste nur näher kommen, um es sich zu nehmen.

Mein Körper reagierte sofort – mit Hitze und einem angenehmen Ziehen zwischen den Beinen.

»Regnet es noch?«, fragte ich in dem Versuch, einen kohärenten Gedanken zu fassen.

»Ja«, sagte er und betrachtete mich.

»Sie haben gesagt, der Sturm wird heute vorübergehen«, sagte ich. »Morgen gibt's blauen Himmel.«

Er nickte. »Morgen.«

Morgen würde er mit dem Sturm weiterziehen.

Heute erlaubten wir uns einvernehmlich diese Nacht. Eine letzte Nacht.

»Und?«, fragte ich und legte langsam das Buch weg. »Wie war das Spiel?«

»Ich hab gewonnen«, sagte Nik, und seine Stimme war beinahe ein Knurren.

Sein Blick wanderte über meinen Körper, und ich konnte spüren, wo er hinsah: zu den nackten Beinen, die ich angewinkelt hatte, zu dem leichten Sommerkleid, das ich trug. Meine Brüste zeichneten sich unter dem Stoff ab, weil ich keinen BH anhatte.

»Dann war es eine gute Nacht?«, fragte ich. »Du hattest Glück?«

»Es ist kein Glück. Ich gewinne, wenn ich gewinnen will.«

»Jedes Mal?« Ich streckte die Beine aus, spreizte sie leicht.

»Ja.« Nik starrte auf meine Schenkel. »Jedes verdammte Mal.«

Seine hitzigen Worte durchfuhren mich wie elektrischer Strom. Ich zog das Kleid hoch, um ihm mehr zu zeigen. Mein ganzer Körper schrie nach ihm. Seine Augen weiteten sich, die Nasenlöcher waren gebläht. Er ließ den Motorradhelm fallen, zog die Jacke aus und hatte mit drei großen Schritten meine kleine Wohnung durchquert. Als er bei mir war, fiel er auf die Knie und drückte meine Beine auseinander.

»Oh Gott«, hauchte ich, erschrocken und erleichtert zugleich. »Ja …«

Er fuhr mit den Händen an meinen Oberschenkeln hoch und kam mit dem Tanga zurück. Er dehnte sich um meine gespreizten Knie, und Nik zerriss ihn und warf ihn zur Seite.

»Ich werde pleitegehen, wenn ich ständig neue Unterwäsche kaufen muss«, sagte ich, und mein Herz hämmerte jetzt.

»Dann trag einfach keine.«

Er fuhr wieder mit den Händen unter das Kleid, packte meine Hüften und zog mich an den Rand der Couch. Das Kleid rutschte hoch. Ich lehnte mich seufzend zurück, als mich erneut diese Hitze durchströmte.

Mit einem letzten lustvollen Blick schob Nik meine Knie weiter auseinander und beugte sich vor. Ein Schrei entfuhr mir, als er den Mund zwischen meine Beine legte. Seine Zunge war sofort hart und unerbittlich, und er saugte und berührte mich mit den Zähnen.

Ich hielt mich an der Rückenlehne der Couch fest, als ginge es um mein Leben, während Nik mein empfindlichstes Körperteil mit einem Hunger bearbeitete, der mir den Atem nahm. Mein Körper spannte sich an, bog sich durch, sinnlose Laute und Worte kamen aus meinem Mund, und ich sah Sterne hinter den geschlossenen Lidern, als mich der erste Orgasmus erfasste.

»Du schmeckst so gut«, sagte Nik, seine Stimme vibrierte. »So verdammt gut …«

Seine Worte waren wie eine Peitsche, die mich wieder höher trieb, bevor der erste Höhepunkt richtig vergangen war. Ich legte ihm die Beine um den Hals, bohrte ihm die Fersen in den Rücken und zog ihn noch fester an mich.

Nikolai löste den Mund nicht von mir, hielt meine zuckenden Hüften fest und tauchte mit der Zunge in mich ein. Es war wie ein Rausch, als der erste Orgasmus verklang und einen zweiten in seinem Kielwasser nach sich zog. Ich bog den Rücken durch, ließ die Rückenlehne los, drückte die Hände zu beiden Seiten auf die Polster und bot mich ihm an.

»Oh Gott, Nik …«

Mein Körper spannte sich an, als der Höhepunkt mich bebend durchfuhr, dann ließ ich den Kopf nach hinten fallen und die Beine erschöpft auf seine Schultern sinken. Wellen warmer Lust rollten über mich hinweg, und ich atmete tief ein, als Nik meine zitternden Beine absetzte. Er kniete sich hin, sah so befriedigt aus, wie ich mich fühlte. Erregt und müde sah ich fasziniert zu, wie er sich mit der Zunge – die gerade solche Wunder bewirkt hatte – langsam über die Unterlippe fuhr.

»Oh mein Gott«, sagte ich. »Wenn das passiert, wenn du Glück im Spiel hast …«

»Ich hätte das auch gemacht, wenn ich verloren hätte«, sagte er. »Aber ich verliere nie.«

»Wirklich nie?«

Er ignorierte das und ließ seinen Blick über meinen Körper wandern. »Ich habe den ganzen Abend gewonnen und dich gleichzeitig gewollt. Ich wollte dich so sehr …«

»Wirklich?«

»Ja.« Er stand auf und zog mich mit sich, unterbrach keine Sekunde lang den Blickkontakt, als er mich hochhob, um mich zum Bett zu tragen.

»Willst du mich über deine Schulter werfen wie ein Höhlenmensch?«, fragte ich und schlang ihm die Arme um den Hals.

»Soll ich?«, fragte er.

Ich grinste und zuckte mit einer Achsel. »Ist vielleicht was für die Liste.«

Aber meine Wohnung war so klein, wir waren schon beim Bett. Er stellte mich hin, zog mir das Kleid aus, und dann verlor ich mich in ihm, einem rauschhaften Gewirr aus Armen und Beinen, beißenden Küssen und seinen Händen … Gott, Niks Hände waren überall. Ich nahm nur noch die Empfindungen wahr, die er in mir hervorrief, und das wilde Verlangen, dasselbe für ihn zu tun.

Endlich brach er über mir zusammen, und ich sank tiefer ins Bett, befriedigt und schwer, und jeder Teil von mir pochte. Ich hielt Nik fest. Meine Finger gruben sich in das feuchte Haar an seinem Hinterkopf. Unser Atem ging keuchend.

Wer bist du?

Wer war dieser Mann, der mich mit einem einzigen Blick heiß machen konnte? Er strahlte irgendwie etwas Gefährliches aus, aber ich fühlte mich absolut sicher bei ihm. Sein Körper war auf eine Weise auf meinen eingespielt, die ich nicht begriff.

Nik wollte von mir runter, aber ich hielt ihn fest. »Bleib.«

Bleib hier …

»Das geht nicht«, sagte er, und die Worte klangen, als würden sie tausend Kilo wiegen. »Ich … ich bin zu schwer.«

Ich hielt ihn umarmt, als er sein Gewicht verlagerte, sodass seine linke Seite auf dem Bett ruhte, legte ein Bein um seine Hüfte und zog ihn an mich, damit wir verbunden blieben. Er vergrub sein Gesicht an meinem Hals. Sein Atem war heiß, ging schnell, bis er die Luft anhielt und dann langsam ausstieß. Sein Körper dehnte sich in meinen Armen mit einem Seufzer.

»Erzähl mir was, Nik«, sagte ich und legte mich auf seine Brust. Seine Hand spielte mit meinem Haar.

»Was denn?«

»Irgendwas. Etwas von dir.« *Etwas, was ich behalten kann, wenn du weg bist …*

Er bewegte sich unter mir. Ich legte die Wange auf seine Brust und sah ihn an.

»Erzähl mir von der Kunst«, sagte ich. »Wo hast du Zeichnen gelernt?«

Er zuckte die Achseln. »Weiß ich nicht. Ich hab's einfach gemacht. Hab vor allem gemalt. Ich ... hab gern mit leuchtenden Farben gearbeitet.«

»Malst du noch?«

Er schüttelte den Kopf. »Nein.«

»Du kannst das wirklich gut«, sagte ich. »Und du hast aufgehört? Abgesehen von Papierservietten?«

»Das letzte Mal, als ich einen Pinsel angefasst habe, war in der Highschool, aber ...«

»Aber ...?«

»Ich bin krank geworden. Ich war lange Zeit im Krankenhaus. Als ich rauskam, wollte ich nicht mehr malen.«

Ich spürte einen Schmerz in meiner Brust. »Tut mir leid.« Ich wollte fragen, was er gehabt hatte, unterdrückte es aber.

»Was ist mit dir?«, fragte Nik langsam. »Was wolltest du werden? Gärtnerin? Bäckerin?«

»Nein«, sagte ich, und der Schmerz wurde spitz und stachelig. »Ich wollte Kindergärtnerin werden.«

»Jetzt nicht mehr?«

Ich drehte den Kopf weg, betrachtete den Regen, der wie Tränen über das Fenster rann. »Doch, immer noch.« Ich schloss die Augen. »Vielleicht eines Tages. Aber zuerst kommt Costa Rica. Wenn ich erst einmal da bin und mich eingerichtet habe, kann ich ... entscheiden, wie alles andere sein soll.«

Der alte Schmerz wollte sich tiefer in mich bohren, und ich machte mich auf die nächste Frage gefasst. Es war dumm von mir gewesen, dieses Gespräch überhaupt anzufangen. Warum hatte ich ihn etwas so Persönliches gefragt? Er würde weggehen, und über meine eigenen Träume konnte ich nicht sprechen; sie waren zerbrochen und nicht mehr da.

Aber Nik schwieg. Er strich mir übers Haar, wand es sich um die Finger, wickelte es wieder ab, ließ lange Strähnen durch seine Hand gleiten und ließ sie fallen. Der alte Schmerz verschwand unter seiner Berührung und seinem Schweigen.

Ich schlief auf ihm ein. Er war so warm und beständig und solide.

Als ich wieder aufwachte, hatte der Regen aufgehört.

Der Wind legte sich.

Der Sturm war vorbei.

In der Stille hob Nik den Kopf und sah mich an, die blauen Augen voller unausgesprochener Gedanken, die meine eigenen spiegelten.

Bleib, wollte ich wieder sagen, aber das Wort blieb mir in der Kehle stecken – aus Angst und weil es sich in so vielen Gefühlen verstrickt hatte, von denen ich keines für wirklich echt hielt.

Ich kann nicht, sagte Nik, nicht mit Worten, sondern durch den Schmerz, der sich in den schönen Zügen seines Gesichts zeigte.

Ich wusste – irgendwie –, dass er selbst auch unausgesprochene Geheimnisse hatte, die ihn aus Savannah wegführten, weg von mir, dringlicher als irgendwelche Verpflichtungen wegen seines Jobs.

Nik küsste mich sanft, dann leidenschaftlicher, und wieder gaben wir dem blinden Verlangen und der Erregung nach, den gierigen Berührungen, die uns verschwitzt und atemlos zurückließen, und wir waren gerade mal für ein paar Minuten befriedigt, als wir uns wieder aufeinander stürzten. Wir verbrachten die letzten gemeinsamen Stunden in verzweifelter Umklammerung, bis wir ganz benommen waren nach all der Ekstase. Keiner von uns schlief.

Das Morgenlicht war hell und golden, der wolkenlose Himmel eine leere Leinwand, die leuchtend blau angemalt worden war. Die Hitze hatte schon begonnen.

Nik regte sich, dann setzte er sich stumm auf den Bettrand.

»Kaffee?«, fragte ich.

Er beugte sich vor. Seine muskulösen tätowierten Schultern rundeten sich. »Ich sollte gehen.«

Das sollte er. Weil es meine Wohnung ist. Meine Regeln …

Zwei Jahre lang waren diese Regeln mein Schutz vor den Folgen der ständigen Abwertung meiner Person durch Steve gewesen. Jetzt, als Nikolai Young seine Jeans anzog, glaubte ich, meinen Ex triumphierend kichern zu hören.

Nik zog sich fertig an. Ich schlüpfte in meinen seidigen Morgenmantel und brachte ihn zur Tür.

»Meine Route führt mich zur Ostküste und dann auf demselben Weg wieder zurück«, sagte er und zog seine Jacke an. Er zog an seinem Ärmel, ohne mich anzusehen. »Bist du in ein paar Monaten noch da?«

Mein Herz pochte schwer hinter den Rippen.

»Ich … ich weiß es nicht …«

»Es ist okay«, sagte Nik schnell. »Ich kann's verstehen.«

Wirklich?, wollte ich fragen, denn da waren tausend verschiedene Gedanken, die in meinem Magen flatterten und von denen ich weiche Knie bekam, Warnungen, die mein Herz schützen sollten, und leise Bitten, noch einmal ein Risiko einzugehen.

Nikolai machte die Tür auf, und die feuchte Sommerluft Georgias legte sich um uns. Er zögerte, sah aus, als würde er etwas sagen wollen, dann nahm er mein Gesicht in beide Hände und küsste mich. Es war ein intensiver Kuss, den ich in jeder Faser meines Körpers fühlte, sogar in den dunklen Rissen, die Steve in meinem Herzen hinterlassen hatte.

Nik löste seinen Mund von meinem, hielt mich noch fest. Seine schönen Gesichtszüge waren angespannt, seine Stirn gerunzelt. »Okay, bis dann«, sagte er schnell und ließ mich los.

»Ja, man sieht sich«, sagte ich schwach und spürte Kälte, wo er meine Wangen losgelassen hatte.

Ich sah, wie er auf sein Motorrad stieg und den Helm aufsetzte, der sein Gesicht verdeckte. Er startete sein Motorrad, und ich wusste, dass er mich ansah; ich konnte seinen Blick spüren wie ein Ziehen oder eine Sehnsucht. Er nickte einmal, dann setzte er zurück und fuhr vom Parkplatz runter.

Ich hielt mich am Türrahmen fest und bewegte mich nicht, während die Abgaswolken aus seinem Motorrad dünner wurden und verwehten, bis nichts mehr übrig war.

2. TEIL

Das Reh

10. KAPITEL

Nikolai

»Es funktioniert nicht.«

»Die Behandlung braucht Zeit.«

»Es fühlt sich an, als würde ich aus meinem Körper rausgebrannt werden.«

»Was bedeutet das, Nik?«

»Kennen Sie diese Filme, in denen ein Haus brennt und jemand darin eingeschlossen ist? Und dann wird das Feuer heißer und der Rauch dicker, und die Person muss fliehen, kann aber nicht? So fühlt es sich an.«

»Es tut weh? Du dürftest nicht bei Bewusstsein sein während der …«

»Es brennt die ganze Zeit. Und danach hab ich Kopfschmerzen. Ganz schlimm.«

»Nur noch ein paarmal.«

»Wie oft?«

»Kannst du mich jetzt wahrnehmen?«

…

»Nik?«

»Ja.«

»Was denke ich jetzt?«

»So funktioniert das nicht.«

»Was fühle ich?«

»Neugier.«

»Ich bin immer neugierig. Das ist mein Job. Was sonst?«

»Sie werden böse werden.«

»Werd ich nicht. Versprochen.«

»Sie fühlen sich, als wären Sie besser als ich.«

»Wie sieht das aus?«

»Gar nicht. Es riecht. Wie Parfüm, das einen fauligen Gestank überdeckt. Und jetzt wollen Sie mich in den Arm kneifen …«

»Wann hat das angefangen, Nik? Das erste Mal?«

»Das fragen Sie dauernd. Ich weiß es nicht mehr.«

»Versuch es.«

»Ich war klein.«

»Wie klein?«

»Papa war ein Riese. Ein wütender Riese.«

»War er der Erste, den du mit dem Gesicht wahrgenommen hast?«

»Nein, das war Mama. Sie war Wärme an einem kalten Tag und der erste Bissen, wenn man Hunger hat.«

»Und dein Vater? Wie war er?«

»Rauch. Hitze. Brennen. Wie ein brennendes Haus, aus dem wir nicht fliehen können.«

»Hat er dir wehgetan, Nik?«

»Manchmal. Vor allem Mama.«

»Hörst du Stimmen?«

»Nein. Ich höre Gedanken. Nur manchmal.«

»Was ist der Unterschied?«

»Wenn man Stimmen im Kopf hört, ist es nur Schein. Die Gedanken, die ich höre, sind real … Jetzt sind Sie enttäuscht. Ich bin nicht gesünder geworden.«

»Ich glaube, wir machen noch eine Behandlung.«

»Wann?«

»Heute.«

»Nein! Warum …?«

»Was willst du, Nik? Wenn du einen Wunsch frei hättest?«

»Ich wünschte, Mama würde mich ansehen. Mich berühren. Sie hat mich immer umarmt, wenn ich Angst hatte. Ich habe die ganze Zeit Angst …«

»Wann wird sie dich wieder umarmen?«

»Wenn das Gesicht *weggeht?«*

»Siehst du! Das wollen wir auch. Okay?«

Und dann zündeten sie das Haus an, und ich konnte nicht raus …

Ich fuhr zur Seniorenwohnanlage Forever Sunrise in St. Louis, Missouri. Die Stadt saß mir im Nacken, und meine Nase hatte angefangen zu bluten, sobald ich auf den Parkplatz gefahren war. Ich fragte mich, warum ich mir das überhaupt antat.

Ich hatte Fiona verlassen, und ein unerklärlicher Schmerz machte sich in meinem Herzen breit und ließ nicht locker, ein vager, lächerlicher Wunsch, bei der einzigen anderen Person auf dem Planeten zu sein, der nicht scheißegal war, ob ich lebte oder starb.

Nur hat Mama dich seit über zehn Jahren nicht länger als drei Sekunden angesehen.

Aber hier war ich, wie einer dieser dämlichen Schwachköpfe, die sich immer wieder an den Tisch setzten, obwohl sie immer nur verloren.

Ich trug mich in die Besucherliste ein und versuchte verzweifelt, die Leben um mich herum zu ignorieren, deren Docht immer kürzer wurde. Einmal war während meines Besuchs jemand gestorben. Ich hatte gefühlt, wie dieses Leben erlosch und nur einen dünnen Rauchfaden hinterließ. Ich hatte es kaum rechtzeitig aufs Klo geschafft, um zu mich zu übergeben.

Ich ging zum Zimmer meiner Mutter hoch, klopfte und öffnete die Tür. Es ähnelte eher einem Krankenhauszimmer als einem Wohnraum. Sie lag im Bett, hatte den Kopf zum Fenster gedreht und sah schwächlich und hager aus, als würde selbst ihre dünne Decke sie niederdrücken.

»Hey, Ma«, sagte ich.

Sie sah mich nicht an, aber sie wusste, dass ich da war.

Ich setzte mich neben sie, nahm ihre Hand. Sie fühlte sich leichter an als letztes Mal, trocken und dünn wie Reispapier. Das *Gesicht* zeigte mir eine konfuse Luftspiegelung aus verstreuten Gedanken und Erinnerungen. Das wutverzerrte Gesicht meines Vaters blitzte auf, und das Brennen eines Schlags, der ihren Kopf zur Seite schleuderte. Mein Kiefer kribbelte, und ich ließ ihre Hand fallen.

»Nikolai«, sagte meine Mutter, dann kniff sie die Augen zu, um mich nicht zu sehen.

Das fühlte sich auch an wie ein Schlag ins Gesicht.

»Wie geht es dir, Ma?«

Nichts.

»Behandeln sie dich gut?«

Auf dem Nachttisch tickte die Uhr.

»Brauchst du etwas?«

Eine merkwürdig stachelige Wolke materialisierte sich um sie herum, wie ein Bienenschwarm, und sie sah mich an, ihre dunklen Augen plötzlich scharf und klar.

»Was ich brauche? Ich sage dir, was ich *nicht* brauche. Den Fluch. Warum du bringst ihn zu mir?«, fragte sie. »Ist schlimmer geworden, ja? Deine Haut ist ganz dunkel, und du hast Metall in dich gestochen …«

»Hey, komm, Ma …«

»Diese Ärzte waren nutzlos. Haben dich laufen lassen, und du kommst und bringst Fluch zu mir. Zu kranker alter Dame …«

Ich biss die Zähne zusammen. »Ich bin dein *Sohn* …«

»Pfft.« Sie schüttelte den Kopf auf dem Kissen, ihr brüchiges Haar lag wie ein Nest um ihren Kopf, dann weiteten sich plötzlich ihre Augen. »Mein Sohn, mein Sohn? Wo ist mein Sohn?«, klagte sie. Ihre lichte Phase war vorüber, als hätte man einen Schalter umgelegt, und sie blieb panisch zurück. »Mein süßer kleiner Junge … Ist weg …«

Ein Pfleger kam mit einem herablassenden Lächeln im Gesicht herein. »Hey Mrs Young. Ist ja gut. Regen wir uns ein bisschen auf?« Er sah mich an, sein Blick streifte die Tattoos.

Ich stand auf. »Ich verschwinde. Keine Ahnung, warum ich überhaupt noch komme.«

Der Pfleger stimmte zu, ohne ein Wort zu sagen.

Meine Mutter schüttelte immer noch den Kopf, murmelte jetzt russische Worte, die Augen geschlossen, die Lippen zusammengepresst. Ihre Erinnerungen waren voll von mir als kleinem Jungen, bevor ich das *Gesicht* hatte. Da war sie, wie sie mich umarmte und mit mir lachte, als wir unter der heißen texanischen Sonne im Garten unter dem Rasensprenger spielten; wie sie meine Wange küsste und sagte, ich solle mir keine Sorgen machen, Papa würde nicht lange wütend sein, und wir hätten ja einander, oder …?

Das ist seit Ewigkeiten vorbei, sagte ich mir. *Warum tu ich mir das an? Dies ist der letzte Besuch* …

Ich blieb an der Tür stehen, wünschte mit aller Kraft, dass ich die Erinnerungen, in denen meine Mutter lebte, betreten und in ihnen mit ihr zusammen sein könnte.

»Bye, Ma«, sagte ich. »Bis dann.«

Ich fuhr stadtauswärts und fand ein Motel in einer Vorstadt. Das nächste beschissene Motel in der langen Reihe der beschissenen Motels meines Lebens. Ich setzte mich aufs Bett und hielt mir den Kopf.

Und jetzt?

Ich legte mich auf das harte Bett und starrte an die Decke. Ein blassgelber Wasserfleck hatte eine Ecke verfärbt. Das war Realität. Ich sah es mit meinen Augen. Mit dem *Gesicht* sah ich ein schwarzes Sekret aus Schmerz und Elend durch die Wand sickern wie ein sich ausbreitender Tintenfleck. Der Mensch im Nebenzimmer war auch kurz davor, eine Dummheit zu begehen. Vielleicht hatte er eine Pistole oder Tabletten. Oder vielleicht hatte er ein Motorrad, das dazu neigte, über die Mittellinie in den Gegenverkehr zu fahren, und Visionen, wie seine Einzelteile barmherzig auf der Straße verteilt wurden. Solange nur der Schmerz aufhörte.

Nur dieses verfluchte Gesicht *sollte aufhören.*

»Fiona«, sagte ich leise zu niemandem.

Pech gehabt, antwortete niemand. Sie würde in ein anderes Land ziehen. Sie hatte einen Plan, und der sah nicht vor, einem verzweifelten Freak dieses Etwas zu geben, das den Ansturm des Lebens in Schach hielt. Erträglich machte.

Lebenswert machte.

Sie machte das Leben lebenswert.

Der unerklärliche Frieden, den ich bei Fiona empfunden hatte, war wie eine Erinnerung, aber eine, an die ich mich falsch erinnerte. Es kam mir so unmöglich vor, dass sie die Stimmen zum Schweigen gebracht und mit ihrem süßen Kuss den sauren Geschmack aus meinem Mund vertrieben hatte. Sie war so schön und sexy, und mit ihr zu schlafen war heißer gewesen als mit jeder anderen Frau in meinem ganzen Leben. Ever.

Sie war kein Wunder, ich war einfach verknallt.

Und der Frieden, den ich gefühlt hatte, war echt gewesen, egal, was ich mir jetzt einreden wollte, und deshalb war das *Gesicht* jetzt tausendmal unerträglicher. Und selbst ohne diesen Frieden konnte ich nicht aufhören, an sie zu denken. Ihre

Schönheit und ihr Lächeln, ihre ureigene Güte und Freundlichkeit …

Ich sprang vom Bett auf und duschte, dann zog ich ein schwarzes T-Shirt und Jeans an.

Das Heilmittel, um Fiona zu vergessen, dachte ich voll verzweifelter Hoffnung, lag zwischen den Beinen einer anderen Frau.

In dem Motel an der Rezeption saß niemand, der mir hätte sagen können, wo hier was los war, aber der Ort war klein. Ich fuhr ins Zentrum und fand eine kleine Jazz-Bar. Sie war nicht so laut wie ein Club, wonach ich eigentlich gesucht hatte, aber sie war voll mit Leuten. Schlagzeug, Saxophon und Klavier bemühten sich gemeinsam, das pochende Wirrwarr des Lebens zu übertönen, und auch die halbdunkle Beleuchtung beruhigte das *Gesicht*, das mir die farbigen Nebel und Auren der Menschen um mich herum zeigte.

Ich schob mich zur Bar durch, stand neben einer dunkelhaarigen Frau, die von einem rötlichen Glühen umgeben war. Sie trug ein enges schwarzes Kleid mit tiefem Ausschnitt, und ich schmeckte Pfeffer, als sie sich auf dem Barhocker umdrehte und mich abschätzend ansah.

»Hi.« Ihr Blick wanderte, der Tinte folgend, meinen Arm hinauf zu den Piercings und dann zu meinen Augen. »Ich bin Lydia.«

Sie hielt mir die Hand hin, und die ganze Nacht spielte sich in einer Sekunde vor meinem geistigen Auge ab: Ich lade sie zu einem oder zwei Drinks ein, sehe zu, wie die kleine Flamme ihres Interesses zu einem ausgewachsenen Feuer wird, und wenn ich weiß, dass sie so weit ist, gehen wir zu ihr oder in mein Motel, und ich vögele sie bis zur Besinnungslosigkeit. Oder vielmehr versuche ich, sie zu vögeln, bis *ich* die Besinnung verliere. Aber das passiert nicht. Ihre Orgasmen überlagern meinen eigenen, bis ich nur noch sehen und fühlen und schmecken kann, wie sie kommt. Ich rolle sofort von ihr runter; die Sommerhitze dient mir als Entschuldigung, auf meiner Bettseite zu bleiben. Sie schläft ein. Ich haue ab. Obwohl wir in meinem eigenen verdammten Motelzimmer sind, packe ich und gehe und ziehe weiter und fange von vorn an in einer anderen Nacht und einer anderen Stadt …

Lydia zog die Augenbrauen hoch und ließ die Hand, die zwischen uns schwebte, in den Schoß fallen, als würde ein Vogel, von einer Kugel getroffen, vom Himmel stürzen.

»Hallo? Ich würd wirklich gern wissen, was du gerade denkst.«

Ich sah sie an, blinzelte. Lydia. Sie war dunkel und rot; Schokolade, Gewürze und Samt. Jeder Mann wäre scharf darauf, sie mit nach Hause zu nehmen.

Fiona war weich und süß, und wenn ich sie geküsst habe, ist die Welt wie Zuckerwatte auf meiner Zunge zerschmolzen …

Ich drehte mich um und ging raus. Lydia warf mir noch ein »Spinner« hinterher. Es prallte von mir ab, und ich fuhr zum Motel zurück. Ich packte meine Habseligkeiten, checkte aus und war um elf Uhr abends wieder auf der Straße. Während die Landschaft an mir vorbeizog, drehten sich meine Gedanken im Kreis. Wenn ich so weitermachte, würde irgendwas kaputtgehen. Ich hatte diesen Typen im Zimmer neben mir nicht nur gespürt. Ich war er.

Nimm dir ein paar Wochen. Mehr nicht. Eine Pause. Und dann lässt du sie in Ruhe.

Prompt fasste ich einen Plan: Gewinn ein bisschen Geld. Genug, um ein paar Wochen davon zu leben. Verbring Zeit mit ihr und … sei einfach.

Benutz sie, meinst du. Du gräbst tief in ihrem persönlichen Schmerz und den dunklen Schatten, während du dir wie ein Vam-

pir mit übersinnlichen Kräften von ihr holst, was du brauchst, bevor sie irgendwann weggeht. Toller Plan.

Ich ging vom Gas und fuhr rechts ran. »Fuck.«

Ich machte den Motor aus. »*Fuck.*«

Ich stieg ab, riss mir den Helm vom Kopf und schleuderte ihn zu Boden. »*Fuck!*«

Ich brüllte in den Nachthimmel, meine Gedanken und Erinnerungen erfüllt von ihrem Lächeln, ihrem Humor, ihrer Furchtlosigkeit und ihrer rosa und hell strahlenden Güte – genau so musste ihr Haar in der Sonne aussehen.

Aber irgendjemand hatte ihr übel mitgespielt, und sie musste sich schützen. Als ich mich verabschiedet hatte, hatte ich zu gleichen Teilen Widerwillen gesehen, weil ich ging, und einen grimmigen Stolz, dass sie sich an ihre Regel hielt. *Er* – wer auch immer dieses Arschloch war – hatte ihr etwas genommen, und obwohl ich nicht wusste, was es war, wusste ich, dass Fiona deswegen Angst hatte, jemals wieder einem Mann zu vertrauen.

Kannst du es ihr vorwerfen?

Ich hob den Helm von dem dreckigen Boden auf und cancelte den Plan. Scheiß drauf, ich würde in einer anderen Stadt ein anderes Pokerspiel suchen …

Der Helm baumelte am Riemen von meiner Hand.

Und dann …

Dann war ich der Typ im Nebenzimmer mit leerem Tank und einer Pistole in der Hand. Oder auf der Straße verspritztes Gehirn und Eingeweide, nachdem die Bonneville über die Mittellinie gefahren war.

Oder ich verschwand einfach.

Sie ist meine letzte Chance.

Hoffnung durchfloss mich wie kühles Wasser, spülte die blutigen Visionen meiner Zukunft davon. Ich setzte den Helm wieder auf, wendete das Motorrad auf der zweispurigen Straße und fuhr auf demselben Weg, auf dem ich gekommen war, zu dem schäbigen Vorstadtmotel am Stadtrand zurück.

Ich parkte die Bonneville vor dem Eingang und lief in die abgeranzte Lobby. Mein Körper wurde still, lauschte und sah; das *Gesicht* streckte gewissermaßen seine Fühler aus, war wie eine Stimme, die einen Namen rief.

Er antwortete.

Ich blinzelte überrascht und atmete stockend ein. Das hatte ich noch nie getan. Ich hatte das *Gesicht* nie kontrolliert, weil ich nicht wusste, dass ich es kontrollieren konnte.

Noch ein beschissener Plot Twist.

Eilig blickte ich mich um und entdeckte einen Block und einen Stift auf dem, was in diesem Motel als Empfangstresen durchging. Ich schrieb eine hastige Nachricht; nichts Professionelles oder Rationales. Ich war nur ein Mensch, der den Kontakt zu einem anderen suchte, mit den ersten Worten, die ihm in den Sinn kamen.

Schlaf drüber. Sieh dir noch einen Sonnenaufgang an. Such dir Hilfe.

Ich rannte zu dem Zimmer neben dem, das ich vorhin verlassen hatte, und schob den Zettel unter der Tür durch. Vielleicht half es. Vielleicht nicht, aber mehr konnte ich nicht tun.

Um drei Uhr morgens machte ich mich wieder auf den Weg, jetzt nach Jacksonville, Florida. Bei dem Gedanken, mit noch einer großen Stadt fertigwerden zu müssen, wurde mir übel, aber abgesehen von Atlantic City, was zu weit weg war, gab es in Jacksonville das größte Casino mit den höchsten Einsätzen. Ich hatte zweitausend Dollar, die ich einsetzen konnte, und musste so viel Kapital daraus schlagen, dass ich davon leben konnte.

Ich würde leben. Nicht existieren.

Es sei denn, Fiona sagt, dass du dich verpissen sollst.

Das war der Deal. Ich würde bleiben, wenn Fiona Mitleid mit mir hatte. Und wenn nicht …

Ich gab Gas, und das Motorrad raste durch die schwindende Nacht ins erste Morgenlicht. – Der Highway war eine endlose dunkle Schlange mit gelben Streifen auf dem Rücken. Sie glühten auf, wenn der Frontscheinwerfer der Bonneville sie traf, und führten mich in einen weiteren Sonnenaufgang.

11. KAPITEL

Fiona

»Fi? Bist du noch da?«

Ich blinzelte und blickte auf. Ich lehnte im Gartencenter am Kassentresen und hatte den Kopf auf eine Hand gestützt. »Sorry, ja, ich hab nur … nachgedacht.«

Opal schürzte die Lippen. »Irgendetwas sagt mir, dass du nicht überlegt hast, wo die Zinnien hin sollen, die gerade geliefert worden sind.«

»Doch, genau darüber habe ich nachgedacht«, sagte ich mit einem kleinen Lächeln. Ich richtete mich auf und wischte mir die Hände an der Latzhose ab. »Ich habe ein paar wirklich tiefgründige Ideen zum Thema Lagerung.«

»Pfft.« Opal sah mich mit sanften Augen an, grinste und ließ mich an der Kasse stehen, um eine Kundin zu bedienen.

Sie hatte mich schon wegen Nikolai ins Kreuzverhör genommen, aber da gab es nicht viel zu sagen. Er war wie geplant weitergefahren, und ich zog wie geplant nach Costa Rica. Das Leben hatte seinen Lauf nach einem kleinen Schlenker wieder aufgenommen.

Nur konnte ich nicht aufhören, über diesen dreitägigen Schlenker nachzudenken. Er machte sich in jeder Minute meines Lebens in meinen Gedanken breit – mein Körper erinnerte sich an Niks heiße Berührungen, und mein Herz klammerte sich an die überraschenden humorvollen Momente und an die Wärme seiner blauen Augen, wenn er mich ansah …

Ich hätte in jener Nacht nicht in den Club gehen sollen.

Ich seufzte und stützte wieder das Kinn auf die Hand. Mit der anderen malte ich Kreise in die Erdreste auf der Theke. Vorhin hatte ein Kunde einen Kroton gekauft mit breiten, glänzenden grünen Blätter mit gelben und roten Streifen. Etwas Blumenerde war auf die Theke gefallen, als der Kunde ihn auf die Theke gestellt hatte. Krotone waren meine Lieblingspflanzen, und ich stellte mir vor, dass Costa Rica voll mit ihnen war. Immer wenn wir einen verkauften, bekam ich gute Laune und erinnerte mich daran, dass ich bald schon mit eigenen Augen sehen würde, ob es stimmte.

Jetzt waren die lebendigen Farben, in denen ich mir Costa Rica vorstellte, verwaschen, als hätte jemand das Hochglanzfoto, das ich mir an die Wand meiner Vorstellungskraft gepinnt hatte, mit einem dumpfen Farbton übermalt.

Meine Schicht ging bis vier Uhr, und Opal warf mir noch einen dieser Blicke zu, als ich mich zum Gehen bereit machte.

»Irgendwelche Pläne für heute?«, fragte sie vorsichtig und blätterte durch die Quittungen.

»Ja«, sagte ich und hängte mir die bestickte Leinentasche über die Schulter, die ich als Handtasche benutzte. »Ich werd mit Lemony Brownies backen und bis zum Morgengrauen *Sex-and-the-City*-Wiederholungen gucken.«

Opal lächelte schwach. »Klingt aufregend.«

Ich seufzte und verschränkte die Arme über der Garden-City-Greens-Schürze. »Na los. Sag's schon.«

Meine Freundin war zu direkt, um so zu tun, als wüsste sie nicht, was ich meinte.

Und vielleicht will ich es auch hören.

»Du bist dreiundzwanzig und erzählst nie, dass du dich mit

Freunden triffst.« Sie hob eine Hand. »Wenn man mal von Affären mit tätowierten Unbekannten absieht. Ich rede davon, dass du jung bist und Spaß haben und auf Partys gehen und … tun solltest, was junge Menschen tun.«

»Ich habe Freunde«, sagte ich langsam. »Griff und Nate. Und dich …«

»Ich bin deine Freundin und ich liebe dich über alles, aber wir kennen uns nur, weil du hier arbeitest. Griff und Nate sind auch deine Freunde, aber zuerst waren sie deine Nachbarn.«

Ich zuckte die Achseln, schob mir die Haare hinters Ohr und blickte zu Boden. »So ist das eben im Moment.«

Opal seufzte. »Ich weiß, Süße.« Sie senkte die Stimme. »Ich bin einfach so wütend, weil ich jetzt mehr über Steve weiß. Wenn er hier wäre, würde ich ihn so was von fertigmachen …«

»Ohne Zweifel.«

»Aber jetzt sehe ich erst, wie du dich isolierst«, sagte Opal, »und ich hab einfach Angst, dass Costa Rica in Wirklichkeit nur ein großer Schritt ist, um komplett von der Bildfläche zu verschwinden.«

Ich hob den Kopf und versuchte zu lächeln. »Das ist der Plan.«

Opals Blick war hart und weich zugleich. »Hast du Nik angerufen?«, fragte sie. »Hast du wenigstens darüber nachgedacht?«

Nur jede zweite Minute …

»Ich glaube, das hast du«, sagte Opal, bevor ich antworten konnte. »Und ich glaube, du solltest ihn anrufen. Oder besser noch, verschieb deinen Umzug, und ruf eine der Therapeutinnen an, die ich kenne. Rede mit jemandem, Süße.« Sie holte eine Karte aus ihrem Portemonnaie und drückte sie mir in die Hand. »Ich will nicht, dass du verschwindest.«

Als ich nach Hause kam, tschilpte Lemony Snicket zur Begrüßung. Es war fast fünf Uhr, aber die Sonne dachte nicht einmal daran, schwächer zu werden. Ich betrachtete das Sonnenlicht, das auf Lemonys gelben Federn glänzte … und auf den Käfigstäben aus falschem Gold.

»Es ist richtig, nach Costa Rica zu gehen, oder?«, fragte ich. »Ich will das immer noch. Ich will die Strände und die Berge und den wundervollen Dschungel. Aber jetzt …«

Ich will nicht allein sein.

Was total blöd war, weil ich ja genau deswegen überhaupt erst nach Costa Rica gewollt hatte.

»Verdammt, das ist so scheiße«, sagte ich. Tränen stiegen mir in die Augen und liefen mir übers Gesicht. Ich wischte sie wütend weg. »Ich bin stärker, als ich aussehe, oder?«

Lemony legte den Kopf schief und hüpfte von einer Stange auf die andere. Seine kleinen Flügel flatterten nur ein wenig. Nie streckte er sie richtig aus, um sich in die Lüfte zu erheben.

Um zu fliegen.

Ich ließ mich auf die Couch fallen und klappte das Laptop auf, das auf dem Wohnzimmertisch lag. Ich musste nur den ersten Buchstaben des Namens in die Suchmaschine eingeben, der Rest wurde automatisch ergänzt.

Der Artikel aus dem Duluth Courier hatte sich nicht verändert, seit ich das letzte Mal nachgesehen hatte. Keine Updates. Keine neuen Nachrichten.

»Sie ist einfach verschwunden«, murmelte ich.

Ich öffnete meine E-Mails. Die üblichen Spams. Die einzige persönliche Nachricht war von Claudia Araya, meiner Kontaktperson in Costa Rica, die mir behilflich war, ein Arbeitsvisum zu bekommen, um in einem Tierheim in dem kleinen Ort San Josecito bei Uvita arbeiten zu können. Während ich Opal, Griff und Nat – und jetzt auch Nik – nur erzählt hatte, dass ich nach Costa Rica zog, war Claudia die einzige Person, die wusste, wohin genau ich dort wollte.

Von: Claudia Araya caraya@migracion.gov.cr
An: Fiona Starling FionaStar357@gmail.com
Gesendet: Fr., 1. Juni 9:19 Uhr
Betreff: Fast hier!

Buenos días, mi dulce niña,
ich habe ein paar Immobilienangebote beigefügt, die vielleicht für Sie infrage kommen, alle so nah am Stadtzentrum, dass Sie mit dem Fahrrad fahren können, wie gewünscht. Das Tierheim braucht eine Adresse und eine Kopie eines Mietvertrags, dann können wir das ganze Paket zur Genehmigung an die Botschaft schicken, damit man Ihnen ein Visum ausstellt. Ich weiß, es ist nicht ideal, ein Haus auszusuchen, das Sie nicht gesehen haben, aber der Vertrag wäre nur für ein Jahr, und danach können Sie sich etwas für immer suchen, wie Ihr Amerikaner das so macht. Bitte geben Sie mir Bescheid, welches der Objekte Sie gern mieten würden, und füllen Sie das Formular aus, dann werde ich beides an Sylvie von der Maklerfirma weiterleiten.
Ich hoffe, Sie lernen Spanisch!
Muy atentamente,
Claudia

Ich klickte durch die Angebote von drei etwas abgeschiedenen kleinen Häuschen inmitten von Dschungelgrün. Alle hatten ein Schlafzimmer, Strandblick nach Westen, begrünte Berge im Osten und ein Naturschutzgebiet im Norden.

»Perfekt«, sagte ich. Und das war es auch, aber irgendwie griff das Wort nicht.

Ich wühlte in meiner Tasche, fand die Visitenkarte der Therapeutin, die Opal mir empfohlen hatte, und legte sie zu Niks Visitenkarte auf den Couchtisch, beide neben das aufgeklappte Laptop.

Drei Möglichkeiten. Drei Wege, die ich gehen könnte. Zwei davon wichen ab von meinem sorgfältig ausgearbeiteten Fluchtplan. Ich berührte die schlichte zerknitterte Karte mit Niks Nummer.

Ich vermisse ihn. Es ist okay, das zuzugeben, oder?

Es gab keine Antwort. Selbst Steves giftige Kommentare waren verstummt, wie um mir unmissverständlich klarzumachen, dass die Entscheidung, welchen Weg ich einschlagen würde, ganz allein bei mir lag.

Ich klappte das Laptop zu, ohne Claudia zu antworten oder eine der beiden Nummern zu wählen, und legte mich aufs Bett. Mein Bett kam mir zehnmal so groß und breit vor wie vorher. Ich vergrub mein Gesicht im Kissen und atmete tief ein, aber Nikolai Alexei Young war lange weg.

Er war weg, und er hatte etwas mitgenommen, irgendeinen Teil des Fundaments, ohne den das ganze Gebäude wackelte.

»Mir geht es gut. Das ist total dumm«, sagte ich, überrascht – und ein bisschen genervt –, dass ich schon wieder den Tränen nah war.

Die Wände meiner Wohnung waren dünn; ich hörte Griffs herzliches, lautes Lachen auf der anderen Seite meiner Küche. Ich nahm mein Telefon und textete Nate.

Seid ihr zu Hause?

Wir gucken in zehn Minuten einen Film, schrieb Nate zurück. **Willst du rüberkommen?**

Ich biss mir auf die Lippe. **Ich will euch nicht das heiße Date verderben.**

Heißes Date ist morgen. Heute gibt's Al Pacino und Pizza. Komm rüber.

Sicher?

Eintrittspreis: Fis berühmte Brownies

Ok.

Wir halten den Film an. <3

<3

Ich stieß einen zittrigen Seufzer aus. Ich konnte Steves herablassendes Grinsen vor mir sehen. Ich mischte Mehl, Schokolade, Zucker, Eier und Butter. Vierzig Minuten später stand ich mit Backhandschuhen und einem heißen Blech vor der Nummer 5. Ich drückte mit dem Ellbogen auf die Klingel, und Griff machte mir in karierter Pyjamahose und Feinrippunterhemd auf. Er war ziemlich fit und ging jeden Morgen vor der Arbeit in der Anwaltskanzlei in ein Studio in der 5th, aber seine Arme waren weniger muskulös, als ich sie in Erinnerung hatte, und sahen so blass aus ohne jedes Tattoo.

Jetzt hör aber auf.

»Fi!«, sagte Griff. »Die riechen köstlich. Komm rein, Liebes.«

»Danke, dass ich mitgucken kann«, sagte ich leise. Ich eilte an ihm vorbei und stellte die Brownies auf ihre Küchentheke. »Die müssen noch abkühlen.«

Griff runzelte die Stirn. »Alles okay?«

»Sie hat Entzugserscheinungen nach wahnsinnigem Sex.« Nate winkte von der Couch. »Komm, setz dich zu mir, Fionaschatz. Onkel Nate kannst du alles erzählen.«

»Ich hab keine Sex-Entzugserscheinungen«, murmelte ich.

»Tätowierter-Biker-Entzugserscheinungen?«

»Mir geht's gut«, sagte ich und ließ mich auf die Couch fallen. »Mir … geht's gut.«

Griff setzte sich neben mich, und ich spürte, wie sie über meinem Kopf besorgte Blicke tauschten. Ohne ein Wort nahm Nate meine Hand, und Griff legte den Arm um mich.

»Was gucken wir?«, fragte ich, bevor sie noch mehr fragten.

»*Hundstage*«, sagte Nate. »Griff, Schatz, würdest du ...?«

»Klar doch«, sagte Griff und nahm die Fernbedienung.

Wir sahen zu, wie Al Pacinos Bankraub schief und immer schiefer lief, und futterten Pizza und Brownies. Ich saß zwischen den beiden, erdrückt von ihrer Liebe zueinander, und fühlte mich immer einsamer. Meine Freunde berührten sich – drückten sich kurz die Hände, oder ihre Finger streiften sich –, wenn Teller herumgereicht oder Getränke eingeschenkt wurden. Es waren kleine Berührungen voller Vertrautheit und Zuneigung, die für sie so normal waren, wie zu essen. Es war schön anzusehen, aber jedes Mal, wenn Nate einen von Griffs Sätzen beendete oder Griff Nate eine Serviette reichte, noch bevor Nate den Mund aufmachte, um nach einer zu fragen, tat mir das Herz ein bisschen mehr weh.

»Chris Sarandon im Bademantel«, sagte Griff, als der Schauspieler auf dem Bildschirm auftauchte.

»Und los«, sagte Nate, und beide sprachen den Text mit. »Rote, Blaue, Grüne, Schlafmittel, Aufputscher, Halluzinogene ...«

Der Film lief, ohne dass ich ihn sah; der Dialog verwandelte sich in eine einzelne Stimme in meinem Kopf, die immer dasselbe sagte.

Ich will auch.

Ich wollte, was sie hatten, ich wollte Insiderwitze und ungezwungene Berührungen, die sagten: »Ich bin hier bei dir.« Ich wollte jemanden, der mich so gut kannte, dass er meine Sätze beenden konnte. Oder wusste, wann er besser den Mund hielt.

Ich zwängte mich auf der Couch tiefer zwischen meine Freunde, legte die Wange auf Griffs Schulter, während Nate sich auf der anderen Seite an mich lehnte. Als der Film vorbei war, war Griff eingeschlafen. Ich stupste Nate an. Er sah seinen Mann warmherzig und überhaupt nicht genervt an.

»Der Schatz ist völlig fertig«, flüsterte Nate. »Kohlehydrate wirken bei ihm wie bei mir Valium.«

Vorsichtig stand ich auf, und Nate brachte mich zur Tür.

»Danke für die Brownies«, sagte er. »Sie waren wie vom Konditor, wie immer.«

»Danke für die Gesellschaft«, sagte ich und gab ihm einen Kuss auf die Wange.

Er zog mich an sich. »Ich weiß, wir können uns mit Mr Young nicht messen, aber …«

»Ach, sei still, ich hab dich lieb. Bis morgen.«

»Fi …«

Ich wand mich aus seiner Umarmung. »Gute Nacht, Nate.«

»Träum schön, Fiona«, rief er leise.

Ich ging zurück in meine Wohnung, die so viel kleiner war als Nates und Griffs Zweizimmerwohnung und irgendwie muffig wirkte. Still. Leer.

Ich fiel in einen unruhigen Schlaf, erfüllt von merkwürdigen Träumen von einer Straße in der Nacht und einem Mann, der neben einem dunklen Umriss im Regen kniete …

Sonnenlicht traf meine Augen. Ich blinzelte und versuchte, den Traum noch zu fassen, aber er verschwand, je wacher ich wurde. Mein Blick landete auf der Uhr.

»Mist.«

»Du bist zu spät«, sagte Marco, die Aushilfe, als ich in das Hinterzimmer von Garden City Greens stürmte und mir die Schürze umhängte. Er sah mich verwundert an. »Du kommst nie zu spät.«

»Es gibt für alles ein erstes Mal«, sagte ich mit einem angespannten Lächeln.

Nach meiner hektischen Ankunft zog die Schicht sich in die Länge. Den Vormittag über saß ich faul herum, am Nachmittag versuchte ich dann bei steigenden Temperaturen und einer gefühlten Luftfeuchtigkeit von neunundneunzig Prozent zu erledigen, was liegenblieben war.

»Was soll diese Scheiße?«, murmelte ich im Lager. Ich warf einen Zehn-Kilo-Sack Mutterboden auf die Schubkarre, um ihn raus zu den Anlagen zu bringen, Schweiß lief mir über das dreckige Gesicht. Ich wischte mir mit der Rückseite des Gartenhandschuhs über die Stirn und wuchtete den nächsten Sack hoch. »Ich hatte einen Plan. Nein, ich *habe* einen Plan. Ich kann diese Komplikationen nicht gebrauchen.«

Am Ende bist du doch nicht so stark, wie du aussiehst, höhnte Steve.

Ich warf den Sack auf den ersten und geriet aus dem Gleichgewicht, blieb mit dem Fuß irgendwo hängen und landete mit dem Hintern auf einem kleinen Stapel Fünfundzwanzig-Kilo-Säcke. Heiße Tränen brannten mir in den Augen.

Steve hat recht.

Ich war nicht stark. Ich hatte einen anderen Mann in meine Welt gelassen, und er hatte sie komplett neu geordnet. Nikolai unterwanderte jeden meiner Gedanken. Mein Körper erinnerte sich an jeden einzelnen intensiven körperlichen Moment, den wir gehabt hatten, und mein Kopf spielte mir immer wieder aufs Neue vor, wie ein plötzliches Lächeln über etwas, was ich gesagt hatte, sein Gesicht erhellte, als ob es lange her wäre und er sich gerade erst erinnert hätte, wie Lächeln ging.

Dann ruf ihn doch an, kam ein anderer Gedanke, diesmal in Opals Tonfall.

Aber was würde das nützen? Nik hatte einen Job, bei dem er das ganze Jahr reisen musste, und ich hatte einen Plan. Ich steckte fest. Ich konnte nicht zurück und diese drei Nächte ungeschehen machen, und ich konnte sie auch nicht loslassen.

Vielleicht will ich sie gar nicht loslassen. Oder ihn …

»Aber das habe ich. Ich habe ihn gehen lassen«, flüsterte ich, als mir eine Träne von der Nase tropfte und als ein dunkler Fleck auf meiner Hose landete.

»Hey«, sagte Marco an der Tür. Seine Miene verriet die Unsicherheit eines Teenagers, der mit weiblichen Emotionen konfrontiert war. »Alles okay?«

Schnell wischte ich mir mit den Gartenhandschuhen die Augen, was zweifellos noch mehr Dreck in meinem Gesicht hinterließ.

»Ja, alles gut. Hier drinnen ist es wie in einem Ofen.« Ich schniefte, stand auf und arbeitete weiter.

»Ms Crawford sagt, du sollst an die Kasse gehen, weil sie mit einem Großhändler telefonieren muss«, sagte Marco und kam ins Lager. »Ich mach das hier.«

»Danke.«

Auf dem Weg nach draußen blickte ich an meiner verschwitzten, unordentlichen und dreckigen Gestalt hinunter. *Ich bin ein totales Fiasko, von innen und von außen.*

An der Kasse wartete schon eine Frau mittleren Alters, um einen Karton bauschiges weißes Steinkraut und eine Pflanzschaufel zu bezahlen.

»Hi, sorry.« Ich schlüpfte schnell hinter die Kasse.

»Sie haben rosa Haare und einen grünen Daumen, was?«, kommentierte die Kundin. Sie zog die Augenbrauen hoch angesichts meines dreckigen Overalls.

»Ja«, sagte ich mit einem kurzen, höflichen Lachen. »Ich stürze mich immer voll in die Arbeit.«

Die Frau zahlte bar. Gerade als ich ihr das Wechselgeld geben wollte, erschien Nikolai Young am Eingang zum Laden.

Ich nahm jede Einzelheit in mich auf: Nik in Jeans mit schwarzem T-Shirt und Stiefeln. Die schwarze Lederjacke hing ihm an einem Finger über der Schulter. Strahlendes Sonnenlicht wurde von den silbernen Krallen in seinen Ohren reflektiert …

Vor plötzlicher Freude stockte mir das Herz.

Nikolai …

Die Hand, in der ich das Wechselgeld für die Kundin hielt, öffnete sich über der Theke, und all die kleinen Münzen prallten von der Holzoberfläche ab und rollten davon.

Bei dem Klimpern fuhr ich zusammen. »Oh, Scheiße, sorry!«, sagte ich zu der Kundin. »Und sorry, dass ich Scheiße gesagt hab! Oh no, schon wieder …«

Nikolai beschleunigte seinen Schritt, weil er helfen wollte, und wir bückten uns alle drei, um die Münzen aufzusammeln, die auf dem Boden gelandet waren. Ich richtete mich auf, starrte Nik durch die pinken Haare an, die sich aus meinem lockeren Pferdeschwanz gelöst hatten. Es wurde still.

Die Kundin, die zwischen Nik und mir stand, lächelte amüsiert. »Ich lass Sie zwei mal allein …« Sie nahm den Karton mit den kleinen weißen Blumen und ging.

»Einen schönen Tag noch«, murmelte ich schwach. Mein Blick klebte an Nik.

War er vor zwei Wochen auch schon so schön? Das kann nicht sein.

Nik fuhr sich mit der Hand durch das kurze braune Haar. »Sorry, dass ich einfach auftauche …«

»Was machst du hier?«, fragte ich, und mit einem Mal wurde mir der ganze Dreck in meinem Gesicht und auf meinen Klamotten bewusst, genau wie der Schweiß, der mir auf der Haut klebte. *O Götter des Deos, bitte verlasst mich jetzt nicht …*

»Fiona!« Opal stand plötzlich neben mir, und ich fuhr zusammen. »Willst du mich deinem Freund nicht vorstellen?«

Meine Wangen wurden heiß. Sie wusste ganz genau, wer *mein Freund* war. »Äh, klar. Opal Crawford, das ist Nikolai Young.«

»Es ist mir ein Vergnügen«, sagte Opal und hielt ihm die Hand hin.

Sie schüttelten einander die Hand, und ich sah, wie Niks Kiefermuskeln zuckten, als sie sich berührten.

Glotz ihn nicht so an …

Aber ich konnte den Blick nicht von Niks Gesicht abwenden, nahm alles darin wahr: den breiten Mund, der Feuer in mir entzündet hatte; den kräftigen Kiefer mit den leichten Stoppeln, die so köstlich über meine Haut gekratzt hatten, wenn er mich küsste …

Opal stieß mir den Ellenbogen in die Seite. »Fiona …«

Ich blinzelte. »Sorry, was?«

»Ich hab nur gerade zu Nik gesagt, dass du morgen frei haben kannst.« Opal funkelte mich an, ihre Augenbrauen verschwanden praktisch unter ihrem Haar. »Falls er nicht so lange bleibt, dachte ich einfach …«

»Opal …«, sagte ich durch zusammengebissene Zähne.

Die peinliche Spannung hing so zäh in der Luft wie die Feuchtigkeit.

Nik sah Opal an, dann wieder mich. »Können wir kurz reden? Allein?«

»Ja, klar«, sagte ich und zwang mein hämmerndes Herz, langsamer zu werden. »Komm.«

Ich warf Opal noch einen Blick zu, dann führte ich Nik nach draußen, wo wir schweigend zwischen Reihen von Bäumen im Topf und Blumenbeeten entlanggingen. Die Sonne brannte, die Hitze stand in der stickigen Luft.

Wir kamen zu den Sukkulenten und Kakteen am Ende der Pflanzenreihen, und Nik blieb neben einer lilagrünen Sukkulente in einem großen Tontopf auf einem Tisch stehen. Er strich über die dicken, fleischigen Blätter, die sich wie eine Artischockenblüte auffächerten und jeweils in einem Widerhaken endeten. Ich hatte das Gefühl, als würde Nik mich beobachten, auch wenn er den Blick auf die Pflanze gerichtet hatte.

»Das ist eine Echeveria«, sagte ich in die Stille. »Davon haben wir sehr viele verschiedene. Die da …« Ich deutete mit dem Kinn auf die lilagrüne Pflanze. »Die heißt der Schwarze Prinz.«

»Wirklich?«, fragte Nik und hob den Blick.

»Ja«, sagte ich schwach. »Du bist zurückgekommen.« Das sollte eigentlich eine Frage sein, aber die Worte hatten sich umgeordnet und klangen jetzt mehr wie ein Erleichterungsseufzer. Es fühlte sich gut an, ihn zu sehen. Von ihm angesehen zu werden.

»Ja«, sagte Nik. »Ich hab mich gefragt, ob wir uns morgen treffen könnten. Irgendwohin fahren und reden.«

»Wir können jetzt reden«, sagte ich.

»Ich meine, richtig reden.«

»Oh«, sagte ich. Mein Herz blieb stehen und schlug dann um so schneller weiter. »Worüber?«

»Über eine Planänderung«, sagte Nik mit schwerer Stimme. »Ich bin das Herumfahren so leid. Bin einfach so verdammt erschöpft.«

»Ich weiß«, sagte ich sanft und erinnerte mich an Niks Arme um meine Taille, an seine an meinen Bauch gelehnte Stirn, als er diese Worte zu mir gesagt hatte.

Wir machen es umgekehrt. Er ist ein Fremder, und trotzdem haben wir uns schon so vieles gesagt.

Er sah an mir vorbei zum Parkplatz am anderen Ende. »Also habe ich mir überlegt, eine Pause zu machen.«

»Wirklich?« Ein Glücksgefühl richtete mich auf, gefolgt von Verwirrung und Unsicherheit, die mich wie eine Hand niederdrückten.

»Ja«, sagte Nik. »Ich will morgen mit dir irgendwohin fahren und … darüber reden.«

»Okay«, sagte ich langsam. »Klar. Wenn du willst.«

»Nein, Fiona«, sagte Nik leise. »Wenn *du* willst.«

Steve hatte mich nie gefragt, was ich wollte oder wie ich mich fühlte, oder auch nur, was für eine Meinung ich über etwas hatte. Diese Worte von Nik waren wie ein kostbares Geschenk.

Sei nicht dumm, warnte ich mich. *Erinnere dich daran, was letztes Mal passiert ist, als du einen Mann an dich rangelassen hast …*

Ich richtete mich zu meiner ganzen Größe auf – und kam etwa an Niks Schulter. »Ja, okay. Dann reden wir?«

»Genau«, sagte Nik. »Nur reden. Ich hole dich bei dir ab. Morgen um zehn?«

»Zehn Uhr morgens?«

»Ja, ich dachte, wir könnten den Tag zusammen verbringen.« Ein kleines Lächeln flog über seine Lippen. »Ich hab gehört, dass du frei hast.«

Trotz aller Versuche, mich zurückzuhalten, entfuhr mir ein Lachen. »Du hast richtig gehört.« Ich schob mir die Haare hinters Ohr. »Du musst ziemlich viel zu reden haben.«

Niks Mundwinkel wanderten nach unten. »Ja, hab ich.«

Reden ist gut. Vielleicht brauche ich genau das, um all diese Gefühle zu sortieren …

Ich spürte, wie ich nickte. »Zehn ist super.«

»Cool.«

Wir gingen wieder nach vorn, wo Nik sich kurz von Opal und Marco verabschiedete, der jetzt auch dort stand, und dann mit dröhnendem Motorrad vom Parkplatz fuhr.

»Das war also Nik«, sagte Opal, versuchte, unschuldig zu gucken, und versagte kläglich.

»Das war Nik«, sagte ich.

»Wer ist Nik?«, fragte Marco und blickte zwischen uns hin und her.

Ein Fehler? Eine Möglichkeit? Eine dumme Idee? Eine Affäre?

»Ein Freund«, sagte ich geistesabwesend.

»Ich dachte, *dein Freund* wäre die nächsten sechs Monate unterwegs«, sagte Opal.

Ich unterdrückte ein Lächeln. »Er hat seine Pläne geändert.«

12. KAPITEL

Fiona

Am nächsten Morgen stand ich im ersten Tageslicht auf, unfähig, noch eine Minute länger liegen zu bleiben.

Letzte Nacht hatte ich die Aussicht, Nikolai in meinem Leben zu haben, im Kopf hundertmal von allen Seiten betrachtet. Darüber wollte er ja bestimmt reden, oder? Er wollte eine Pause vom Herumreisen machen und in Garden City oder Savannah sesshaft werden. Warum war er sonst zu mir gekommen? Meine alten Schutzinstinkte taten sich zusammen, und ich hatte mir eine Rede zurechtgelegt, die besagte *Danke, aber nein Danke*; ich hatte einen Plan und brauchte keine Ablenkung.

Dann hatte ich mich auf die andere Seite gedreht, und die Rede hatte sich bei der Erinnerung an die Küsse und die starken Arme, die mir ein Gefühl von Sicherheit gaben, in Luft aufgelöst.

Er hat dich nur für Sex benutzt, Dummkopf, erinnerte mich Steve.

Die Stichelei tat nicht weh, weil ich ihn genauso benutzt hatte. Aber es war mehr, denn abgesehen von dem starken körperlichen Verlangen, das uns beide verzehrte, sah Nik mich mit seinen blauen Augen an, als wäre ich die Antwort auf eine Frage, die er sich schon seit Langem stellte.

Und er ist tausendmal besser im Bett, als du je sein wirst, Steve.

Danach hielt Steve die Klappe.

Meine Gedanken hatten sich im Kreis gedreht, bis ich endlich erschöpft in einen unruhigen Schlaf gefallen war und wieder denselben Traum hatte – eine dunkle Straße, ein Mann, der neben einer dunklen Silhouette am Boden stand. Das gelbe Licht der Frontscheinwerfer eines Autos fiel auf den strömenden Regen wie auf einen silbernen Vorhang. Der Mann drehte sich um …

Und aus irgendeinem Grund wachte ich in diesem Moment auf.

Ich duschte, dann zog ich eine weite Cargohose und ein lachsfarbenes Tanktop an. Es war nicht romantisch oder hübsch. Weil das nämlich kein Date war. Es war ein Gespräch, nichts weiter. Ich frühstückte in Ruhe, während die Uhr auf die zehn zutickte.

»Ist das ein Riesenfehler?«, fragte ich Lemony. »Was kann daraus schon werden? Ich gehe nach Costa Rica …«

Es klopfte, und ich merkte, dass ich die Tür lieber öffnen als zuhalten wollte.

Ich werde Nik anhören. Eine gute Zeit mit ihm haben. Den Sonnenschein finden.

Ich öffnete die Tür mit einem Lächeln. »Du bist ziemlich pünktlich, Nikolai Alexei.«

»Das ist meine beste Eigenschaft«, sagte er. Er trug seine Lederjacke, Jeans, Stiefel und ein schlichtes dunkelblaues T-Shirt, neben dem seine Augen wie Saphire aussahen. Er hielt einen Motorradhelm hoch. »Bist du schon mal gefahren?«

Meine Augen weiteten sich. »Nein, nie.«

»Steht es auf deiner Liste?«

»Hmmm …« Ich blickte zur Decke und tippte mir mit dem Finger ans Kinn. »Jetzt schon.«

Ich nahm meine Tasche, schloss die Wohnungstür ab und trat in die Junihitze hinaus, die trotz des bedeckten Himmels schon drückend war.

»Wo fahren wir hin?«, fragte ich.

»Ich dachte, wir fahren die Küste runter zu einem Strand und essen da was.«

»Wolltest du nicht eine Pause vom Herumfahren machen?«

»Auf meinen Reisen sitze ich nachts in düsteren Kellern rum und spiele mit Zigarre rauchenden Bankangestellten Poker«, sagte Nik. »Kommt nicht oft vor, dass ich mir die Gegend ansehe.«

Wir kamen an seinem Motorrad an, und mein Herz pochte nervös.

»Ich fahre nicht schnell«, sagte Nik, dann lächelte er. »Es sei denn, ich soll.«

»Woher willst du wissen, ob ich gerade Riesenspaß habe oder mir vor Angst in die Hosen mache?«

»Das merke ich«, sagte Nik mit undurchschaubarer Miene, dann fügte er hinzu: »Wir machen einfach ein System ab. Drück mich einmal, wenn ich langsamer fahren soll, zweimal, um Gas zu geben.«

Ich nickte. Mein Herz hämmerte immer noch wie wahnsinnig, aber inzwischen war ich nicht sicher, ob es an der Aufregung wegen des Motorradfahrens lag oder an dem Gedanken, die Arme um Nik zu legen.

»Der Strand, den ich mir ausgeguckt habe, ist eine Dreiviertelstunde entfernt. Wenn das zu lang ist oder du einfach nicht gern Motorrad fährst, machen wir etwas anderes, okay?«

Mir wurde warm ums Herz angesichts seiner Rücksichtnahme. »Klingt gut. Und wo kriegen wir das Essen her?«

Er tippte mit dem Stiefel gegen eine der zwei großen Ledertaschen, die seitlich vom Hinterrad befestigt waren.

»Du hast Essen eingepackt?«

Nik schürzte die Lippen. »Ist das so schwierig?«

»Nein, es ist nur … aufmerksam.«

»So aufmerksam nun auch wieder nicht«, sagte er. »Ich hab's im Laden gekauft.«

»Es ist trotzdem aufmerksam.«

Er lächelte und nahm seinen Helm, der schwarz und verkratzt war von monate- oder jahrelanger Nutzung. Der in meiner Hand war glänzend blau mit weißen Streifen. Ich wollte ihn gerade aufsetzen, als ich so etwas wie den Geruch nach neuem Auto wahrnahm.

»Warte«, sagte ich. »Du hast den Helm für mich gekauft?«

Nik zog verwirrt die Augenbrauen zusammen. »Ja«, sagte er langsam. »Es ist gesetzlich vorgeschrieben. Und auch für deine Sicherheit.«

Ich schluckte die Tränen hinunter. *Lächerlich! Reiß dich zusammen.* Aber dass ein Mann so aufmerksam war, kannte ich einfach nicht.

»Aber er ist neu«, sagte ich, als ich meiner Stimme halbwegs traute, nicht zu wanken. »Der muss doch teuer gewesen sein.«

Er grinste. »Hättest du lieber einen stinkenden alten gehabt?«

»Wahrscheinlich nicht. Aber … danke.«

»Es ist nur, was du verdienst, Fiona«, sagte Nik, und ich hatte das merkwürdige Gefühl, dass er nicht nur über den Helm redete. »Shit. Deine Arme«, sagte er, und sein Blick landete auf meiner nackten Haut.

Die Unsicherheit stürzte sich auf mich wie ein Geier, und ich schlang automatisch die Arme um mich. Niks Miene verdüsterte sich, und er schüttelte den Kopf, als wäre er auf sich selbst wütend. »Nein, ich meinte nur … Hast du vielleicht 'ne Lederjacke?«

»Ich steh nicht so auf Leder«, sagte ich. »Ich bin eher eine, die so hippiemäßig Hanf und Baumwolle trägt, du weißt schon.«

»Hier.« Nik zog seine Lederjacke aus und gab sie mir.

Ich nahm ihm die Jacke ab, und mein Arm sank durch das Gewicht nach unten. »Und du?«

»Das geht schon«, sagte er. Er deutete mit dem Kinn auf mich. »Los.«

Ich zog die Lederjacke an, die nach Nik und Wind und Benzin und überhaupt männlich roch.

»Danke, Nikolai.« Ich streckte die Arme aus, und die Ärmel ragten über meine Hände. »Sie ist ein bisschen groß.«

»Das ist noch okay«, sagte Nik. Er stellte sich vor mich – so dicht, dass ich die saubere Schärfe seines Aftershaves riechen konnte. Ich sah ihn an, während er den Reißverschluss hochzog, und ich schwöre, ich konnte hören, wie jeder einzelne Zahn sich mit seinem Gegenstück verband. Während seine Hand sich aufwärts bewegte, breitete sich ein Kribbeln über meine Schultern aus und kroch mir dann heiß über den Hals.

Nik sah mir mit diesem hungrigen Blick in die Augen, den ich während unserer drei gemeinsamen Tage oft an ihm gesehen hatte. Mir stockte der Atem. Ich war sicher, dass er mich küssen und dass dieser Kuss uns zurück in meine Wohnung führen würde, wo Nik den Reißverschluss dann wieder runterziehen würde und unser Ausflug komplett vergessen wäre …

»So, du bist startklar«, sagte Nik und wandte sich schnell ab.

Ich atmete tief ein, um mich zu beruhigen. »Okay, und was mach ich jetzt?«

Nik setzte sich rittlings auf das Motorrad und klopfte hinter sich auf den schwarzen Ledersitz. »Setz dich hier hin. Wenn wir auf der Straße sind, können wir nicht miteinander reden. Ich hab keine Bluetooth-Verbindung.«

»Zahlt deine Firma das nicht?«, fragte ich und setzte mich hinter ihm auf das Motorrad.

»Äh … nein«, sagte Nik. Er räusperte sich. »Bereit? Vergiss nicht: einmal drücken, um langsamer zu werden, zweimal, um schneller zu fahren.«

»Alles klar.« Ich setzte meinen Helm auf und er seinen. Dann legte ich langsam die Arme um seine Taille, und vor Nervosität fing alles an zu kribbeln. Durch den Baumwollstoff seines T-Shirts konnte ich seine festen Bauchmuskeln spüren.

Meine Güte, vor nicht allzu langer Zeit hast du mehr gemacht, als ihn einfach zu umarmen, rief ich mir in Erinnerung. *Viel mehr.*

Aber das hier war anders. Alles fühlte sich anders und neu an.

»Bereit?«, rief Nik, die Stimme durch den Helm gedämpft.

Ich hob den Daumen und hielt mich dann an ihm fest, als der Motor unter uns zum Leben erwachte. Mir entfuhr ein kleiner Schrei, und Adrenalin durchflutete mich, als Nik das Motorrad vom Parkplatz lenkte und dann aus Garden City raus auf die Küstenstraße fuhr. Die Landschaft verschwamm, und ich hatte das Gefühl, in einer Achterbahn zu sitzen, nur ohne Schienen, die uns in der Bahn hielten. Ein Hochgefühl durchfuhr mich wie der Wind, und mir stockte der Atem.

Als der Verkehr weniger wurde und die Straße schließlich leer vor uns lag, drückte ich Nik zwei Mal, und der Motor heulte auf. Ich hielt mich fest, klammerte mich auch mit den Beinen so fest, dass ich mir sicher war, am nächsten Tag Muskelkater zu kriegen. Es kam eine Biegung, und Nik legte uns und die Maschine geschickt in die Kurve. Halb vor Aufregung und halb vor Angst stieß ich einen Schrei aus, aber ich würde ihm auf keinen Fall sagen, dass er langsamer werden sollte.

Die traumhaft schöne Küste raste links an uns vorbei, während wir in Richtung Süden fuhren; das weite Blau des Atlantiks erstreckte sich meilenweit, bis es auf einen mit schweren

Wolken verhangenen Horizont traf. Ich drückte wieder zwei Mal und fühlte, wie seine Brust erbebte, als er lachte. Er schüttelte den Kopf. Ich lachte auch, fühlte mich so lebendig wie …

Wie mit Nik im Bett, als er mir mit seinen Händen und seinem Mund und seinem starken Körper dieses Gefühl gegeben hatte …

Nach etwa einer Dreiviertelstunde folgte Nik den Schildern, die uns vom Highway herunter auf eine kurvenreiche Straße Richtung Ozean führten. Er verlangsamte das Tempo, und ich lockerte ein wenig den Klammergriff um seinen Körper. Die Straße endete an einer entlegenen Stelle, an der ein kilometerlanger Strand begann, mit weichem Sand und toten, halb darunter begrabenen Baumstämmen. Meine Fantasie beschwor einen uralten Drachen herauf, der hier abgestürzt und verbrannt war und von dem nur noch die verkohlten Knochen übrig waren.

Nik bremste und machte den Motor aus. Ich stöhnte, stieg steif und mit schmerzenden Armen und Oberschenkeln ab und riss dann den Helm runter.

»Oh mein Gott, das war so unglaublich … Heilige Scheiße … Ich meine …« Ich rang um Worte und schüttelte dann einfach nur den Kopf.

»Ich hab mich schon gefragt, ob es zu lang ist für deine erste Fahrt.« Nik lachte leise. »Ich hab mich wohl geirrt.«

Ich grinste. »Aber so was von.«

Nik holte eine Decke aus einer Satteltasche. Aus der anderen holte er eine Tüte von Gigi's Place, einem Gourmet-Deli in Garden City, das ich gut kannte.

»Ich hoffe, das Essen ist okay. Ich weiß nicht, was du gerne isst …«

»Es ist toll«, sagte ich. »Der Laden hat total leckere Sachen.«

Dann nahm er noch eine kleine Flasche Limo und zwei Plastikbecher aus der Tasche.

»Ich hätte eigentlich lieber ein Bier«, sagte er. »Aber ich wollte nichts trinken, wenn wir fahren.«

»Danke«, sagte ich leise. »Das weiß ich zu schätzen.«

Er sah mich merkwürdig an, gleichzeitig hart und weich, und es fühlte sich an, als wäre das Harte in seinem Blick nicht für mich bestimmt.

Wir gingen über den weichen Sand an verbrannten Ästen vorbei. Die Sonne spielte Verstecken hinter den Wolken, und eine kühle Brise vom Ozean machte die Hitze erträglich. Ein Stück weiter im Süden sah ich die bunten Flecken, wo sich die Menschen am Strand und im Wasser vergnügten, aber unser Strand war abgelegen. Ein Sumpfgebiet reichte nördlich von uns bis an die Küste, und die vielen umgestürzten Bäume und eine sumpfige Bucht hielten die Menschenmassen im Süden. Wir waren allein.

Die alten Verteidigungsmechanismen und Ängste entstiegen dem Ort, an dem ich sie begraben hatte, wie Zombies einem Grab.

Warum hast du zugestimmt? Du lässt ihn an dich ran …

Nik hatte sich hingekniet, um die Decke auszubreiten, und sah mich jetzt plötzlich an.

»Wir müssen nicht hierbleiben«, sagte er. »Wir können auch wieder fahren, wenn du willst …«

Ich runzelte die Stirn und schlang die Arme um mich. »Was? Nein … Warum sagst du das?«

»Du hast … ausgesehen, als ob du Zweifel hättest.«

Ich stupste ein Stück verkohltes Holz mit meinem Leinenschuh an. »Nein, ich …« Ich seufzte. »Ich freue mich wirklich, dich wiederzusehen, Nikolai. Und die Motorradfahrt war unglaublich. Es ist eine total nette Idee, zu picknicken, aber … Was machen wir hier?«

»Wir reden nur.«

»Und dann?«

Costa Rica. Das kommt als Nächstes. Du wirst dir deinen Plan kaputtmachen …

»Ich will dir nichts kaputtmachen, Fiona«, sagte Nik. »Aber ich musste einfach zurückkommen. Ich musste …«

Mein Blick schoss zu ihm. »Was hast du gesagt?«

»Ich habe gesagt, ich musste zurückkommen. Um mit dir zu reden.« Nik deutete mit dem Kinn auf die Decke, damit ich mich hinsetzte. »Lass uns essen und reden und dann … einfach gucken. Okay?«

Ich nickte langsam und versuchte zu ignorieren, dass er dasselbe Wort gesagt hatte, das ich vorher gedacht hatte, aber meine instinktiven Verteidigungsmechanismen gingen an und suchten Anzeichen für Unehrlichkeit bei Nik. Aber das war ein dummes und unmögliches Unterfangen. Ich konnte in Menschen nicht so gut lesen wie er. Nicht mal annähernd. Ich musste ihm vertrauen, und das Problem mit dem Vertrauen war, dass man es eben tat oder bleiben ließ. Es gab keine Garantien, am Ende für das Vertrauen belohnt oder bestraft zu werden.

In diesem Moment kam die Sonne hinter den Wolken hervor, wärmte meine Haut und tauchte den Strand in ihr goldenes Licht. Ich kniete mich neben Nik auf die Decke, und unsere Schultern berührten sich.

»Okay, essen wir.«

13. KAPITEL

Nikolai

Fiona und ich aßen in entspanntem Schweigen und gewöhnten uns wieder aneinander. Sie hatte die Schuhe ausgezogen und vergrub ihre Füße im Sand, stützte sich rücklings auf die Ellbogen und drehte ihr Gesicht zur Sonne.

Ich versuchte, sie nicht anzustarren.

Sie ist eben doch ein Wunder.

Diese unerklärliche Ruhe in ihrer Gegenwart war keine Einbildung gewesen. Ich hatte sie gleich gespürt, als ich im Eingang zum Gartencenter gestanden hatte, und heute wieder. Sie hatte auf dem Motorrad die Arme um mich gelegt, und ihr Frieden hatte sich genauso perfekt um mich gelegt. Die Erleichterung, vom Ansturm des Lebens befreit zu sein, war so umfassend, dass ich am liebsten immer weiter gefahren wäre.

Und unter diesem Frieden lag etwas Sauberes und Schlichtes und Klares.

Ich hatte sie vermisst. Sie. Fiona.

Sie war schöner, als ich sie in Erinnerung hatte, mit der Sonne, die in ihren rosa Haaren glänzte, und ihre angeborene Güte strahlte fast genauso hell. Sie hatte für diesen Ausflug etwas angezogen, was nicht besonders sexy war, ein Tanktop und eine weite Hose, aber bei mir funktionierte das nicht. Mein Blick wanderte zur Kurve ihres Halses oder der Rundung ihrer kleinen Brüste. Ich hatte ihren Körper überall berührt. Alles an ihr war einfach nur perfekt, und mein eigener Körper surrte wie ein elektrisches Kabel, so sehr wollte ich sie berühren, sie hart vögeln oder langsam und tief, wie sie es mochte.

Und da war noch ein anderes, genauso mächtiges Verlangen – ich wollte einfach den Kopf in ihren Schoß legen, ihre Finger in meinem Haar spüren, während wir schweigend und in perfekter Stille den Ozean betrachteten.

Was zur Hölle ist das?

Ich riss den Blick von ihr los und konzentrierte mich darauf, uns Limonade einzuschenken.

Fiona stieß mit dem Plastikbecher mit mir an. »Prost.«

Sie nippte an ihrer Limo, während ich meine in einem Zug runterkippte und mir gegen die Nervosität in meinem Bauch etwas Härteres wünschte.

»Also, Nik«, sagte Fiona und drehte den Becher ein bisschen in den Sand. »Erzähl mir von deinen Planänderungen. Hast du bei deiner Firma keine Termine?«

Sei vorsichtig, sagte ich mir. *Vermassel das nicht.*

»Ich arbeite nicht für eine Firma«, sagte ich. »Das ist nur eine Lüge, die ich erzähle, weil die Wahrheit lächerlich oder merkwürdig klingt. Oder beides.«

»Du …?« Fiona verstummte. Sie saß absolut reglos da und entfernte sich zugleich von mir. »Und was ist die Wahrheit?«

»Ich lebe vom Pokern«, sagte ich. »Das ganze Herumfahren ist nur wegen der Spiele. Und wenn die anderen Spieler mich nach meinem Beruf fragen, erzähle ich ihnen dasselbe: Ich verkaufe Motorradteile. Die sollen natürlich nicht wissen, dass ich Berufsspieler bin.«

Fiona nickte und ließ das sacken. »Ich dachte schon, dass deine Visitenkarte ein bisschen schlicht aussieht.«

»Tut mir leid, dass ich dich angelogen habe«, sagte ich. *Tut mir leid, dass ich dich auch weiter anlügen muss.*

»Es könnte mich mehr stören, aber … du erzählst allen dieselbe Geschichte?«

»Allen.«

»Okay.« Die Anspannung, die die Luft um sie erzittern ließ, ließ nach. »Dass du vom Pokern lebst, ist mir ziemlich egal«, sagte sie. »Eigentlich ist es sogar irgendwie spannend. Wie bist du überhaupt dazu gekommen, Poker zu spielen?«

Ich senkte den Blick, malte mit der Hand mit dem HOAX-Tattoo Kreise in den Sand.

»Als Kind hatte ich … emotionale Probleme.« Die sanfte Wärme von Fionas Sorge umwehte mich. »Mein Dad war ein Arschloch. Er konnte nicht mit mir umgehen. Oder wollte es nicht. Er ist abgehauen, als ich zehn war.«

»Das tut mir so leid …«

»Ich bin froh, dass er weg ist.« Ich sah Fiona in die Augen, blickte direkt in ihr offenes, gütiges Gesicht, und die Worte kamen heraus. »Er hat meine Mutter geschlagen. Nicht oft. Ein paarmal im Jahr. Aber schon ein einziges Mal ist zu viel.«

In den Augen meines *Gesichts* wich Fiona zurück; *seine* Dunkelheit legte sich über sie. Zorn flammte in meiner Brust auf; mein eigener Schmerz verbrannte, als ich ihren sah.

Hat er dich geschlagen, Fiona? Ich bring das Arschloch um …

Aber nein … Die Luft um sie veränderte sich wie eine sich windende Schlange, und ich wusste, ohne es zu wissen, dass *seine* Art des Missbrauchs gemein, aber nicht gewalttätig gewesen war.

Erzähl es mir, Fiona. Erzähl es mir, bevor das Gesicht *es tut.*

Aber sie schwieg, verdrängte die Erinnerungen und wartete, dass ich fortfuhr. Und das tat ich. Ich hatte meine Geschichte nie erzählt. Nicht seit meiner Zeit im Krankenhaus. Und hier saß ich nun und schüttete Fiona mein Herz aus.

»Meine Mutter ist mit zwanzig aus Moskau nach Amerika emigriert«, sagte ich. »Sie konnte nicht gut Englisch, und als mein Dad weg ist, war sie ziemlich verloren. Sie hatte keine Ahnung, was sie mit mir machen sollte. Ich war ziemlich fertig …«

… krank im Kopf …

Ich wand mich und machte ein Achselzucken daraus. »Ma konnte jedenfalls nicht damit umgehen.«

»Was ist passiert?«, fragte Fiona leise.

»Sie hat mich zu ein paar Psychiatern geschickt, aber die waren alle unfähig. Mein Fall wäre selten, meinten die. Und dann hab ich drei Jahre in einem beschissenen drittklassigen Krankenhaus verbracht, wo sie an mir rumgedoktert, mir Medikamente eingeflößt und Elektroschocks verpasst haben …«

»Die haben dir *Elektroschocks* gegeben?«, fragte Fiona mit aufgerissenen Augen. »Wie alt warst du?«

»Am Anfang vierzehn. Am Ende siebzehn. Dann hab ich's raus geschafft.«

Fiona setzte sich jetzt auf, die langen Beine verschränkt, und beugte sich zu mir. »Du bist abgehauen? Aus dem Krankenhaus?«

Die dunklen Erinnerungen, die über ihr schwebten, reckten sich nach mir. Eine Verbindung.

Ich bin auch abgehauen …

Ich blinzelte. »Ich hab's raus geschafft. Aber ich bin nicht ausgebrochen, obwohl ich's echt versucht hab. Nein, am Ende hab ich so getan, als würde es mir besser gehen. Ich hab kooperiert. Hab mich nicht mehr gegen die Pfleger gewehrt, die Medikamente nicht mehr ausgespuckt und gesagt, was sie hören wollten. Es hat sechs Monate gedauert, aber es hat funktioniert. Sie haben mich gehen lassen.«

»Du hast sie reingelegt?«

»Ich habe ihre Tells gelesen«, sagte ich trocken und schüttelte dann den Kopf. »Es war ein billiges Krankenhaus. Total mies. Meine Mutter konnte sich keinen Arzt leisten, der mir wirklich hätte helfen können.«

»Und dann haben sie dich entlassen.«

Ich lächelte reumütig. »Als geheilt.«

»Aber du bist nicht geheilt?«

»Nein, ich habe schwere … Agoraphobie und Klaustrophobie.«

Fionas Sorge wurde weicher und wärmer um sie herum und griff auf mich über. »Agoraphobie … Das ist Angst vor großen Menschenmengen?«

Ich nickte.

»Und *deshalb* haben sie dich eingesperrt?«

»Ich krieg Panikattacken in Menschenmengen, und wenn es wirklich schlimm ist, hab ich visuelle und akustische Halluzinationen.« Ich wandte den Blick von Fionas offenem, vertrauensvollem Gesicht ab. »Die Ärzte haben gesagt, so was hätten sie noch nie gesehen.«

Es klang gut. Plausibel. Eine verdauliche Kombination aus Fakten und den schwachsinnigen Diagnosen, die die Ärzte mir anzuhängen versucht hatten. Die Wahrheit stieg in mir auf, wollte ausgesprochen werden wie die Gewalttätigkeit meines Vaters und die Gleichgültigkeit meiner Mutter. Aber Fiona würde mich hassen, wenn sie wüsste, was ich war, und ich könnte es einfach nicht ertragen, wenn noch jemand, der mir wichtig war, mich für etwas hasste, was ich nicht kontrollieren konnte.

»Das muss so schrecklich für dich gewesen sein«, sagte Fiona. »Aber es geht dir jetzt besser?«

Nein, ich bin kurz davor …

Ich zuckte die Achseln. »Mehr oder weniger. Ich meide Menschenmengen. Es macht mich ziemlich fertig, in einer großen Stadt zu sein.«

»Und wie passt das Pokern dazu?«, fragte Fiona.

»Nachdem ich aufgehört hatte, mich mit den Pflegern zu prügeln, hatte ich ziemlich viel Zeit. Einer der Typen – Angelo – hatte abends oft ein Spiel laufen. Ich schlafe nicht viel, und Angelo wusste das. Er ließ mich zugucken, und jemand anders fand es witzig, mich spielen zu lassen. Und da kam dann raus, dass ich ein Talent hatte, in Leuten zu lesen.«

»Ihre Tells«, sagte Fiona.

»Angelo meinte, ich sollte damit Geld verdienen. Das hat er bloß im Scherz gesagt, aber als ich aus dem Krankenhaus kam, konnte ich sonst nichts. Ich hab's gemacht.«

»Und deine Mom?«, fragte Fiona sanft.

»Es ging ziemlich schnell abwärts mit ihr«, erwiderte ich. Meine Finger fanden einen kleinen Stein im Sand. »Mental und körperlich. Sie ist in einem Heim in Missouri.«

»Siehst du sie manchmal auf deinen Reisen?«

»Ja, ich fahr jedes Mal vorbei, aber sie erkennt mich nicht mehr. Ich setze mich zu ihr und versuche zu reden, aber sie weint nur und faselt Blödsinn auf Russisch.« Ich warf den Stein auf einen Haufen Seetang ein paar Meter weit weg. »Wir stehen uns nicht nah.«

»Das tut mir leid, Nikolai«, sagte Fiona.

Die Aura, die ihren Körper umgab, flammte in einem helleren Rosa auf, und ihre Freundlichkeit und Güte sickerten in mich ein. Sie legte die Hand auf meine.

»Ich stehe meiner Familie auch nicht nahe«, sagte Fiona. »Meine Tante und mein Onkel haben mich großgezogen, aber sie waren nicht sehr glücklich darüber.«

»Was ist mit deinen Eltern?«, fragte ich. Ich wollte meine

Hand umdrehen und ihre ergreifen, aber sie zog ihre weg und malte Kreise in den Sand.

»Meine Mom ist gestorben, als ich ein Baby war, und mein Vater wurde krank, als ich dreizehn war. Lungenkrebs. Es ging ziemlich schnell.«

»Tut mir leid«, sagte ich.

Sie blinzelte und jagte die Erinnerungen davon. »Ich vermisse ihn. Er war warmherzig und gütig, meine Tante und mein Onkel dagegen kalt und distanziert. Als ich achtzehn wurde, habe ich … eine Weile im Norden gelebt«, sagte sie, und da war wieder *er*. So verdammt nah, ich hätte die Hand ausstrecken und seinen pechschwarzen Schatten berühren können.

Fiona erschauderte. »Ich war da drei Jahre lang und bin dann aus der Kälte weg nach Savannah gezogen, wo es nie schneit. Und bald wohne ich in Costa Rica, wo es nicht mal mehr kalt ist«, sagte sie mit einem gezwungenen Lächeln, wollte das Thema wechseln. »Und du … fährst, seit du siebzehn warst, kreuz und quer durchs Land und spielst Poker?«

»›Vertreter‹ klingt besser«, sagte ich.

Fiona zog die Knie an die Brust, umarmte ihre Beine und blickte aufs Meer. »Aber es klingt irgendwie logisch. Ich kann verstehen, warum dir ein einsames Leben auf der Straße gefällt.«

»Damals war das so.«

»Jetzt nicht mehr?«

»Es funktioniert nicht mehr«, sagte ich. »Ich bin ausgebrannt. Deshalb bin ich zurückgekommen.«

Fiona sah mich an und legte die Wange auf die Knie. »Erzähl.«

»Ich hab daran gedacht, mich irgendwo niederzulassen«, sagte ich. »Und ich hab einen ganzen Haufen Pokergewinne auf einem Bankkonto. Wahrscheinlich ist das Geld dafür da. Um mich niederzulassen.«

»Du weißt nicht, wofür das Geld ist?«, fragte Fiona.

»Ich habe das Gefühl, dass es einen Zweck hat, nur kann ich ihn noch nicht sehen.« Ich wedelte eine Sandfliege und gleichzeitig den Gedanken weg. »Dieses Gefühl, ausgebrannt zu sein, war in letzter Zeit jedenfalls heftiger, und ich weiß seit Monaten, dass ich aufhören muss. Oder eine Pause machen. Aber ich wusste nicht, wo. Bis ich dich getroffen hab.«

Fiona umarmte ihre Knie fester. Misstrauen durchzog die Luft um sie herum.

»Ich weiß, dass du selbst einen Plan hast«, sagte ich. »Ich will dir da nicht dazwischenfunken, aber …« *Aber ich hab keine beschissene Ahnung, was ich sonst machen soll …*

Fiona blickte zum Ozean. »Zum Dazwischenfunken ist es wohl zu spät«, sagte sie leise. »Und ich will ehrlich sein, Nik. Ich hab oft an dich gedacht. Hab dich vermisst.«

Hoffnung flammte in meiner Brust auf und wurde dann von ihrem Seufzer ausgepustet.

»Aber was ist, wenn ich in sechs Monaten in ein Flugzeug nach Costa Rica steige? Denn das werde ich. Ich hab es mir versprochen. Und bevor ich dich in diesem Club kennengelernt habe, war mein Plan perfekt. Ich hatte eine ziemlich heftige Zeit, und in Costa Rica werde ich die hinter mir lassen. Für immer.«

Sie hatte sich jetzt fast wie ein Igel zusammengerollt, machte sich klein, und *er* beugte sich über sie und griff nach ihr. Costa Rica war ihre Fluchtmöglichkeit, und ich machte ihr das kaputt.

»Tut mir leid«, sagte ich angespannt. »Ich hätte nicht zurückkommen sollen.«

»Nein, ich bin froh drüber«, sagte Fiona. »Nachdem du weg

warst – und ich mir einiges von meiner Freundin Opal anhören musste –, hatte ich … Zweifel. Nicht, was das Weggehen betrifft, aber hinsichtlich der Frage, wie mein Leben bis dahin aussehen soll. Opal sagt, manchmal muss man das Leben reinlassen. Platz schaffen für das Glück, wenn es auftaucht. Ich sag immer *finde den Sonnenschein*, aber das geht gar nicht, wenn man sich immer drinnen einschließt, oder?«

Ich schüttelte den Kopf. Hoffnung wollte wieder in mir aufsteigen.

Fiona seufzte, umarmte ihre Knie. »Ich weiß nicht, wie das jetzt aussehen soll.«

»Im Moment wohne ich in einem Motel«, sagte ich langsam. »Ich würde mir eine Wohnung mieten und ein paar Wochen bleiben. Und wenn das funktioniert, vielleicht noch ein bisschen länger.«

»Du brauchst meine Erlaubnis nicht, Nik.«

»Doch, tu ich«, sagte ich. »Ich bin deinetwegen zurückgekommen, und wenn das für dich nicht okay ist, hau ich ab.«

Fiona sah mich noch einen Moment länger an, dann stützte sie das Kinn auf die Knie und beobachtete, wie die Wellen ans Ufer schlugen und sich zurückzogen, immer wieder.

»Weißt du noch, wie wir uns in dem Club getroffen haben?«, fragte sie. »Du hast genau dasselbe gesagt, bevor wir zu mir gefahren sind. Ich müsste es nur sagen, und du würdest verschwinden.«

»Ich erinnere mich.«

»Gerade eben, als du gesagt hast, du würdest nur meinetwegen bleiben, war meine erste Reaktion, dich küssen zu wollen«, sagte sie und lächelte verzagt. »Hab ich aber nicht. Da steh ich im Moment. Mein Herz sagt mir das eine und mein Kopf was anderes, und ich weiß nicht, was ich glauben soll. Passiert mir ständig.«

Ein melancholischer Dunst, wie Morgennebel, materialisierte sich um sie herum.

»Aber ich denke dauernd an den Moment zurück, als du gestern bei Garden City Greens aufgetaucht bist. Ich war schockiert, und es war mir peinlich, weil ich voller Dreck war und verschwitzt und eklig …«

Du hast wunderschön ausgesehen …

»Aber vor allem war ich glücklich. Ich war wirklich glücklich, dich wiederzusehen, Nikolai.« Der Nebel verdunstete, und sie war wieder rosa und strahlend. Sie blickte mich aus blauen Augen an. »Ich will nicht, dass du verschwindest.«

Meine Brust fühlte sich so eng an, als mein Herz über diese Worte stolperte, sie packte und festhielt.

»Fiona …«

»Also will ich anscheinend, dass du bleibst. Und ausprobieren … ich weiß nicht … mit dir zusammen zu sein? Ist es das, was du willst?«

Ich will dich, egal, wie du mich nimmst.

Das *Gesicht* zeigte mir ihre Verwirrung – Sehnsucht, gefärbt mit einem tiefen Schmerz, von dem sie fürchtete, dass er nie weggehen würde.

»Ich weiß nicht, was ich will«, flüsterte sie, und Tränen standen ihr in den Augen. »Und es ist ein schreckliches Gefühl, weißt du? Wenn man sich selbst nicht vertrauen kann.«

Sie muss nach Hause, in das Zuhause, das sie sich aufgebaut hat. Wo sie in Sicherheit ist.

»Komm«, sagte ich und setzte mich auf. »Lass uns zurückfahren.«

Fiona wollte protestieren, dann nickte sie widerstrebend. »Tut mir leid …«

»Nein«, sagte ich. »Dir muss nichts leidtun. Überhaupt nichts.«

Diesem Arschloch, das dir wehgetan hat, allerdings …

Wir packten zusammen und gingen zum Motorrad zurück.

Fionas dunkle Erinnerungen blieben auch noch auf der Straße bei ihr, bis ich spürte, wie sie hinter mir einatmete. Sie atmete aus und drückte mich zwei Mal. Ich gab Gas. Die Schatten wurden vom Fahrtwind zerrissen – für den Moment –, und ich war von Aufregung und Freude umgeben. Ihrem Glück.

Von allen Gefühlen, die ich je durch das *Gesicht* wahrgenommen hatte, war Fionas Glück das allerschönste.

Als wir zurück waren, brachte ich sie noch zu ihrer Wohnungstür.

»Ich hab ein bisschen nachgedacht auf dem Rückweg«, sagte sie. »Ich habe mir vorgestellt, wie es wäre, wenn ich Nein zu dir sagen würde. Zu … uns. Was auch immer das ist. Und es hat mir nicht gefallen.«

»Okay«, sagte ich. Ich hielt mich an der Lederjacke fest, die sie mir zurückgegeben hatte.

»Vor ein paar Jahren war ich … in einer Beziehung«, sagte sie langsam und so angespannt, als würde ihr jedes Wort körperliche Schmerzen bereiten. »Ich rede nicht gern darüber. Wirklich nicht. Aber es hat mich ziemlich fertiggemacht, und jetzt bin ich einfach total unsicher bei so was.«

Ich lächelte. »Das ist okay. Ich auch.«

Fiona lachte ein bisschen. »Vielleicht kriegen wir … es hin. Zusammen. Oder versuchen es. Ich will es versuchen.«

Mein Herz hämmerte. »Wir gehen es langsam an, okay?«

»Daten wir jetzt?« Sie zog die Nase kraus. »Ist das *weird*? Wir machen alles in umgekehrter Reihenfolge.«

»Wir müssen gar nichts machen, nur …«

Sie hob das Kinn. »Einfach sein?«

Gott, sie war so schön. »Ja. Einfach sein.«

Auf ihren Lippen zeigte sich ein Lächeln, und alles, was ich fühlte, sagte mir, dass ich jetzt gehen sollte. Damit *sie* einfach sein konnte, ohne Berührungen oder Küsse, die ihre Gefühle trüben würden.

Fiona hielt den Helm hoch, den ich ihr gekauft hatte. »Soll ich den behalten?«

»Ehrlich gesagt, brauch ich ihn zurück«, sagte ich. »Ich muss noch in die nächste Stadt. Da wartet ein anderes Mädchen auf mich …«

Sie boxte mich gegen den Arm. »Sehr witzig.«

»Behalt ihn.«

»Okay, danke.« Sie machte die Tür auf. »Und danke für das Picknick. Es war perfekt, Nikolai.«

Sie reckte sich, um ganz leicht mit den Lippen meine Wange zu berühren, und ich musste mich mit aller Kraft zurückhalten, um nicht den Kopf zu drehen und sie richtig zu küssen.

Aber ich küsste sie nicht, damit ich sie wiedersehen konnte.

14. KAPITEL

Fiona

Ich schloss die Tür und lehnte mich dagegen, lauschte, wie Niks Motorrad losdröhnte und dann leiser wurde, als er vom Parkplatz meines Gebäudes fuhr. Ich schloss die Augen, atmete ein und wartete auf die hinterhältige Bemerkung von Steve, von der ich wusste, dass sie kommen würde. Ich atmete aus. Schweigen, ein warmes Glühen in meinem Herzen und ein Rest von Niks Wärme auf meinen Lippen.

Ist das richtig? Es fühlt sich so an.

Ich wollte nicht, aber ich erinnerte mich daran, wie ich Steve kennengelernt hatte, um meine Gefühle von damals und heute zu vergleichen, als könnte ich die Trümmer jener schrecklichen Beziehung nach Hinweisen durchsuchen, ob diese auch in die Katastrophe führen würde.

Dabei begriff ich, dass ich nie Zeit gehabt hatte, mich in Steve zu verlieben. Er hatte mich in seine Welt mitgerissen und davongetragen, und ich hatte mitgemacht, leicht trunken von der Vorstellung, dass ein Mann so sehr in mich verliebt war. Schon als kleines Kind hatte ich die Märchen geliebt, in denen der Prinz den Drachen tötet, um die Prinzessin zu retten. Mein Drache war der Tod meiner Eltern gewesen, mein Schloss das kalte, lieblose Haus meines Onkels und meiner Tante. Ich dachte, Steve hätte mich gerettet, nur um herauszufinden, dass er mich in einen noch kälteren Winter entführt hatte. In eine ganz andere Sorte Gefängnis.

Ich betete, dass es nicht nur Einbildung oder mein hoffnungsvolles Herz war, aber bei Nik fühlte ich mich ganz anders als bei Steve. Steve hatte mich nicht geliebt, nur auf die Art, wie ein Mann sein Auto oder sein Boot liebt. Wie einen Besitz, der einem Zweck dient. Ich musste eine Rolle spielen: die kleine Ehefrau, die immer zu Hause war, wenn er kam, die ihm Essen kochte und das Bett warmhielt und außer mit ihm kein Leben hatte.

Bei Nikolai gab es keinen Druck, ich hatte nicht ständig das Gefühl, gleich etwas Dummes oder Falsches zu sagen oder zu tun. Bei Nikolai konnte ich einfach sein.

Und was passiert, wenn es Zeit wird, nach Costa Rica zu gehen?

»Ich weiß es nicht«, murmelte ich, und das war die Wahrheit. Und für den Moment war das okay.

Ein paar Tage später bei der Arbeit platzte Opal praktisch vor Neugier. Sie kam nach draußen, wo ich die blauen Hortensien mit dem auf Sprühen gestellten Gartenschlauch wässerte.

»Und? Wie war dein Date? Was habt ihr gemacht? Wo ist er jetzt?«

Ich grinste schief. »Das Date war schön, wir haben am Strand gepicknickt, und im Moment weiß ich nicht, wo er ist. Wahrscheinlich auf Wohnungssuche.«

Opal klappte die Kinnlade runter. »Für euch beide?«

Ich warf ihr einen Blick zu. »*Nein*. Er sucht sich eine eigene Wohnung. Ich habe meine Wohnung, und er hat seine. Und das ist gut so.«

»Aber ihr seht euch, oder? Ihr seid zusammen? Deshalb bleibt er hier? Deinetwegen?«

Ich konnte nicht verhindern, dass ein Lächeln sich auf meinem Gesicht ausbreitete. »Hat dir schon mal jemand gesagt, dass du viele Fragen stellst?«

»Ja, mein Mann. Wechsel nicht das Thema.«

Ich lachte und besprühte kurz ihre Füße.

»Wir daten nur. Ich versuche, das erwachsen anzugehen. Ihn in mein Leben zu lassen, ohne es komplett auf den Kopf zu stellen. Das ist ein großer Schritt für mich.«

»Ich weiß, Süße«, sagte Opal. »Und ich bin wirklich stolz auf dich. Du machst Platz für das Glück. Du siehst glücklich aus, Fiona. Du warst immer fröhlich, aber jetzt geht es ein bisschen tiefer, oder?«

Ich zuckte mit einer Schulter. »Vielleicht. Lass es uns nicht beschreien, okay?«

Am Nachmittag war ich wieder im Außenbereich, fegte welke Blätter zusammen und sorgte dafür, dass die großen Bäume im Topf genug Wasser hatten. Irgendwann kam ich zum hinteren Ende, wo die Kakteen und Sukkulenten standen. Mein Blick fiel auf die Echeveria, die Nik vor ein paar Tagen betrachtet hatte.

»Der Schwarze Prinz«, murmelte ich. Ich trug den Topf zur Kasse, wo Opal Quittungen und Rechnungen sortierte.

»Noch eine?«, fragte sie, als ich den Topf auf die Theke stellte. »Deine Wohnung wird aussehen wie ein Dschungel.«

»Wozu haben wir einen Angestelltenrabatt, wenn wir ihn nicht nutzen?«

Und sie ist auch gar nicht für mich.

Nach der Schicht fuhr ich nach Hause, duschte und zog ein fließendes hellblaues Sommerkleid an, dann ließ ich mich mit meinem Telefon auf die Couch plumpsen, und meine Finger schwebten über dem Tastenfeld. Wir hatten uns jetzt drei Tage lang immer nur kurz gemeldet und gefragt, wie es dem anderen ging.

Ich biss mir auf die Lippe und schickte Nikolai eine Nachricht. **Bist du beschäftigt?**

Nein, antwortete er. **Ich brauch alles für die Wohnung und mach deshalb gar nichts.**

Ich grinste. **Brauchst du Hilfe?**

Wenn dich die Unordnung nicht stört.

Machst du Witze?, schrieb ich zurück. **Hast du mich bei der Arbeit gesehen?**

Ich will dich jetzt sehen.

Ich konnte praktisch hören, wie Niks Stimme bei diesen Worten ein bisschen tiefer wurde.

Adresse?, textete ich. Er schickte sie, und meine Finger flogen. **Bis gleich.**

Die Wohnung, die Nik gemietet hatte, war in einem kleinen, schlichten Gebäude am Ende einer Reihe von ähnlich schlichten Gebäuden. Ein paar waren so runtergekommen, als würden sie in der Hitze verwelken, andere waren frisch gestrichen mit Blumenrabatten davor. Ich stellte meinen alten Prius hinter seine Bonneville. Mit der Echeveria im Arm stieg ich die Außentreppe zum zweiten Stock hoch.

Nikolai öffnete auf mein Klopfen hin die Tür, war barfuß in Jeans und einem schlichten weißen Unterhemd, in dem seine Armmuskeln total sexy aussahen.

Oh mein Gott, dieser Mann …

Er starrte mich an und blinzelte, als würde er aus einem Traum erwachen. Dann entdeckte er die Pflanze in meinem Arm.

»Die kommt mir bekannt vor.«

Ich übergab sie ihm. »Einzugsgeschenk.«

»Danke«, sagte er. »Wird super aussehen auf dem Fußboden meines Wohnzimmers.«

Ich lachte, und er trat zur Seite, um mir seine Wohnung zu

zeigen. Eine kleine Küche, die kaum mehr war als ein Würfel aus weißen Resopal-Oberflächen, öffnete sich auf ein unmöbliertes Wohnzimmer. Neben ein paar Küchengeräten, die wahllos auf der Arbeitsfläche lagen, gab es nur eine Kaffeemaschine und eine Packung Plastikbecher. Rechts ging ein Flur ab, führte wahrscheinlich ins Schlafzimmer und ins Bad.

»Du hast gesagt, es ist unordentlich.« Ich lehnte mich an die Küchentheke und sah ihn schief an. »Um Unordnung herzustellen, brauchst du erst mal Sachen.«

»Ich weiß«, sagte Nik und lehnte sich mit der Hüfte an den Herd. Er deutete auf die Utensilien. »Ich hab keine Ahnung, was ich brauche. Ich war in einem verdammten Küchengeschäft und hab einfach alles eingesteckt, was nützlich aussah.«

Ich hielt einen Schneebesen und einen Honiglöffel hoch, und mein Lächeln wurde breiter. »Nur das Wichtigste.«

»Mehr brauch ich nicht«, sagte Nik, und sein Blick wanderte an mir auf und ab. »Du siehst wunderschön aus. Ich will dich zum Essen einladen.«

Mein Lächeln wankte unter dem Gewicht des Verlangens, das bei diesen Worten in mir erwachte, angesichts seines hungrigen Blicks, der mit Essen nichts zu tun hatte.

»Ein Date?«, fragte ich.

»Unser erstes Date?«, erwiderte Nik.

Ich lachte, obwohl mein Blut sich anfühlte, als würde es in Flammen stehen. »Ein erstes Date, obwohl wir die ganzen Sex-Sachen schon gemacht haben.«

»Wir haben nicht *alle* Sex-Sachen gemacht«, sagte Nik neckend mit leiser Stimme. »Mir fallen spontan mindestens acht ein, die wir noch nicht gemacht haben.«

»Ach ja?« Ich schluckte. »Nenn mir eine.«

»Einfach küssen«, sagte er. »Wir haben uns nie einfach nur geküsst.«

Ich atmete ein, und mein Magen flatterte von diesem ›Erster-Kuss‹-Gefühl. Ich war total aufgedreht vor Vorfreude, Verlangen und Nervosität.

Dabei hab ich ihn schon hundertmal geküsst …

Aber eben doch nicht. Nicht so.

»Du überraschst mich immer wieder, Nikolai.«

»Ich hoffe, auf die gute Art.«

»Die beste …«

Küss mich …

Kaum war mir der Gedanke durch den Kopf gegangen, stieß Nikolai sich vom Herd ab und kam auf mich zu. Unsere Blicke trafen sich, als er mir die Küchenutensilien nacheinander aus der Hand nahm und einfach auf den Boden fallen ließ. Mir stockte der Atem, da seine Nähe in meinem Körper die Erinnerung an jeden einzelnen Augenblick unserer drei gemeinsamen Nächte weckte. Er strich mit dem Daumen über meine Unterlippe, legte die Hand an meine Wange und meinen Hals.

»Danke für die Echeveria.«

»Du weißt den Namen noch«, flüsterte ich.

Er nickte, sah mir in die Augen, sodass ich nur ihn sah, dann senkte er den Kopf. Leicht berührte er meine Lippen mit seinen, eine zarte Berührung, dann zog er sich zurück. Ich öffnete den Mund zu einem leisen Seufzer, und er küsste mich wieder. Tiefer. Er umfasste immer noch mein Gesicht und meinen Hals, dann schlang er eine Hand um meine Taille und hielt mich fest.

Ich griff in sein Haar, und ein leiser Laut des Verlangens entfuhr mir, als unsere Münder und Zungen sich sanft aneinander bewegten. Er schmeckte so sauber und gut; seine Lippen waren so weich im Gegensatz zu seinen kratzigen Bartstoppeln.

So ist er … Weich und hart, lieb und grob …

Ich hatte noch nie einen Mann so geküsst. Und ich wusste, das würde ich auch nie wieder.

Widerstrebend und atemlos lösten wir uns voneinander.

Niks Augen waren dunkle Seen des Verlangens, aber er hielt mein Gesicht nun wieder zärtlich in beiden Händen.

»Nur küssen«, sagte er. »Zuerst gehen wir essen.«

Ich blinzelte. »Essen?«

»Ich lade dich ein.«

»Das ist wirklich nicht nötig«, sagte ich und strich mit den Händen über seine dunkel tätowierten Arme. »Wir können Pizza bestellen …«

Nikolai sah mich wieder von oben bis unten an, und ich schwöre, ich konnte spüren, wie es heiß wurde, wo sein Blick hinfiel. Er schüttelte den Kopf.

»Fühlst du das auch?«, fragte er leise. »Dieses Gefühl gerade?«

»Ja …« *Gott, ja!*

»Ich will nicht, dass es aufhört. Noch nicht. Ich will dich zum Essen einladen und dir gegenübersitzen und wissen, dass du in einer Stunde in meinem Bett liegst.« Er sah mir forschend in die Augen. »Wenn du das auch willst.«

Hitze stieg mir in die Wangen, und ich hielt mich an seinen Handgelenken fest, während mir die Knie weich wurden. »Ich will es auch.«

»Unser erstes Date.« Er strich mir mit dem Daumen über die Lippen. »Ich will alles richtig machen.«

Ich schluckte schwer. »Du machst es schon ziemlich richtig.«

Ein flüchtiges Lächeln huschte über seine Lippen. »Ich hab einen Heater.«

»Was ist das?«

»Eine Glückssträhne. Und man tut nichts, was eine Glückssträhne kaputtmachen könnte.«

Er küsste mich lange und zärtlich und ging dann in sein Schlafzimmer, um sich umzuziehen.

Ich atmete tief durch und fächelte mir Luft zu, während ich wartete, und plötzlich hatte ich eine Idee, bei der mir am ganzen Körper heiß wurde. Bevor ich es mir wieder ausreden konnte, zog ich den Slip aus und stopfte ihn in meine Handtasche.

»Der ist für die Liste«, murmelte ich mit einem Lachen.

Du kleine Nutte …

Ich wand mich. »Lass mich in Ruhe«, flüsterte ich.

»Alles okay?«

Ich fuhr zusammen. Nik stand im Flur und sah mich an.

»Sicher. Alles gut.«

Er kam in die Küche. Er hatte Stiefel, ein schwarzes T-Shirt und seine schwarze Lederjacke angezogen. Er sah dunkel und gefährlich aus, verjagte Steves Heimtücke allein durch seine Präsenz. Der Boden unter meinen Füßen fühlte sich wieder fest an.

»Danke«, sagte ich, als wir zur Tür gingen.

Nik nickte grimmig, fragte aber nicht, wofür.

Draußen dämmerte es, und die Zikaden und Grillen zirpten laut. Die ruhigen kleinen Straßen waren in gelbes Licht getaucht. Die Nacht war schwül vor Hitze und Möglichkeiten.

»Ich habe den Helm nicht mit. Wir müssen mein Auto nehmen. Und außerdem«, warf ich locker über die Schulter, als wir zum Prius gingen, »wär's vielleicht nicht so schlau, ohne Unterhose Motorrad zu fahren.«

Nikolai blieb abrupt stehen, und sein Gesichtsausdruck wäre fast komisch gewesen, hätte nicht so viel Verlangen darin gelegen.

»Du hast …?«

»Nope.« Ich lächelte keusch. »Du hast mir doch geraten,

keine mehr zu tragen. Es spart sicher einiges an Geld, wenn du nicht jedes Mal eine zerreißt.«

»Ich hab's mir überlegt«, sagte Nik. »Wir bestellen Pizza.«

Ich musste lachen und schloss das Auto mit der Fernbedienung auf. »Nichts da. Du wolltest mich einladen, also gehen wir jetzt essen.«

»Das war echt die blödeste Idee, die ich je hatte«, murmelte Nik.

Ich kicherte und warf ihm die Schlüssel zu. »Du fährst. Ich weiß nicht, wo wir hinwollen.«

»Ich weiß es auch nicht«, sagte Nikolai und setzte sich hinters Steuer. Er richtete den Sitz ein und starrte mit gerunzelter Stirn auf das Armaturenbrett. »Was ist das? Ein übergroßes Golfmobil?«

»Hey, halt die Klappe.« Ich zeigte ihm den Startknopf, und er machte den Motor an. »Es hat vielleicht nicht so viel PS, aber es ist gut für die Umwelt.«

»Wenn du das sagst. Wohin?«

»Ich kenne einen süßen kleinen Italiener. Es ist schummrig, mit diesen kleinen roten Kerzenhaltern aus Glas auf den Tischen und rotweiß karierten Tischdecken.«

Ich sagte nicht dazu, dass ich schon hundertmal mit Nancy und Hailey oder Nate und Griff dort gewesen war und mir jedes Mal gewünscht hatte, an einem Abend wie diesem mit einem Date hinzugehen.

Nik sah mich mit sanfter Miene an. »Klingt perfekt.«

Er ließ den Motor aufheulen oder versuchte es jedenfalls und fuhr dann auf die Straße. Bei der ersten Ampel ging der Motor aus.

»Shit, ich hab ihn abgewürgt.« Nikolai suchte auf dem Armaturenbrett nach irgendeinem Warnlicht. »Hab ich irgendwas falsch gemacht?«

»Du hast ihn nicht abgewürgt. Er hat sich abgeschaltet, um Energie zu sparen.«

Nik verzog das Gesicht. »Ich kauf dir einen zweiten Helm und bewahre ihn bei mir auf.«

Ich kicherte, aber in Wirklichkeit war es sexy, wie frustriert Nik wegen meines Autos war. Der tätowierte Biker in einem Prius. Ein einsamer Wolf, der ständig unterwegs war, mietete sich eine Wohnung und hatte keine Ahnung, was er damit anfangen sollte. Alles für mich. Fast hätte ich ihm gesagt, dass er doch umkehren und Pizza bestellen solle, aber er hatte recht: mir war geradezu schwindelig vor Vorfreude, als hätte ich ein oder zwei Gläser Sekt getrunken.

Ich zeigte ihm den Weg zum Café Roma, einem kleinen Lokal in Garden Citys Version einer Innenstadt. Wir setzten uns in eine kleine Nische hinten, und eine Kellnerin überreichte uns laminierte Speisekarten.

»Was möchten Sie trinken?«

Ich bestellte ein Glas vom Hauswein, Nik ein Bier.

»Ich mag deine neue Wohnung«, sagte ich, während wir darauf warteten, dass die Kellnerin zurückkam. »Willst du dir auch einen Job suchen?«

»Ich weiß es noch nicht. Ich hab in Jacksonville ein bisschen was gewonnen, bevor ich zurückgekommen bin. Der Plan war, davon zu leben und zu gucken, was passiert.«

»Jacksonville«, sagte ich. »Ist das nicht eine große Stadt?«

»Ja, ist es«, sagte er leise. »Zu groß.«

Ich nahm seine Hand. »War es schlimm?«

Er zuckte die Achseln. »Es war ein Risiko.« Er blickte auf unsere verschränkten Hände, dann sah er mir in die Augen. »Es hat sich gelohnt.«

Die Luft zwischen uns schien zu schwinden, und die körperliche Begierde, die ich früher schon empfunden hatte, war wieder da, diesmal im Einklang mit dem zärtlichen und liebevollen Wunsch, mit ihm im Bett zu liegen und einfach nur bei ihm zu sein.

»Ich bin gern mit dir zusammen, Nik«, sagte ich, denn etwas für jemanden zu empfinden war nicht dasselbe, wie es laut auszusprechen. »Sehr.«

»Ich mit dir auch«, erwiderte er. »Aber ich versteh nichts von Romantik. Ein Teil von mir will dich einfach packen und mir über die Schulter werfen …«

»Wie ein Höhlenmensch.«

»Ja, total. Aber ich will dir auch sagen, wie schön du in diesem Kerzenlicht bist, und alles andere, was romantisch ist und was du hören solltest. Ich will das nicht vermasseln.«

»Du hast mir gerade gesagt, dass ich im Kerzenlicht schön aussehe. Das ist romantisch. Eigentlich bist du ein heimlicher Romantiker, Nikolai Alexei.«

»Bin ich nicht«, sagte Nik, und seine Stimme war ein tiefes Raunen. »Ich kämpfe gerade gegen den Drang, herauszufinden, ob du wirklich keinen Slip anhast.«

»Was für ein Dilemma«, erwiderte ich, und das Herz hämmerte mir in der Brust. Ich nahm seine Hand und legte sie unter dem Tisch auf meinen Oberschenkel, schob sie hoch. Er biss die Zähne zusammen. »Ich würde niemals lügen, wenn es um Unterwäsche geht.«

Ich drückte seine Hand auf meinen nackten Schritt, hörte nicht auf, ihn anzusehen. Unsere Augen weiteten sich gleichzeitig, unser Atem stockte. Sein Puls hüpfte in seiner tätowierten Halsgrube, während meiner immer mehr Blut durch meinen Körper pumpte.

Niks Augen waren blaues Feuer. »Fiona …«

»Fiona! Liebes!«

Nikolai und ich wichen auseinander, als hätte man uns

einen Elektroschock verpasst. Er zog die Hand weg, und ich beschäftigte mich mit meiner Serviette und versuchte, die Fassung wiederzuerlangen, bevor ich zu Nate und Griffin hochsah, die vor unserem Tisch standen. Nate grinste durchtrieben, während sein Mann höflich so tat, als hätte er nichts gesehen.

»Witzig, dass wir uns hier treffen«, sagte Nate, den Blick auf Nikolai geheftet. »Du bist zurück? Wann ist das passiert?«

»Ich bleibe eine Weile in der Stadt«, sagte Nik. »Mach 'ne Pause vom Reisen.«

»Du ziehst bei Fiona ein?«, fragte Nate und erntete einen Rippenstoß von Griffin.

»Nein«, sagte Nik. »Ich hab eine Wohnung. Mulaney Street.«

»Schön«, sagte Griffin. »Freut mich, dich wiederzusehen, Mann.« Er sah mich an. »Freut mich wirklich.«

Ein kurzes Schweigen entstand, während ich mit mir kämpfte, ob ich höflich sein und sie bitten sollte, sich zu uns zu setzen, oder lieber mit Nik allein sein wollte.

Ich will unbedingt mit Nik allein sein.

Nate lehnte den Oberkörper zurück. »Na dann! Da du *gefragt* hast: Wir sind gerade mit dem Essen fertig und fahren zurück in unsere bald ehemalige Wohnung. Die Küche haben wir schon halb eingepackt. Ich weigere mich, noch ein einziges Mahl auf diesem schäbigen kleinen Herd zu kochen.«

Ich warf ihm einen trockenen Blick zu. »Seit wann kochst du, Nathaniel?«

»Seit nie«, antwortete Griff. »Und das Beste hat er gar nicht erzählt. Wir haben den Vertrag unterschrieben«, sagte er und lächelte, als könnte er, selbst wenn er wollte, nicht damit aufhören. »Gestern. Wir sind jetzt offizielle Hausbesitzer.«

»Oh mein Gott, so schnell!«

»Genau mein Gedanke«, sagte Nate. »Jedes Mal, wenn er

›Hausbesitzer‹ sagt, sehe ich platzende Rohre und ein einsinkendes Dach vor mir.«

»Achte gar nicht auf ihn, er liebt es«, sagte Griffin.

»Jedenfalls werden wir in zwei Wochen eine Party im neuen Haus feiern.«

»Ihr zieht schon aus?«, fragte ich in etwas gedämpfter Stimmung. »Das ist auch schnell.«

»Wir ziehen erst um, wenn wir ein bisschen renoviert haben«, sagte Griffin. »Die Party …«

»… wird ein kleines shabby-schickes Abenteuer«, sagte Nate. »Wir werden das Haus beleuchten, es wird kleine Tische geben, Catering, in jedem Zimmer eine Tanzfläche … Es wird …«

»… fantastisch!« Griffin sah zwischen mir und Nik hin und her. »Ihr müsst auch kommen. Ihr beide.«

»Als würde ich das jemals verpassen.« Ich sah Nik an. »Was meinst du?«

»Klingt gut«, sagte Nik. Er blickte zu Griffin. »Soll ich etwas mitbringen?«

»Ja. Hartalk«, sagte Nate, bevor Griffin antworten konnte. »Irgendwas Krasses, was Biker so trinken.«

Ich schlug mir die Hand vor die Augen.

»Was?«, sagte Nate. »Ich will nur, dass er sich wohlfühlt. Wir haben nicht jeden Tag einen pokerspielenden Motorradmann in unserer Mitte.«

»Bitte, halt sofort den Mund«, sagte Griffin. Er wandte sich uns mit einem entschuldigenden Lächeln zu. »Wir lassen euch mal essen.« Er beugte sich vor und gab mir ein Küsschen auf die Wange. »Ruf bald an, Liebes.«

»Mach ich.«

Nate warf mir eine Kusshand zu, dann schimpfte er mit Griffin, während dieser ihn vom Tisch wegzog.

»Ist das okay?«, fragte ich. »Mit der Party, meine ich? Du musst nicht, wenn du nicht willst …«

»Ich will«, sagte Nik, rutschte näher und schob seine Hand wieder unter mein Kleid. »Und ich will dich. Jetzt.«

Ich schluckte. »Ich dachte, wir gehen es langsam an.«

»Das ist langsam«, sagte Nik.

Ich biss mir in die Backe, als er mich wieder berührte und Flammen durch mich hindurchzüngelten.

Die Kellnerin kam zurück, aber Nik zog seine Hand nicht weg. Er bestellte beiläufig – Hähnchen Parmigiana –, während er mich unter dem Tisch langsam mit einem Finger umkreiste.

»Und Sie, Liebes?«, fragte mich die Kellnerin.

»Fettucine Alfredo«, sagte ich, meine Stimme kaum mehr als ein Flüstern. »Und bitte zum Mitnehmen.«

Nik fuhr meinen Prius so schnell zu seiner Wohnung zurück, wie der Motor es erlaubte. Ich trug die Tüte mit dem Essen ins Haus und stellte sie auf die Arbeitsplatte. Im nächsten Moment war Nik bei mir. Sein Kuss war heiß und hart, und ich lehnte mich erleichtert an ihn, wollte seine Hände, wollte seine nackte Haut auf mir spüren.

Er küsste mich mit offenem Mund am Kiefer entlang, dann den Hals hinunter zum Schlüsselbein. Ich klammerte mich an ihm fest, während mich Schauder überliefen und meine Nippel hart wurden und das Verlangen weiter nach unten wanderte und sich zwischen meinen Beinen sammelte. Ich legte den Mund um sein Ohrläppchen, betastete mit der Zunge die Konturen seines Piercings. Spitzes, kaltes Metall. Ich packte es zwischen den Zähnen und zog daran.

Nik stöhnte.

»Bitte sag mir, dass du ein Bett gekauft hast«, flüsterte ich.

»Das hab ich gleich zuerst besorgt.«

Ich keuchte, als er eine Hand auf meine Brust legte. Mit der anderen hob er mein Kleid an, strich über den Oberschenkel, glitt über mich mit den Fingern. Ich brauchte mehr.

»Oh Gott, Nik«, flüsterte ich. »Beeil dich.«

Er ließ von mir ab, zog seine Jacke und das T-Shirt aus, dann schob er die Träger meines Kleids über die Arme runter und ließ es runterrutschen. Er hielt inne, um meine Nacktheit zu betrachten. Einen BH hatte ich auch nicht getragen. Ich sah, wie er mich in sich aufnahm.

»Verdammt, Fiona«, flüsterte er, dann war ich wieder in seinen Armen. Wir küssten uns, blind trafen unsere Münder aufeinander. Ich machte seinen Gürtel auf. »Schlafzimmer«, knurrte er, und seine Zähne packten meine Unterlippe.

Er trug mich halb in das dunkle Zimmer, das bis auf ein großes Bett und einen kleinen Nachttisch mit einer Lampe leer war. Nikolai zog sich ganz aus und legte sich auf mich. Silbernes Mondlicht fiel durchs Fenster, glänzte in seinen Augen und seinen Piercings. Der Rest waren dunkle harte Muskeln, die sich über mir bewegten und sich an mich pressten.

»Kondom«, flüsterte ich.

Er nickte und griff in die Nachttischschublade. Ich hörte, wie er die Packung aufriss; eine Sekunde später drang er in mich ein. Es fühlte sich an, als wäre es viel länger her als nur ein paar Wochen, dass ich ihn das letzte Mal so hart und schwer in mir gespürt hatte.

»Gott, Nik«, flüsterte ich, als er anfing, sich zu bewegen. »Ich will genau das …«

»Und ich will nur dich«, stöhnte er an meinem Hals.

Es war nichts Sanftes an Niks rauen Händen oder seinen heftigen Stößen, nur die Absicht, die darin lag. Ich spürte, wie sehr er mich wollte – nicht wie ein Mann, der eine Frau will, sondern wie *er*, der nur *mich* wollte.

Ich schrie seinen Namen, als ich kam, krallte die Nägel in seinen Rücken, während meine Fersen sich in seine Oberschenkel bohrten, weil auch ich es nicht sanft wollte. Ich wollte ihn und seinen Körper, der mir das Gefühl gab, lebendig zu sein.

Und ich wollte auch spüren, wie *er* kam. All das Leid seines früheren Lebens auf der Straße und davor in diesem schrecklichen Krankenhaus … Er sollte es mir übergeben. Seinen Schmerz gegen Ekstase tauschen, weil er mir genau das auch schenkte. Alles, was früher mein Leben gewesen war, löste sich unter Niks Berührung auf, wurde weggewaschen vom Schweiß unserer Körper. Nie wieder hinterhältige Worte, nur noch Küsse und geflüsterte Laute des Verlangens, die mir das Gefühl gaben, wertgeschätzt zu werden, egal wie grob er war oder wie laut das Kopfteil des Bettes gegen die Wand knallte.

Danach holte er das Essen, das noch warm war, ins Bett, und wir fütterten uns gegenseitig, und als wir fertig waren, gaben wir uns der Nacht und einander hin, bis ich nicht mehr sagen konnte, wie oft mein Körper an seinem erzittert war.

In den letzten Stunden vor der Dämmerung vergrub ich das Gesicht an seinem Hals und hielt ihn fest, während er mich zu einem letzten, wahnsinnigen Orgasmus brachte, der nur Platz für einen einzigen Gedanken ließ.

Gott steh mir bei, ich werde mich verlieben …

Und noch einen, als der Schlaf mich einholte.

Das hab ich schon.

15. KAPITEL

Nikolai

Es war die erste Nacht in der neuen Wohnung, und Fiona war in meinem Bett. Sie lag auf meiner Brust und schlief noch. Sie schlief quer auf mir wie ein Schutzschild, bewahrte mich vor dem Ansturm der fremden Leben. Ich hatte nie so tief geschlafen.

Ich ließ die Hand über ihren Rücken wandern. Ihre Haut war feucht vom Schweiß der letzten Nacht. Wir hatten die Decken beiseite geworfen, da meine Wohnung keine Klimaanlage hatte. Die Sommerhitze machte uns benommen und schläfrig.

Meine Wohnung …

Sie machte nicht viel her, war billig. Kein Motel, aber auch kein Zuhause. Für hundertfünfzig Dollar die Woche gehörte sie mir. Mit den Gewinnen vom Poker konnte ich monatelang bleiben, ohne einen Finger krumm zu machen.

Und dann?

Ich betrachtete Fiona. Ich hatte keine Antwort darauf, aber ich hatte Frieden. Ruhe. Eine Atempause von der Straße und diese Frau. Es war mehr, als ich je zuvor gehabt hatte.

Fiona wachte auf und drehte den Kopf in meine Richtung, ein schläfriges kleines Lächeln im Gesicht.

»Guten Morgen«, sagte sie.

»Morgen.«

»Bist du schon lange wach?«

»Eine Weile«, sagte ich. »Es ist zu heiß, um sich zu bewegen.«

Sie grinste. »Letzte Nacht schienst du kein Problem damit zu haben.«

Ich lächelte träge, genoss den Moment. Ich spielte mit Fionas Haar, ließ die langen Strähnen durch meine Finger gleiten. Rosa wie Zuckerwatte. Ich schloss die Augen, und die Farbe war noch da, strahlte von Fiona ab.

Güte, Mitgefühl, Freundlichkeit …

»Warum?«, fragte ich schläfrig.

»Was?«

»Warum hast du dir die Haare rosa gefärbt?«

»Es gibt eine kleine Geschichte darüber.«

»Ich will sie hören.«

Fiona rutschte von mir runter und stützte sich auf die Ellenbogen.

»In der dritten Klasse hat unsere Lehrerin uns eine Schreibaufgabe gegeben. Wir sollten zwei Farben aussuchen und über jede ein Gedicht schreiben. Die Gedichte sollten beschreiben, was die Farben unserer Meinung nach bedeuteten. Zum Beispiel … Blau ist die Farbe meiner Tränen, wenn ich traurig bin. Rot ist die Farbe der Sonne, wenn sie untergeht … So etwas in der Art.«

Plötzlich war ich hellwach, als hätte mir jemand einen Eimer kaltes Wasser über den Kopf geschüttet. Fiona fuhr über die Zeichnungen und Linien der Tattoos auf meiner Brust und sah weder meine großen Augen noch den offenen Mund.

»Welche Farben hast du dir ausgesucht?«, fragte ich.

»Rosa und Gold.«

»Weißt du noch, was du darüber geschrieben hast?«

Sie runzelte nachdenklich die Stirn. »Oh ja. Ich weiß nicht, warum, aber ich habe fast jedes Wort behalten.«

»Erzähl.«

Fiona zeichnete das Traumfänger-Tattoo auf der linken Seite meines Oberkörpers nach, die Federn, die Perlen und jedes Stück des Netzes, während sie sprach.

»Rosa ist die Aufregung, bevor du ein Geburtstagsgeschenk aufmachst. Rosa ist das Glücksgefühl, wenn du allein in der Pause sitzt, und ein anderes Kind kommt und fragt, ob du spielen willst. Rosa ist, wie du dich fühlst, wenn du jemanden umarmst, der weint, damit es ihm besser geht.«

Ich biss die Zähne zusammen, als plötzlich die Emotionen in mir aufstiegen. Ein merkwürdiges, mächtiges Déjà-vu-Gefühl, wie ich es noch nie empfunden hatte.

Wie zur Hölle … ?

»Total süß, oder?«, sagte Fiona, die gar nicht bemerkte, wie aufgewühlt ich war. »Als ich beschloss, mein Haar zu färben, hab ich mich daran erinnert, was ich über Rosa geschrieben hatte, und irgendwie … Ich weiß nicht … Es hat irgendwie gepasst zu dem, wo ich im Leben stand. Einfache Dinge, die mich glücklich machen.«

»Und wie war es bei Gold?«, fragte ich mit zugeschnürter Kehle.

»Gold ist meinem sieben Jahre alten Ich zufolge der Geruch der Pommes von McDonalds.« Sie lachte verlegen. »Stimmt irgendwie, oder?«

Ich nickte schwach. »Was noch?«

»Gold ist die Farbe des Morgens an einem neuen, noch perfekten Tag. Und Gold ist …« Sie verstummte und schüttelte den Kopf auf ihre niedliche, schüchterne Art.

Ich spürte, wie ich mich ihr in jeder Hinsicht zuneigte; alles, was in mir verrostet und kaputt war, streckte sich nach allem aus, was in ihr gut und rein war.

»Was?«, fragte ich.

»Gold ist die Farbe der Liebe.« Sie legte das Kinn auf meine Brust. »Damit meine ich nicht die Liebe in der Familie oder zwischen Mutter und Kind. Ich meine die märchenhafte Liebe, wo der Prinz alles für die Prinzessin tut, auch wenn er dabei sein Leben geben muss. Wo die Prinzessin sich dem Drachen opfert, wenn das den Prinzen rettet. Die Art Liebe, die … transzendent ist. Das Wort kannte ich damals natürlich noch nicht.«

Sie lächelte. »Witzig, was ein Kind so denkt. Nur einfache Wahrheiten, weißt du? Keine schicken Metaphern.«

Ich starrte auf die Frau, die auf mir lag. Mit den Fingern strich sie über die Tätowierungen, die ich mir in die Haut hatte stechen lassen, um etwas Echtes zu fühlen, was nur mir gehörte. Schmerz. Nicht Liebe. Niemals Liebe.

Fiona küsste den Traumfänger. »Von allen deinen Tattoos mag ich das am liebsten.«

Sag ihr die Wahrheit. Jetzt. Tu es …

Aber sie löste sich schon von mir und stand auf. Fiona zog sich eins meiner T-Shirts über den Kopf und beugte sich vor, um mich zu küssen.

»Los, Faulpelz. Ich muss zur Arbeit. Ich mach mal Kaffee in deiner leeren Küche …«

Ich nahm ihre Hand und hielt sie fest. »Fiona …«

»Ja?«

Der Augenblick verweilte, die Worte tanzten auf meiner Zungenspitze.

»Ich … ich will dich morgen sehen.«

Feigling.

Fiona lächelte dieses schüchterne Lächeln, das sie aufsetzte, wenn sie verbergen wollte, wie glücklich sie war. Aber vor mir konnte sie es nicht verbergen. Silberne Funken tanzten um sie herum in der Luft.

»Wirklich?«

»Ja.«

Sie schob sich eine Haarsträhne hinters Ohr. »Normalerweise helfe ich samstags ein oder zwei Stunden im Tierheim. Du könntest danach vorbeikommen. Wenn du willst.«

»Klingt gut«, sagte ich.

Sie strahlte. »Kaffee klingt auch gut.« Sie küsste meine Schläfe und ging aus dem Zimmer.

Ich ließ mich aufs Kissen sinken, ein Seufzer entfuhr mir.

Meine Gedanken wanderten zurück zu Fionas Farbgedichten. *Es bedeutet nichts … Reiner Zufall.*

Nur dass Rosa genau so war, wie sie es beschrieben hatte: genau so übersetzte das *Gesicht* Güte.

Und Gold?

Gold hatte ich nie gesehen.

»Ich hab einen ziemlich krassen Walk of Shame vor mir«, sagte Fiona auf dem Parkplatz meines Wohnkomplexes. Sie strich das zerknitterte Kleid glatt. »Es wäre ein Wunder, wenn ich es in meine Wohnung schaffe, ohne dass Griff oder Nate mich sehen.«

»Du siehst gut aus«, sagte ich.

Mehr als gut. Sie war die ganze Nacht mit mir im Bett gewesen und ging mit zerzaustem Haar und geschwollenen Lippen. Sie sah verdammt perfekt aus. Ich zog sie an mich und küsste sie.

»Du machst nicht viele Worte«, sagte sie an meinem Mund. »Das Tierheim heißt ›Verlassene Pfoten‹ und liegt am südlichen Stadtrand, ganz in der Nähe des Highways. Willst du mich morgen um zehn da abholen?«

»Ja, gut.«

»Ja, gut«, machte sie mich mit tiefer Stimme nach und lachte, bevor sie mich sanft küsste. »Bis dann.«

Ich berührte meine Wange, wo ich noch ihren Kuss spürte, dann berührte ich meinen Mund. Eine tiefe Sehnsucht lag mir wie Blei im Magen, als ich sie davongehen sah. Es wäre leicht gewesen, es dem Frieden zuzuschreiben, den sie mir schenkte. Denn sobald Fionas Wagen davonfuhr, kam alles andere zurück. Der Typ, der auf der anderen Straßenseite seinen Müll rausbrachte; die Bewohnerinnen und Bewohner jeder Wohnung in diesem Block – sie drangen in meine Welt ein. Oder ich vielleicht in ihre.

Aber die Sehnsucht, bei Fiona zu sein, hatte nichts mit dem zu tun, was sie mir gab, sondern ausschließlich mit ihrer Person.

»Meine Güte.«

Ich ging in meine leere Wohnung zurück. Wahrscheinlich brauchte ich Möbel, aber ich konnte nicht einmal meine Kleidung auspacken. Ich strich mit der Hand über die Arbeitsplatte, berührte den Kaffeebecher, den Fionas Lippen berührt hatten. Dies war kein Zuhause. Es war der Ort, an dem ich die Zeit absaß, bevor sie ging.

Geh mit ihr.

Ich erstarrte. Es war das erste Mal, dass ich mir auch nur erlaubte, das zu denken.

»Sie hat mich nicht gefragt«, sagte ich zu niemandem, aber eine Wärme breitete sich in meiner Brust aus, wie ich sie seit meiner Kindheit nicht mehr empfunden hatte. »Und sie würde mich hassen, wenn sie wüsste, was ich ihr geraubt habe.«

Wie um diesen Gedanken zu unterstreichen, füllte sich mein Mund mit dem sauren Geschmack einer Nachbarin, die sich wegen ihrer Rechnungen Sorgen machte, und das erinnerte mich daran, dass mir das *Gesicht* jedes Glück genommen hatte, das ich jemals besaß.

Ich lehnte mich an die Küchentheke, an der noch keine Hocker standen, neben der Sukkulente, die Fiona mir mitgebracht hatte. Jedes der dicken Blätter der Echeveria hatte einen Stachel am Ende. Ich drückte meinen Zeigefinger dagegen, bis er die Haut durchbohrte, die Luft rausließ und mich wieder runterholte. Ich sah das Blut austreten. Ein einziger hellroter Tropfen. Die Farbe des Lebens.

Fiona kennt die Farben auch, schrie eine kleine, verzweifelte Stimme, die so klang wie ich mit zehn Jahren. *Sie gibt dir Frieden. Das bedeutet etwas. Sag ihr die Wahrheit …*

Mein Vater schnaubte spöttisch. *Du bist krank im Kopf.*

Meine Mutter jammerte. *Netschistaja sila …*

Ich wischte mir den Finger an der Jeans ab, und das Rot verschwand.

Am nächsten Morgen duschte ich und zog mich an, frühstückte in einem Diner, da in meinem Kühlschrank gähnende Leere herrschte, und fuhr mit der Bonneville zu ›Verlassene Pfoten‹.

Es war ein kleines Gebäude mit einer Rezeption links vom Eingang, einem Wartebereich rechts und in der Mitte einem breiten Flur mit Türen auf beiden Seiten. Das Gebell von zwei Dutzend Hunden hallte durch den Raum – tief und laut von den größeren Hunden, hohes Kläffen von den kleineren –, und es klang, als würden sie bis in alle Ewigkeit weitermachen, ihre Angst in einer konstanten, niemals endenden Geräuschkette herausbellen.

Ich blieb im Eingangsbereich stehen und sah Fiona und eine vierköpfige Familie durch eine der Türen auf der linken Seite kommen. Fiona trug weite Jeans und ein ärmelloses Oberhemd und hatte die rosa Haare zu einem Pferdeschwanz gebunden. Sie führte einen kleinen weißen Hund an der Leine und redete mit den Eltern. Die beiden Töchter – vielleicht sechs und acht – knieten sich hin und versuchten, den Hund zu streicheln, der sich hinter Fionas Beinen versteckte.

Fiona ging in die Hocke und legte beiden je ein Hundeleckerli in die offene Hand. Die Mädchen gaben sie dem Hund, der sich danach streicheln ließ.

Nach weiteren Worten, die ich nicht hören konnte, übergab Fiona die Leine dem Vater der Familie. Ein schimmernder Nebel lag über ihr, als sie der Familie die Rezeption zeigte. Die kleinen Mädchen strahlten wie Sonnenblumen.

Fiona sah ihnen mit einem melancholischen Lächeln nach, dann entdeckte sie mich. Das Aufflackern ihres Glücksgefühls war wie ein Geschenk, das sie mir gab, ohne es zu wissen. Sie winkte und kam zu mir.

»Hey du«, sagte sie. Sie legte den Kopf schief. »Wofür ist dieser Blick?«

»Welcher Blick?«

»Du hast geguckt wie … Ich weiß nicht. Als hättest du mich seit Ewigkeiten nicht gesehen, und nicht erst gestern noch.«

Pokerface, Mann. Wo ist dein Pokerface?

»Ich mag es, wie du mit Tieren umgehst«, sagte ich und verdrehte innerlich die Augen über die lahmen Worte.

»Es ist leicht. Ich liebe Tiere. Und es ist das Allerschönste, wenn sie ein neues Zuhause finden.« Sie blickte zu der Familie an der Rezeption, die die Adoptionspapiere ausfüllte. »Egal, ich wasch mir kurz die Hände, in zwei Minuten bin ich fertig.«

Ein paar Minuten später verabschiedete Fiona sich von den Leuten im Büro, und wir gingen auf den Parkplatz.

»Ich dachte, wir könnten eine kleine Tour machen, wenn du Lust hast«, sagte ich.

»Ich hab schon Lust, aber ich hab den Helm nicht dabei«, sagte Fiona. »Vielleicht hätten wir uns doch lieber bei mir treffen sollen.«

»Kein Problem«, sagte ich. »Ich fahr dir nach. Wir fahren von dir aus los.«

Sie reckte sich, um mir einen Kuss zu geben. »Wer als Erster da ist?«

Mir entfuhr ein kurzes Lachen. »Wenn du darauf bestehst.«

Ich gab Fiona drei Minuten Vorsprung, dann fuhr ich zu ihr und parkte die Bonneville vor dem Haus. Fiona war eine vorsichtige Fahrerin; es war keine Überraschung, dass ich sie geschlagen hatte. Ich lehnte lässig an ihrer Wohnungstür, bis ihr blauer Prius ankam. Sie stieg aus und sah mich mit hochgezogenen Augenbrauen an.

Ich verschränkte die Arme. »Zu leicht.«

»Angeber«, sagte Fiona, dann blieb sie stehen und sah mich von oben bis unten an. »Bringen die euch Kerlen das in der Schule bei?«

»Was?«

»Dieses Anlehnen«, sagte sie und wedelte mit der Hand. »Verschränkte Arme, Schulter an der Tür ... und diesen Blick?«

»Schon wieder ein Blick?«

»Oh ja«, sagte Fiona, schloss die Wohnungstür auf und knallte sie hinter uns zu. »Dieser Blick, der an der Oberfläche nur einfach so Hallo sagt, aber darunter ...«

»Ja?«

»Darunter sagt er ›Ich kann es kaum erwarten, dich ins Bett zu kriegen‹.«

Ich zog sie an mich. »Ich kann es kaum erwarten, dich ins Bett zu kriegen.«

Ich beugte mich vor und küsste sie, als es an der Tür klopfte, gefolgt von der hohen Stimme eines Kindes. »Fiony! Fiony!«

Fiona lächelte kokett. »Merk dir die Stelle.«

Sie machte die Tür auf und kniete sich hin, sodass Hailey ihr in die Arme flog. Das Glück, das um Fiona herum glitzerte, war heller als alles, was ich vorher gesehen hatte.

»Hailey, Süße!« Fiona gab dem kleinen Mädchen ein Küsschen auf die Wange.

Die Mutter – Nancy, erinnerte ich mich – trat in die Tür. Eine große Brünette in einer schicken Hose und einer Bluse – die Art Frau, die aussah, als hätte sie im College Feldhockey gespielt. Nüchtern und zäh.

»Fiona, hi, sorry, dass ich dich so überfalle, aber ich hab mich gefragt …« Nancy verstummte, als sie mich entdeckte. »Oh, tut mir leid. Ich habe nicht gewusst, dass du Besuch hast.«

Fiona stand auf, Hailey hing an ihrem Arm. »Nikolai Young, das ist Nancy Davis.«

Nancy hielt mir die Hand hin, und ich machte mich auf den Ruck gefasst, der mich jedes Mal durchfuhr, wenn ich ein Stück eines fremden Lebens sah. Ihr Händedruck war fest, und ich spürte einen Anflug von Misstrauen und auch Fürsorge gegenüber Fiona. »Freut mich, Sie kennenzulernen, Nikolai«, sagte sie langsam, und ihre Blicke wanderten über die Tattoos und Piercings.

»Gleichfalls.«

Nancy riss den Blick von mir los und sah Fiona an. »Tut mir leid, wenn das ein schlechter Zeitpunkt ist, aber ich hab ein Notfallmeeting in zwanzig Minuten. Es wird nur etwa eine Stunde dauern, aber wenn du beschäftigt bist …«

»Nein, total okay«, sagte Fiona. »Wir können eine Stunde warten, oder, Nik?«

»Klar.«

Nancy zögerte, während ihre Tochter mich aus großen braunen Augen ansah und die Frage stellte, die Nancy aus Höflichkeit unterdrückt hatte.

»Warum sind da so viele Bilder auf deiner Haut?«

»Man nennt das Tätowierung«, sagte ich. »Es ist Kunst, die man auf der Haut trägt.«

»Wie hast du das gemacht? Mit Stiften?«

»Nein, mit Nadeln.«

Haileys Neugier verwandelte sich in Skepsis. »Hat das wehgetan?«

Nancys Aufmerksamkeit umklammerte mich wie ein Schraubstock. Soweit es sie betraf, hatte ich eine richtige Antwort.

»Oh ja. Das hat sehr wehgetan.«

»Ich hasse Spritzen«, sagte Hailey. »Das ist total doof. Ist das wie 'ne Spritze zu kriegen?«

»So ähnlich«, sagte ich.

Die Fessel von Nancys Aufmerksamkeit lockerte sich ein wenig, und sie drehte sich zu Fiona um und holte etwas Geld aus ihrer Tasche. »Ich bin dir so dankbar, Fi. Nur eine Stunde, ich schwöre es.«

»Steck dein Geld wieder ein …«, sagte Fiona, aber Nancy ignorierte sie und drückte ihr einen Zwanziger in die Hand.

»Du rettest mir das Leben«, sagte Nancy und warf mir noch einen Blick zu. »Freut mich, Sie kennengelernt zu haben, Nikolai. Bis später, Hail. Sei brav.«

Sie küsste ihre Tochter auf die Wange und ging.

»Nancy ist eine großartige Mom«, sagte Fiona und wickelte sich eine Locke um den Finger. »Nur ein bisschen überfürsorglich.«

»Ich kann's verstehen«, sagte ich mit einem Lächeln. »Ich bin nicht gerade jemand, den man babysitten lassen würde.«

»Was ist das?«, fragte Hailey und zeigte auf die Piercings in meinen Ohren. »Ohrringe?«

Ich lachte leise und kniete mich hin. Das kleine Mädchen berührte die Ohrgewichte, und ich hielt still, damit sie sie untersuchen konnte. Hailey roch sauber wie frische Wäsche und Gänseblümchen.

»Die sind aber schwer!«, sagte Hailey und zupfte an den Gewichten. »Pieksen die?«

»Ein bisschen«, sagte ich. »Pass auf, wenn du die Spitzen anfasst.«

»Hat das wehgetan, die in die Ohren zu machen?«

»Jetzt nicht mehr«, sagte ich. »Aber am Anfang hat es sehr wehgetan«, fügte ich wegen ihrer Mom hinzu.

Hailey legte den Kopf schief. »Warum machst du Sachen, die wehtun?«

»Ich …« Mein Mund formte Worte, die nicht herauskamen, dann legte mir das kleine Mädchen die Hände auf die Wangen.

»Tu dir nicht mehr weh, okay?«, sagte sie, und dann schlang sie mir die Arme um den Hals.

Ich erstarrte, als die ganze Macht von Haileys Zuneigung – wie weiße Wolken und Watte und Babypuder – mich umgab. Ich schloss die Augen, atmete all das Gute ein.

Tu dir nicht mehr weh …

Ein paar Sekunden lang erlebte ich einen anderen Frieden als den, den Fiona mir gab, und dann brach Hailey den Bann, indem sie mir direkt ins Ohr kreischte.

»Lemony!« Sie rannte zum Fenster, kletterte auf den Stuhl und redete auf den kleinen Vogel ein.

Ich stand auf, kam aus Haileys Ruhe in Fionas Sturm.

»Fiona?«

Sie hatte sich von mir weggedreht und die Schultern gebeugt. Blauer Nebel und dunkle Schatten sammelten sich um sie. Ich starrte sie an. In dem Nebel und den Schatten sah ich in einer Art Luftspiegelung, wie Fiona tränenüberströmt am Boden kniete. Sie hielt sich den Bauch, wiegte sich vor und zurück, öffnete den Mund zu einem stummen, qualvollen Schrei.

Zorn loderte wie ein Feuer in mir auf, als ich sie so leiden sah. Ich streckte die Hand nach ihr aus. »Fiona, was ist …?«

»Nichts«, sagte sie und wich zurück, ihre tränenerstickte Stimme gedämpft von ihrer Hand. »Alles gut. Es ist alles gut.«

Dic Vision waberte, als Fiona versuchte, sie, so gut es ging, in sich zu vergraben. Ich streckte noch immer die Hand nach ihr aus, aber ich berührte sie nicht. Wenn ich sie jetzt berührte, würde ich alles wissen. Und auch sonst würde mir das *Gesicht* ihre Geschichte irgendwann verraten, Stück für Stück. Ich war hin- und hergerissen. Einerseits wollte ich es – ich wollte wissen, wer sie so verletzt hatte, damit ich es ihm heimzahlen konnte –, aber ich wollte auch ihre Intimsphäre nicht verletzen.

Sag es mir Fiona … bitte. Sag es mir, bevor ich es mir nehme.

»Fiony?«, fragte Hailey am Fenster. »Weinst du?«

»Nein, alles gut, Schatz«, sagte Fiona. Sie wischte sich über die Augen und trocknete sich die Hände hinten an der Hose ab. »Ich musste niesen und konnte dann doch nicht. Da haben mir die Augen getränt.« Sie sah mich nicht an, sondern ging zum Fenster zu Hailey. »Hilfst du mir, das kleine Kerlchen zu füttern?«

Ich starrte sie an, blinzelte, versuchte, das qualvolle Bild, das ich gesehen hatte, mit der Frau in Einklang zu bringen, die dort stand und Hailey half, Vogelfutter in den Futterbehälter zu schütten. Sie trug so viel Schmerz in sich …

Ich bringe ihn um. Wer auch immer dieser Typ ist, ich bringe ihn um, verdammt.

Ich zwang mich zur Ruhe, um nicht zu viel preiszugeben. Fiona hatte sich wieder erholt, da war nur noch Scham, die sie mir nicht zeigen wollte.

Ich hängte mir die Jacke über die Schulter. »Ich sollte gehen. Ich hab einiges in meiner Wohnung zu tun«, sagte ich. »Wollen wir den Ausflug verschieben?«

»Okay, vielleicht ist es das Beste«, sagte Fiona und wandte

noch immer den Blick ab, obwohl ihre Dankbarkeit greifbar war. »Falls Nancy sich verspätet …«

»Klar«, sagte ich und ging zur Tür.

»Nik?«

Ich blieb stehen. Es brach mir das Herz, noch Tränen in ihrer Stimme zu hören. Ich drehte mich um, und sie sah von der anderen Seite des Raums zu mir herüber. Ihr Blick war ernst und entschuldigend, und sie stand da mit Hailey bei ihrem Vogel inmitten all ihrer Grünpflanzen – dem kleinen Wald, den sie sich geschaffen hatte, bis sie in einem richtigen wohnen konnte, mit einem Kind, das nicht ihres war. Fiona wollte nicht, dass ich ging, und sie wollte mir nicht von *ihm* erzählen, nicht von dem, was dieses Arschloch ihr angetan hatte, was ihr solchen Schmerz bereitete. Aber ich wusste, es hatte etwas mit Kindern und Tieren und den verdammten Pflanzen zu tun … mit allem, was ihr wichtig war. Alles war von *ihm* besudelt.

Sie lächelte mich zitternd an und fürchtete jetzt, sie könnte das mit *mir* kaputtmachen.

»Ruf mich an«, sagte ich. »Wann immer du …« *Bereit bist.* »Wann immer du willst.«

»Das mach ich«, sagte Fiona schwach. Unsere Blicke trafen sich. »Danke.«

Ich lächelte, obwohl ich dafür die Wut auf diesen namenlosen Mistkerl überwinden musste. Es war so leicht, Fiona glücklich zu machen. Wer war so verdammt schlecht darin gewesen?

»Tschüs, Nik!«, sagte Hailey, die noch immer auf dem Stuhl stand, und winkte mir. Sie hatte eine kleine Tüte Vogelfutter in der Hand. »Bis bald!«

»Tschüs, Hailey!« Ich sah Fiona an. »Bis bald.«

16. KAPITEL

Nikolai

Drei Tage später und kein Wort von Fiona. Meine Wohnung war noch leer, und ohne sie fühlte sie sich noch leerer an. Abgestanden und stickig. Ich sollte Möbel kaufen. Mich »einrichten«. Aber was hatte das ohne Fiona für einen Sinn? Sie war die Farbe und das Licht in meinem Leben.

»Ich vermisse sie«, sagte ich in die Stille. Ich vermisste ihre Farben und ihr Lächeln … wie sie schmeckte, wenn ich sie küsste, und wie sie mich ansah. Als hätte ich verdammt noch mal einen Wert für sie.

Vielleicht konnte ich den haben. Vielleicht gab es für mich einen Daseinsgrund, abgesehen vom Pokern und Reisen. Vielleicht hatte auch das verfluchte *Gesicht* noch einen anderen Sinn, als nur, mich zu quälen …

Eine Erinnerung stieg in meinen Gedanken auf. Ich stand in meiner stillen Wohnung. Schweiß rann mir zwischen den Schulterblättern hinunter, und ich schloss die Augen.

»Was willst du werden, wenn du groß bist, Nik?«

»Nichts.«

»Das kann ich mir nicht vorstellen. Jeder will etwas werden.«

»Mechaniker.«

»Du willst Mechaniker werden, wenn du groß bist?«

»Nein. Aber Papa hat gesagt, ich brauche eine richtige Arbeit. Malen ist keine richtige Arbeit.«

»Malen? Du willst Maler werden?«

»Ja, schon. Aber jetzt nicht mehr.«

»Warum nicht?«

»Weil …«

»Du kannst es mir erzählen.«

»Weil das Malen dabei hilft, wie ich die Menschen sehe. Das gefällt mir daran. Aber nach den Behandlungen will ich es immer weniger. Und jetzt wünschten Sie, ich hätte das nicht gesagt …«

»Du hast gesagt, dein Vater will, dass du Mechaniker wirst. Kannst du das beides? Mechaniker werden und nebenbei malen?«

»Ich hab doch gesagt, ich will nicht mehr malen.«

»Du hast gesagt, das Malen hilft dabei, wie du die Menschen siehst. Wie meinst du das?«

»Wenn ich Leuten sage, was ich sehe, kriegen sie Angst. Wenn ich sie male, ist es nur Kunst. Kreativität. Das geht.«

»Du malst gern Leute? Porträts?«

»Ja.«

»Wen hast du gemalt?«

»Meine Lehrerin. Meine Freunde. Einmal Mama.«

»Und was hat sie gesagt, als sie ihr Porträt gesehen hat?«

»Sie hat es verbrannt.«

»Sie … hat es verbrannt?«

»Und dann hat sie mich hergebracht.«

Ich öffnete die Augen, das Krankenhaus wurde ausgeblendet, meine leere Wohnung kam ins Bild.

Das Malen hilft dabei, wie ich Leute sehe …

»Quatsch …«

Aber es war die Wahrheit gewesen. Beim Malen war das

Gesicht weniger irrsinnig und realitätsfern, sondern bekam eine Form. Das half.

Bevor ich es mir anders überlegen konnte, rief ich bei einem Künstlerbedarf in der Gegend an und gab eine Bestellung auf. Lieferung am selben Tag.

Ich ging in meiner leeren Wohnung auf und ab und wartete. Als es endlich klopfte, bezahlte ich den Lieferanten und brachte alles – eine Staffelei, eine Leinwand von hundert mal hundertzwanzig Zentimetern und ein Sortiment Pastellkreiden – in mein leeres Wohnzimmer, in das eigentlich eine Couch und Sessel gehörten. Ich riss die Plastikfolie von der Leinwand, als würde die sie ersticken, stellte die Leinwand auf die Staffelei.

Meine Hand zitterte, als ich ein Stück rosa Pastellkreide in die Hand nahm.

Ich atmete ein und schloss kurz die Augen. Ich saß auf der Bonneville mit Fiona hinter mir, umgeben von ihrem Lachen und ihrer Freude. Dann drückte sie mich zwei Mal, und ich öffnete die Augen und fing an zu malen.

17. KAPITEL
Fiona

Ich lag mit dem Handy in der Hand auf dem Bett und ließ die Finger über Niks Nummer schweben. Allein, um dafür genügend Selbstvertrauen zu finden, hatte ich drei Tage – drei verdammte Tage – gebraucht. Ich vermisste ihn, viel zu sehr, aber jedes Mal, wenn ich ihn anrufen wollte, war das Bild von ihm und Hailey wieder hochgekommen: Nik, der sich hinkniete, und sie, die ihre kleinen Hände an seine Wangen legte …

Tu dir nicht mehr weh.

Das war fast zu viel gewesen. Der Schmerz hatte wie ein gefangenes Tier an seinen Ketten gerissen und sich beinahe befreit, als mein geplagtes Herz Nik und Hailey als Vater und Tochter gesehen hatte. Und mich …?

Du wirst das nie haben …

Und jetzt hatte Nik Verdacht geschöpft. Alles, wovor ich wegzulaufen versuchte, jagte mir nach, und in letzter Zeit schien es immer mehr aufzuholen; es saß mir knurrend im Nacken und würde zuschnappen, sobald ich stolperte.

»Nein«, sagte ich mir. »Ich bin stärker, als ich aussehe.«

Ich arbeite heute nicht, textete ich Nik. **Hast du Zeit?**

Seine Antwort kam schnell. **Komm rüber.**

Ich atmete ein. **Bin gleich da.**

Ich zog eine Cargohose und ein T-Shirt an, dann fuhr ich

kurz vor zwölf zu Niks Wohnung. Es war schon richtig heiß, die Luft stickig durch die Feuchtigkeit.

Das ist eine Übung für Costa Rica, ermahnte ich mich, aber die Aufregung, dass die Abreise näher rückte, wurde von etwas anderem übertönt.

Nik kam zur Tür und sah umwerfend aus in einem schlichten dunklen T-Shirt und Jeans.

»Hi«, sagte ich.

»Hi«, antwortete er und küsste mich sanft. Die Anspannung in meinem Bauch löste sich ein wenig, weil ich irgendwie wusste, dass er mich nicht nach den Tränen von neulich fragen würde. Nik schien immer zu wissen, wann ich Nähe und wann ich Abstand brauchte, was er sagen musste, damit ich mich besser fühlte, und wann er besser schwieg.

So ist er eben. Er liest meine Tells.

Wir unterbrachen den Kuss, ich legte ihm die Arme um den Hals und lächelte. »Ich hab dich vermisst.«

»Ich dich auch«, sagte er. »Komm aus der Hitze raus. Ich hab 'ne Klimaanlage besorgt. Fast schon zivilisiert.«

Ich wollte schon lachen, aber als ich Niks Wohnung betrat, war klar, dass er außer der Klimaanlage nichts gekauft hatte. Im Wohnzimmer stand kein einziges Möbelstück, und in der Küche lagen nur ein paar Plastikteller und -becher auf der Theke, größtenteils noch in der Verpackung.

Nik bemerkte meine gerunzelte Stirn und rieb sich das Kinn. »Okay, doch nicht zivilisiert.«

»Du brauchst … alles«, sagte ich.

»Ja, ich bin's irgendwie nicht gewohnt, irgendwo zu wohnen.«

Das ist total klar. Er war jahrelang unterwegs.

»Ich helfe dir«, sagte ich fröhlich. »Es gibt einen großen Laden für Gebrauchtes, unweit von hier. Wollen wir hinfahren?«

»Klar, gern«, sagte er.

Diesmal las ich seinen Tell. Ihm war es völlig egal, und ich fragte mich, ob er vielleicht doch nicht länger bleiben wollte.

Kannst du es ihm vorwerfen?

»Oder vielleicht … lassen wir es einfach …«, stammelte ich.

Auf seinen Lippen zeigte sich ein Lächeln. »Ich brauche mindestens einen Stuhl.«

Ich lachte leichthin. »Ich denke, ein Stuhl passt in den Prius.«

»Kein Kommentar.« Nik grinste schief.

Ich bemerkte, dass seine Finger ein bisschen rosa waren. »Was ist das?«, zog ich ihn auf. »Ein neues Tattoo?«

»Äh, nein, äh … Ich hab gemalt.«

»Wirklich? Wo?« Ich sah mich um. »Kann ich es …«

Und da entdeckte ich es im Wohnbereich, in dem nur eine Staffelei mit einem Bild und ein paar Pastellkreiden auf der Ablage stand. Das Bild war ein Porträt von mir, das absolut lebensecht war, trotz der impressionistischen Farben und der abstrakten Elemente. Ich sah mich: ein breites Lächeln im Gesicht, auffällig blaue Augen, Haare, die mir in einer leuchtenden Kaskade aus Gold und Rosa über die Schultern fielen.

Im Hintergrund strahlte eine goldene Mittagssonne über einem Dschungel. Das lebendige Grün reichte bis an einen Strand, an den silberne Wellen schlugen. Zwischen den Sonnenstrahlen sah man das Gesicht eines Kindes, das Hailey hätte sein können, aber in meinen Augen die Essenz eines jeden Kindes war – runde Wangen, leuchtende Augen, ein argloses Lächeln.

Ich drehte mich zu Nik um, der hinter mir stand und sich nervös durchs Haar fuhr.

»Nik …« Ich schüttelte den Kopf. »Es ist unglaublich. Es sieht aus wie ich, aber … es ist viel mehr.«

Er schob die Hände in die Jeanstaschen. »Es ist ganz okay …«

»Okay?« Ich blinzelte merkwürdige Tränen weg. »Es ist, als

würde ich in einen Spiegel sehen, aber …« Ich blickte ihn an. »Siehst du mich so?«

Er zögerte. »Ja, das tue ich.«

»Es ist … wunderschön«, sagte ich und lachte leise. »Darf ich das sagen? Ich meine … du hast so unglaubliches Talent.«

Mein Lächeln erstarrte, als ich etwas entdeckte, was ich zuerst übersehen hatte. In der unteren rechten Ecke der Leinwand gab es eine komplett schwarze, mit blauem Nebel umrandete Stelle, die drohte, all die Farbe wie ein Schimmelfleck zu überwuchern.

»Es ist noch nicht fertig«, sagte Nik und trat von einem Fuß auf den anderen. »Ein paar Details fehlen noch … Also … wollen wir?«

Ich riss den Blick von dem Porträt los. »Ja, sicher …«

Wir gingen raus, aber in der Tür blieb ich stehen und warf noch einmal einen Blick auf den schwarzen Fleck. *Es ist noch nicht fertig*, sagte ich mir. *Er hat diese Ecke der Leinwand noch nicht vollendet.*

Aber diese Dunkelheit schien genauso zu dem Bild zu gehören wie das Rosa in meinem Haar oder das Grün des Dschungels.

Ich drehte mich zu Nik um und gab ihm einen Kuss auf die Wange. »Es ist perfekt. Lass es so.«

Wir nahmen den Prius und fuhren nach Süden und landeinwärts über grünes Land und an flachen Feldern vorbei, bis wir zu ein paar ehemaligen Scheunen kamen, in denen jetzt Antiquitäten und Gebrauchtwaren gelagert wurden. Ich war nur einmal mit Opal und den Millers hier gewesen, und in meiner Erinnerung war es nicht so groß. Jetzt war der improvisierte Parkplatz, der ein flaches Stück Land auf einer Seite einnahm, fast voll. An einer der Scheunen hingen bunte Luftballons und Luftschlangen. Ein Riesenrad und ein Karussell erhoben sich hinter den kleineren Gebäuden, und ihre Orgelmusik schallte über das Gelände bis zu uns.

»Es sieht aus, als wär Jahrmarkt«, sagte ich und parkte. »Es tut mir leid, ich wusste nicht, dass das diese Woche ist.«

»Warum tut es dir leid?«

»Ich dachte an deine Agoraphobie. Nicht, dass es schwierig für dich wird.«

»Es ist fast alles draußen«, sagte Nik. »Es sollte okay sein.«

»Bist du sicher?«

Er grinste. »Ich riskier's.«

»Okay. Das könnte witzig werden«, sagte ich und hakte mich bei ihm unter, als wir zu dem Gelände gingen. »Ich will Junkfood und Zuckerwatte … Gewinnst du eins dieser gigantischen Stofftiere für mich, wie im Film?«

»Wenn du willst«, sagte er, »gewinn ich eins für dich.«

Ich erschauderte theatralisch. »Ich liebe es, wenn du solche Dinge sagst – so voller Selbstvertrauen und männlich und sexy.«

»Alles, was du willst, Fiona«, sagte Nik ernst.

Was ich will …

Ich sah in Nikolais blaue Augen, die mich nie verächtlich oder genervt ansahen. Nachts ließ er gierig seine Hände über mich wandern, sagte nie, dass ich zu dünn oder zu flachbrüstig sei. Aus seinem Mund kam nie eine Kränkung; er machte mich nicht schlecht, gab mir nie das Gefühl, dumm oder klein zu sein.

Ich nahm seine Hand. »Ich will mit dir im Sonnenschein spazieren.«

Nik und ich schlenderten Hand in Hand über den Jahrmarkt. Überall lag Heu herum, das uns in der Nase kitzelte, und Kirmesmusik erfüllte die schwüle Hitze, die von den Düften nach

Zuckerwatte, Hotdogs, Zimtwecken und Popcorn gesättigt war. Ich machte mir Sorgen, ob es Nik zu viel wurde mit den herumlaufenden und lachenden Kindern und Jugendlichen, die sich am Dosenwerfen und ähnlichen Spielen versuchten, aber er ging absolut gelassen neben mir und hielt meine Hand.

Ich wollte ihn schon damit aufziehen, dass er wohl gern Händchen hielt, als mir einfiel, dass es ihm vielleicht half. Wenn es denn half. Ich hatte gelesen, dass es Klaustrophobikern manchmal half, eine andere Person zu berühren, um ihre Angst loszuwerden und sie daran zu erinnern, dass die Welt größer war, als sie ihnen vorkam. Ein Rückhalt. Steve war ich immer nur hinterhergelaufen.

Ich war nie ein Rückhalt für jemanden gewesen.

Wir blieben stehen, um Limo und Hotdogs zu kaufen, und aßen an einem kleinen Tisch unter einem Schirm. Nik hatte zwei Hotdogs auf seinem Teller, beide mit viel Senf, Ketchup, Zwiebeln und Sauce. Ich wollte nicht an Steve denken, aber ich konnte es nicht lassen, die beiden zu vergleichen.

Steve war groß und rothaarig gewesen; nicht unattraktiv, aber nach allem, was passiert war, konnte ich ihn mir nur als eine formwandelnde Schlange vorstellen.

Nik war dunkelhaarig und sah irgendwie ein bisschen gefährlich aus, aber ich fühlte mich sicher bei ihm, nicht bedroht, sondern beschützt. Und alles war sexy an Nikolai, sogar, wie er krumm und mit aufgestützten Ellbogen am Tisch saß und von seinem Hotdog abbiss. Seine Schultermuskeln dehnten das T-Shirt, und ich starrte auf seinen Mund, als er sich ein bisschen Senf aus dem Mundwinkel leckte.

Gott, dieser Mann. Er ist ein wandelnder Orgasmus.

Langsam breitete sich ein amüsiertes Lächeln auf Niks Gesicht aus, bevor er wieder abbiss, und ich hätte mir fast die Hände vor den Mund geschlagen.

Hab ich das laut gesagt? Nein …

Nik schwieg, verputzte den zweiten Hotdog und spülte ihn mit Limonade runter.

»Fertig?«, fragte Nik und warf die Serviette auf seinen leeren Teller. »Dann müssen wir nur noch einen Preis für dich gewinnen.«

Der Jahrmarkt war klein, aber es gab ein paar Spielbuden und Fahrgeschäfte. Wir gingen durch den Bereich mit den Buden, Nik hielt sich an meiner Hand fest, als die Menge um uns herum dichter wurde.

»Wie geht's dir?«, fragte ich.

»Alles gut«, sagte Nik. »Siehst du irgendwas, was dir gefällt?«

»Noch nicht, aber riechst du das?« Ich reckte die Nase in die Luft. »Zuckerwatte.«

Nik deutete mit dem Kinn in eine Richtung. »Da.«

Er führte mich zu einem Wagen, wo der Verkäufer einen Holzstab in einer sich drehenden Tonne mit rosa Zuckerfäden bewegte, bis sich eine Wolke formte.

»Einmal bitte«, sagte Nik und holte seine Brieftasche raus.

»Danke«, sagte ich und nahm die Zuckerwatte in Empfang. Ich zupfte ein bisschen von der rosa Wolke ab, die dieselbe Farbe hatte wie meine Haare. »Willst du probieren?«

Nik drehte mich von der Menge weg, nahm mir den Zuckerbausch ab und hielt ihn stattdessen mir vor den Mund. Mein Herz hämmerte unter seinem Blick, und ich öffnete die Lippen, ohne nachzudenken. Nik legte mir die Zuckerwatte auf die Zunge, wo sie klebrig süß und lecker zerging. Bevor er die Hand wieder wegziehen konnte, nahm ich seinen Daumen in den Mund und lutschte den letzten Rest Zucker davon ab.

»Mein Gott, Fiona …«

Er beugte sich vor, öffnete meinen Mund mit dem Daumen und drückte seine Lippen auf meine. Ich keuchte, als Nik meinen Mund und den schmelzenden Zucker mit einem Kuss kostete, den ich ganz tief im Bauch spürte. Flatternd öffnete ich die Augen und sah, wie er die Stirn runzelte, fast als hätte er Schmerzen. Der Zucker war schon zergangen, aber er küsste mich weiter, seine Zunge glitt über meine, und ein leiser Laut des Verlangens kam tief aus seiner Brust.

»Gott, Fiona«, flüsterte er, als wir nach Luft schnappten. »Du … was du bist …«

Er stand so nah vor mir, dass ich im Blau seiner Augen nur mein Spiegelbild und sonst nichts sah. Ich schluckte schwer. »Wie meinst du das? Was bin ich …?«

Nik blinzelte, sah weg und atmete durch. »Nichts, sorry«, sagte er. »Du bist einfach so sexy, meinte ich. Ich hab mich kaum unter Kontrolle.«

»Vielleicht lieber nicht noch mehr Zuckerwatte«, sagte ich.

»Gute Idee.«

Ich hasste Verschwendung, aber ich wollte sie nicht allein essen, nicht, ohne dass Niks sinnlicher Mund in mich eindrang. *Aber schließlich sind hier Kinder*, dachte ich kichernd und atmete durch, um mein rasendes Herz zu beruhigen.

»Jetzt gewinnen wir erst mal etwas für dich«, sagte Nik und rückte heimlich seinen Schritt zurecht.

Ich grinste vor mich hin und fuhr mir mit der Zunge über die Lippen. *Jepp. Wandelnder Orgasmus …*

»Wie wär's damit?« Nik deutete mit dem Kopf auf ein paar Buden vor einer Holzwand. Teddybären schienen die Norm zu sein, von klein bis so riesig, dass sie von den Decken der Spielbuden hingen.

»Irgendwas, worauf du nicht verzichten kannst?«, fragte er.

»Die sind alle gleich«, sagte ich. »Keine große Aus…«

Nik blieb so plötzlich stehen, dass ich erst mal weiterging und von seiner Hand zurückgerissen wurde. Ich folgte seinem

Blick, um zu sehen, was ihn aufgehalten hatte, aber er blickte nur nach vorn auf ein junges Paar, das händchenhaltend auf uns zukam.

Der Typ trug eine rote Baseballmütze, die er andersrum aufgesetzt hatte, und ein Heavy-Metal-T-Shirt mit abgerissenen Ärmeln. Die Frau hatte das dunkle Haar zu zwei Zöpfen gebunden, die ihre Schultern berührten, trug ein um die Taille geknotetes rotkariertes Hemd und kurze Jeansshorts. Sie blickte geradeaus, die Miene des Mannes war ausdruckslos, seine Mundwinkel waren heruntergezogen.

Das Paar ging an uns vorbei, und Nik blieb einen Moment lang stehen. Dann ließ er meine Hand los, machte eine Kehrtwende und ging ihnen hinterher.

»Nik …?«

Das Pärchen ging um eine Ecke, Nik folgte ihnen. Ich beeilte mich, ihm zu einem halb versteckten Bereich zwischen der Holzwand hinter den Spielbuden und einem kleinen Schuppen hinterherzugehen. Über Niks Schulter sah ich, dass der Mann die Frau gegen die Holzwand drückte, sein Gesicht war nur Zentimeter von ihrem entfernt, eine Hand lag flach neben ihrem Kopf. Die Frau sah ängstlich aus.

»Glaubst du, ich hab das nicht gesehen?«, zischte der Mann ihr ins Gesicht. »Dämliche Schlampe, du solltest es besser wissen …«

Ich blieb stocksteif stehen, während mir das Blut in den Ohren rauschte.

Dämliche Schlampe …

Du solltest es besser wissen …

Der Mann boxte direkt neben dem Kopf seiner Freundin gegen die Wand, und ich fuhr zusammen. Nik wurde nicht langsamer, sondern ging auf ihn zu und tippte ihm auf die Schulter.

»Hey.«

Der Typ dreht sich um. »Was zur Höll…«

Nik rammte dem Typen die Faust ins Gesicht. Sein Kopf wurde zurückgeschleudert, die Baseballmütze flog runter, und er landete in einer Staubwolke auf dem Hintern.

»Spinnst du?«, kreischte die Frau und kniete sich neben den Mann. »Baby, bist du okay?«

Der Typ fixierte Nik mit einem giftigen Blick und stieß, am Boden liegend, mit dem Finger nach ihm. »Du bist verdammt noch mal tot.« Er spuckte blutigen Schleim vor Niks Füße. »Toter Mann. Ich werd dich anzeigen. Ich ruf die Cops …«

»Nur zu«, sagte Nik, die Fäuste geballt, als würde er am liebsten noch mal zuschlagen. Er klang absolut ruhig, aber ich konnte das Feuer in seinen Augen sehen. »Ruf die Cops. Holen wir die Polizei und zeigen der ihre blauen Flecken.«

Die Augen des Mannes weiteten sich, und Angst mischte sich in seine Wut.

Der Gesichtsausdruck der Frau wechselte rasend schnell zwischen widersprüchlichen Gefühlen: Angst, Nervosität und so etwas wie Hoffnung, alles im Bruchteil einer Sekunde. Sie entschied sich für Trotz und schob das Kinn vor. »Du hast keine Ahnung, wovon du redest. Du kennst uns nicht. Du weißt nichts über uns …«

»Vergiss ihn, Babe«, sagte der Mann und stand auf. Er stieß wieder mit dem Finger in Niks Richtung, während er sich rückwärts entfernte. Die Frau hing an seinem Arm. »Komm noch einmal in unsere Nähe, Arschloch, und ich mach dich fertig. Aber so was von.«

Er spuckte noch einmal blutig aus und schlang ihr den Arm um die Taille. Die Frau warf uns einen bösen Blick über die Schulter zu, aber es war eine schwache Maske. Vorgetäuscht. Nur Schein.

Er meint es nicht so, hörte ich mich selbst sagen. *Du kennst ihn nicht so wie ich …*

Ich zitterte trotz der dreißig Grad. Steve hatte mich nie geschlagen, hatte mich niemals wütend angeschrien wie dieser Mann, sondern die Worte mit beiläufiger Verachtung ausgestoßen, hatte über meine angebliche Dummheit gestaunt, statt darüber wütend zu werden. Ich fragte mich, ob es leichter gewesen wäre, mich zu wehren, wenn er zornig statt heimtückisch gewesen wäre. Hätte ich ihn verlassen, wenn er gewalttätig geworden wäre?

Oder hätte ich mich neben ihn in den Dreck gekniet, um ihm aufzuhelfen?

»Fiona?«

Ich blinzelte und ließ meine Arme los. Meine Fingernägel hatten kleine Halbmonde auf meiner Haut hinterlassen. »Sorry, das war … heftig.«

»Bist du okay?«, fragte Nik.

»Ich? Ja, klar. Warum?«

Er sagte nichts, starrte mich jedoch an – oder eher etwas über meinem Kopf –, und seine Miene war angespannt vor Wut. Er atmete durch die Nase ein und wieder aus, als würde er darum kämpfen, ruhig zu bleiben.

»Tut mir leid, dass du das mitansehen musstest«, murmelte er. Er biss die Zähne zusammen und blickte in die Richtung, in die das Pärchen verschwunden war. »Mein Vater hat meine Mutter geschlagen …«

»Ich weiß. Es ist okay«, sagte ich und ging zu ihm. Er nahm sofort meine Hand und hielt sie fest. Meine Hände zitterten, aber ich hielt seine auch fest. »Dieses Arschloch hat es verdient. Tun sie alle …«

Nik drehte sich abrupt zu mir um, tausend Gedanken lagen in seinen Augen. Ich spürte die Anspannung in der Luft und begriff voller Angst, dass ich kurz davor war, alles rauszulassen und Nik einfach vor die Füße zu werfen, hier auf dem zertrampelten Boden des Jahrmarkts. Er müsste nur fragen, und ich würde ihm alles erzählen.

Ich kann nicht. Nicht hier. Ich würde zusammenbrechen …

Nik klappte den Mund zu, und der Moment war vorbei.

Wir gingen zurück zu den Buden. Nik sah sich um und marschierte dann zum »Hau den Lukas«, als hätte er die ganze Zeit genau den gesucht.

Es war ein leuchtend roter Mast in Form eines Thermometers, Gradzahlen von null bis hundert waren in knalligem Gelb draufgemalt. Ein Versuch kostete fünf Dollar, je höher man kam, desto größer war der Preis, und wenn man die Glocke ganz oben traf, gewann man einen riesigen Plüschteddy.

Wir warteten schweigend hinter einem Typen in zerrissenen Jeans und einem weißen T-Shirt mit einer Zigarettenpackung im Ärmel, der breiter aussah als Nikolai. Der Typ nahm den Hammer und schlug zu. Die Metalldose im Thermometer schoss zu achtzig Grad hoch.

»Heiß, heiß, heiß, aber kein Fieber!« Der Schausteller gab dem Typen einen mittelgroßen Teddy aus einer Tonne. »Wer ist der Nächste? Wer will es versuchen? Einfach nähertreten. Du, junger Mann. Gucken wir mal, ob du unter all den Tattoos ein paar Muskeln versteckt hast.«

Ohne ein Wort bezahlte Nik die fünf Dollar und packte mit beiden Händen den Hammer. Er holte aus und ließ ihn niedersausen, mit einer einzigen geschmeidigen, kräftigen Bewegung. Die Dose schoss hoch bis zu hundert Grad und knallte laut gegen die Glocke.

Ein paar der Jahrmarktbesucher in der Nähe klatschten, und der Schausteller starrte Nik einen Moment an, bevor er durch die Zähne pfiff.

»Habt ihr das gesehen, Leute? Ein Riese unter uns. Man kann es schaffen, *yess*, man kann es schaffen!«

Ich sah, wie Nik den Hammer fallen ließ. Sein Gesichtsausdruck verriet weder Glück noch Triumph, er sah nur gequält aus, und Schatten huschten über seine Augen.

Der Schausteller holte einen gigantischen gelben Stoffbären aus einer Tonne: etwa einen Meter hoch und halb so breit. Er fühlte sich an, als wäre er mit kleinen Plastikchips ausgestopft.

»Ich schenke ihn Hailey«, sagte ich.

Nik nickte. Wir entfernten uns, er blickte geradeaus, biss die Zähne zusammen.

»Ich glaub, mir reicht's«, sagte er. »Es wird mir zu voll.«

»Okay, klar«, sagte ich.

Er sah, wie ich mich mit dem Riesenteddy abmühte, und nahm ihn mir ab. Er legte ihn sich über die Schulter, dann nahm er wieder meine Hand, und wir gingen schweigend über den Jahrmarkt zurück.

Bei meinem Auto blieb Nik stehen und blickte zurück in die Richtung, aus der wir gekommen waren.

»Sie hat ihn nicht verlassen«, sagte er. »Warum hat sie ihn nicht verlassen?«

Ich fragte mich, ob er die Frau auf dem Jahrmarkt meinte oder seine Mutter.

Oder mich.

Ich wollte schon mit den Achseln zucken. Ihm sagen, dass ich keine Ahnung hatte. Keinen Bezug dazu. Keine Erfahrung …

»Weil sie Angst hatte«, hörte ich mich sagen. »Angst zu gehen, Angst zu bleiben … So große Angst, dass sie dich lähmt. Du kannst nichts tun.«

Nik starrte mich an. Ich sagte zu viel. Ich konnte nicht aufhören.

»Alle sagen immer, dass man kämpft oder flieht, aber manchmal ist man eher das sprichwörtliche Reh im Scheinwerferlicht. Die Angst lähmt einen, und man hofft, dass das Auto einen entweder nicht trifft oder dass es schnell vorbei ist.«

Niks harter Blick wurde weich, flehend. *Erzähl mir alles …* schien er zu sagen. Aber die Worte waren hinter meinen Lippen verschlossen, verhedderten sich in Fragen und Verwirrung.

Du kleiner Dummkopf. Du kommst nicht von mir los. Das wirst du nie.

»Glaub ich jedenfalls«, sagte ich abrupt und wandte mich ab. Meine Wangen brannten vor Scham. »Wer weiß, wie das Leben dieser Frau wirklich ist.«

Nik machte den Mund auf und schien sich dann die Worte zu verkneifen. Er nickte widerstrebend, und wir fuhren nach Hause, er hinterm Steuer.

Wir waren fast in Garden City, als sich etwas, was die ganze Zeit in meinem Hinterkopf gelauert hatte, in den Vordergrund drängte; es hing fest wie eine Klette.

»Woher hast du es gewusst?«, fragte ich.

»Was?«

»Dass er ihr etwas tun würde? Sie sind nur an uns vorbeigegangen. Hand in Hand. Genau wie wir.«

Nikolai schwieg, aber seine Hände umklammerten das Steuer. Die Hand, auf die HOAX tätowiert war, war mir am nächsten.

»Sie haben nicht Händchen gehalten«, sagte Nik. »Er hatte so fest ihr Handgelenk gepackt, man hat die Abdrücke auf ihrer Haut gesehen.«

Ich runzelte die Stirn. »Wirklich? Nein … Ich dachte …«

»Doch«, sagte Nik. »Das habe ich gesehen und ihren Blick. Ihren Tell. Ich kenne das. Meine Mutter hat so ausgesehen, wenn mein Vater kurz davor war zuzuschlagen. Sie hat dichtgemacht, als würde ein Sturm aufziehen. Komplett ausdruckslos. Sie hat so getan, als wäre es ihr egal, was als Nächstes passieren würde. Als wär's nicht so wichtig.«

»Du hast gesagt, sie hätte blaue Flecken …«

Nik sah mich kurz an, dann wieder auf die Straße. »Das war geraten. Er hat es nicht geleugnet.«

»Nein. Hat er nicht …«

Aber sie hatten nur Händchen gehalten. Oder?

Aber wie der Mann sie beschimpft und neben ihrem Kopf gegen die Wand geboxt hatte, war keine Einbildung.

»Ich bin froh, dass du gesehen hast, dass etwas nicht stimmte«, sagte ich. »Auch wenn die Frau heute nicht reagiert hat, weiß sie, dass es nicht richtig ist. Jemand anders als nur die Stimme in ihrem Kopf hat ihr gezeigt, dass es nicht richtig ist.«

Nik schürzte die Lippen. »Fiona …«

»Die Hitze macht mich fertig«, sagte ich. »Ich glaub, ich krieg Kopfschmerzen. Macht es dir was aus, wenn ich kurz die Augen zumache?«

»Natürlich nicht.«

Ich lehnte den Kopf ans Fenster und tat so, als würde ich schlafen. Ich war mir sicher, Nik wusste, dass ich nur so tat. Ich war mir sicher, dass er sehr viel wusste.

Er war wirklich gut darin, in Leuten zu lesen.

18. KAPITEL

Nikolai

Wir fuhren am frühen Abend auf den Parkplatz meines Wohnkomplexes. Sie hatte kaum ein Wort gesagt auf dem Rest der Fahrt, sondern so getan, als würde sie schlafen, während ihre Gedanken flackerten. Ich schmeckte saure Erinnerungen wie Zitronensaft auf meiner Zunge, während Schatten über ihr schwebten und ihre Farben und ihr Glück dämpften.

»Danke für den Bären«, sagte Fiona und machte keine Anstalten auszusteigen. »Hailey wird ihn bestimmt lieben.«

»Das freut mich.«

Fiona wollte nicht allein sein. Das Letzte, was sie wollte, war, allein zu sein, aber sie war auch noch nicht bereit, mir von *ihm* zu erzählen. Über ihr schwebten Wolken wegen des Vorfalls auf dem Jahrmarkt, die Verbindung zu ihrer Vergangenheit war stärker geworden.

»Hey«, sagte ich. »Wir sind nicht noch mal Motorrad gefahren.«

Der winzigste Hauch eines Lächelns zeigte sich auf ihren Lippen. »Stimmt …«

»Los. Du fährst zu dir vor und packst eine Tasche.«

»Eine Tasche … Wo wollen wir denn hin?«

»Ich weiß es nicht. Das wissen wir, wenn wir da sind.«

»Wir … fahren mit deinem Motorrad einfach irgendwohin?«

Gott, sie war so wunderschön. *Finde den Sonnenschein, Fiona. Das wünsche ich dir so sehr.*

»Pack einfach, was du für eine Nacht brauchst«, sagte ich. »Ich hol dich in zwanzig Minuten ab.«

Ihr Lachen war wie Silbermünzen, die übereinander glitten. Ihre Farben hellten sich auf und schimmerten; das Rosa kam zurück. »Äh, okay.«

Wir stiegen beide aus, und bevor sie sich hinters Steuer setzte, küsste ich sie weich auf die Lippen. »Bis gleich.«

Wir nahmen die Küstenstraße nach Süden, die gleiche Strecke, auf der wir zum Strand gefahren waren, als ich nach Savannah zurückgekommen war. Wir fuhren an der Abzweigung vorbei und immer weiter, bis der Horizont sich golden und orange färbte und die untergehende Sonne das Dunkelgrün des Waldes im Westen mit Flammen überzog.

Fiona, die wieder meine Lederjacke trug und die Arme um mich gelegt hatte, drückte zwei Mal. Ich gab Gas und hörte ihr Lachen durch die Helme. Ihre Freude strahlte von ihr ab und sättigte mich, sickerte in mein Blut und meine Knochen, bis mir aus reinem Hochgefühl zum Lachen oder Weinen oder beidem zumute war.

Als es dunkel wurde, entdeckte ich das Schild zu einem kleinen Gasthaus in dem Wald am Highway. Ich bog ab, machte das Fernlicht an und folgte dem kurvenreichen Weg zu einem malerischen Bed & Breakfast mit pastellgelber Fassade. Lichter glühten in den Fenstern, und auf einem Schild stand »The Marling Inn«.

Ich nahm den Helm ab. »Was meinst du?«, fragte ich und ließ die Bonneville auf dem Parkplatz im Leerlauf tuckern.

Fiona nahm ihren auch ab und … wow, wie ihre blauen Augen aufleuchteten und alles aufnahmen – das Gasthaus mitten im Grünen, die Glühwürmchen, die über dem Weg zum Eingang tanzten … Ich hatte noch nie im Leben etwas so Schönes gesehen.

»Es ist perfekt«, flüsterte sie, dann runzelte sie die Stirn und sah mich an. »Ist es nicht zu teuer?«

Ich zwinkerte ihr zu. »Das krieg ich schon hin, Baby.«

Sie lachte. »Nikolai Alexei, hast du mir gerade *zugezwinkert*?«

»Stand auf meiner Liste.«

Sie lachte lauter, dann sanfter, und das warme Glühen ihrer Gefühle für mich zeichnete sich in ihrem Gesicht ab – rein und schön, aber von den Schatten ihrer Vergangenheit verfärbt wie weißes Papier, das an den Rändern verkohlt war.

»Nikolai … ich danke dir hierfür.« Sie beugte sich vor und gab mir einen Kuss auf die Wange.

»Danke, dass du mitgekommen bist.« *Und für alles Gute in meinem Leben, Fiona …*

Aber die Worte blieben mir im Hals stecken, und sie stieg ab.

Im Gasthaus hob eine weißhaarige Frau an der Rezeption den Kopf, als wir hereinkamen. Ihre Augen weiteten sich kurz, als sie meine Tattoos und Fionas Haare bemerkte, dann begrüßte sie uns mit einem Lächeln.

»Hallo, Sie zwei«, gurrte sie. »Sie sind mir ja ein Paar! Herzlich willkommen. Mein Name ist Helen Marling, Eigentümerin dieses Hauses. Und Sie sind …? In den Flitterwochen?«

Fiona wurde rot. »Nein, wir bleiben nur für eine Nacht.«

»Auch gut!« Helen lachte.

Wir checkten ein, und Helen zeigte uns persönlich unser Zimmer, die Lobeliensuite.

»Die Zimmer im Marling sind alle nach Blumen benannt, die in Georgia heimisch sind«, sagte Helen.

Sie führte uns eine geschwungene Holztreppe hinauf. Die Wand entlang der Treppe war blassgelb mit blauen Blumen tapeziert. Die Fotos, die dort hingen, stammten aus der Zeit der letzten Jahrhundertwende. Im zweiten Stock schloss Helen die Tür zu unserer Suite mit einem richtigen Schlüssel auf und überreichte ihn mir.

»Um acht gibt es Abendessen. Ich hoffe, Sie leisten uns Gesellschaft.«

Wir packten unsere kleinen Taschen in einem Zimmer aus, das mit Blumen überfrachtet war: Die Tapete, der Teppich, selbst die Tagesdecke war mit kleinen lila Blüten bedeckt. Ein Kissen auf einem antiken Stuhl war mit einem ganzen Strauß davon bestickt.

»Das war ernst gemeint mit der Lobeliensuite.« Fiona lachte. »Und hey, ein Balkon.«

Sie öffnete die Doppeltür, und ich folgte ihr auf einen Balkon, der nach Osten ging. Unter uns lag dunkel in der hereinbrechenden Nacht eine dichte Baumgruppe. Dahinter breitete sich der Ozean aus. Mondlicht spiegelte sich darauf – ein Hauch von Silber auf dem dunklen Wasser.

»Ich wette, das sieht unglaublich aus in der Morgendämmerung«, sagte sie.

»Wir werden die ganze Nacht aufbleiben müssen, um es herauszufinden«, sagte ich und legte die Arme um sie.

»Hast du irgendeine Ahnung, wie wir das anstellen sollen?«, fragte sie und lehnte sich an mich.

Ich rieb das Gesicht an ihrem Hals. »Ich hab ein paar Ideen.«

»Das kann ich mir vorstellen.« Sie lachte.

Ich duschte kurz, und als Fiona ins Bad ging, zog ich eine Jeans und mein einziges schwarzes Oberhemd an. Fiona kam nach ihrer Dusche aus dem Bad und trug ein blassgrünes knöchellanges Kleid, das elegant um ihre schlanke Gestalt fiel.

Ich starrte sie an und wehrte mich nicht dagegen, dass auch das *Gesicht* sie sah. Ich nahm sie in mich auf, all ihre Farben und ihr Licht, ihr sauberer Duft und ihr Geschmack auf meiner Zunge, der süßer war als die Zuckerwatte auf dem Jahrmarkt.

»Gott, Fiona …«, murmelte ich.

Sie kam näher und legte mir die Hand auf die Brust. »Du siehst selbst ziemlich gut aus, wenn du dich ein bisschen schick machst, Nikolai.« Sie legte mir die Hände um den Hals, und der Duft von Parfüm und Seife und die Wärme ihrer Haut stiegen um mich herum auf. »Mehr als gut. Du siehst …« Sie legte den Kopf schief. »Wie sagt man *umwerfend gutaussehend* auf Russisch?«

Ich dachte kurz nach. »Snogsschibatelno krasiwy.«

»Du bist snogsschibatelno krasiwy«, sagte sie mit etwas merkwürdiger Aussprache. Aber sie in den Armen zu halten und zu hören, wie sie etwas in der Sprache meiner Mutter sagte … Es fühlte sich an, wie total akzeptiert zu werden. So Gott wollte, würde sie mich auch akzeptieren, wenn ich endlich den verdammten Mut aufbrächte, ihr zu sagen, was ich war.

Nicht heute. Diese Nacht ist für sie.

»Wie war ich?«, fragte sie.

»Perfekt«, sagte ich schroff. »Zu perfekt. Wenn wir jetzt nicht zum Essen gehen, schaffe ich es nicht bis runter.«

Sie lachte. »Dann wirst du wohl erst später herausfinden, ob ich daran gedacht habe, Unterwäsche einzupacken.«

Ich stöhnte vor gespielter Qual, aber in Wirklichkeit war ich nur froh, dass ihre Farben zurückkamen. Das bedeutete mir mehr als alles andere.

Wir gingen die Treppe hinunter und betraten einen kleinen Speisesaal hinter der Rezeption. Es war, als wären wir hundert Jahre in die Vergangenheit gereist, in das Haus einer reichen alten Dame. Ein Kamin, jetzt im Sommer dunkel, war das Auffälligste, der Sims war mit Nippes aus Porzellan vollgestellt.

Darüber hing eine antike Uhr mit Messingpendel an der Wand und zeigte die Zeit an, und ein Grammofon in der Nähe des Fensters spielte dezente Klaviermusik, die ich nicht kannte. Etwa zehn Tische waren mit feinem Porzellan und gerüschten Tischdecken gedeckt, und von den anderen Gästen, die schon Platz genommen hatten, war kein einziger unter fünfzig.

Die Gespräche verstummten, als alle sich mit großen Augen zu uns umdrehten. Argwohn erhob sich wie eine Mauer; die Leute sorgten sich, dass wir laut sein oder uns unangemessen benehmen und ihnen ein ruhiges Abendessen verderben würden, aber dann kam Helen und riss die Mauer ein.

»Ah, da sind Sie ja! Wie schön, dass Sie sich zu uns gesellen.« Sie geleitete uns zu einem kleinen Tisch mitten im Raum und reichte jedem von uns eine Speisekarte. »Das heutige Tagesgericht ist Steaksalat mit gegrillten Zucchini, und zum Nachtisch gibt es natürlich Pfirsichauflauf.«

Ich blickte Fiona an. »Klingt das gut?«

»Perfekt.«

Ich gab Helen die Karten zurück. »Zwei Mal bitte.«

»Wird erledigt! Annie kommt gleich wegen der Getränke.« Helen beugte sich über den Tisch. »Darf ich sagen, wie gut es meinem Herzen tut, hier junge Leute zu sehen? Und im Moment sieht es zwar nicht so aus, aber denen wird es auch guttun«, sagte sie und zeigt mit dem Daumen über die Schulter zu den anderen Gästen. Sie zwinkerte uns zu. »Genießen Sie Ihren Abend, meine Lieben.«

Fiona und ich lächelten, dann legte Fiona sich die Serviette auf den Schoß und rieb sich das Kinn an der Schulter, um sich unauffällig im Raum umzusehen.

»Sie starren uns an«, murmelte Fiona leise.

»Sie starren dich an«, sagte ich.

»Es ist irgendwie ein bisschen eng hier drin. Wie geht es dir?«

Ich streckte die Hand aus, und sie nahm sie. Das Geflüster und die Farben der anderen Menschen in dem Gasthaus wurden gedämpft, und Fionas Frieden wuchs um mich herum.

»Jetzt besser.«

Sie drückte meine Hand und ließ nicht los.

Ich kann das … sie … nicht wieder aufgeben.

Der Gedanke kam so plötzlich, dass er mich überraschte. Er machte mir eine Wahnsinnsangst, und ich schob ihn weg, schwor mir, diese Nacht mit Fiona zu genießen, ihr zu geben, was sie brauchte und wollte. Was sie verdiente und was man ihr verweigert hatte. Diese Vision, wie sie so schrecklich gelitten und geschrien hatte, war in meine Psyche eingebrannt. Ich konnte Fiona nicht davon befreien, aber ich konnte ihr bessere Erinnerungen schenken, auf die sie zurückgreifen konnte, wenn der Schmerz in ihr losbrüllte.

Wir aßen Steak-Salat und Zucchini, beides perfekt zubereitet. Es schmeckte besser als alles, was ich jemals unterwegs gegessen hatte.

»Es schmeckt wie hausgemacht«, sagte Fiona. »Du hast wahrscheinlich unterwegs nicht oft so was bekommen, oder?«

Ich blickte überrascht auf, als ich meine Gedanken laut ausgesprochen hörte. »Nein.«

»Vermisst du es? Das Pokern?«

»Kein bisschen.«

»Denkst du, du könntest … aufhören zu spielen?«

Denkst du, du bleibst?

Ich hörte den Gedanken über die Verbindung unserer Hände wie ein Echo hinter ihren Worten.

»Ich will«, sagte ich langsam. »Ich will etwas anderes im Leben als das Leben unterwegs und schäbige Keller und Kartenspiele.«

Bilder von einem grünen Dschungel und einem blauen Ozean fügten sich um Fiona zusammen.

Costa Rica …

Das Herz schlug mir laut in der Brust in Erwartung dessen, was als Nächstes kommen könnte. Aber eine noch nicht ausgesprochene Beichte – die Geschichte, in der es um *ihn* ging – lag wie eine Schlange in Fiona zusammengerollt. Sie hatte zu viel Schmerz in sich eingeschlossen, und dieses malerische kleine Gasthaus war zu klein dafür.

Heute soll nichts mehr wehtun … Heute nicht.

»Lass uns tanzen«, sagte ich.

Sie blinzelte. »Tanzen? Hier? Fallen wir nicht schon genug auf?«

»Für deine Liste«, sagte ich. »Hast du je in einem vollen Speisesaal vor einem Haufen fremder Leute getanzt?«

Sie lachte, ihre Anspannung löste sich. »Jetzt, da du's sagst …«

Ich stand auf und hielt ihr die Hand hin. Sie sah sich zu den Gästen um, die ihre Aufmerksamkeit wieder auf uns richteten.

»Wirklich?«

»Lass mich nicht hängen«, sagte ich.

»Ich dachte, du tanzt nicht«, sagte sie, gab mir ihre Hand und stand langsam auf. »Als wir uns in dem Club getroffen haben …«

»Ich tanze auch nicht«, sagte ich, zog sie an mich, drückte ihre Hand an meine Brust und umfasste ihre Taille. »Aber für dich …«

Sofort legte sie den Kopf an meine Brust, und ihre Zufriedenheit und Erleichterung sickerten in mich ein wie warmes Wasser in schmerzende Knochen.

Die anderen Gäste murmelten, und ich spürte, wie sie lächelten, als ich die Augen schloss und Fiona in einem kleinen Kreis drehte.

»Nikolai«, sagte sie an meiner Brust. »Ich hab das noch nie gemacht.«

»Ich auch nicht.«

»Nicht das Tanzen«, sagte sie. »Ich meine das hier. Das mit uns. Ich … hatte so etwas noch nie.«

»Ich auch nicht.«

Ich spürte, wie sie stockend ein- und ausatmete. »Ich hab dir erzählt, dass meine letzte Beziehung … nicht gut war.«

»Ja«, sagte ich und hielt sie fester. »Das hast du erzählt.«

»Aber ich hab dir nicht alles erzählt.«

»Ich weiß.« Ich schluckte. »Ich hab dir auch nicht alles erzählt.«

Fiona hob den Kopf und sah mich an. »Ich hab Angst.«

»Ich auch«, sagte ich. »Ich hab wahnsinnige Angst, Fiona.«

Ihre Farben zeigten Überraschung, dann nickte sie. »Es ist hier so ruhig und schön. Als wären wir aus der Zeit hinausgetreten. Können wir das bitte haben, ohne dass uns etwas Hässliches und Böses in die Quere kommt? Ich habe es so satt, verwirrt und unsicher zu sein … Aber in diesem Moment will ich …«

»Einfach sein«, sagte ich. »Deshalb sind wir hier. Ich will das auch.«

Sie lehnte sich wieder an mich, und ihr Brustkorb dehnte sich aus, als sie seufzte. »Du weißt immer genau, was ich brauche. Sogar besser als ich selbst.«

Ich sagte nichts dazu, umarmte sie weiter und tanzte. Sie hielt sich für schwach, aber ihre Kraft surrte unter meinen Händen und glitzerte hell im Auge des *Gesichts*. Ein eiserner Kern hatte sie von dem »Hässlichen und Bösen« weggebracht, das sie verfolgte, und in jener Nacht in meine Arme geführt.

Sie beschützt mich vor dem Gesicht. *Und ich werde sie vor allem beschützen, was ihr wehtut, wenn sie mich lässt.*

Nach dem Essen gingen wir wieder nach oben, eine ruhige Erwartung im Schlepptau. Im Zimmer machte ich die Tür zu und lehnte mich dagegen, sah zu, wie Fiona in den Raum ging und die kleine Lampe am Bett anschaltete. Warmes Licht erhellte das Zimmer, und sie drehte sich zu mir um.

»Nik …«

»Ja, Baby?«

Aber ich musste nicht fragen. Alles, was sie wollte, lag an der Oberfläche. Mich. Ihr ganzes Wesen reckte sich nach mir.

Ich ging zu ihr und nahm ihr Gesicht in beide Hände. Wir sahen uns in die Augen, und ich wusste, was kommen würde. Ihre Vergangenheit. Mein Leiden. Sie standen uns im Weg. Und obwohl ich Angst hatte, sie zu verlieren, wusste ich, dass ich es ihr sagen musste. Ich hatte noch niemals so für eine Frau empfunden. Es lag nicht nur an dem Frieden oder der Erleichterung, die sie mir schenkte. Sondern an ihr selbst.

»Du«, flüsterte ich. »Du, Fiona …«

Sie nickte, als wüsste sie genau, was ich meinte. Forschend sah sie mir in die Augen, gleichermaßen ängstlich und voller Verlangen …

Liebe und Hoffnung …

»Küss mich«, flüsterte sie.

Ich senkte den Kopf, gab mich ihr hin in einem Kuss. Ich gab ihr in diesem Kuss das Versprechen, dass ich versuchen würde, immer gut zu ihr zu sein; dass ich ihr auf eine Weise sagen würde, was ich war, die sie anhören könnte, ohne mich zu hassen, weil ich nur ihr gehörte.

Und sie gehört mir, dachte ich, als ihr Mund sich für mich öffnete, ihre Hände durch mein Haar strichen. *Sie macht mich heil, ist meine andere Hälfte.*

Warum sonst verstummte der lärmende Missklang des *Gesichts* in ihrer Nähe?

Eine helle Flamme der Hoffnung stieg in mir auf, als wir zärtlich Knöpfe öffneten und Reißverschlüsse herunterzogen. Fiona würde mich nicht hassen. Ich würde ihr erklären, was ich war, und statt von mir abgestoßen zu sein, würde sie bleiben. Ihre angeborene Güte und Freundlichkeit – diese Süße, die meinen Mund füllte, wenn ich sie küsste – würden mich retten. Und im Gegenzug würde ich alles Nötige tun, um sie zu beschützen und ihr das Gefühl zu geben, so geliebt zu werden, wie sie es verdiente.

Wir ließen die Kleider fallen, und ich legte mich mit ihr aufs Bett. Wir berührten und küssten uns langsam. Da war keine brennende Begierde, die wir befriedigen mussten, nur wir beide, wie wir waren, zwei angeknackste Menschen, die sich in der Dunkelheit aneinander festhielten und ihr eigenes Glück erschufen.

Sie flüsterte fast entschuldigend, dass ich ein Kondom holen sollte – noch etwas aus ihrer Vergangenheit, was zwischen uns stand. Ich zog es über und drang in sie ein, schloss die Augen, als ich sie um mich fühlte – ihren Körper, ihre Arme und Beine, ihren Mund, der mich immer wieder küsste.

Ich stützte mich auf einem Ellbogen über ihr ab, umfasste mit der Hand ihr Gesicht. Ihre Haare waren wie ein rosa Heiligenschein auf dem Kissen ausgebreitet. Sie hielt mich an der Hüfte fest, zog mich fester an sich, während ich mit der anderen Hand unter sie griff und sie, wenn ich zustieß, gegen mich drückte. Ich konnte nicht tief genug in sie eindringen. Sie konnte nicht genug von mir aufnehmen.

»Nik«, flüsterte sie. »Ich will dich so sehr …«

Die Lust fügte sich aus tausend Berührungen zu einer einzigen mächtigen Urgewalt zwischen uns zusammen, und sie sah so wunderschön aus, wie sie sich unter mir verlor, während ich mich gleichzeitig an sie hingab.

Danach lagen wir in unserer üblichen Position da. Sie lag quer über meiner Brust, ich spielte träge mit ihren Haaren. Fiona … mein Schutzschild. Der mich schützte und mir Ruhe schenkte. Und ich lag stark und unerschütterlich unter ihr. Ein Fundament, auf das sie sich verlassen konnte.

Wir wachten kurz vor der Morgendämmerung auf. Wortlos zog ich die Jeans an, sie schlüpfte in mein Hemd, und wir gingen auf den Balkon.

Grauer Dunst wurde langsam von einem goldenen Feuer im Osten verbrannt. Die Sonne erhob sich aus dem Ozean und warf Glut auf das Wasser. Unter uns erwachten zwitschernd die Vögel im Wald. Nebel schwebte über dem Boden.

Fiona packte meinen Arm, als ein Reh auf eine kleine Lichtung in der Nähe des Gasthauses trat. Es hob den Kopf und lauschte, die dunklen Augen blickten in unsere Richtung. Es witterte in der Luft und schritt anmutig durch das hohe Gras. Kurz darauf folgte ein Kitz, der braune Rücken weiß gesprenkelt, mit nervöseren, schnelleren Schritten als seine Mutter.

Fiona nahm meine Hand und drückte sie ganz fest. Ich drückte zurück und versuchte, die tiefe Sehnsucht und den Schmerz in ihrem Herzen auf mich zu nehmen, damit sie nicht litt.

Was ist passiert, Fiona? Erzähl es mir zuerst …

Ein Wagen, der auf dem Parkplatz auf der anderen Seite des Gasthauses angelassen wurde, erschreckte das Wild. Die Tiere hoben mit gespitzten Ohren die Köpfe. Dann sprang das Reh davon, das Kitz folgte, und beide wurden vom Wald verschluckt.

»Das war schön«, sagte Fiona, wandte sich ab und schloss den Schmerz wieder ein. Ich tat so, als würde ich die Träne nicht sehen, die ihr über die Wange lief.

Manchmal fragte ich mich, ob es anders gekommen wäre, wenn sie mir ihre dunklen Geheimnisse in diesem ruhigen

Moment auf dem Balkon erzählt hätte. Oder wenn ich gefragt hätte. Oder wenn ich das Risiko eingegangen wäre und ihr gestanden hätte, was ich war. Wenn ich es einfach riskiert hätte, statt die Karten verdeckt zu halten und die nächste Runde abzuwarten.

Aber an den meisten Tagen musste ich mich das gar nicht fragen.

Es würde immer der größte Fehler meines Lebens bleiben, dass ich an diesem grauen Morgen geschwiegen hatte.

19. KAPITEL

Fiona

»Ich werde Nikolai fragen, ob er mit nach Costa Rica kommt.«

Mein Herz überschlug sich, als ich mich die Worte laut aussprechen hörte, und mein Magen flatterte wie in Kindertagen, wenn ich ein Geburtstagsgeschenk aufgemacht und nicht gewusst hatte, was drin war. Unendlich viele Möglichkeiten …

Opal blieb stehen und sah mich fest an. Wir schlenderten im Zentrum von Savannah am Wasser entlang, es war an einem Montagmorgen. Malerische kleine Geschäfte reihten sich auf der einen Seite aneinander, auf der anderen lag der Fluss. Es war noch früh, und es waren nicht viele Fußgänger unterwegs. Ein Lächeln erschien auf Opals Gesicht, und ihr stiegen sogar Tränen in die Augen.

»Oh, Fiona! Ich … ich freu mich so. Und ich bin so erleichtert. Gott, der Gedanke, dass du ganz allein weggehen wolltest … Es hat mich nachts wachgehalten. Wie ist das passiert? Wann?«

»Wir sind übers Wochenende zu einem Bed & Breakfast an der Küste gefahren, und es war perfekt. Alles daran war perfekt, und *er* war perfekt, und da wusste ich …«

»Dass du ihn wirklich magst?«, schlug Opal vor.

Ich schüttelte den Kopf. »Mehr als das. Ich will ihn in meinem Leben. Ich hasse es, nicht neben ihm aufzuwachen. Und wenn ich denke, dass er vielleicht Ja sagt … dann werde ich so glücklich. Ich hätte nie gedacht, dass ich so etwas fühlen könnte.«

»Ich freue mich so für dich, Fiona. Wirklich.«

Ich lächelte schwach. »Aber ich hab auch Angst. Und wenn es zu früh ist? Zum Teil kommt es mir so vor, als wäre ich dumm, noch einmal mit einem Mann ins tiefe Wasser zu springen, ohne zu wissen, ob er mich hochzieht oder runter, wie Steve. Aber … Nik ist *überhaupt* nicht wie Steve. Im Herzen weiß ich das … Ich krieg einfach meinen Kopf nicht dazu, loszulassen.«

Opal nickte ernst. »Das liegt daran, dass Steve dich ständig so abgewertet hat, Schatz. Es liegt weder an dir noch an Nik, sondern an *ihm*.«

»Ich weiß. Nik ist so wunderbar. Mit ihm zusammen zu sein ist so leicht. Und wir haben eine Verbindung. Es hat als etwas Körperliches angefangen, aber jetzt ist es so viel mehr. Ich habe das Gefühl, dass er wirklich *alles* versteht, weißt du? Ich muss nicht ein einziges Wort sagen, und er weiß genau, was er sagen oder tun muss, damit ich mich so …«

»Was, Süße?«

»Besonders fühle.« Ich schnaubte und wischte mir über die Augen, in denen Tränen brannten. »Gott, ich komme mir so albern vor, wenn ich das sage, aber es stimmt. Er sieht mich auf so eine Art an. Als bräuchte er nicht mehr als das, was ich bin.«

»Wenn ich diesen Jungen das nächste Mal sehe, werde ich ihn umarmen, bis er keine Luft mehr kriegt«, sagte Opal. »Und vielleicht verpasse ich ihm auch einen Klaps auf den Po, wenn das okay ist für dich.«

Ich schniefte ein halbes Lachen, dann seufzte ich. »Er ist so gut zu mir, Opal. Aber nicht nur das. Er … er gibt mir auch das Gefühl, dass ich gut für ihn bin.«

»Das bist du, Fi«, sagte Opal. »Das bist du ganz bestimmt.«

»Ich hoffe es. Nach dem ersten Jahr mit Steve habe ich

mich in Nichts aufgelöst. Ich hab ihm Essen gekocht, hab ihm zugehört, wie er endlos über seinen Tag, seine Arbeit, seine Freunde, seine ›Chancen‹ redete. Aber ich hätte jeder sein können. Ich war ein Körper. Eine Seele, die er aussaugen konnte.« Ich schüttelte den Kopf. »Aber Nik … Sein Leben war schwierig und einsam. Er hat mir nicht alles erzählt. Ich weiß, da steckt noch mehr hinter seiner Geschichte und der Zeit unterwegs, und er hat es so satt. Aber bei mir kann er einfach sein. Ich weiß, das klingt nicht wie sonderlich viel …«

»Das bedeutet alles«, sagte Opal. »Akzeptanz. Empathie. Nicht verurteilt zu werden. Und du, meine Liebe, bist die am wenigsten voreingenommene Person, die ich je getroffen habe. Du lässt Menschen einfach sie selbst sein und kümmerst dich um sie.«

Ich nickte, und wieder flossen Tränen.

Opal runzelte die Stirn. »Ist es … Hast du Angst, dass er Nein sagt?«

»Nein«, flüsterte ich. »Ich glaube, er sagt Ja. Ich glaube, Costa Rica wäre auch für ihn perfekt. Er … hat Schwierigkeiten mit großen Menschenmengen. Und dort könnte er sich ausruhen, den Frieden haben, den er sucht.«

»Warum weinst du dann?«

»Ich … ich habe ihm noch nicht von Steve erzählt. Jedenfalls keine Details, wobei ich glaube, dass Nik etwas ahnt. Es passieren dauernd Sachen … Manche Situationen wecken so viele schreckliche Erinnerungen, und das ist nicht gut für uns.«

»Warum? Drängt Nik dich?«, fragte Opal. »Du musst niemandem etwas erzählen, wenn du nicht willst. Auch mir nicht.«

Ich sah meine Freundin aus den Augenwinkeln an. Sie trug ein leuchtend gelbes T-Shirt, und ihre Miene war offen und besorgt, ihre dunklen Augen voller Liebe. *Auch ihr hast du nicht alles gesagt.*

»Ich will es ihm ja sagen. Aber …«

Opal runzelte die Stirn. »Sag ihm einfach, was du mir gesagt hast, Fi. Du hattest einen Ex, er hat dich emotional missbraucht, und du gibst dir alle Mühe …«

»Da ist noch mehr«, sagte ich leise.

Opal blieb stehen. »Mehr? Mehr als dass er dir Geld gestohlen hat und …?«

»Er hat mir so viel mehr genommen«, sagte ich. »So viel …«

Meine Freundin betrachtete mich einen Moment lang, dann sah sie sich suchend um. »Willst du woandershin gehen?«, fragte sie. »Wo wir mehr unter uns sind?«

Ich schüttelte den Kopf. »Wenn wir jetzt woandershin gehen, überlege ich es mir anders. Es muss raus.«

»Komm.«

Opal führte mich zu einer antik aussehenden Bank aus Gusseisen mit einer Sitzfläche aus glattem Holz. Vor uns lagen die Promenade und das glitzernde Wasser des Savannah River.

»Erzähl, Süße«, sagte sie, als wir uns hinsetzten. »Erzähl es mir, wenn es dir hilft.«

Erzähl es ihr. Bevor es dich noch mehr vergiftet.

Ich atmete tief ein.

»Im letzten Jahr, bevor ich ihn verlassen habe, hatten Steve und ich kaum noch Sex. Er hat mir jede Zärtlichkeit verweigert, auch Umarmungen und Küsse. Die gab es immer erst dann, wenn ich schon dachte, dass er mich hassen würde. So hat er mich immer in einem Zustand der Unsicherheit gehalten oder mich wieder an sich gebunden, wenn ich schon glaubte, er wäre fertig mit mir.«

»Arschloch«, murmelte Opal.

»Aber eines Nachts war er ein bisschen betrunken und hat mich begehrt, und, verdammt, ich war so glücklich«, sagte ich, und mir wurde schlecht vor Scham und einem Gefühl der Demütigung. »Es war so was von vorbei zwischen uns, und ich klammerte mich immer noch an dieses Nichts. Also hab ich mit ihm geschlafen. Es war schnell vorbei, und er ist direkt danach eingeschlafen. Aber es war ein Anfang, sagte ich mir. Es war der Anfang eines neuen Anfangs.«

Die Promenade und Opal und die Bank, auf der wir saßen, verblassten, und ich war wieder in Duluth in dem kleinen Haus am Ende der Straße. Isoliert. Allein. Draußen schneite es …

»Es war Winter«, sagte ich. »Es gab einen heftigen Schneesturm, und wir waren praktisch eingeschneit. Ich bekam Schmerzen im Unterleib. Es brannte, wenn ich auf die Toilette ging. Ich sagte Steve, dass ich zum Arzt müsste, aber er meinte nur, ich solle Cranberrysaft trinken und mich nicht so anstellen. Aber es wurde immer schlimmer. Und Steve, als wäre ein Schalter umgelegt worden, war auf einmal total fürsorglich und lieb, fast wie ganz am Anfang. Aber es war nur, weil er Angst hatte. Und der Schmerz …«

Ich schlang die Arme um meinen Bauch.

»Es fühlte sich an, als hätte ich Feuer geschluckt, das immer weiter nach unten sank. Ich bekam Fieber, das nicht wegging, egal wie viel Aspirin Steve mir gab. In der dritten Nacht bin ich auf dem Weg ins Bad fast in Ohnmacht gefallen. Ich habe immer lauter geschrien und bin hingefallen. Ich hab ihn angefleht, mich ins Krankenhaus zu bringen. Ich dachte, ich würde sterben.«

Opal machte ein Geräusch in ihrer Kehle, sagte aber nichts, sondern hörte mir weiter zu.

»Irgendwann hat er nachgegeben und mich ins Krankenhaus gefahren. Er sah aus wie ein Dieb, der in eine Bank zurückging, nachdem er sie ausgeraubt hatte. Voller Angst. Während ich mich fühlte, als würde ich von tausend Scherben zerschnitten. Sie haben mir Antibiotika und Schmerzmittel gegeben und ein paar Tests gemacht, bei denen herauskam, dass ich eine Infektion hatte. Steve hatte mich betrogen«, stieß ich hervor. »Er hat mich betrogen, mich mit einer Geschlechtskrankheit angesteckt, und das hat sich dann zu einer Beckenentzündung ausgewachsen.«

»Oh mein Gott«, sagte Opal leise.

Ich fing an zu weinen. »Es hat mich fast umgebracht. Ein Tag länger, und ich wäre vielleicht gestorben. Und in den ersten Tagen hab ich mir das sogar fast gewünscht.«

»Oh nein, warum?«

»Es sind Vernarbungen zurückgeblieben. Viele.« Ich versuchte, die Schluchzer zu unterdrücken, die wie zum Platzen aufgeblasene Ballons in meiner Brust saßen. »Und wegen dieser Vernarbungen hat der Arzt gesagt ... Er hat gesagt, ich hätte nur eine zehnprozentige Chance, jemals ein Kind zu bekommen. Zehn Prozent, Opal.«

Ich sah in der Erinnerung, wie der Arzt mir diese Zahl sagte, die wieder und wieder auf mein Herz einschlug.

»Ich hab nie eine richtige Familie gehabt«, sagte ich unter Schluchzern. »Meine Eltern sind gestorben, und meine Tante und mein Onkel hatten keine eigenen Kinder. Ich hatte vor langer Zeit beschlossen, eine eigene Familie zu gründen. Eine große Familie mit vielen wundervollen Kindern, die um einen Esstisch sitzen, an dem gelacht wird und Liebe herrscht, nicht kaltes Schweigen.« Ich hob das tränenüberströmte Gesicht und sah Opal an. »Ich wollte Kindergärtnerin werden. Hab ich dir das je erzählt? Das wollte ich, seit ich denken kann. Von lieben kleinen Gesichtern umgeben sein und Lieder mit ihnen singen ... Ich wollte immer Kinder. So sehr. Aber ich kann keine bekommen, und der Gedanke, mit Kindern zu arbeiten, tut jetzt so weh. Und deshalb habe ich einen Vogel und kümmere mich um Pflanzen und führe Hunde aus und ...«

Ich schluchzte noch einmal und klammerte mich an Opal wie an eine Boje auf stürmischer See. Sie umarmte mich und strich mir übers Haar.

Zitternd atmete ich ein. »Ich werde niemals fühlen, wie ein eigenes Baby in mir wächst. Das hat er mir genommen. Er hat es mir gestohlen …«

Opal hielt mich fest, wiegte mich. »Es tut mir so leid, Süße. Es tut mir wirklich leid.«

Ich vergoss noch ein paar Tränen aus dieser sich unerschöpflich anfühlenden Quelle, dann setzte ich mich auf. Ich atmete ein und aus und fühlte mich klarer. Sauberer. Darüber, dass ich vor Steve geflohen war, hatte ich Opal immer noch nichts erzählt, aber das war zu ihrer eigenen Sicherheit. Und meiner.

»Ich fühle mich besser«, sagte ich. »Aber verstehst du, warum ich das Nik nicht sagen kann? Ihn zu bitten, nach Costa Rica mitzukommen, ist schwer genug. Vielleicht ist das auch schon zu viel. Aber noch dazu damit anzufangen, ob Kinder oder nicht … Er wird mich für verrückt halten.«

»Klammernde Superklette«, sagte Opal mit einem kleinen Lächeln.

Ich lachte schnaubend.

»Ich zieh dich nur auf«, sagte Opal. »Sei einfach ehrlich. Und wenn er einverstanden ist, mit dir in ein anderes Land zu ziehen, dann wird er alles wissen wollen. Er verdient die ganze Geschichte. Und du verdienst seine.«

Die ganze Geschichte … Auch, dass ich verheiratet war? Dass ich, genau genommen, immer noch verheiratet bin?

Ich schob das beiseite. Fiona Starling war nicht verheiratet.

»Er wird die Ehrlichkeit zu schätzen wissen«, fuhr Opal fort. »Besser, er erfährt es jetzt, als er zieht mit dir um und findet es später heraus, wenn er sich schon ganz auf dich eingelassen hat.« Sie wandte sich mir zu. »Glaubst du denn, er will irgendwann Kinder haben?«

»Ich weiß es nicht. Er war so toll mit Hailey letzte Woche. Es ist ihm einfach zugefallen, und er hat es nicht einmal gemerkt. Aber als ich sie zusammen gesehen habe … Es hat so wehgetan. Er sollte das eines Tages haben dürfen, wenn er will. Und … und mit mir geht das nicht.«

Wieder kamen Tränen. Mir tat das Gesicht weh, als ich versuchte, sie zurückzuhalten.

»Vielleicht doch«, sagte Opal. »Man weiß nie, was passiert. Der Arzt hat gesagt, du hast eine zehnprozentige Chance, schwanger zu werden. Ich weiß, das ist nicht viel, aber es ist besser als nichts.«

Ich schüttelte den Kopf. »Der Arzt meinte, es wäre ›medizinisch signifikant‹, wenn ich schwanger würde, und ein Wunder, wenn ich es behielte. Ein Wunder, Opal.« Ich putzte mir die Nase. »Es gibt so viele Kinder auf der Welt, die eine Familie brauchen. Ich kann eins adoptieren, und das werde ich. Aber ich wollte so gern schwanger sein. Ich wollte das Baby wachsen und treten fühlen … Ich wollte sogar den Schmerz der Geburt, weil ich irgendwie das Gefühl habe, es wäre eine Erfahrung, die mir eigentlich vorherbestimmt ist.«

Die Promenade füllte sich mit Sommertouristen. Opal legte den Arm um mich. »Komm, ich bring dich nach Hause.«

Sie fuhr mich nach Garden City und kam noch mit rein. Ich legte mich völlig erschöpft aufs Bett. Opal setzte sich zu mir und fuhr mir mit der Hand durchs Haar.

»Wann willst du ihn fragen?«, fragte sie sanft.

»Ich weiß es nicht.« Ich schloss die Augen. »Ich habe Angst davor, und ich hab auch Angst, dass ich hysterisch werde, wenn ich ihm von meinen zehn Prozent erzähle. Du bist die Erste, der ich es erzählt habe, und ich bin völlig fertig. Aber der

Schmerz ist immer noch da. Da sind noch so viele Tränen, die ich weinen muss.«

»Hast du je überlegt, mit deinem Ex darüber zu reden? Um damit abzuschließen? Vielleicht vor einem Gericht?«

Das Blut wich mir aus dem Gesicht, und ich rollte mich fest zusammen. »Nein«, sagte ich, als würde ich eine Tür zuschlagen. »Ich will ihn nie wieder sehen. Niemals. Und ich will auch Nik nicht von ihm erzählen. So wenig wie möglich.«

»Warum nicht?«

»Es ist demütigend«, sagte ich, öffnete die Augen und sah sie an. »Die Stimme dieses Arschlochs verfolgt mich immer noch. Wie soll ich dem neuen Mann erklären, dass der alte noch Macht über mich hat? Ich würde klingen, als wäre ich entweder von meinem Ex besessen oder einfach nur total armselig.«

»Erklär es einfach. Sag, wie es ist. Er wird es verstehen. Wenn Nik so ist, wie du sagst, wird er es verstehen.«

Das wird er. Wenn das überhaupt jemand kann, dann er. Mir fielen wieder die Augen zu. »Ich bin so müde.«

»Kann ich mir vorstellen.« Ich hörte das Lächeln in ihrer Stimme. »Verliebt zu sein ist ziemlich anstrengend.«

Irgendwie schockte mich das, aber es war auch ein warmes Gefühl, wie ein Heißgetränk an einem kalten Tag. »Ach sei still. Ich bin nicht verliebt … Ich meine, ich kann das gerade nicht!«

»Ich weiß.« Opal lachte, und das Bett sank kurz ein, als sie aufstand. »Wir reden bald, Süße.«

»Machen wir«, sagte ich und sank schon in den Schlaf.

Entfernt hörte ich die Tür auf und zu gehen, dann war ich allein. Ich dämmerte weg, und als ich aufwachte, fiel das Licht des Sonnenuntergangs golden und warm durch das Fenster.

Ich stand auf. Mein Körper war müde und tat weh, als wäre ich einen Marathon gelaufen. Mein Telefon lag auf dem Nachttisch, eine Nachricht von Nik wartete darauf, gelesen zu werden.

Ich will dich sehen.

»Kein Mann vieler Worte«, sagte ich. Mein Lächeln verschwand, als ich auch die Benachrichtigung sah, dass Claudia mir eine E-Mail geschickt hatte, mein Kontakt in der Botschaft in Costa Rica.

Ich holte mein Laptop und öffnete die E-Mail.

Von: Claudia Araya caraya@migracion.gov.cr
An: Fiona Starling FionaStar357@gmail.com
Datum: Freitag, 21. Juni 09:19
Betreff: Packen Sie Ihre Koffer!

Liebe Fiona,
gleich zwei Mal gute Nachrichten! Ihr Visum ist genehmigt worden! Die Freundin einer Freundin hat mir einen Gefallen getan und den Prozess beschleunigt, und die Immobilienfirma hat Ihre Bewerbung akzeptiert. Wenn Sie wollen, können Sie am 1. Juli umziehen!
Ich weiß, dass Sie wahrscheinlich noch einiges erledigen müssen. Wenn das also zu früh ist, kann ich die Firma bitten, das Haus noch für Sie zu reservieren. Schreiben Sie mir, was Sie planen, und achten Sie auf die Unterlagen, die nächste Woche per Post kommen.
Muy atentamente,
Claudia

Ich klappte mit zitternden Händen das Laptop zu. Freiheit. Ich war so nah dran. Und anstelle von Furcht oder Nervosität empfand ich Hoffnung. Hoffnung, dass Nik Ja sagen würde und wir ein neues Leben im Paradies beginnen würden. Zusammen.

»Liebe und Hoffnung«, murmelte ich in der stillen Wohnung. »Liebe und Hoffnung.«

20. KAPITEL

Nikolai

Es war vier Tage her, dass wir von dem Bed & Breakfast zurück waren. Fiona und ich verbrachten so viel Zeit wie möglich zusammen, meistens im Bett, wo wir ganz nackt waren und uns alles mit unseren Körpern gaben, statt über unsere Geheimnisse zu reden. Es war, als hätten wir eine unausgesprochene Abmachung, dass es bald so weit wäre, obwohl wir nicht wussten, wann und wo. So hatten wir vier Tage vertrödelt, und es war der Tag von Nates und Griffins Einzugsparty.

Ich kaufte um Fionas willen eine Anzughose, ein Hemd und eine Krawatte, aber als ich das am Abend anzog, kam ich mir vor wie ein Betrüger.

Du kannst ja wohl einen Abend zivilisiert aussehen, dachte ich und sah mich in meiner leeren Wohnung um. Abgesehen von einem Sessel fürs Wohnzimmer und ein paar billigen Hockern an der Küchentheke hatte ich nichts gekauft. Fiona fiel es auf. Natürlich fiel es ihr auf, aber statt besorgt oder auch nur neugierig zu sein, nahm ich an ihr eine wachsende Freude war, dass ich keine Wurzeln schlug.

Sie wird mich fragen, ob ich mit ihr nach Costa Rica gehe.

Das Glücksgefühl raubte mir den Atem. Eine Zukunft, die alles übertraf, was ich mir je erhofft hatte, lag vor mir. Vor uns. Ich musste nur noch ein einziges Hindernis überwinden – ihr sagen, was ich war –, und ich betete zu Gott, dass sie mich danach trotzdem noch wollte.

Ich fuhr im goldenen Dämmerlicht zu Fiona, und sie kam in einem dunkelblauen Kleid zur Tür, in dem sie einfach umwerfend aussah. Es brachte das Rosa in ihrem Haar und das Hibiskus-Tattoo auf ihrer rechten Schulter zur Geltung und war seidig und tief ausgeschnitten, sodass mein erster Impuls war, es ihr auszuziehen und die Party zu vergessen.

»Du siehst gefährlich gut aus«, sagte sie schwer atmend, nachdem wir unseren Kuss an der Tür unterbrochen hatten. »Das gefällt mir. Sehr.« Sie strich die Krawatte glatt.

»Kein Mensch sollte im Sommer in Georgia eine Krawatte tragen müssen«, sagte ich.

»Aber sie steht dir so gut«, entgegnete Fiona. »Mein Gott, Nikolai ... Ich könnte glatt einen Herzinfarkt kriegen!«

»Wenn du dich nicht gut fühlst«, sagte ich und fuhr mit den Händen über ihren seidenweichen Rücken, »solltest du dich vielleicht lieber hinlegen.«

Sie lachte an meinem Mund. »Nate und Griffin bringen uns um, wenn wir zu spät kommen. Beziehungsweise, Griffin wird es verstehen, aber Nate bringt uns um.«

Ich nahm ihre Unterlippe zwischen die Zähne. »Das ist es mir wert.«

Sie seufzte und öffnete die Lippen für meinen Kuss, und einen Moment lang waren wir wirklich in Gefahr, die Zeit zu vergessen. Aber sie schob mich atemlos weg. In ihren blauen Augen leuchteten Gedanken und Möglichkeiten. Und Hoffnung. Heute Abend würden wir alles offenbaren. Wir spürten es beide. Nach der Party, nachdem wir den ersten Schritt ihrer Freunde in eine bessere Zukunft gefeiert hätten, würden auch wir unseren ersten Schritt machen.

»Lass uns das Motorrad nehmen«, sagte Fiona.

Ich blickte auf ihre schwarzen Riemchenschuhe und dachte, dass ihr Kleid beim geringsten Windstoß hochrutschen würde. Aber dann stellte ich mir vor, wie ich mit ihr hinten auf der Bonneville vor der Party im Zentrum von Savannah vorfahren würde.

»Na gut.« Ich zog die Lederjacke aus und legte sie ihr über die Schultern. »Der Helm macht dir nichts aus? Wegen der Haare, meine ich?«

»So was ist mir nicht wichtig«, sagte sie.

»Ich weiß«, sagte ich und küsste sie noch einmal. Ich wollte sie weiterküssen, wollte, dass sie mich weiter anlächelte, falls das die letzte Nacht sein würde.

Es kann nicht die letzte Nacht sein. Wenn mich irgendjemand akzeptieren kann, dann Fiona. Sie ist die Einzige.

Wir fuhren fünfzehn Minuten nach Savannah rein, zu der Adresse, die Nate ihr gegeben hatte. Ein zweigeschossiges viktorianisches Haus, hellblau mit weißen Zierleisten und kunstvollem Stuck. Lichter strahlten in den Fenstern, und Lachen und Musik drangen aus dem Haus, als wir zur Vordertür gingen.

Fiona klopfte, und bevor jemand an die Tür kommen konnte, zog ich sie zärtlich an mich und legte eine Hand an ihre Wange.

»Was machst du?«

»Ich sehe dich an«, sagte ich. »Nichts weiter.«

Sie lehnte die Wange an meine Hand. »Ich liebe es, wie du mich ansiehst. Und ich will, dass du nie damit aufhörst.« Sie schluckte. »Nikolai …«

Die Tür öffnete sich, und eine Wolke aus Musik und Lärm und Menschen überrollte mich wie eine Flutwelle. Ich taumelte, dann nahm Fiona meine Hand und holte mich zurück.

»Da bist du ja«, rief Nate und gab Fiona einen Kuss auf die Wange. »Und du siehst umwerfend aus wie immer.« Er drehte sich zu mir um, und seine Augen weiteten sich, als sein Blick auf meine Anzughose fiel und auf die Tattoos, die aus dem Hemdkragen hervorlugten. »Mr Young, schneidig und gefährlich wie immer. Die meisten Gäste sind alte Käuze aus Griffs Kanzlei, aber du …« Er schüttelte den Kopf und tat so, als würde er Fiona etwas zuflüstern. »Mach dich darauf gefasst, dass dich jede Hetero-Frau auf der Party hassen wird. Kommt schon. Entrez!«

Fiona hielt mich kurz auf und drückte meine Hand. »Bist du okay? Ist es dir nicht zu viel?«

»Geht schon«, sagte ich.

Das Haus war genau, wie Nate versprochen hatte: komplett leer. Der Holzfußboden glänzte, und der Geruch von frischer Farbe und Putz lag in der Luft und vermischte sich mit den Düften von Frittiertem und Teig der Chicken-and-Waffles-Appetizer, die von Kellnern herumgetragen wurden. Lichterketten hingen in den Fenstern, und die einzigen Möbel waren gemietete Tischchen mit Tischdecken und Klappstühle. Auf jedem Tisch flackerte eine Kerze in einem hellblauen Glas. Fünfzig oder mehr Gäste redeten und lachten zu Swing-Musik, die ein DJ in einem Raum auflegte, der wahrscheinlich mal das Wohnzimmer werden würde.

Die Männer trugen sämtlich Anzüge, die Frauen Cocktailkleider, und keine war so schön wie Fiona. Sie hatten modischen Schmuck, perfektes Make-up, Frisuren vom Friseur. Fiona war wie eine Wildblume in einem Garten perfekt beschnittener Rosen, das rosa Haar fiel ihr in weichen Locken über den Rücken, und ihr einziger Schmuck waren die Stoffarmbänder.

»Ich bin so froh, dass ihr es geschafft habt«, sagte Griffin, schnappte sich zwei Gläser Sekt vom Tablett eines vorbeigehenden Kellners und überreichte sie uns. »Kommt rein, und fühlt euch wie zu Hause.« Ein Lächeln breitete sich in seinem Gesicht aus. »Das hab ich wirklich gerade gesagt, oder? Zu Hause. Unser Zuhause.«

»Uh, da hat jemand Pipi in den Augen«, sagte Nate und hakte sich bei Griff ein. »*Schon wieder*.«

»Es ist wunderschön«, sagte Fiona. »Ich freue mich so für euch. Ich weiß, ihr werdet nur schöne Erinnerungen erschaffen.«

Nate strahlte, dann entdeckte er Freunde, die er begrüßen musste. Fionas Freundin Opal und ein großer Mann mit blasser Haut und Geheimratsecken nahmen seinen Platz ein.

»Da bist du ja«, sagte Opal und umarmte Fiona kurz. »Wie schön, dich wiederzusehen, Nik. Das ist mein Mann, Jeff.«

»Freut mich«, sagte ich und wappnete mich für Jeffs Händedruck. Aber ich hielt Fionas Hand, und der kurze Schock von Jeffs Nervosität war leicht zu ertragen.

»Ich freue mich, dass du gekommen bist, Jeff«, sagte Griff warm. »Ich weiß, Partys sind nicht so dein Ding.«

»In der Tat«, sagte Jeff lachend und zupfte an seinem Kragen. »Gib mir ein Boot, eine Angel und ein Bier, und ich bin glücklich.«

Opal verdrehte die Augen. »Oder einen Bingo-Abend.«

Jeff runzelte die Stirn. »Was?«

»Nichts. Wir mischen uns mal unter die Leute«, sagte Opal und tätschelte Griffs Wange. »Ich hab genau eine Stunde, bevor er anfängt zu jammern.«

Jeff grinste. »Brauchst du etwa mehr als eine Stunde, um mit einem halben Dutzend Leuten dasselbe Gespräch über das Wetter zu führen?«

»Es war wirklich heiß, jetzt, da du's sagst«, warf Fiona ein.

»Das war Nummer eins«, sagte Jeff.

Opal schniefte. »Ermutige ihn nicht noch.«

Jeff lachte, als seine Frau ihn wegzog. »Hat mich gefreut, Nik.«

Ich nickte schwach und zupfte an meinem Kragen. Ich hätte auch nichts gegen ein Boot auf einem See gehabt mit ein bisschen Wind. Die verdammte Krawatte fühlte sich an, als würde sie die Wärme in meinem Hemd einschließen. Fiona missverstand mein Unbehagen und packte meine Hand fester.

»Wie geht es dir?«, fragte sie mich leise. Sie blickte zur Eingangstür, wo Nate laut zwei ankommende Paare begrüßte. »Es wird langsam voll.«

Griffin stellte sich mit dem üblichen Anstand und Takt zwischen uns, bevor ich antworten konnte. »Ich hab euch noch gar nicht herumgeführt. Nur euch zwei. Sonst keinen.«

»Oh? Was macht uns so besonders?«, fragte Fiona.

»Ich will dir dein Zimmer zeigen, falls du uns besuchst.« Er hob bedeutungsvoll die Augenbrauen und sah uns beide an. »*Euer* Zimmer?«

»Da feiert wohl jemand ein bisschen verfrüht«, sagte Fiona aus dem Mundwinkel, als wir Griff über die Wendeltreppe in den ersten Stock folgten.

»Schatz, ich hab seit heute Mittag einen Schwips«, sagte Griff über die Schulter. »Ich kann immer noch nicht glauben, dass das uns gehört. Kann mich jemand kneifen, ich träume.«

Fiona kniff ihn in den Hintern. Griff lachte und schlug nach ihrer Hand. »Nik, du Schelm, ich bin glücklich verheiratet.«

Griff führte uns einen kleinen Flur entlang über noch mehr Holzfußboden zu einem kleinen Zimmer, das zur Straße hin lag. Es gab ein gerundetes Fenster mit einer Sitzbank davor und sonst nichts. Die Geräusche der Party hallten von unten hoch.

»Immer wenn du uns besuchen willst, gehört es dir«, sagte Griff, und sein Blick wurde weich, als er Fiona ansah. »Ich weiß, es kann nicht mit dem Dschungel und den Bergen mithalten, aber ich hoffe, es genügt, um dich zurück zu locken. Oft.«

Fionas Augen glänzten. »Natürlich«, sagte sie und umarmte ihren Freund. »Danke.«

Griff hielt sie einen Moment, dann löste er sich und blinzelte heftig. »Ich geh besser nach unten, bevor Nathaniel anfängt zu schreien.« Er warf mir ein wissendes Grinsen zu. »Bleibt noch ein bisschen, aber benehmt euch.«

Fiona stieß ihren Freund spielerisch an. »Ich kann nichts versprechen.«

Griffin ließ uns in dem kleinen Zimmer allein.

»Was für ein schöner Ausblick«, sagte Fiona und ging zum Fenster. »Komm, setzen wir uns einen Moment.«

Wir setzten uns nebeneinander auf die hölzerne Bank und sahen zu, wie es in Savannah Nacht wurde. Fiona legte ihre Hand in meine.

»Diese Nacht ist so perfekt. Es ist fast wie Magie, oder? Zu denken, dass dieses Haus der Anfang eines neuen Kapitels ist! Man weiß nicht, wo es hinführt, und ist trotzdem so … glücklich und hoffnungsvoll …«

»Du hast recht«, sagte ich.

»Nikolai …«

Jetzt kommt es …

»Ich fühle mich dir so nah. Und ich denke ständig an dich. Wirklich jede Minute, und was wir haben … fühlt sich so echt an. Zum ersten Mal, seit ich beschlossen habe, nach Costa Rica zu gehen, weiß ich, was ich will, und das ist auch eine Art von Magie.« Sie nahm mein Gesicht in die Hände, hatte Tränen in den Augen. »Ich will, dass du mit mir kommst. Willst du?«

»Ja, Fiona«, sagte ich mit belegter Stimme. »So sehr, du kannst es dir nicht vorstellen.«

Sie strahlte. Sie war so verdammt schön in ihrem Glück, ich konnte sie kaum ansehen. Ich konnte nicht aufhören.

»Wirklich?«, flüsterte sie und wagte nicht zu hoffen.

»Ja, Baby, ich will.« Ich umfasste ihre Hände und nahm sie von meinem Gesicht. »Aber ich muss dir etwas sagen …«

»Ich weiß«, sagte sie, und ihr Strahlen verblasste ganz leicht. »Ich auch. Und es fühlt sich an, als wäre es viel zu früh – was ich dir sagen muss –, aber du verdienst es, die ganze Geschichte zu kennen.«

»Du auch«, sagte ich, und das Herz wurde mir schwer, so unmöglich fühlte sich das an. Es würde so absurd klingen, so verdammt *verrückt*. Ich musste es ihr ganz in Ruhe erzählen, wenn ich eine Chance haben wollte.

»Nicht hier«, sagte ich. »Ich sollte es dir bei dir zu Hause erzählen. Allein.«

Ich spürte Fionas Sorge und Rücksicht wie gesponnenen Zucker über mich wehen. »Oh, ist es so ernst?«

»Ja, Baby. Schon, aber …«

»Was ist es?«, fragte sie langsam. »Du kannst es mir sagen, Nik. Du kannst mir alles sagen.«

Gott, ich hoffte so sehr, dass das stimmte.

»Fiona …« Ich schluckte, die Worte klebten in meinem Mund.

Ich spürte, wie sie sich von mir löste und sich an den Fensterrahmen lehnte. Ihre Sorge verwandelte sich in Argwohn.

»Sag es mir jetzt«, bat sie. »Mit diesem Gefühl im Bauch kann ich nicht runtergehen und lächeln und Small Talk machen und mit meinen Freunden feiern. Bitte erzähl es mir jetzt, Nik.«

Ich hob den Blick und sah sie flehend an. »Ich hab Angst, dass du mich deswegen hasst.«

»Warum …?« Sie schluckte und setzte noch einmal an. »Warum sollte ich dich hassen? Was könntest du sagen, dass …?«

Ich schüttelte den Kopf, stand auf und ging in dem leeren Zimmer auf und ab.

»Ich habe noch nie darüber geredet und weiß nicht, wie ich es machen soll. Wo ich anfangen soll. Vielleicht sollte ich es lieber lassen. Vielleicht ist es ein Riesenfehler. Aber ich kann erst mit dir nach Costa Rica gehen, wenn ich es dir gesagt habe.«

»Okay«, sagte sie langsam. »Ich höre dir zu.«

Ein Schweigen senkte sich zwischen uns, aber der Rhythmus der Musik, die Trompeten und das Klavier und die leiser und lauter werdenden fünfzig Stimmen drangen durch den hölzernen Boden zu uns hoch.

Ich schaffe das, dachte ich. *Ich kann sie dazu bringen zu verstehen.*

»Hörst du das? Spürst du es?«, fragte ich. »Die Party unten? So, wie sich das anhört und anfühlt, ist mein Leben. Eine Flut von Geräuschen und Farben, ständig und überall, wo ich bin.«

Fiona runzelte argwöhnisch die Stirn. »Wie meinst du das?«

Ich fuhr mir mit den Händen durchs Haar und deutete auf das Fenster. »Da draußen ist es grell und laut, aber nicht für meine Augen und Ohren, sondern für etwas, das in mir ist. Eine Art … Intuition oder Empathie. Ich nenne es *Gesicht*, weil mir nichts Besseres eingefallen ist. Eine Fähigkeit, zu fühlen, was die Menschen in meiner Umgebung fühlen.«

»Du fühlst …?« Fiona verstummte. Sie versuchte es noch einmal. »Du fühlst, was andere Menschen fühlen?«

»Ja«, sagte ich. »Ich fühle oder sehe es als Farben und Geräusche. Manchmal schmecke ich es oder höre es wie ein Echo von Worten, als hätte die Person etwas gesagt. Ich kann alles ständig *wahrnehmen*. Und es ist laut. Es ist so verdammt laut. Und grell. Zu viele Worte und Farben; die Emotionen von anderen – ihre Leben, die vor mir aufbrechen, sich vor mir ausschütten. Ich bleibe nie lange an einem Ort, weil ich zu viel weiß. Je länger ich in der Nähe von jemandem bin, desto mehr kann ich von ihm sehen. Und die Menschen wissen es nicht. Sie haben keine Ahnung, dass ich mit ihnen am Pokertisch sitze oder im Motelzimmer nebenan und ihnen die geheimsten Gefühle direkt aus den Köpfen stehle.«

Fiona starrte mich an, aber jetzt, da ich einmal angefangen hatte, sprudelte es nur so aus mir heraus.

»Deshalb ziehe ich immer weiter. Ich spiele Poker, weil ich in Leuten lesen kann; sie könnten genauso gut die Karten vor sich auf den Tisch legen. Ich spüre einen Bluff oder höre die Aufregung bei einer guten Hand. Ich spüre die Nervosität eines armen, verzweifelten Kerls, der gerade mit dem Scheck für die Miete All-in gegangen ist. Ich geh in Clubs, weil die Musik so laut ist, dass die Energie der Leute im Vergleich nur ein gedämpftes Pochen ist. Ich lass mich tätowieren … ständig, egal mit welchem Motiv, weil es völlig egal ist, was ich mir stechen lasse. Ich will nur den Schmerz. Ich will die Nadel auf meiner Haut fühlen, weil ich nur dann weiß, dass es mein Schmerz ist. *Meiner*. Das Surren der Nadel und das Stechen übertönen den Rest der Welt – sogar den Tätowierer –, und ein paar Minuten lang gehöre ich mir selbst. Niemandem sonst. Nur diese Tattoos …«

Ich hob die Hände mit den Buchstaben auf den Fingern.

»Nur die haben Bedeutung. Denn was bin ich, wenn nicht ein Hoax oder ein Pawn? Ich bin die Zielscheibe eines beschissenen kosmischen Witzes. Der Jux, den sich irgendein krankes Arschloch gemacht hat, als er mir die Fähigkeit gab, jeden zu fühlen, ohne mir zu sagen, warum oder wann das aufhört oder was ich damit machen soll. Oder ich bin der Bauer in irgendeinem Spiel. Als hätte ich ein Schicksal, zu dem dieses *Ge-*

sicht gehört, nur dass ich die anderen Spieler nicht sehen kann oder das Brett, auf dem ich stehe. Ich … ich weiß einfach nicht weiter.«

Ich knirschte mit den Zähnen, als ich Fionas Zweifel und Angst wahrnahm.

»Im Krankenhaus hab ich manchmal gehofft, wirklich verrückt zu sein. Dass diese kranke Fähigkeit einfach das Nebenprodukt von irgendwelchen falschen Synapsen war, wie die Ärzte behauptet haben. Aber sie haben versucht, mir das mit Medikamenten und Elektroschocks auszutreiben, und es hat nicht funktioniert. Weil es real ist. Ich hasse es, Fiona, aber es ist real.«

Ich wandte mich ihr langsam zu, hob den Blick und sah Fiona an. Ihre strahlenden blauen Augen erwiderten den Blick, suchten nach irgendeinem Hinweis, dass ich sie verarschte oder, schlimmer, dass ich die verrückten Worte, die ich sagte, glaubte und sie einen Irren vor sich hatte.

»Die Welt da draußen ist voller Schmerz und Elend, und ich muss es ertragen, jeden einzelnen Tag. Es runterschlucken«, sagte ich. »Bis ich dich getroffen habe, Fiona. Ich weiß nicht warum, aber du bist die einzige Person, die dieses ständige Geräusch zum Schweigen bringen kann. Und bei dir ist das *Gesicht* schön. *Du* bist schön …«

Ich verstummte, als ihre Zweifel und ihr Misstrauen mich überfluteten. Und da war auch Angst. Sie hatte Angst.

»Du sagst, dass du die Leben anderer Menschen … *fühlen* kannst?«, sagte sie ausdruckslos. »Ihre Gedanken und Emotionen?«

Da war Sehnsucht, die durch das Zimmer trieb, aber sie sehnte sich nicht danach, mir zu glauben. Sie wünschte sich, ich würde etwas anderes sagen, was sie akzeptieren könnte, ohne sich so hilflos und dumm zu fühlen. Weil sie sich fühlte, als hätte irgendein Psycho sie reingelegt, der dachte, sie wäre naiv genug, ihm zu glauben.

Sein dunkler Schatten sammelte sich um sie.

»Es ist die Wahrheit, Fiona. Ich schwöre es«, sagte ich und wusste, dass dieses Argument nicht ausreichen würde, hatte aber nicht die richtigen Worte … hatte überhaupt keine Worte, um das Unglaubliche glaubwürdig zu machen. »Ich habe das, seit ich denken kann. Ich dachte zuerst, jeder könnte es. Aber so ist es nicht. Nur ich kann es, und es hat mein verdammtes Leben ruiniert. Bis du kamst. Du bist der einzige Frieden, den ich je gekannt habe.«

Sie runzelte die Stirn, legte die Arme um sich. »Ich bin … Frieden?«

Ich nickte, klammerte mich an meine Hoffnung. »Ja, Fiona. Es ist so laut da draußen, wie ich gesagt habe. Aber hier? Mit dir?« Ich legte mir die Hand aufs Herz. »Hier drinnen ist es ruhig.«

»Du meinst … du kannst nicht in mir lesen oder mich *wahrnehmen* wie die anderen?«

»Doch. Das *Gesicht* sieht dich auch. Aber es ist okay. Aus irgendeinem Grund ist es bei dir … okay. Und alle anderen scheinen so weit weg zu sein.«

»Warum?«, fragte sie. »Warum kannst du das? Wie geht das?«

»Das frag ich mich schon mein Leben lang.«

Fiona schluckte, umfasste ihre Arme fester. Der Schatten um sie herum wurde dichter und schwebte drohend über ihr …

»Ich versuche … *so sehr* … nicht mehr so leichtgläubig zu sein, Nik«, sagte sie, und ihre Stimme wankte. »Ich will dir ja glauben, aber … du sagst, du hast die Fähigkeit … Gedanken zu lesen?«

»Ich kann keine Gedanken lesen«, sagte ich. »Ich bekomme Eindrücke von Gedanken. Gefühlen. Intuitionen … Ich kann sie sehen und schmecken und riechen.«

»Du kannst sie … *schmecken*?«, fragte sie und schüttelte den Kopf. »Gott, Nik … ich weiß nicht, was ich denken soll. Oder wie ich …«

Dämliche kleine Idiotin.

Die Worte erklangen wie ein Flüstern zwischen uns.

»Wer hat das gesagt?«, fragte ich.

»Was?« Fiona starrte mich an. »Wer hat was …?«

Nur du bist blöd genug, so was zu glauben …

Er. Er war hier in diesem Zimmer …

Ich knirschte mit den Zähnen. »Wer ist das?«, fragte ich. »Wer …? Wer sagt, dass du dumm bist?«

»Was hast du gesagt?« Fionas Augen weiteten sich, und sie starrte mich an. Alle Farbe wich aus ihrem Gesicht. Dann schüttelte sie den Kopf und stand zitternd auf, um an mir vorbeizugehen. Die Wolke über ihr war dicht und roch nach Schimmel. »Nein. Ich bin nicht dumm. Ich habe keine Ahnung, was das soll, aber ich kann nicht …«

Ich nahm ihr Handgelenk, um sie zu schützen, damit sie nicht tiefer in diese Dunkelheit ging …

Das leere Zimmer verschwand, und ich war in einem Bad – weiß mit Wildblumen auf dem Duschvorhang und blauen Fliesen. Ein Männerrasierer lag neben der Gesichtscreme für eine Frau. Ein rosa Badvorleger auf dem Boden …

Ein Schrei gellte durch den kleinen Raum.

Ich wich taumelnd zurück, an die Wand zwischen dem WC und einem Toilettentisch. Fiona lag zusammengerollt auf dem Vorleger, hielt sich den Bauch, wand sich. Die hellblonden Haare klebten ihr an den Wangen. Ihr schmerzverzerrtes Gesicht war mit Schweiß bedeckt.

Sie schrie wieder. Der Schrei hallte, dröhnte mir in den Ohren, zerriss mir das Herz.

»Fiona …« Ich streckte die Hand nach ihr aus.

»Steve!«, schrie sie und griff nach der Tür. »Hilf mir … Bitte …«

So viel Schmerz. Verflucht, er strahlte heiß und gelb in Wellen von ihr aus und stank nach Eiter und Galle.

Die Tür ging auf, und da stand *er*. Groß. Blass. Rotes Haar. Tote blaue Augen.

»Verdammt, Tess, wirklich?«

Tess? Sie heißt Fiona …

»Steve …« Sie hob das tränen- und schweißüberströmte Gesicht. »Mir geht es nicht gut. Mir geht es gar nicht gut. Ich hab Angst. Bitte hilf mir.«

Ich stieß mich von der Wand ab, um mich neben sie zu knien, sie hochzuheben und zu tragen …

Ich konnte mich nicht bewegen. Ich versuchte es noch einmal, war wie gelähmt, hilflos.

»Hilf mir«, wimmerte Fiona.

»*Hilf ihr!*«, schrie ich.

Steve rieb sich das Kinn. »Na gut, Tess. Meine Güte, fahren wir. Los.«

Er beugte sich vor, um Fiona aufzuhelfen. Wieder entfuhr ihr ein Schrei, als sie versuchte, aufzustehen, und sich dann wieder zusammenkrümmte.

Ich rannte an ihre Seite, um sie zu umarmen.

Ich bewegte mich nicht.

»Verdammtes Arschloch, tu etwas!«, brüllte ich.

Steve seufzte unbeeindruckt und beugte sich vor, um Fiona aufzuheben. Sie klammerte sich an seinem Hals fest, schluchzte, atmete keuchend, als würde sie ersticken.

Weil sie *wirklich* erstickte. Vor Schmerz und Fieber und Angst.

Steve trug sie aus dem Badezimmer, und ich folgte ihnen …

Ein Auto. Ich saß auf dem Rücksitz. Er packte sie auf den

Beifahrersitz und setzte sich ans Steuer. Die Nacht war schwarz, Scheinwerfer erleuchteten weiße Schneeverwehungen, Flocken tanzten vor der Windschutzscheibe.

Fiona zitterte und wimmerte in ihrer Decke.

Ich streckte die Hand nach ihr aus, um sie zu berühren. »Ich bin hier, Baby.«

Meine Hand bewegte sich und blieb, wo sie war. Meine Worte kamen zu mir zurück, als würde eine Tonaufnahme abgespielt.

»Es ist nicht so schlimm, okay?«, sagte Steve. »Mach nicht so ein Theater, wenn wir da sind. Es ist eine Privatangelegenheit, okay, Tess? Außer uns beiden geht es niemanden etwas an.«

Tess. Warum nennt er sie Tess?

Fiona schwieg, weinte nur und schrie ab und zu leise auf, wenn das Auto schlingerte.

Das Krankenhaus. Steve stieg in der Einfahrt zur Notaufnahme aus und ließ sie allein im Wagen. Mit mir.

»Fiona. Fiona, hörst du mich? Ich bin hier …« Ich wollte sie berühren, und nichts passierte. »Gott, Baby, es tut mir so leid, dass dir das passiert …«

Die Tür öffnete sich, und Leute holten sie aus dem Wagen …

Ein Krankenhauszimmer. Fiona auf dem Bett, ihre blonden Haare waren stumpf und brüchig, hingen ihr leblos um die Schultern. Schläuche im Arm, eine Maschine piepte zu ihrem Puls, über ihr hingen Beutel mit Flüssigkeit. Ihre eingesunkenen Augen folgten dem Arzt, als er sich neben ihr ans Bett setzte.

»Der Ultraschall war leider nicht sehr ermutigend«, sagte er sanft. »Die Infektion hat sich schnell ausgebreitet und viel Schaden angerichtet.«

»Was für Schaden?«, fragte Fiona, ihre Stimme kaum mehr als ein Flüstern.

Ich eilte an ihre Seite.

Ich konnte mich nicht aus der Ecke des Zimmers wegbewegen.

Der Arzt nahm die Brille ab. Er faltete die Hände im Schoß, als wollte er zeigen, dass sie alles getan hatten, was sie konnten, und jetzt fertig waren.

»Vernarbungen«, sagte er. »Durch die Infektion gibt es Vernarbungen an den Eileitern und dem oberen Teil Ihrer Gebärmutter.«

Fionas Körper, schwach vor Schmerz und Erschöpfung, wurde stocksteif. »Was bedeutet das?«

»Es bedeutet, dass Ihre Chancen, schwanger zu werden und ein Kind bis zum Ende auszutragen, sehr gering sind. Ich würde sagen, sie liegen bei zehn Prozent, aber das ist eine optimistische Einschätzung.«

»Zehn Prozent«, sagte Fiona und starrte vor sich hin. »Zehn …«

»Es tut mir sehr leid. Ich wünschte, ich hätte bessere Neuigkeiten. Ihren Mann habe ich schon informiert …«

Ihr Mann? Dieses Arschloch ist ihr Mann?

Er sagte noch ein paar Worte, beantwortete ein paar mehr geflüsterte Fragen und verschwand. Fiona und ich waren allein.

Ich sah entsetzt zu, wie ihr Schmerz immer größer wurde; das *Gesicht* offenbarte mir gnadenlos, wie ihre größten Wünsche und Träume wie Papier verbrannten und davonwehten …

Fiona, strahlender als die Sonne mit dickem Bauch und Leben, das in ihr trat. Fiona, wie sie die Zähne zusammenbiss bei dem Schmerz, der sofort vergessen sein würde, sobald man ihr das Baby an die Brust legte. Chaos am Frühstückstisch, als Kinder sich hektisch für die Schule fertig machten. Abendessen mit Gelächter und Kabbeleien, aufgeschürfte Knie und Gutenachtgeschichten, Haufen von schmutziger Wäsche … Ein Zuhause mit Comicheften, herumrennenden Kindern, einem schreienden Baby …

Fort.

Es höhlte sie aus. Eine klaffende Wunde. Schwärze.

Fionas wunderschönes Gesicht verzerrte sich, dann fing sie an zu weinen. Ihr Mund öffnete sich zu einem stummen Schrei, und sie wurde von lautlosen Schluchzern erschüttert. Und immer noch kein Geräusch. Nur Schmerz und Tränen und sie, allein auf dem Bett …

Nikolai …

Sie rief mich. Ich riss meinen entsetzten Blick von der Gestalt auf dem Bett los …

»Nikolai …«

Ich blinzelte. Nates und Griffs Haus. Das leere Zimmer. Fiona starrte mich an, ihre Haut strahlte vor Gesundheit, ihr Haar war rosa und lang … aber über ihr hing Angst wie eine dunkle Wolke. Angst, die ich verursacht hatte.

Sie wand sich in meinem Griff. »Du tust mir weh …«

Ich blickte zu ihrem Handgelenk, meine Knöchel waren weiß. Ich ließ sie sofort los, und sie riss die Hand weg, aber ich konnte sehen, dass ich blaue Flecken hinterlassen hatte.

»Es tut mir leid«, sagte ich. »Es tut mir so leid, was dieser Mistkerl dir angetan hat …«

Wut auf Steve wegen allem, was er ihr genommen hatte, färbte meinen Blick rot, dämpfte die Angst und die Scham, die sie umgaben.

»Was passiert hier gerade?«, fragte sie ängstlich und wich zurück. Ihre Angst wurde mit jeder Sekunde mächtiger. »Wie hast du … Was du gesagt hast, woher hast du das gewusst?«

»Was ich gesagt habe …« Ich starrte sie an. Ein Gefühl der

Ohnmacht überwältigte mich. Ich musste während der Vision gesprochen haben. Ich musste ausgesehen und geklungen haben wie ein verdammter Irrer. »Warte, Fiona … Warte …«

Aber ich hatte keine Worte. Ich war noch nie auf diese Weise in die Erinnerungen von jemandem geworfen worden. Noch nie.

Fiona blickte in dem leeren Zimmer umher, ihre Augen füllten sich mit Tränen. Ihre Stimme brach unter dem Gewicht ihres Schmerzes, dem Gefühl, hintergangen worden zu sein. »Ist er hier? Weiß er, wo ich bin?«

Ein kaltes Messer bohrte sich in mein Herz. »Was? Nein …«

»Dann ist er auf dem Weg, oder? Du kennst ihn. Woher sonst …? Woher sonst kannst du das alles wissen? Meinen Namen … Dass ich verheiratet war …«

Gott, was hatte ich gesagt?«

»Nein, Fiona … Ich schwöre. So ist es nicht. Ich habe eine Fähigkeit …«

»Eine *Fähigkeit*«, schnaubte sie bitter, und Tränen liefen ihr über die Wangen. »Und ich soll mich jetzt entscheiden? Ob du entweder diese *Fähigkeit* hast, in Leuten zu lesen, oder lügst?« Sie schüttelte elend den Kopf. »Gott, du kennst ihn … schon die ganze Zeit …«

Ich wankte angesichts der Angst und des Schmerzes und des Gefühls, betrogen worden zu sein, das von ihr ausging und an dem ich schuld war. »Ich kenne ihn nicht, ich schwöre es, Fiona.«

»Opal hätte dir nie etwas von den zehn Prozent erzählt«, sagte sie und war totenblass. »Niemals. Und Tess … Du hast diesen Namen gesagt. Den habe ich Opal nie verraten. Ich hab ihn zwei Jahre lang nicht laut ausgesprochen …« Sie sah mich eindringlich an, und in ihren Augen sah ich, wie ihr das Herz brach. »Ich habe dir vertraut.«

»Ich würde dich nie anlügen, Fiona.« Ich schüttelte den Kopf. »Das *Gesicht*, es ist real. Es ist verdammt noch mal real, und ich hasse es. Ich hasse es, dass ich diese Erinnerungen gesehen habe … Ich schwöre …«

»Halt den Mund!«, schrie sie. »Du *hast* mich schon angelogen. Bezüglich deines Jobs. Und jetzt sagst du, du kennst meine Vergangenheit, weil du Gedanken lesen kannst? Weil du irgendeine übersinnliche *Fähigkeit* hast? Und das soll ich dir glauben? Ich bin nicht *dumm*«, rief sie, die Worte aufgeladen von Jahren voller Schmerz und Scham. »Ich bin nicht dumm, verdammt. Nicht mehr …«

Ich machte einen vorsichtigen Schritt auf sie zu.

»Bitte«, sagte ich, und mir wurde quälend bewusst, dass unsere Zeit mir entglitt und unsere Zukunft in Costa Rica sich in Luft auflöste. »Ich weiß nicht, was ich sagen soll, damit du mir glaubst. Ich sehe Dinge durch das *Gesicht*. Ich habe Dinge von dir gesehen, die niemand weiß …«

»*Außer Steve*«, schrie sie. »Hat er dich geschickt? Warum? Um mich fertigzumachen? Ist das seine Rache?«

Ich fuhr mir mit der Hand durchs Haar. »Nein, Fiona … hör zu …«

»Nein, das ist unmöglich …«

»Es ist nicht unmöglich, das ist mein Leben!«, schrie ich.

Fiona wich zurück. »Doch, es *ist* unmöglich«, sagte sie mit leiser, zitternder Stimme. »Ich habe niemandem meinen Namen gesagt. Niemandem.« Wieder erhob sie hysterisch die Stimme. »Warum? Warum tust du mir das an?«

Ich wankte mit erhobenen Händen rückwärts. Ihr Schmerz, ihre Angst und Scham waren zu viel. Es war nicht länger wichtig, dass sie mir glaubte, sie durfte sich nur nicht mehr so fühlen. Sie hatte solche Angst …

»Ich schwöre es, Fiona«, sagte ich, die Stimme belegt vor

Tränen. »Ich schwöre bei meinem Leben, dass er nicht weiß, wo du bist. Ich habe ihm nichts gesagt. Ich kenne ihn nicht …«

»Raus«, flüsterte sie, den Rücken an der Wand. Dann schrie sie: »*Raus!*« Ein Schluchzen entfuhr ihr, und sie schlang die Arme um sich. »Lass mich in Ruhe. Lass mich …«

Ich wankte, als würde der Boden unter mir beben.

Dann hörte ich Schritte auf der Treppe, und Opal kam herein, dann Griffin. Fiona glitt zu Boden und schluchzte. Opal kniete neben ihr, redete beruhigend auf sie ein und durchbohrte mich mit Blicken.

Griffin stand vor mir, schrie mich an. Schubste mich zur Tür. Ich wehrte mich nicht.

»Fiona …«

»Es gibt keine Magie«, sagte Fiona und weinte leise in Opals beschützender Umarmung. »Es gibt nirgendwo Magie …«

21. KAPITEL

Nikolai

Ich stolperte aus dem Haus durch die Menge der Leute, die mir tuschelnd hinterhersahen. Ihre Gefühle schlugen mit Neugier und Argwohn auf mich ein. Ich taumelte auf die Straße, gejagt von Griffin und seiner Wut und Fionas Schmerz. Gott, Fiona … Ich hatte ihr Handgelenk berührt, und es hatte sich eine Leitung geöffnet wie nichts, was ich bis dahin erlebt hatte. Und es hatte alles kaputtgemacht.

Alles.

Griffin stand mit verschränkten Armen vor seiner Haustür und war erst zufrieden, als er mich nicht mehr sah. Meine Seele schrie nach Fiona, wollte alles in Ordnung bringen, ihr sagen, wie leid es mir tat, dass ich es ihr unmöglich gemacht hatte, mir zu glauben.

Meine Hände zitterten, und ich setzte mich auf das Motorrad. Ihr Helm hing noch an der Satteltasche, und wieder traf der Schmerz mich mitten ins Herz.

Ich hatte alles versaut. Das verfluchte *Gesicht* hatte es versaut.

Nein, ich muss es noch einmal versuchen.

Ich wollte zu ihr fahren, aber vor ihrer Tür zu warten wie ein verdammter Stalker wäre noch ein Fehler gewesen. Ich hasste es, aber ich fuhr in meine beschissene leere Wohnung und ging vor dem Porträt, das ich von ihr gemalt hatte, auf und ab. Die leuchtenden Farben waren jetzt wie ein Schlag ins Gesicht. Ihr lächelndes, schönes Gesicht schon eine Erinnerung …

Nein! Ich bringe das in Ordnung.

Die Zeit kroch vorwärts, bis ich das Gefühl hatte, es wäre genug vergangen, um ihr eine Textnachricht schicken zu können. Nur eine Nachricht.

Es tut mir so leid. Bitte rede mit mir. Ich kann alles erklären.

Ich schickte sie ab und wartete. Keine Antwort. Die nächste Stunde verging in Zeitlupe.

Bitte rede mit mir, Fiona. Bitte sag mir, dass wir später reden können. Wenn du bereit bist. Bitte.

Dieses Gefasel war so armselig, aber ich schickte es trotzdem ab. Ich wartete verzweifelt auf eine Antwort. Stille.

Ich legte mich aufs Bett, aber ich schlief nicht ein. Stundenlang. Ich warf mich hin und her, und als das graue Licht der Morgendämmerung auf mein Bett fiel, nahm ich mein Telefon. Nichts.

Fiona, bitte. Ich muss dich sehen. Lass mich versuchen, das wieder in Ordnung zu bringen.

Keine Antwort. Die Zeit schritt voran. Ich überlegte, bei Tageslicht zu Fiona zu fahren, fürchtete aber, dass ich ihr Angst machen würde. Von all den durcheinanderwirbelnden Emotionen, die ich in ihr wahrgenommen hatte, brach die Angst mir das Herz.

Ich brauchte nur ein Wort von ihr, eine Textnachricht, einen Anruf. Wenn ich nur ihre Stimme hören könnte, selbst wenn sie mir sagte, dass sie noch nicht bereit war zu reden.

Noch nicht.

Ich konnte mich nicht damit abfinden, dass sie nie wieder mit mir reden würde.

Kurz vor Mittag klingelte das Telefon. Das Herz sprang mir fast aus der Brust, und mir wurde ganz schummrig. Ich rannte hin, registrierte die mir vage bekannte Nummer und ging ran.

»Fiona?«

»Nein, Sir. Ist da Nikolai Young?«

Ich ließ mich aufs Bett fallen. »Ja. Hier ist Nik.«

»Mr Young. Mein Name ist Mike Gasparo, ich bin Geschäftsführer der Seniorenwohnanlage Forever Sunrise. Leider muss ich Ihnen mitteilen, dass es Ihrer Mutter schlechter geht. Wir hielten es für klug, Sie sofort über ihren Zustand zu informieren.«

»Sie … stirbt?«

Gasparo räusperte sich. »Sie wurde von unseren Ärzten untersucht, und wir denken, dass sie bald ans Ende ihrer Reise kommt, ja.«

»Meine Mutter stirbt.«

Die Worte sanken wie Messer ein, eines nach dem anderen. Sie war alt. Sie war schon lange krank und konnte es kaum ertragen, mich anzusehen. Ich hatte mir das hundertmal gesagt, damit mir ihre Ablehnung nicht so wehtat. Aber in diesem Moment war das alles egal. Sie war meine Mutter.

»Es tut mir sehr leid, Mr Young. Können Sie sie besuchen und … sich um alles kümmern?«

Ich beugte mich vor, hielt mir stumm das Telefon ans Ohr. Mit der anderen Hand fuhr ich mir durchs Haar.

»Ja«, sagte ich. »Ich komme.«

»Sehr gut. Ich gebe dem Personal Bescheid …«

Ich legte auf und griff mir mit beiden Händen ins Haar.

Meine Mutter lag im Sterben. Und Fiona …

Ich atmete ein, und die Luft war so heiß und stickig, dass sie mir in der Kehle steckenblieb. Ich hatte das Gefühl zu ertrinken. Ich nahm mein Telefon, um einen Flug nach St. Louis zu buchen, als mir einfiel, dass ich mit Flügen nicht klarkam.

In Flugzeugen hatte ich jedes Mal das Gefühl, als würde mir jemand eine Plastiktüte über den Kopf ziehen und der Sauerstoff würde abgesaugt.

»Fuck«, stieß ich durch die zusammengebissenen Zähne hervor.

Ich sah mir die Fahrt nach St. Louis an. Fast zwölf Stunden.

»Fuck, fuck, fuck.«

Ich packte ein paar Sachen in eine kleine Tasche. Alles erschien mir sinnlos. Wenn ich durchfuhr, würde ich irgendwann heute Nacht ankommen, aber keinen Schlaf kriegen. Wenn ich vorher schlief, kam ich vielleicht nicht rechtzeitig. Und was war mit Fiona? Wie konnte ich sie jetzt allein lassen?

Ich packte und rief Fiona an. Ich hörte es tuten, betete, dass sie ranging.

Mailbox. Verdammt, ihre Stimme klang so fröhlich.

»Hi, hier spricht Fiona. Ich kann im Moment nicht rangehen, aber wenn ihr mir eine Nachricht hinterlasst, rufe ich zurück, versprochen. Danke!«

Es piepte, und ich schluckte.

»Fiona, ich bin's, Nik. Es tut mir leid. Ich hab alles vermasselt. Ich hab es dir auf die schlechteste Art gesagt. Ich wünschte, du könntest mir glauben. Ich wünsche es mir so sehr. Und vor allem musst du wissen, dass ich dir nie absichtlich wehtun würde. Es tut mir so verdammt leid, wenn ich das getan habe.«

Ich atmete zitternd ein.

»Meine Mutter ist krank. Ich muss nach St. Louis. Bitte warte auf mich. Bitte rede mit mir, wenn ich zurückkomme. Bitte …«

Das Piepen unterbrach mich.

Ich saß lange mit dem Telefon in der Hand da und wollte, dass es klingelte. Diesmal mit Fionas Nummer auf dem Display und ihrer Stimme am anderen Ende, die mir sagte, dass sie warten würde.

Aber das passierte nicht.

22. KAPITEL

Fiona

»Bitte warte auf mich. Bitte rede mit mir, wenn ich zurückkomme. Bitte …«

Das Piepen unterbrach ihn. Ich legte auf und spielte die Nachricht noch einmal ab. Und noch einmal.

Und noch einmal.

Ich lag im Bett, verschwitzt und klebrig in Decken gehüllt. Ich hatte mich mit dem Telefon am Ohr eingemummelt, und Tränen liefen mir übers Gesicht, und Nik – seine Stimme war so schwer vor Schmerz …

Mein Herz war hin- und hergerissen. Ein Teil von mir wollte ihm glauben und auch glauben, dass alles, was wir zusammen erlebt hatten, echt war. Die andere Hälfte sagte, dass ich mich schon wieder zum Narren gemacht hatte. Dass jedes Gefühl, das ich in den letzten Wochen empfunden hatte, nur das Ergebnis einer Manipulation gewesen war.

Nik konnte unmöglich wissen, was er wusste, es sei denn, er hatte mit Steve geredet. Waren sie Freunde?

Steve hatte immer zu mir gesagt, er würde mich finden, wenn ich ihn verließ. Er würde mich suchen, *zu meinem eigenen Besten*. Um mich zu beschützen, weil ich allein nicht überleben würde.

Oder hatte Nik die Wahrheit gesagt? Was war mit den anderen Dingen, von denen er scheinbar gewusst hatte, zum Beispiel dem Mann auf dem Jahrmarkt?

Ich rutschte tiefer unter die stickigen Decken und erinnerte mich daran, wie gut Nik zu mir war, wie aufmerksam. Wie er mir mit jeder Berührung das Gefühl gab, schön zu sein, mir mit jedem Wort zeigte, wie wichtig ich ihm war. Das konnte doch nicht alles nur gespielt gewesen sein.

»Es hat sich so echt angefühlt«, flüsterte ich.

Genau wie all die tollen Versprechungen, die Steve dir gemacht hat …

»Nein.« Ich warf die Decken beiseite und legte mich flach auf den Rücken. Nik war überhaupt nicht wie Steve.

Woher hat er es dann gewusst?

Nachdem Griff Nik rausgeworfen hatte, hatte ich Opal total aufgelöst gefragt, ob sie Nik von meiner Diagnose erzählt hatte. Sie hatte immer wieder beteuert, ihm nichts gesagt zu haben und dass sie mich niemals so hintergehen würde.

Aber Nik kannte meinen Namen. Wusste, dass ich verheiratet gewesen war. Weil er ein Hellseher war? Und das sollte ich ihm glauben?

Dummes kleines Mädchen. Du willst ihm glauben, oder?

Steve. Panik überfiel mich. Gott, er konnte auf dem Weg hierher sein. Vielleicht war er schon in Garden City …

Es klopfte, und mir fiel das Telefon aus der Hand.

»Fiona?«, rief Griff. »Wir sind es nur, wir wollten nach dir sehen.«

»Mir geht's gut«, sagte ich und wand mich innerlich, weil meine Stimme wie ein Krächzen klang.

»Rede mit uns, Schatz«, sagte Nate. »Bitte.«

»Ich muss duschen«, rief ich. »Dringend. Danach kann ich reden. Ich komm rüber, wenn ich fertig bin.«

»Versprochen?«, fragte Griff zweifelnd.

»Versprochen«, log ich.

»Wir kommen in zwanzig Minuten wieder«, sagte Nate. »Hörst du?«

»Danke, Nate.« Tränen füllten meine Augen. »Bis gleich.«

Ich nahm das Telefon und hörte mir noch einmal Niks Nachricht an. Wie konnte ich ihm glauben? Wie konnte ich irgendwas glauben?

Der Strand. Fahr zum Strand.

Hier konnte ich nicht denken. Ich musste an den Strand, an dem Nik und ich nach seiner Rückkehr nach Savannah gewesen waren. Ich brauchte den weiten Ozean und den Wind. Musste die Füße in den warmen Sand graben und die Augen schließen und nachdenken. Den Sonnenschein finden. Einfach sein.

Ich stand auf und hängte mir die Tasche über die Schulter. Ich zog das verklettete Haar unter dem Riemen heraus und erstarrte, als ich mich in dem großen Spiegel im Schrank sah. Meine Augen waren geschwollen und rot vom Heulen, ich hatte dunkle Augenringe, weil ich nicht geschlafen hatte, und das Kleid war ganz knittrig und hatte Schweißflecken.

»Oh Gott …«

Schnell nahm ich die Schlüssel, warf Lemony eine Kusshand zu und schlüpfte leise aus der Wohnung. Ich setzte mich in den Wagen und startete voller Angst, dass Griff und Nate mich erwischten. Aber der Prius war ein leises Auto, und ich konnte unbemerkt vom Parkplatz fahren.

Beim Stoppschild hinter Garden City machte ich das Radio an, und Fiona Apples »Criminal« lief gerade. Das musste ein Zeichen sein. Ich fühlte mich besser. Ein bisschen mehr wie ich selbst. Ein Seufzer entfuhr mir. Ich folgte der Straße durch das so früh am Sonntagmorgen noch schlafende Savannah, fuhr auf dem von Bäumen gesäumten Boulevard, der mich zur Küstenstraße bringen würde.

An einer Ampel bemerkte ich einen großen rothaarigen Mann, der über die Straße ging, und das Herz schlug mir bis zum Hals. Er drehte sich in meine Richtung, und ich schluckte. Es war nicht Steve.

Aber ich komme dich holen …

Die Ampel sprang auf Grün, ich fuhr über die Kreuzung und drehte mit zitternder Hand das Radio lauter, um seinen ständigen hinterhältigen Kommentar zu übertönen. Ich blickte nur eine Sekunde zu dem Knopf, da passierte es.

Braunes Haar, eine blaue Bluse, ein beiger Rock blitzten vor meiner Windschutzscheibe auf, es folgten ein schrecklicher dumpfer Schlag und ein blechernes Geräusch der Motorhaube. Ich stieg mit beiden Füßen auf die Bremse. Das Auto kam quietschend zum Stehen, und ich wurde zuerst nach vorn und dann zurück gegen den Sitz geschleudert.

Oh mein Gott … Ich hab jemanden angefahren.

Ich hatte eine Frau angefahren, und jetzt lag sie zwei Meter vor dem Auto auf der Straße, mit verdrehtem Körper, das eine Bein so komisch von sich weggestreckt, als hätte sie drei Knie.

Mein Blutdruck sackte in den Keller, kalte Finger krochen über jeden Zentimeter meiner Haut und hinterließen ein taubes Gefühl. Eine schwere Decke der Angst legte sich auf meinen Bauch, und mein Herz pochte in Zeitlupe in meiner Brust.

Mir zitterten die Hände so heftig, dass ich kaum auf Parken schalten konnte. Ich schaffte es, die Tür zu öffnen und auf die Frau zuzugehen.

Oh mein Gott. Oh mein Gott. Oh mein Gott.

Mein Blick suchte nach Lebenszeichen, und ich fühlte mich wie körperlos, weil so etwas Schreckliches nicht gerade passiert sein konnte. Die Frau war jung, vielleicht jünger als ich, und ihre Augen waren geöffnet und flatterten. Ihre Brust hob und senkte sich, und leises Stöhnen drang aus ihrer Kehle.

Plötzlich kam wie aus dem Nichts ein Mann angerannt, ganz in Schwarz – schwarzes Polohemd, schwarze Hose, schwarze Stiefel. Er blickte zwischen der Frau und mir hin und her und kniete sich dann neben sie.

»Es tut mir leid«, flüsterte ich. »Ich habe nur eine Sekunde lang nach unten geguckt. Es tut mir so leid …«

Scham, ein schlechtes Gewissen und Angst verschmolzen in meinem Magen. Die Hüfte der Frau war verdreht, und ein Knochen stand aus dem schlimm gebrochenen Bein hervor.

Ich war das. Ich hab ihr das angetan …

»Es tut mir leid«, sagte ich wieder, und mein Kiefer zitterte. »Es tut mir so leid …«

Der Mann sah zu mir auf und warf mir einen mitleidigen Blick zu, bevor seine Züge sich wieder verhärteten. Er nahm sein Handy und sprach hinein. Die Worte ergaben keinen Sinn. Ein Rauschen in meinen Ohren machte mich taub.

Autos hielten an. Menschen stiegen aus. Wie aus großer Entfernung hörte ich, wie jemand sagte, er habe den Notruf gewählt. Ich fiel neben der Frau auf die Knie und schürfte sie mir auf dem Asphalt auf, merkte es jedoch kaum. Sie atmete noch. Ihre Augen waren glasig und blickten irgendwo hin, wo es hoffentlich keinen Schmerz gab.

»Es tut mir so leid«, sagte ich. »Ich hab nur eine Sekunde nach unten geguckt …«

Ich sagte es immer wieder. Auch noch, als die Polizei und ein Rettungswagen kamen. Ein Officer zog mich sanft weg, damit die Sanitäter ihre Arbeit machen konnten. Die Beine der Frau waren so schrecklich verdreht, dass mir fast schlecht davon wurde …

»Haben Sie getrunken, Ma'am?«, fragte der Officer und sah mein zerknittertes Partykleid, mein zerzaustes Haar …

»N-nein«, sagte ich und reckte den Kopf, um über seine

Schulter zu der Frau zu blicken. »Ich hab nur eine Sekunde nach unten geguckt ...«

Er stellte mir mehr Fragen. Ich verstand ihn kaum. Redete er in einer fremden Sprache? Ich gab ihm meinen Führerschein mit dem Namen Fiona Starling. Er ließ mich in ein Röhrchen pusten. Kein Alkohol, keine Trunkenheit am Steuer, aber mein Leben war sowieso vorbei.

Ich sollte mich auf den Bordstein setzen, und ich sah zu, wie die Sanitäter die Frau in den Rettungswagen schoben und der Mann – ein Bodyguard? – hinter ihr einstieg.

Bitte lass sie wieder gesund werden. Lass sie wieder gesund werden, oh Gott ...

Der Polizist unterhielt sich mit einem anderen Polizisten, und dann halfen sie mir vorsichtig aufzustehen.

»Kommen Sie, Liebes.«

Sie drehten mich um, legten mir die Hände auf den Rücken, und einer las mir meine Rechte vor. Kaltes Metall schloss sich um meine Handgelenke, und eine Hand legte sich um meinen Hinterkopf, als ich mich auf die Rückbank eines Einsatzwagens setzen musste.

Die Tür wurde geschlossen, und die paar Momente, bevor die Polizisten nachkamen, war ich allein in dem heißen, nach Metall riechenden Innenraum eingeschlossen – Gitter zwischen mir und den Vordersitzen, eine Tür ohne Griff.

»Es tut mir leid«, flüsterte ich. »Es tut mir so leid.«

3. TEIL

Der Schwarze Prinz

23. KAPITEL
Nikolai

Ich hasste St. Louis.

Seit ich vor zwölf Tagen angekommen war, spürte ich das Summen der Stadt auf meiner Haut wie elektrische Hände, die nach mir griffen. Es war immer schlimmer geworden, als ich in die dichter besiedelten Gegenden und dann in die Stadt gekommen war. Die Leben der anderen überschwemmten mich, und statt mich zu erfüllen, saugten sie alle Energie aus mir raus und verdrängten mich aus meinem eigenen Ich, bis ich gar nichts mehr fühlte.

Dass ich Fiona verlassen hatte, machte mich fertig. Der Frieden, den sie mir geschenkt hatte, verschwand mit jeder Meile, die ich zwischen uns brachte, genau wie die Hoffnung, dass sie je wieder mit mir reden würde. Ich musste schnell zurück. Ich wurde den Gedanken nicht los, dass es ein Fehler war, nach St. Louis zu fahren, aber was konnte ich verdammt noch mal schon tun? Ich war hin- und hergerissen zwischen den Pflichten gegenüber den einzigen beiden Menschen, die in meinem Leben noch übrig waren.

Ma hat dich seit acht Jahren nicht angesehen. Fiona hasst dich. Es ist niemand übrig.

Dieser Gedanke hatte mich an jedem der zwölf Morgen begrüßt, die ich im Motel in der Nähe des Altenheims erwachte.

Auch am dreizehnten Morgen zwang ich mich aufzustehen. Ich duschte und zog mich an und sagte mir, dass ich weitermachen musste. Liebe und Hoffnung. Liebe und beschissene Hoffnung …

Ich fuhr mit der Bonneville durch einen gelben Dunst vom Motel zur Seniorenwohnanlage Forever Sunrise und parkte auf dem Besucherparkplatz. Noch bevor ich den Helm absetzte, konnte ich es fühlen. Eine Spannung in der Luft.

Der heutige Tag war anders als die letzten zwölf.

Ich trug mich an der Rezeption in die Besuchsliste ein, und Doris Walker, eine der Direktionsassistentinnen, begrüßte mich mit einem mitfühlenden Lächeln.

»Mr Young«, sagte sie. »Wie geht es Ihnen?«

Meine Mutter wird heute sterben.

»Gut.«

Sie gab mir einen Besucherpass. »Ich bin mir sicher, Sie waren Ihrer Mutter in den letzten Tagen ein großer Trost.«

Ich war mir sicher, dass meine Mutter total neben der Spur war und meine Anwesenheit gar nicht wahrgenommen hatte, aber ich nickte und ließ die Frau in dem Glauben, geholfen zu haben.

Ich nahm die Treppe in den ersten Stock, klopfte leise an die Tür zu Zimmer 219 und trat ein. Carl, einer der Pfleger, war schon da. Meine Mutter lag abgemagert und fahl im Bett, ihr braunes Haar war graumeliert und lag stumpf auf dem Kissen.

»Guten Morgen, Mr Young«, sagte Carl, und hinter dem höflichen, professionellen Lächeln lauerte Hohn. Er mochte mich nicht. Er hatte ein paar meiner früheren Besuche mitgekriegt, bei denen meine Mutter sich, halb in der Gegenwart, halb in der Vergangenheit gefangen, in einem panischen Delirium verloren hatte. Carl fand, ich sollte lieber nicht mehr kommen.

»Sie ist ziemlich ruhig heute«, sagte er. »Etwas schwächer.«

Ich setzte mich auf den Stuhl neben dem Bett. Carl hatte recht. Meine Mutter war schwächer als die letzten zwölf Tage, und ich spürte es. Ihr Ich trennte sich jede Minute mehr von ihrem Körper, als würden sich einer nach dem anderen die Verbindungsfäden lösen.

Es ist so weit.

»Kann ich eine Minute mit ihr allein sein, Carl?«, fragte ich, als er sich nicht rührte.

Er sah mich kurz an, dann nickte er. »Ich warte draußen.«

Meine Mutter hatte den Kopf zum Fenster gedreht und blickte durch die langweilige Landschaft draußen glatt hindurch.

»Hey, Ma, wie geht es dir?«

Genau wie an den anderen Tagen drehte sie sich nicht um, ließ nicht erkennen, ob sie mich wahrgenommen hatte. Das *Gesicht* zeigte mir, dass sie ganz woanders war. Es war, wie mit jemandem zu reden, der vollkommen in einem Buch oder Film versunken war.

Und sie kommt nicht mehr zurück.

»Ma? Hörst du mich?«

Auf ihren Lippen formte sich ein Lächeln, aber es galt nicht mir. Sie war nicht mehr in diesem Zimmer. Sie lächelte über etwas, wo sie jetzt war.

Die Fäden lösten sich …

»Hey, Ma, du sollst nur wissen, dass ich … ich verstehe, warum du mich ins Krankenhaus gebracht hast. Und ich bin nicht sauer. Ich verstehe es …«

Sie seufzte, und ihre schmale Brust bewegte sich.

Ich rutschte an die Stuhlkante. »Ma, bitte hör mir zu.«

Ich muss hören, dass ich noch dein Sohn bin.

Ihre Augen weiteten sich angesichts von etwas, was nur sie sah. Die Zeit entglitt ihr.

»Ma …«

Ihre Hand auf dem Bett zuckte, und vor lauter Verzweiflung kam mir ein Gedanke.

Tu es nicht.

Bei Fiona hat das Gesicht *alles versaut. Lass es …*

Aber der Teil von mir, der sich an meine Mutter erinnerte, als sie mich geliebt hatte, als ihr Blick voller Zuneigung gewesen war, musste es ein letztes Mal versuchen.

Ich nahm ihre Hand. Vogelknochen in Reispapier. Das *Gesicht* zeigte mir ein Chaos aus unzusammenhängenden Gedanken und Erinnerungen. Ich schloss die Augen und konzentrierte mich. Bei Fiona war es einfach passiert. Ich war, ohne es zu versuchen, in ihre Erinnerung gefallen.

Sei einfach …

Ich seufzte. Der Raum löste sich auf und rekonfigurierte sich als unser Garten in Waco, Texas. Sommer. Das Gras war braun geworden unter der erbarmungslosen Sonne. Meine Mutter machte den Rasensprenger an, was bedeutete, dass mein Vater weg war und sich nicht wegen der Wasserrechnung aufregen würde.

Meine Mutter war jung und schön, sie warf lachend den Kopf zurück, während ein kleiner braunhaariger Junge mit einem Wassereimer hinter ihr herrannte. Er mühte sich ab, den Eimer hinter ihr her zu schleifen, und sie lief extra langsam und tat dann so, als hätte er sie eingeholte, damit er ihr das Wasser über die Füße gießen konnte.

»Hey, erwischt«, rief sie, hob ihn hoch und drehte sich mit ihm.

Der Rasensprenger sprühte Wasser in die Luft. Regenbogen tanzten, und ich sah zu.

»Mein süßer Kolya«, rief sie. »Wir zwei, ja? Mein kleiner Komplize.«

Sie lächelte ihn an – mein sechsjähriges Ich –, dann küsste sie ihn auf die Wange, und sie tanzten unter den Wassertropfen …

Meine Sicht verschwamm. »Ich hab dich lieb, Ma«, flüsterte ich, zu leise, als dass man es neben dem Geräusch des Rasensprengers oder dem Lachen eines kleines Jungen hätte hören können.

Aber meine Mutter hörte auf zu tanzen, hielt die Hand des Jungen und sah mich an. *Mich.*

»Ich hab dich auch lieb, Kolya. Hab dich immer liebgehabt, mein Süßer. Und werd ich auch immer.«

Ein keuchender Laut entfuhr mir, und ich konnte wegen der Tränen kaum noch etwas sehen. Ihr Lächeln war so strahlend, und ich blinzelte, um sie noch sehen zu können. Sie legte sich die Hand an die Lippen und warf mir eine Kusshand zu. Dann nahm sie den Jungen wieder bei beiden Händen, und die beiden tanzten weiter durch die Fontäne des Rasensprengers in der Sonne. Sie hatte ihren Sonnenschein gefunden und würde jetzt dort leben, für immer.

Ich schloss die Augen, da ein Teil meines verwundeten Herzens heilte. Als ich sie wieder öffnete, war ich in ihrem Zimmer im Heim.

Der letzte Faden hatte sich gelöst.

»Die Beerdigung ist in vier Tagen«, sagte die Direktorin. »Sie hat alle Vorkehrungen getroffen.«

Ich nickte, immer noch benommen. Sie glaubten, ich wäre in Trauer versunken. Und ich trauerte auch, aber ich wusste, wo sie war und dass sie glücklich war.

Die nächsten drei Tage blickte ich ständig auf mein Telefon, ob Fiona mir getextet hatte. Nichts. Zwei Mal rief ich sie an, und beide Male landete der Anruf auf der Mailbox. Beim dritten Mal sagte die automatische Ansage, dass die Mailbox voll sei.

Warte auf mich, Baby. Bitte …

Am vierten Tag stand ich am Grab meiner Mutter mit einem Pfarrer und Mr Gasparo vom Heim. Ich begrub meine Mutter unter einer kleinen Marmorplatte, auf der ursprünglich nur ihr Name und die Daten stehen sollten, aber ich bezahlte für eine Änderung.

Nadja Sokolov Young
Geliebte Mutter

Der Sarg wurde in den Boden hinuntergelassen. Ich schaufelte ein wenig Erde darüber, der Pfarrer sagte ein paar Worte, dann war es vorbei. Ich legte Blumen auf das Grab meiner Mutter und berührte die Platte.

Genieß deinen Sonnenschein, Ma …

Dann verließ ich St. Louis für immer.

Ich fuhr nach Savannah zurück und hatte es mit jeder Sekunde eiliger anzukommen. Ich brauchte Fiona, selbst wenn sie mich anschrie und hasste. Es wäre immer noch besser als diese Stille. Die unglaubliche Freude über das, was ich mit meiner Mutter gefühlt hatte, wich dem Gefühl, zu lange weg gewesen zu sein. Es packte mich mit seinen Klauen und ließ mich nicht mehr los.

Ich schlief ein paar Stunden in einem billigen Motel vor Chattanooga, dann fuhr ich durch bis Garden City und kam etwa um zehn Uhr morgens bei Fiona an. Ihr Prius stand nicht auf dem Parkplatz.

Egal, dachte ich. *Sie ist bei der Arbeit. Oder ihr Wagen ist in der Werkstatt.*

Ich klopfte. Dann noch einmal. Die Stille hinter der Tür jagte mir eine Heidenangst ein. Sie fühlte sich tief und groß an. Ich versuchte den Türknauf zu drehen, obwohl ich nicht glaubte, dass das etwas bringen würde, aber er bewegte sich. Ich öffnete die Tür und trat ein.

Keine Pflanzen. Kein Vogel. Keine Möbel.

Mein Herz hämmerte, als ich alles wie in Einzelbildern registrierte.

Ein paar Küchenschränke standen offen, die Regale waren leer. Ein Mülleimer stand mitten im Raum. Auf der Arbeitsplatte lag eine Rolle Küchenpapier. Neben dem Bett war ein Staubsauger in einer Steckdose eingesteckt.

Fiona …

Sie war weg. In Costa Rica. Sie war geflohen, um ihre Freiheit zu finden. Der Schmerz war wie ein Messer in der Brust, aber ich nahm ihn bereitwillig auf. Sie war fort, und wenn mir nur noch der Schmerz blieb, würde ich eben den nehmen. Wenn sie das brauchte, um glücklich zu sein, dann wünschte ich es ihr.

Eine Männerstimme erklang hinter mir. »Kann ich Ihnen helfen?«

Ich wirbelte herum. Er war Mitte vierzig, trug Jeans und ein T-Shirt, das sich über dem hervorstehenden Bauch spannte. In einer Hand hatte er einen Schlüsselring, in der anderen einen Eimer mit Putzmitteln.

»Ich …«

»Was wollen Sie hier?«, fragte er.

»Ich habe Fiona gesucht«, sagte ich. »Wer sind Sie?«

Der Mann verzog frustriert das Gesicht. »Ich bin ihr Vermieter«, sagte er. »Oder war.« Er ging an mir vorbei und stellte den Eimer mit dem Putzzeug auf den Boden.

»Wann ist sie ausgezogen?«, fragte ich.

»Ausgezogen?« Der Typ schnaubte. »Kann man wohl so nennen. Hat sich 'ne neue Wohnung besorgt. Savannah County Gefängnis.«

Das Blut wich mir aus dem Gesicht. »Was haben Sie gesagt?«

»Ich hab keine Ahnung, was passiert ist, also fragen Sie nicht«, sagte er und holte eine Flasche mit Sprühreiniger aus dem Eimer. »Ich weiß nur, dass vor ein paar Tagen ein Cop vorbeigekommen ist, mit einer Sozialarbeiterin und einer Freundin von ihr, die die ganze Zeit geheult hat und ihren Kram irgendwo einlagern wollte, was weiß ich.«

»Sie … ist im Gefängnis? Sie wurde *verhaftet*?«

Der Typ richtete sich auf. »Tja, so landet man üblicherweise im Gefängnis. Hören Sie, ich hab's schon gesagt. Ich weiß nichts, außer dass ihr Mietvertrag noch sechs Monate lief. Wenn Sie jetzt bitte gehen würden? Ich muss die Wohnung hier fertig machen und neu vermieten.«

Ich warf einen letzten Blick auf Fionas Wohnung. Sie war so leer. Nicht nur, weil ihre Sachen weg waren, sondern weil *sie* weg war.

Das muss ein Fehler sein. Ein schrecklicher, grausamer Fehler.

Draußen versuchte ich mich zu erinnern, in welcher Wohnung Nate und Griffin wohnten. Ich klopfte an Nummer 5, aber niemand antwortete, und ich dachte, dass sie vielleicht schon in ihr Haus in Savannah gezogen waren. Hailey und Nancy? Ich hatte keine Ahnung und keine Zeit mehr zu verlieren. Ich setzte mich auf die Bonneville und holte mein Telefon raus, mit dem Gefühl, in einem surrealen Traum gefangen zu sein, aus dem ich nicht aufwachen konnte. Ich gab »Savannah County Gefängnis« ins GPS ein.

Was zur Hölle konnte Fiona getan haben?

Als ich beim Gefängnis ankam, umkreiste ich es ein paarmal, bis ich den Besuchereingang fand. Das Gebäude roch nach Asche und Blut, Zorn und Schweiß. Zwei Cops führten einen brutal aussehenden Mann in Handschellen an mir vorbei, und mir sank der Mut. Die Luft war schmutzig, reizte meine Augen und brannte mir im Hals. Ich versuchte, mir Fionas rosa Haar und ihr ätherisches Strahlen hinter Gittern vorzustellen, aber es war unmöglich.

Ich fand die Rezeption und hielt mich an der Theke fest.

»Fiona Starling«, sagte ich zu der Frau, die dahinter saß. »Wo ist Fiona Starling?«

Die Frau sah mich komisch an und tippte den Namen ein.

»Keine Fiona Starling.«

»Gucken Sie noch einmal nach. Mir wurde gesagt, dass sie hier ist.«

»Vielleicht ist sie verlegt oder entlassen worden. Ich habe keine Fiona Starling im Computer.« Sie tippte noch etwas. »Und hier war auch in den letzten dreißig Tagen keine Fiona Starling. Jemand hat Sie falsch informiert.«

»Tess«, sagte ich, schrie es fast. »Versuchen Sie es mit Tess.«

Die Frau seufzte. »Tess und wie weiter? Dieses System funktioniert nicht mit Vornamen, Schätzchen.«

Verdammt, ich hatte ihren Nachnamen nicht gehört.

»Versuchen Sie Tess Starling«, sagte ich.

Die Frau tippte, schüttelte den Kopf. »Kommen Sie wieder, wenn Sie wissen, wen Sie suchen.«

Ich musste mich zusammenreißen, um nicht mit der Faust auf die Theke zu schlagen. Das Blut raste mir durch die Adern, als würde es brennen, und ich verließ das Gefängnis.

Opal. Opal wird es wissen.

Ich atmete tief ein und setzte mich wieder auf die Bonneville. Fast fahrlässig schlängelte ich mich durch den Verkehr, bis ich auf den Parkplatz von Garden City Greens bretterte, den

Ständer runterklappte und in den Laden rannte. Opal stand an der Kasse und half einer Kundin. Ihre Augen weiteten sich, als sie mich sah, und eine dunkle Wolke aus Zorn und Schmerz brodelte über ihr wie ein Sturm. Sie schüttelte einmal langsam den Kopf. Eine Warnung.

Sie bediente die Kundin fertig und sagte schon: »Nein, nein, nein«, als ich zu ihr ging. »Du solltest nicht hier sein«, sagte sie und zeigte mit dem Finger auf meine Brust. »Du hast hier nichts verloren.«

»Opal, bitte sag mir, was passiert ist. Ich war bei ihr, und der Vermieter hat gesagt, dass sie im *Gefängnis* ist? Wie kann das verdammt noch mal sein?«

»Es kann *verdammt noch mal* sein, weil sie total neben der Spur war«, sagte Opal. »Sie hat mir nicht erzählt, was auf der Party passiert ist, aber was auch immer du zu ihr gesagt hast … was auch immer du ihr *angetan* hast, hat sie mehr aufgewühlt, als selbst ich für möglich gehalten hatte.«

Tränen stiegen ihr in die Augen. Sie presste die Lippen aufeinander, bis sie sich wieder unter Kontrolle hatte. Ihr Schweigen machte mich wahnsinnig. Ich war kurz davor, sie zu berühren und die Information einfach aus ihr rauszuziehen.

So hast du Fiona überhaupt erst verloren.

»Bitte, Opal, ich weiß, ich hab Scheiße gebaut, aber sag mir, wo sie ist. Ist sie wirklich im Gefängnis? Das muss ein Fehler sein.«

»Es ist ein Fehler«, sagte Opal. »Die ganze Sache ist ein verdammter Fehler. Ich kannte nicht die ganze Geschichte. Das arme Ding. Ich wusste nicht, was sie durchgemacht hatte, aber jetzt wird dieses miese Arschloch sie finden.«

Ich biss die Zähne zusammen. »Verdammt, Opal, sag mir endlich, was passiert ist.«

Sie sah mich an. »Das werd ich sicher nicht«, sagte sie. »Nach allem, was ich weiß, bist du genauso schlimm wie er. Oder steckst sogar mit ihm unter einer Decke. Warum hast du sie allein gelassen? Wo warst du? Bei diesem Arschloch Steve, um ihm Bericht zu erstatten?«

»Was? Nein … Meine Mutter … sie war krank …« Ich schüttelte den Kopf. »Ist egal. Erzähl es mir.«

Opal wurde ein bisschen sanfter, sie schüttelte den Kopf und blickte in die Ferne. »Ich hab sie auch allein gelassen. Ich hab sie nach dieser Nacht allein gelassen und hätte das niemals tun dürfen. Sie hat gesagt, dass sie schlafen wollte, und ich hab Okay gesagt. Dann ist sie losgefahren.«

Opal fixierte mich mit einem kalten, stählernen Blick. »Sie hat jemanden angefahren. Eine junge Frau. Deren Becken ist gebrochen und ein Bein. Als die Polizei kam, war Fiona verstört. Das habe ich nur gehört, weil ich nicht da war, obwohl ich hätte da sein sollen.« Sie weinte wieder. »Sie sei verstört gewesen, haben die gesagt. Hätte noch das verdammte Kleid von der Party angehabt, und im Radio sei laut Musik gelaufen. So ist Fiona nicht. Sie ist eine umsichtige Fahrerin. Sie würde niemals jemandem wehtun. Was auch immer du zu ihr gesagt hast …«

Opals Worte schlugen mir hart ins Gesicht.

»Sie haben sie mit aufs Revier genommen«, sagte sie, »und herausgefunden, dass sie gar nicht Fiona Starling heißt und mit diesem Arschloch Steve verheiratet ist. Sie war vor so vielem auf der Flucht, und ich hab's nicht gewusst. Die Arme, und jetzt ist es zu spät. Man hat sie wegen rücksichtslosen Fahrens und Identitätsbetrug angeklagt.«

Mir hämmerte das Herz in der Brust. »Hatte sie einen Anwalt?«

Mein Gott, hat ihr jemand geholfen?

»Griffin war ihr Anwalt, und er war gut, aber es war egal. Die Frau, die Fiona angefahren hat, ist die Tochter eines Senators aus Florida. Dieser reiche Politiker hat sich bei dem Richter eingeschleimt, und sie haben mein armes Mädchen fertiggemacht. Das Bußgeld für den Betrug hat ihre ganzen Ersparnisse aufgebraucht, und zusätzlich haben sie ihr drei Jahre für rücksichtsloses Fahren aufgebrummt.« Sie sah mich ungläubig an. »Drei *Jahre.*«

Ich taumelte. »Drei Jahre … Wo?«

Aber Opal hörte nicht zu. »Sie hat mich angerufen. Sie hat kaum etwas gesagt, nur dass ich mich um Lemony kümmern soll. Sie hat nicht einmal um einen Anwalt gebeten; ich hab Griff benachrichtigt und dafür gesorgt, dass ihre Sachen eingelagert wurden. Ich wollte auch den Vogel nehmen, aber weißt du, was passiert war, als ich ihn holen wollte? Er war tot. Hat auf dem Rücken gelegen, die Beinchen nach oben gestreckt. Er hatte Futter und Wasser; es war nicht zu warm und nicht zu kalt, er ist einfach gestorben.«

Opal schniefte und wischte sich die Augen mit einem Taschentuch, das sie aus der Schürzentasche zog.

»Und jetzt ist sie im Gefängnis«, sagte sie dumpf. »Du kannst nichts mehr tun.« Ihre Stimme wurde hart. »Verschwinde einfach.«

»Opal, warte. Bitte sag mir ihren Nachnamen.« Ich fuhr mir mit den Fingern durchs Haar. »Ich muss sie sehen. Ich wollte ihr nicht wehtun. Ich wollte nicht, dass das alles passiert. Ich brauche ihren Namen …«

»Wozu? Um es noch schlimmer zu machen? Sie zu besuchen, während sie in der Falle sitzt und nicht Nein sagen kann?«

»Bitte«, sagte ich. »Ich bitte dich. Ich muss das wieder in Ordnung bringen …«

»Kannst du nicht«, stieß Opal hervor. »Und es steht sowieso alles in der Zeitung, was du wissen willst. Ihr Mann wird sie finden, sie allein mit seiner Gegenwart quälen. Alles, wofür sie so hart gearbeitet hatte, ist weg.« Sie schüttelte den Kopf, Abneigung strahlte in Wellen von ihr ab. »Ich sage dir nichts mehr. Guck selbst nach, dann kommt es nicht von mir. Ich habe ihr Vertrauen nicht gebrochen. Ich hab sie nicht verraten und werde jetzt nicht damit anfangen. Das ist das Mindeste, was ich tun kann.«

Sie ließ mich einfach in der stickigen Hitze stehen.

Wie ein Zombie ging ich aus dem Gartencenter auf den Parkplatz zurück und holte mein Telefon raus. Ich tippte *Tess Unfall Verhaftung Savannah* in die Suchleiste ein. Der erste Eintrag war ein Artikel in der Lokalausgabe einer großen Zeitung.

Margo Pettigrew, 21, Tochter des Senators Andrew Pettigrew aus Miami Beach, wurde am frühen Sonntagmorgen von Tess Daniels, 23, angefahren und schwer verletzt. Die Pettigrews haben Urlaub auf Tybee Island gemacht, und nach Aussage ihres Bodyguards beschloss Ms Pettigrew am Morgen des Unfalls, einen Spaziergang durch Savannah zu machen. Ms Daniels wurde verhaftet und wegen rücksichtslosen Fahrens und Identitätsbetrug belangt, als sich herausstellte, dass sie unter falschem Namen in Garden City lebte, einem Vorort von Savannah. Daniels wurde zu drei Jahren im Whitworth Frauengefängnis verurteilt. Ms Pettigrew unterzog sich seitdem mehreren Operationen. Sie erholt sich noch im Mount Sinai Medical Center in Miami Beach.

Ich schmeckte Galle. Mir war schlecht, und Tränen schnürten mir die Kehle zu. Drei Jahre. Drei Jahre …

Der Artikel sagte nicht, ob Fiona schon in das Gefängnis verlegt worden war. Ich stieg wieder auf die Bonneville und fuhr zurück zum County Gefängnis in Savannah. Die Hoffnungslosigkeit zerrte an mir.

»Tess Daniels«, sagte ich zu derselben Frau an der Rezeption. Der Name klang fremd in meinem Mund. »Ich will Tess Daniels besuchen.«

Die Frau warf mir einen müden Blick zu und gab den Namen ein. Sie schüttelte den Kopf.

»Verlegt«, sagte sie. »Gestern Abend. Whitworth Frauengefängnis.« Sie schnalzte mit der Zunge. »Nicht Ihr Tag heute, was?«

Zurück auf dem Parkplatz, holte ich unter der erbarmungslosen Sonne Georgias wieder das Telefon raus. Whitworth lag nordöstlich von Athens. Eine Vier-Stunden-Fahrt.

Das ist ein Fehler, dachte ich, als ich den Helm aufsetzte. *Ein riesiger beschissener Fehler.*

Ich fuhr auf den Highway nach Norden und dachte daran, wie Fiona die Arme um mich gelegt und zwei Mal gedrückt hatte, damit ich schneller fuhr. Ich erinnerte mich an ihre Aufregung und Freude um mich herum.

Die Erinnerung fühlte sich an wie ein Traum. Dieser Horrortrip war alles, was jetzt noch übrig war.

24. KAPITEL

Fiona

Es war nach zehn Uhr abends, als wir im Whitworth Frauengefängnis ankamen. Ich wurde mit den anderen Inhaftierten in orangen Overalls durch die Aufnahme geschleust. Wir mussten uns ausziehen und vorbeugen und uns dann aufhalten, um inspiziert zu werden. Ich dachte, das erste Mal, als das im Gefängnis passierte, wäre am schlimmsten gewesen – als würde ich mich daran gewöhnen. Ich hatte mich nicht daran gewöhnt. Mit den in Latex steckenden Fingern der Gefängniswärterin, die mich untersuchte, berührte mich auch die Demütigung.

Das Gefängnis war brechend voll. Das hatte ich auf der Busfahrt dorthin gehört. Ich sollte mit den anderen Frauen aus dem Bus in einem Flügel mit Minimum Security in einem Gefängnis untergebracht werden, das für Minimum bis Medium Security ausgelegt war, aber meine Mitgefangenen sahen für mich nicht danach aus. Ihre Gesichter waren hart und gefühllos, als würden die Probleme in ihrem Leben sie langsam von innen her versteinern. Schmerz zu zeigen war ein Zeichen von Schwäche. Ich war voll davon.

Als wir ausstiegen, wollte ich unter den Inhaftierten in meiner Reihe nach solchen wie mir suchen: Neuen mit Todesangst. Aber wir mussten den Blick nach vorn richten und schweigen. Wir wurden in Schlafsäle geführt. Das Licht war schon gelöscht, und der Raum schien zu brodeln durch den Atem von hundertfünfzig Frauen. Ich stellte mir einen schlafenden Drachen vor, den ich nicht wecken wollte.

Man brachte mich in eine Kabine mit zwei Etagenbetten, eins auf jeder Seite. Das linke obere Bett war noch leer, und ich kletterte, so leise ich konnte, hoch, aber es quietschte und ratterte.

»Mach nich so 'n scheiß Lärm«, murmelte eine der Frauen in meiner Kabine schläfrig.

Ich legte mich unter die dünne Decke und rollte mich um die Tasche mit meinen Habseligkeiten zusammen, die sich auf ein Stück Seife, ein Handtuch, Zahnbürste und Zahnpasta, Flipflops und zwei zu große Unterhosen reduziert hatten. Ich lag ganz still da, lauschte dem Husten und den quietschenden Betten der hundertfünfzig Gefängnisinsassinnen in diesem Saal. Niemand weinte. Oder vielleicht doch. Ganz leise wie ich, sogar ohne dass das Bett wackelte.

Das ist für die nächsten drei Jahre dein Leben.

Drei Jahre mit der Möglichkeit, nach achtzehn Monaten auf Bewährung freizukommen.

Der Richter war mit Margos Vater befreundet, und der war Senator. Sie spielten zusammen Golf und machten Bootsfahrten vor Tybee Island. Der Prozess war so schnell gegangen, Griffin hatte kaum nach Luft schnappen können. Er hatte sein Bestes getan, aber es wurden Gefälligkeiten eingefordert, und Griff meinte, Senator Pettigrew wollte die Sache so schnell wie möglich erledigt haben.

»Irgendwas ist da faul«, hatte er mir vor der Anklageerhebung zugeflüstert.

Faul oder nicht, der Richter brummte mir die Höchststrafe auf. Drei Jahre für rücksichtsloses Fahren und »gefährliche Körperverletzung mit Kraftfahrzeug« und achttausend Dollar Bußgeld für die falsche Sozialversicherungskarte und den Führerschein. Dass sie meinen falschen Pass nicht gefunden hatten, bewahrte mich vor einer zehnjährigen Gefängnisstrafe. Bei meinem Telefonanruf hatte ich Opal gebeten, ihn zu verbrennen und sich um Lemony zu kümmern. Ersteres hatte sie getan, aber der arme kleine Lemony war schon tot gewesen.

Ich lag auf dem Bett und dachte an Margo Pettigrew und wie sehr sie leiden musste. Immer wieder spielte ich diesen Moment durch, das eklige Geräusch, als mein Wagen ihren Körper gerammt hatte. Ich hatte die Musik lauter gedreht und nur eine Sekunde weggesehen, und es war fast, als hätte sie sich auf meiner Motorhaube materialisiert. Egal. Ich hatte sie angefahren. Ich hatte sie beinahe umgebracht. Sie hätte querschnittsgelähmt sein können, und selbst jetzt lagen monatelange Physiotherapie und Reha vor ihr. Und Schmerzen.

So viele Schmerzen …

Ich war gerade eingeschlafen, als Gefängniswärter durch die Schlafräume gingen. Pfiffe gellten durch die Luft. Wir stiegen aus dem Bett, um für das Durchzählen strammzustehen. Ich sah mir die Frauen aus meiner Kabine an. Eine Afroamerikanerin etwa in meinem Alter, eine Latina in den Vierzigern, die in dem Bett unter mir schlief, und ein blasses Mädchen mit ausgeblichenen blauen Tattoos um Hals und Handgelenke, das sich den halben Kopf rasiert hatte. Ihr Blick war tückisch und berechnend.

Minimum Security, sagte ich mir. *Keine von denen hat ein Gewaltverbrechen begangen.*

Ich spürte den Blick des Mädchens, als wir zum Frühstück geführt wurden – auf ihrem Namensschild stand Taggerty.

Wir wurden durch die Gänge in die Cafeteria gebracht. Das Frühstück bestand aus dünnem Rührei, einem harten Brötchen, einem Würstchen aus der Mikrowelle und einem Becher

Saft. Ich nahm mein Tablett und kam mir vor wie die Neue in der Highschool, ohne Freunde und ohne Sitzplatz. Alle Tische waren besetzt. Ich setzte mich an den Rand von einem, der bis auf drei Frauen am anderen Ende leer war. Ich hatte die Schultern vorgebeugt und blickte auf meinen Teller. Wenn ich mich klein machte, dachte ich, würde mich vielleicht niemand sehen.

»Hey Pinky, wer hat gesagt, dass du da sitzen darfst?«

Ich hielt den Blick gesenkt.

»Hey. Ich rede mit dir.«

»Sieh dir die an«, sagte eine andere. »Voll magersüchtig.«

»Bulimie«, sagte die Nächste. »Die wird das ganze Essen verschwenden.«

Ich sah zu einer Frau mit dunklen Haaren und hartem Blick. Sie saß neben dem Mädchen aus meiner Kabine, Taggerty. Auf dem Namensschild der dunkelhaarigen Frau stand Brooks. Eine dritte, Vasquez, machte das Trio komplett.

Auf meinem Namensschild stand Daniels. Nicht mein neuer Name oder mein Geburtsname. Der Name meines Mannes.

Taggerty rutschte auf der Bank näher und packte die Ecke meines Tabletts zwischen Daumen und Zeigefinger. »Bulimie«, sagte sie mit fester Stimme und schnalzte tadelnd. »So eine Verschwendung. Pinky hier wird das nur runterschlingen und bei der ersten Gelegenheit wieder auskotzen. Stimmt doch! So betrachtet …«, sie zog mein Tablett auf ihre Tischseite, »… tun wir ihr einen Gefallen. Wir ersparen ihr das Rumgewürge.«

Taggerty teilte mein Essen zwischen sich und den anderen Frauen auf und schob mir das leere Tablett zu.

»Gern geschehen«, sagte sie.

Nach dem Frühstück ging ich zum Schalter der Verpflegungsstelle. Nachdem ich das Bußgeld bezahlt und meine Sachen eingelagert hatte, hatte ich kaum noch etwas übrig. Meine

Ersparnisse für Costa Rica waren weg. Wahrscheinlich würde Steve sich den Rest holen, wenn er das nicht schon getan hatte.

»Ein Snickers bitte«, sagte ich der Frau am Schalter. Es war wie ein winziger Kiosk mit Snacks, Toilettenartikeln und Briefpapier. Sie sah auf mein Namensschild, gab etwas in den Computer ein und schob den Schokoriegel durch den Schlitz im Fenster.

Ich nahm ihn zu meinem Bett mit und kletterte hoch. Die Latina las. Sie sagte nichts zu mir, und ich sagte nichts zu ihr. Ich aß das Snickers, aber es lag mir wie ein Stein im Magen und machte mich nur noch nervöser.

Wieder wurde gepfiffen, es war Zeit für den Hofgang. Dass der Tag so reglementiert war – immer sagte dir jemand, wo du hingehen und was du tun solltest –, fühlte sich an, als würde mich eine riesige Hand hin und her schubsen, obwohl ich nur irgendwo allein sein wollte. Ich fand eine ruhige Ecke unter einem Baum, zog die Knie unters Kinn und versuchte, mich klein zu machen.

Du kannst nicht drei Jahre lang so tun, als würdest du nicht existieren.

Ich musste einen Weg finden, um mit dieser Angst umzugehen, die mich wie eine Pythonschlange erdrückte.

Nach dem Hofgang ging es zum Duschen. Das Herz hämmerte mir so heftig in der Brust, ich bekam kaum Luft. Ich nahm mein Handtuch und die Seife und zog die billigen Flipflops an. Ich stellte mich in die Schlange, und nach ein paar Minuten waren Taggerty und ihre Freundinnen nicht weit hinter mir, nur drei andere Insassinnen waren dazwischen. Sie kicherten und tuschelten, und ich spürte ihre Aufmerksamkeit wie einen heißen Wind.

»Hey, Pinky«, sagte Brooks.

»Nee, die ist keine Pinky«, sagte die dritte in der Gruppe, Vasquez. »Wie hieß noch dieses Model vor einer Million Jahren? Diese Dürre aus England? Stick? Sticky?«

»Twiggy, ihr Idiotinnen«, sagte Brooks. »Twiggy ist schon besetzt. Daniels braucht einen neuen Supermodel-Namen. Piggy. Piggy, bist du ein Supermodel? Siehst du deshalb aus, als hättest du seit drei Jahren nichts gegessen?«

Ich ignorierte sie und wartete, dass ich drankam.

Die Duschen waren Kabinen mit einfachen Vorhängen, ohne Türen. Nackte Frauen gingen hierhin und dorthin und sahen sich im Spiegel an, als wären es die Duschen einer Turnhalle. Eine völlig nackte Insassin stellte einen Fuß auf ein Waschbecken, um den Fußpilz zwischen ihren Zehen zu begutachten. Ich fragte mich, wie lange man schon im Gefängnis sein musste, um sich so hemmungslos zu bewegen. Ich hoffte, ich würde es niemals herausfinden.

Ich wickelte das Handtuch fest um mich, bis ich dran war. In der Kabine zog ich den Vorhang zu und wusch mich mit der Seife, die einen weißen Film auf meiner Haut hinterließ. Meine Haare waren zu lang. Bei dem schwachen Wasserdruck würde ich sie wahrscheinlich nie sauberkriegen, aber ich beeilte mich, weil ich schnell wieder zurück in die Schlafkabine und mich anziehen wollte.

Dann drehte ich das Wasser ab und griff nach meinem Handtuch. Es war weg. Ich blickte durch den Vorhang und sah Taggerty, Brooks und Vasquez in der Schlange warten. Mein Handtuch hing über Taggertys Schulter.

»Gib es mir zurück«, sagte ich und versuchte, so hart zu klingen, wie es ging. Es kam raus wie ein geflüstertes Quieken.

»Piggy ist schüchtern«, sagte Taggerty. »Sei nicht so schüchtern. Schließlich bist du ein Supermodel. Komm, zeig uns mal, wie ein Supermodel aussieht.«

Ich konnte nicht in der Dusche stehen bleiben und mich verstecken. Ich brauchte all meine Willenskraft, um den Vorhang zur Seite zu schieben und mich vor Taggerty zu stellen. Ich streckte die Hand aus.

»Gib mir das Handtuch«, sagte ich.

Taggerty schnaubte, ihr Blick wanderte an mir rauf und runter. »Kleine Titten. Kleine-Titten-Piggy.«

»Gott, iss ein Sandwich. Oder zehn«, sagte Vasquez.

Irgendwie schaffte ich es, Taggerty weiter anzusehen, obwohl meine Haut sich anfühlte, als würde sie brennen.

»Gib mir das Handtuch«, sagte ich wieder.

Sie sah mir kurz in die Augen, dann nahm sie es von der Schulter. »Klar doch.« Sie gab es mir. »Hier.«

Schnell schnappte ich es mir und wickelte mich darin ein. Ich hätte aufpassen müssen, aber ich war viel zu erleichtert. Als ich losging, stellte Brooks mir blitzschnell ein Bein. Vielleicht hätte ich es geschafft, das Gleichgewicht zu halten, aber der billige Flipflop verdrehte sich, und ich fiel hin. Knallte mit der Wange gegen die harte geflieste Wand.

Schmerz strahlte um mein Auge herum aus, und Taggerty und ihre Freundinnen lachten. Die ganze rechte Seite meines Gesichts pochte, und ich spürte, wie mir Blut die Wange hinunterlief.

Eine Wärterin erschien an der Tür zum Bad. »Bewegt euch, Ladies.« Sie sah mich. »Was ist los, Daniels? Müssen Sie auf die Krankenstation?«

»Nein, alles gut«, sagte ich.

»Gut, ja? Wollen Sie mir sagen, was passiert ist?« Die Wärterin blickte zu Taggerty, Brooks und Vasquez, deren Mienen jetzt völlig ausdruckslos waren.

Ich schob mich an der Wärterin vorbei und ging zurück zum Bett, um mich anzuziehen. Ich musste das Handtuch benutzen, um das Blut zu stillen. Es war nicht viel, aber die Haut um das rechte Auge war geschwollen und fing an, sich dunkel zu verfärben.

»Ich sehe, du hast die Rainbow-Crew kennengelernt«, sagte Martínez, die auf ihrem Bett lag. Sie war so still gewesen, dass ich sie nicht gesehen hatte.

»Die was?«

»Das weiße Mädchen, das schwarze Mädchen und die Latina«, sagte Martínez. »Tag, Brooks und Vasquez. Sie nennen sich die Rainbow-Crew. Sie finden das cool.«

»Bodyshamende Arschlöcher«, murmelte ich und zog mich schnell an.

»Hey«, sagte Martínez. Sie legte den Kopf auf dem Kissen schief. »Wenn ich dich ansehe mit deinen rosa Haaren und dem freundlichen Gesicht, muss ich denken, dass das ein Irrtum ist. Was ist passiert, querida?«

»Ein Unfall«, sagte ich und knöpfte mir mit zitternden Händen den Overall zu. »Es … hat einen Unfall gegeben.«

Ich konnte nicht darüber reden, ohne zu weinen, und ich konnte nicht weinen. Nicht hier. Martínez sah netter aus als alle anderen bisher, aber woher wollte ich das eigentlich wissen?

Komplett angezogen fühlte ich mich besser und starrte an die Decke. Zum ersten Mal, seit das alles passiert war, erlaubte ich mir, länger als ein paar Sekunden an Nikolai zu denken.

Der Schmerz war sofort da, legte sich um mein Herz und drückte so fest zu, dass mir Tränen in die Augen stiegen. Schnell wischte ich sie ab, bevor sie jemand sah. Nikolai war weg, und das Loch, das seine Abwesenheit hinterließ, reichte bis tief in mich hinein. Ich würde es nie stopfen können. Es war egal, was er auf der Party gesagt hatte, und auch, ob Steve ihn geschickt hatte. Nichts davon hatte irgendeine Bedeutung.

Er war weg, und ich saß hinter Gittern und würde lange Zeit nicht rauskommen.

Ein Wärter mit einem Klemmbrett in der Hand kam. »Daniels, Sie haben Besuch.«

Ich schwang die Beine seitlich aus dem Bett, mein Herz pochte.

Steve. Er hatte mich gefunden und besuchte mich jetzt, um mich zu quälen.

»Wer ist es?«, fragte ich.

»Seh ich aus wie Ihr Privatsekretär?«

»Muss ich da hin?«

Der Wärter sah mich komisch an. »Haben Sie was Besseres vor?«

Besser, ich bringe es hinter mich, dachte ich. Ich treffe ihn noch ein letztes Mal, dann nie wieder. Vielleicht höre ich dann auf, ständig Angst zu haben.

Seine Stimme lachte mich aus. *Du wirst hier keinen Monat überleben, Herzchen.*

Ich wurde durch den Hauptbereich des Gefängnisses geführt, durch die Aufnahme bis zum Besuchszentrum. Weil ich neu war, erlaubte man mir noch keine Besuche am Tisch. Ich wurde zu einem Bereich geführt, in dem man in einer Art Schalter hinter kugelsicherem Glas saß. Die Besucher und die Insassinnen hatten beide einen Telefonhörer, um sich zu unterhalten.

»Nummer sieben«, sagte der Officer. »Sie haben eine Viertelstunde.«

Ich zählte die Stühle, und als ich bei sieben war, fiel ich fast auf den Platz, weil nicht Steve dort saß.

Es war Nikolai.

Er war so schön nach der endlosen Hässlichkeit des Gefängnisses. Ich nahm seinen Anblick begierig in mich auf. Aber seine blauen Augen waren so voller Schmerz und Bedauern. Er sah mich müde und flehentlich an. Das war nicht der Blick eines Mannes, der erfolgreich eine Frau reingelegt hatte, damit sie sich in ihn verliebte. Er sah aus, als hätte er etwas verloren, und ein winziges Flüstern in meinem Hinterkopf fragte mich, ob er mir vielleicht die Wahrheit gesagt haben könnte.

Es hat keine Bedeutung mehr, dachte ich und nahm mit zitternder Hand den Hörer. *Du hast diese Viertelstunde, dann lass ihn gehen.*

Ich hielt mir den Hörer ans Ohr. »Hi, Nik.«

25. KAPITEL

Nikolai

Fiona setzte sich hinter der Glasscheibe auf einen Stuhl, und ihr Anblick brach mir das Herz. Sie war so wunderschön und sah so ängstlich und klein aus in diesem viel zu großen orangen Overall. Auf dem Namensschild stand Daniels. Jemand hatte ihr ein blaues Auge verpasst, das Lid und die Haut darüber waren geschwollen, und sie hatte einen kleinen Riss mit getrocknetem Blut an der Augenbraue. Verkrampft packte ich den Hörer.

»Hi, Nik«, sagte sie leise.

»Wer war das?«, fragte ich durch zusammengebissene Zähne.

Sie lächelte traurig. »Meine neuen Freundinnen.«

»Scheiße, Fiona …« Ich musste mich zusammenreißen, um sitzenzubleiben. Ich wollte das Glas zerschlagen und sie von diesem gottverlassenen Ort wegbringen.

»Du siehst müde aus«, sagte sie sanft, rosa Licht legte sich um ihre Haut. »Ich habe deine Nachrichten bekommen. Wie geht es deiner Mom?«

»Sie ist gestorben«, sagte ich.

Das Rosa leuchtete auf, gefärbt mit violettem Staub. »Oh Nik, es tut mir so leid.«

»Nein, mir tut es leid, Fiona. So sehr …«

Sie starrte mich durch die Scheibe an und schluckte. »Dir

muss nichts leidtun. Ich bin selbst schuld. Ich habe Mist gebaut. Ich habe solchen Mist gebaut und diese arme Frau verletzt.«

»Ohne mich wäre nichts davon passiert.«

»Nein. Ich muss die Verantwortung für das übernehmen, was ich ihr angetan habe. Aber …«

»Aber was?«

Sie kauerte sich auf ihrem Stuhl zusammen. »Ich bin nicht zu schnell gefahren. Ich war aufgewühlt und hab die Musik zu laut aufgedreht, aber ich habe aufgepasst. Das dachte ich jedenfalls.« Ihre Stimme schwankte. »Ich hab mich wohl geirrt.«

»Fiona …«

»Es ist egal.«

»Gib nicht auf, Baby …«

»Es ist alles vorbei«, sagte sie. »Costa Rica. Meine Wohnung. Sogar der kleine Lemony.« Ihre Augen füllten sich mit Tränen, als sie zu mir sah. »Und das mit dir.«

Furcht pochte in meinen Adern. »Nein, ich bin hier. Ich bin noch hier.« Ich schluckte. »Habe ich dich … verloren?«

Sie sah mir in die Augen, und ich konnte sehen, dass sie um Fassung rang. »Ich weiß es nicht«, sagte sie. »Ich weiß nicht, was ich denken soll. Ich will dir glauben, Nik, aber ich weiß nicht, wie.«

»Ich weiß. Es ist Irrsinn«, sagte ich rau. »Dieses … *Ding* hat mich mein ganzes Leben lang gequält, und jetzt hat es sogar dir geschadet, und es tut mir so leid.«

»Es muss dir nicht leidtun«, sagte sie. »Ich bin jetzt hier drin. Der Rest ist ziemlich egal.«

»Nein, Fiona …«

Ich konnte fühlen, wie sie mir entglitt, wie ihre Hoffnung sich Stück für Stück auflöste, ihr Licht unter den toten Neonröhren über uns erlosch.

Sie gehört in die Sonne …

»Ich muss dich da rausholen«, sagte ich mit zusammengebissenen Zähnen. »Ich hole dich raus …«

Sie schüttelte den Kopf. »Griff hat sein Bestes gegeben.« Ihre Augen glänzten. »Es ist schön, dich zu sehen, Nik. Du bist so schön; hier drin ist alles so hässlich. Ich dachte, ich wäre wütend auf dich, wenn ich dich jemals wiedersehen würde. Oder verwirrt. Ich war hin- und hergerissen nach allem, was du mir erzählt hast und was ich dabei gefühlt habe, aber jetzt muss ich nur noch überleben.«

»Fiona«, sagte ich und rang um Kontrolle.

»Ich bin es so leid, Angst zu haben. So leid …« Sie senkte geschlagen den Blick. »Du solltest gehen. Du kannst dein Leben nicht aufschieben meinetwegen, Nik.«

Ich packte den Hörer so fest, dass mir die Knöchel wehtaten. »Ich hab mein Leben jahrelang aufgeschoben. Es hat erst angefangen, als ich dich getroffen habe.«

»Meins auch«, sagte sie leise. »Ich empfinde das auch so. Aber …« Sie sah mich an. »Du kannst nichts tun, und ich will nicht, dass du Ärger kriegst. Bitte. Pass auf dich auf.« Ihre Stimme brach und kippte. »Nik.«

Gott, sie sagte meinen Namen wie eine Bitte, als könnte ich ihr ein rettendes Seil zuwerfen. Sie legte die flache Hand an die Scheibe. Ich legte meine dagegen.

»Warte nicht auf mich, Nik«, sagte sie gebrochen. »Drei Jahre sind zu lang. Es ist zu schwer. Ich halte es nicht aus, dich stückchenweise zu sehen. Einmal die Woche für ein paar Minuten? Das kann ich nicht …«

»Nein«, sagte ich und schüttelte den Kopf. »Ich komme jeden verdammten Tag. Jeden Tag, Fiona. Gib nicht …«

»Es tut mir leid, Nikolai«, sagte sie, ihre Stimme ein Flüstern durch den Hörer. »Es tut mir so leid. Alles.«

Hinter Fiona erschien eine Wärterin. »Die Zeit ist um«, hörte ich sie sagen.

Mein Blick fiel panisch auf die Uhr an der Wand. »Das war noch keine Viertelstunde. Fiona, warte …«

»Kommen Sie, Daniels.«

Die Frau nahm Fionas Hand von der Scheibe.

Ich stand auf. »Halt! Wir waren noch nicht fertig. Wir haben noch vier Minuten …«

»Nikolai …«, sagte Fiona leise in den Hörer, ihre Augen schimmerten, auf ihren Lippen lag ein schwindendes Lächeln.

»Fiona«, sagte ich mit erstickter Stimme ins Telefon. »Warte. Warte, bis …«

Die Wärterin nahm Fiona den Hörer aus der Hand und legte auf. Das Klicken in meinem Ohr war, als würde eine Tür zugeknallt und fest abgeschlossen.

»Nein …« Wut stieg in mir auf wie eine rote Welle. »Warten Sie noch, verdammt. Wir haben noch vier Minuten.«

Sie konnten mich nicht hören. Sie brachten sie von mir weg.

»Hey!« Ich schlug den Hörer gegen das Plexiglas. »Wir sind noch nicht fertig. Wir haben noch vier Minuten!« Noch einmal knallte ich den Hörer gegen die Scheibe. Und noch einmal. Und noch einmal. Ich unterstrich jede Silbe mit einem Schlag gegen das starre Glas. »Vier Minuten! Verdammt, wir haben vier Minuten!«

Fiona blickte zwischen zwei Wärterinnen über die Schulter zu mir zurück, ihr Lächeln war traurig und süß. Und dann war sie weg.

Ich wurde grob an den Schultern gepackt und vom Tisch weggerissen. Mir war nur halb bewusst, dass andere Besucher mich anstarrten und Officer sich etwas zuriefen. Sie schleiften mich durch das Besuchszentrum, durch den Eingang, wo man mich mit dem Gesicht nach vorn gegen eine Wand schubste.

Ich schlug mit der Wange gegen den rohen Putz, der Schmerz strahlte in meinen Schädel aus.

»Fiona …«

Sie legten mir Handschellen an, und ein Officer drückte mich weiter an die Wand, während andere in ihre Funkgeräte sprachen und überlegten, was sie mit mir machen sollten. Ich schloss die Augen, erinnerte mich an Fiona in diesem letzten Moment. Das blaue Auge und die schwarze Hoffnungslosigkeit, die ihr Licht dämpfte. Sie verdiente es nicht, drei Jahre eingesperrt zu sein und von anderen Häftlingen schikaniert zu werden. Sie würde ersticken.

Aber in Wirklichkeit konnte *ich* nicht drei Jahre ohne sie leben. Ich wollte diesen verfluchten Knast niederbrennen und sie da rausholen. Sie nach Costa Rica bringen, wo es ihr gutgehen würde, dort in der Sonne mit den Pflanzen und Tieren, wo mein abgefuckter Scheiß ihr nicht noch einmal schaden könnte. Ich könnte überleben, wenn ich wüsste, dass sie dort wäre, glücklich und in Sicherheit. Nur das zählte.

»Es war ein Unfall«, murmelte ich an der Wand. »Sie würde niemals jemandem wehtun … Es war ein verdammter Unfall. Ein Irrtum.«

Es muss ein Irrtum sein …

Die Officer schafften mich über den Gang zu einer Hintertür. Die grelle Sonne brannte mir in den Augen. Sie nahmen mir die Handschellen ab und schubsten mich wie Türsteher, die einen Betrunkenen rauswarfen.

Und ich fühlte mich betrunken. Der Boden drehte sich. Die Tür wurde hinter mir zugeknallt, und ich hörte, wie mit der Endgültigkeit von drei Jahren der Riegel vorgeschoben wurde. Es traf mich mitten ins Herz.

26. KAPITEL

Nikolai

Die Bonneville dröhnte.

Ich gab Gas und fuhr immer schneller, geriet in den Kurven ins Schleudern und schlängelte mich zwischen Autos durch, als die Schatten der Nacht dunkler wurden. Ein Highway wurde zum nächsten; Straßenschilder versuchten mir zu sagen, wo ich war, aber ich sah sie kaum. Ich fuhr nirgendwohin, weil ich nirgendwohin musste. Ich konnte Fiona nicht helfen.

Highway 23 South

Ich sah das Schild, kurz bevor sich, begleitet vom Grollen eines Gewitters, die Dunkelheit herabsenkte.

Ich schaltete den Frontscheinwerfer ein und fuhr noch immer so schnell, wie die kurvige Straße es erlaubte. Die zweispurige Straße führte mitten durch einen dichten Wald, zu beiden Seiten drohten hohe Bäume. Ich fuhr weiter, obwohl Regen auf mein Visier prasselte. Auch als die Sicht sich gefährlich verschlechterte, hielt ich nicht an. Der Scheinwerfer warf ein geisterhaftes gelbes Licht auf die verlassene Straße. Mir kamen keine Autos entgegen; es waren keine hinter mir.

Mir taten die Schultern weh, weil ich die ganze Zeit in derselben Position gesessen hatte, meine Hände schmerzten davon, dass ich den Lenker gepackt hielt. Dann plötzlich fing die Bonneville an zu stottern, als wäre sie so erschöpft wie ich. Sie zitterte und schlingerte unter mir, der Motor gab Knallgeräusche von sich. Ich dachte, es läge am Regen oder irgendeinem Defekt, aber mit einem schnellen Blick auf die Tankanzeige stellte ich fest, dass er leer war. Ich hatte verdammt noch mal kein Benzin mehr.

Sobald ich die Maschine an den Straßenrand fuhr, gab sie komplett den Geist auf. Neben der Straße war ein leichter Abhang. Wütend stieg ich ab und schubste die Bonneville mit Schwung von der Straße. Sie kippte mit einem Klirren um – wahrscheinlich der Frontscheinwerfer – und rutschte auf den nassen Blättern weiter, bis sie ein paar Meter unterhalb der Straße liegenblieb. Einst war dieses Motorrad mein wertvollster Besitz gewesen. Aber das war nun Vergangenheit.

Ich ging am Straßenrand auf und ab wie ein eingesperrtes Tier, das vor all diesem Wahnsinn entfliehen wollte. Irgendwann hockte ich mich hin und zog mir mit aller Kraft an den Haaren, als Wut und Schmerz mich durchströmten.

Fiona …

Ich schrie, und der Himmel öffnete sich. Es schüttete wie aus Eimern. Die Regentropfen klangen wie ein Schlagzeug, als das Wasser auf das Blätterdach der Bäume stürzte. Es blitzte, dann folgte Donner. Kurz darauf blitzte es wieder und erhellte die Straße vor mir – eine sich windende Schlange, die tiefer in den Wald führte.

Ich atmete schwer, meine Kehle war wund. Mein ganzes Ich war wund. Ich fühlte mich wie gehäutet und blutete, weil die einzige Person, die mir in dieser verdammten Welt etwas bedeutete, Angst hatte und ich nichts dagegen tun konnte.

Lange Zeit stand ich dort im Regen, bis das kalte Wasser das Feuer in mir löschte und mich wie betäubt zurückließ. Ich wollte den Abhang zu meinem Motorrad runterklettern. Ich konnte da warten, bis es aufhörte zu regnen, und dann …

Verzweiflung überkam mich.

Keine verdammte Ahnung.

Nach dem ersten Schritt hörte ich es. Es war ein klagender Laut, bei dem sich mir die Nackenhaare aufstellten. Ich ging in der Dunkelheit los; meine Augen gewöhnten sich langsam daran, und manchmal halfen die Blitze, die mir den Verlauf der Straße zeigten.

Ich musste nicht weit gehen, bis ich am Straßenrand etwas liegen sah. Wieder erklang das Geräusch, und mir schauderte. Ich eilte zu der dunklen Gestalt, und ein Teil von mir fragte sich, ob dieser schreckliche Klagelaut aus meinem eigenen Herzen kam, das weinte wegen allem, was ich für Fiona getan und nicht getan hatte. Weil ich gescheitert war.

Der Laut kam erneut, jetzt leiser und müde. Es war ein Reh mit gebrochenen Vorderläufen – sie waren einfach durchgebrochen wie Zweige. Blut floss aus den Wunden an seiner Brust und den übel zugerichteten Läufen und sammelte sich dick und schwarz auf dem Boden um das Tier. Das Reh hatte weiß Gott wie lange in schrecklichen Qualen hier gelegen. Das Auto, das es angefahren hatte, war nicht stehen geblieben, um den Job zu Ende zu bringen.

Ich fiel neben dem Reh auf die Knie. In diesem Moment teilten sich die Wolken, und silbernes Mondlicht fiel auf uns. Das Reh – ein Weibchen – starrte mich aus großen, schwarzen Augen voll Angst und Schmerz an. Die Klage des Tiers war verstummt, als ich mich genähert hatte; vielleicht hatte es keine Kraft mehr, diesen grauenvollen Schrei von sich zu geben.

Oder es hat auf mich gewartet.

Die Brust wurde mir eng, und mir stockte der Atem, als ich nach dem kleinen Jagdmesser griff, das hinten an meinem

Gürtel steckte. Einen Moment saß ich reglos mit der Klinge da und konnte mich nicht bewegen. Das Reh sah mich aus glasigen Augen an und atmete stockend.

»Es tut mir leid«, flüsterte ich. Regen tropfte mir von der Nase, vielleicht waren es auch Tränen. »Es tut mir so leid, dass ich dir nicht helfen kann.«

Das Reh schob den Kopf über den Asphalt und drückte die Stirn an mein Knie. Mir zog sich das Herz zusammen. Ohne noch länger nachzudenken, schnitt ich ihm mit dem Messer die Kehle durch. Warmes Blut mischte sich mit kaltem Regen.

Als das Reh seinen letzten Atemzug tat, erhellten die Scheinwerfer eines heranfahrenden Wagens die Straße. Es war ein Pick-up, der aus der Gegenrichtung um die Kurve kam und langsamer wurde, als sein Licht mich traf.

Er fuhr rechts ran, und ich stand auf, wischte das Messer an meiner Hose ab. Ich steckte es in die Scheide hinten an meinem Gürtel zurück. Die Fahrertür des Pick-ups öffnete sich, und ein junger blonder Typ in einer Jeansjacke, vielleicht einen Tick älter als ich, stieg aus und kam näher.

Er sah mich aus blauen, warmen Augen an, sein Gesicht war offen.

Ohne ein Wort kniete er sich neben das Reh und legte ihm eine Hand auf den Kopf.

»T'áá íiyisíí ahéhee«, murmelte er sanft.

»Was hast du gesagt?«, fragte ich den Mann, als er aufstand.

»Man kann es nicht direkt übersetzen«, sagte er, seine Stimme war weich und tief. Er hatte ein offenes, freundliches Gesicht, aber in seinen blauen Augen lag eine tiefe Traurigkeit, und erschrocken begriff ich, dass mein *Gesicht* ihn nicht sehen konnte.

»Die Navajo und andere Stämme der Ureinwohner haben

ein Jagdritual«, sagte er. »Es geht dabei um Dankbarkeit, die größer ist als ein einfaches Danke, gegenüber dem Tier, das sein Leben gegeben hat, damit wir leben können.« Er schüttelte den Kopf, als würde er über seine eigenen Worte staunen. »Eine Dankbarkeit, die größer ist als Danke.«

Ich starrte den Mann an, der dem *Gesicht* nichts verriet. Keine Farben, keine Geschmäcker, keine Geräusche.

»Wer bist du?«

»Ich heiß Justin«, sagte er.

»Das hab ich nicht gefragt«, sagte ich.

Er lächelte ruhig und blickte die Straße runter in die Richtung, aus der ich gekommen war, schirmte die Augen vor dem Regen ab. »Probleme mit dem Wagen?«

»Etwa zwanzig Meter weiter. Mein Motorrad hatte kein Benzin mehr.«

»Der nächste Ort ist nicht weit. Ich kann dich mitnehmen.«

Wir gingen durch den sintflutartigen Regen zu der Stelle, wo ich die Bonneville liegengelassen hatte.

»Kein Benzin mehr, was?« Justin lachte leise und legte mir die Hand auf die Schulter. »Wir legen das Ding am besten auf den Pick-up.«

Justin und ich richteten die Bonneville auf. Ich nahm den Lenker, und er schob an der Hinterradverkleidung. Zusammen wuchteten wir sie den kleinen Abhang hoch, über Matsch, glitschige Blätter und wieder auf die Straße. Dann hoben wir sie auf die Ladefläche seines hellblauen Pick-ups, und ich warf den Helm dazu. Es war ein älterer Wagen, verrostet und an mehreren Stellen eingedellt.

Ich stieg in die Kabine und drehte mich in der Dunkelheit zu Justin um. Regentropfen fielen vereinzelt auf die Windschutzscheibe, prasselten auf die Motorhaube.

»Wer bist du? Verarsch mich nicht.«

»Ich bin hier, um zu helfen«, sagte Justin. »Und damit meine ich nicht, dein Motorrad mitzunehmen.« Er ließ den Wagen an. »Der Ort, den ich meinte, ist nur ein Stück weiter. Du kannst tanken, und wir trinken ein Bier. Ich sag dir, was ich weiß.«

Zwei oder drei Kilometer weiter kamen wir zu einem winzigen Ort, der sich vor dem Rest der Welt versteckt hielt. Der Regen ließ endlich nach, als Justin auf das Gelände einer Tankstelle fuhr und ich die Bonneville volltankte. Neben der Tankstelle lagen ein Motel und ein kleines Gasthaus mit dem flackernden Neonschild: The Pour House.

Drinnen war es schummrig – gelbes Licht glänzte auf dunklem Holz. Die Jukebox spielte einen Countrysong, den ich noch nie gehört hatte. Ein paar Typen hockten an der Bar, rauchten und tranken. Es sah aus wie ein Ort, wo man eher zum Pinkeln in den Wald ging, als vor dem Klo zu warten.

»Was willst du?«, fragte Justin. »Einen Shot Whiskey? Oder zehn? Du siehst aus, als könntest du die gebrauchen. Geht auf mich.«

»Ich nehm einen Shot und ein Bier«, sagte ich.

Ich setzte mich an einen Tisch in einer Ecke, hatte die Wand im Rücken und einen guten Blick auf den gesamten Laden. Das *Gesicht* zeigte mir Justin nicht, und obwohl ich erleichtert sein sollte über die Pause, machte es mich auch nervös. Verstohlen zog ich das Messer aus dem Gürtel und legte es neben mir auf den Sitz.

Justin kam mit zwei Flaschen Bier in einer Hand und zwei Shots in der anderen zurück. Er stellte alles auf den Tisch und setzte sich mir gegenüber.

»Prost«, sagte er und neigte die Bierflasche in meine Richtung, bevor er einen großen Schluck nahm.

Ich schwieg, kippte den Whiskey runter und trank danach einen Schluck Bier.

»Hast du einen Namen?«, fragte Justin.

»Nikolai«, sagte ich. »Und du heißt nicht Justin.«

»Steht auf meinem Führerschein.« Er lächelte seltsam. »Aber wir wissen beide, dass das nicht viel heißen muss, stimmt's?«

Der Magen zog sich mir zusammen, und mein Mund war knochentrocken. Ich legte die Hand auf das Messer neben meinem Oberschenkel.

Justin verschränkte die Arme auf dem Tisch und beugte sich vor. »Du kannst mich nicht sehen, oder?«

»Nein«, antwortete ich, dann kapierte ich erst, was er gefragt hatte. »Kann ich nicht. Woher hast du das gewusst? Woher weißt du …?«

Justin runzelte die Stirn und lehnte sich mit nachdenklicher Miene zurück. Er sah freundlich aus. Er war ein guter Mensch. Das *Gesicht* musste mir das nicht sagen. Ich konnte seine Tells lesen. Ich nahm die Hand vom Messer.

»Ich überlege gerade, wie ich es dir am besten sage, ohne dass du denkst, dass ich total irre bin«, sagte Justin. »Andererseits hab ich das Gefühl, dass man dich auch schon öfter für total irre gehalten hat, oder?«

Ich nickte. »Hast du es auch?«

»Was hast du denn, Nikolai?«

»Ich kann die Gefühle von Menschen spüren, überall und ständig. Manchmal kann ich auch sehen, was sie denken. Aber nicht bei dir. Wenn ich dich ansehe, ist es, als wäre ich teilweise erblindet. Nein …« Ich schüttelte den Kopf. »Wenn ich dich malen würde, dann in Schwarzweiß. Ohne Farben.«

Justin grinste. »Du siehst was, was ich nicht seh.«

Er trank einen Schluck Bier, und ich starrte ihn an, fragte mich, ob er mir zugehört hatte. Er tat so, als wäre es das Normalste auf der Welt, was ich ihm erzählt hatte. Nur eine Information, die er verarbeiten musste. Mein Magen brannte von etwas, was stärker war als der Whiskey.

»Ich nenne es mein *Gesicht*. Vierundzwanzig Jahre lang wollte ich es immer nur loswerden oder jemanden finden, der mir sagen kann, was zum Teufel es ist. Und jetzt bist du hier …«

Justin erwiderte ruhig meinen Blick. »Ja«, sagte er. »Jetzt bin ich hier.«

Ich beugte mich über den Tisch und fühlte mich, als würde ich durchdrehen von dieser wilden Energie. So mussten sich Läufer fühlen, wenn sie die Ziellinie sahen: erschöpft, aber trotzdem weiterlaufend, mit schmerzenden Muskeln, keuchendem Atem und einem Gefühl, als müsste man sich gleich übergeben.

»Sag es mir.« Ich flehte ihn an. »Sag mir, was ich bin.«

Justins Miene war freundlich und geduldig. »Du bist wie ich«, sagte er. »Aber anders. Ich habe dieses *Gesicht* nicht, jedenfalls nicht auf diese Weise. Die Informationen, die ich kriege – und die ich eigentlich nicht haben dürfte –, kommen in Träumen zu mir. Träumen, die ich beim Aufwachen nicht mehr fassen kann, aber die stückchenweise zu mir zurückkommen in den Momenten, in denen ich sie brauche. Sie sagen mir, wo ich hinmuss, was ich sagen muss. Ich hab von dir geträumt. Deshalb bin ich hier.«

»Deshalb bist du hier«, wiederholte ich. »Du träumst die Zukunft?«

Er nickte knapp.

»Okay«, sagte ich langsam. Er war so verdammt ruhig, während ich mich fühlte, als würde ich innerlich brennen. »Aber was bedeutet das? Wie geht das? Wie kann ich das, was ich kann? Was sind wir, verdammt?«

Justin hob eine Hand, und ich begriff, dass ich halb aufgestanden war. Ich setzte mich wieder hin.

»Ich weiß nicht, was wir sind, Nik«, sagte er ernst. »Manchmal habe ich das Gefühl, etwas von mir selbst zu sehen, aber dann ist es schon wieder weg. Als würde ich an einem Spiegel vorbeigehen und mich eine Sekunde zu spät umdrehen. Ich sehe ganz kurz etwas aufblitzen.«

»Was siehst du?«

»Ich sehe jemanden, der auf eine Weise mit den Energien dieser Welt verbunden ist, wie andere es nicht sind. Das ist alles. Und ich habe es lange Zeit gehasst. Ich habe es gehasst, als ich merkte, dass ich der Einzige bin. Ich dachte, alle in meiner Umgebung wären genauso wie ich.«

Wieder verkrampfte sich mein Kiefer, aber diesmal vor Erleichterung, meine eigenen Gedanken von jemandem wiederholt zu bekommen. Mein hämmerndes Herz schlug langsamer. Die Bierflasche war kalt in meiner Hand.

»Ich hab gehasst, was ich war«, sagte Justin. »Bis ich herausfand, wie ich es für etwas Gutes nutzen konnte. Helfen. Das hat mich gerettet. Sie hat mich gerettet.« Ein reumütiges Lächeln breitete sich auf seinem freundlichen Gesicht aus. »Ich hab ein Mädchen kennengelernt … Fangen so nicht die besten Geschichten an?«

»Ja«, sagte ich, und die Kehle wurde mir plötzlich eng vor Tränen und Reue. Ich spülte es mit einem Schluck Bier hinunter. »Ich hab auch ein Mädchen kennengelernt.«

Justin beugte sich vor. »Ich wünschte, ich könnte dir sagen, wo dein *Gesicht* herkommt. Aber konkrete Antworten habe ich nicht. Ich kann dir nur sagen, wie es bei mir ist. Du hast eine Verbindung zu den Energien dieser Welt, und du kannst nur überleben, wenn du das benutzt, um anderen zu helfen.«

»Anderen helfen? Was sind wir? Irgendein verfickter Club

von Superhelden mit den nutzlosesten scheiß Kräften? Ich kann niemandem helfen«, sagte ich, und meine Stimme erstickte beinah. »Ich kann ihr nicht helfen. Ich bin zu spät gekommen. Ich hab alles vermasselt.«

Justin schüttelte den Kopf. »Es ist nicht zu spät.« Er grinste. »Sonst wäre ich nicht hier.«

Seine Stimme war ruhig und voller Gewissheit. Ich trank noch einen Schluck. »Sag mir, was ich tun soll.«

»Der Traum von dir war sehr lang, aber als ich aufgewacht bin, wusste ich nur noch den Highway, auf dem ich dich gefunden habe, das Dankbarkeitsgebet der Navajo und den Namen Margo Pettigrew.« Seine Augen weiteten sich, als er meinen geschockten Gesichtsausdruck sah. »Du kennst sie? Ist sie deine Freundin?«

»Nein. Fiona ist meine Freundin. Aber sie hat eine Frau namens Margo Pettigrew angefahren. Und drei Jahre dafür gekriegt.« Ich blickte auf, und Justin sah mich an. »Sie schafft keine drei Jahre.«

»Du musst zu Margo Pettigrew.«

»Und dann?«

Justin lächelte kläglich. »Wenn dein *Gesicht* auch nur halbwegs so funktioniert wie meine Träume, wirst du wissen, was zu tun ist, wenn du sie gefunden hast.«

»Margo Pettigrew ist die reiche Tochter eines Senators aus Florida. Sie hat sich in einem Krankenhaus verkrochen, in dem es vor Security wahrscheinlich nur so wimmelt. Die lassen mich niemals zu ihr.«

»Du findest einen Weg«, sagte Justin. »Es ist wichtig, also findest du einen Weg.«

»Und so kann ich Fiona retten? Wenn ich mit dieser Frau rede, wird sich wie durch Zauberhand ihr Gefängnisurteil auflösen?«

Es gibt keine Magie …

»Das weiß ich nicht«, sagte Justin. »So weit hab ich nicht geträumt.«

Wir sahen uns in die Augen, und ich spürte das Gewicht seiner Wahrheit. Erst jetzt, da ich einem Typen gegenübersaß, der behauptete, die Zukunft zu träumen, begriff ich, wie schwer es für Fiona gewesen sein musste, mir zu glauben.

»Du hast nicht so weit geträumt …«, murmelte ich.

Ein Lächeln breitete sich auf meinem Gesicht aus, dann lachte ich und wurde immer lauter. Ich musste so lachen, ich hatte Tränen in den Augen.

»Oh Scheiße«, keuchte ich und lehnte mich mit dem Gefühl zurück, einen Marathon gelaufen zu sein und mich endlich ausruhen zu können, wenigstens eine Minute, bevor ich den nächsten Marathon zu Margo Pettigrew lief.

Justin lächelte und winkte der Kellnerin. »Noch zwei Whiskey«, sagte er. »Ach, bring einfach die ganze Flasche.«

Ich starrte Justin an und konzentrierte mich auf ihn, wie ich mich früher auf die Tätowiernadel konzentriert hatte. Diesmal ging es nicht um den Schmerz, sondern um die Erfahrung, jemandem gegenüberzusitzen, der wusste, wer oder was ich war, der mich nicht verurteilte, nicht an mir zweifelte, keine Angst vor mir hatte. Und ich hatte nur diese Nacht, diese Runde Drinks, denn ich bezweifelte, Justin je wiederzusehen.

Die Kellnerin kam mit dem Whiskey zurück und schenkte uns nach. Wir stießen an und kippten die Shots. Ich bemerkte einen goldenen Ehering an der linken Hand, in der er sein Bier hielt.

»Das Mädchen, das du kennengelernt hast«, sagte ich. »Du hast sie geheiratet.«

»Ja, hab ich«, sagte Justin und lachte. Und selbst ohne das *Gesicht* war die Liebe, die er für diese Frau empfand, so mächtig, dass es war, als würde sie direkt neben ihm sitzen. »Sie heißt Jo«, murmelte er. »Aber das steht auch nicht auf ihrem Führerschein. Wir kriegen in ein paar Monaten ein Baby.«

»Gratuliere«, sagte ich und stieß mit ihm an. »Mädchen oder Junge?«

»Junge«, sagte Justin und war offensichtlich stolz. »Ich kann es kaum erwarten und hab eine Riesenangst.« Er deutete mit dem Kinn auf mich. »Was ist mit dir? Willst du irgendwann mal Kinder haben?«

Ich erinnerte mich, wie die kleine Hailey die Arme um mich gelegt hatte und an das Gefühl, das ich dabei gehabt hatte – eine Erfahrung, die ich nie auch nur in Betracht gezogen hatte, weil sie mir komplett absurd vorkam.

Ich schüttelte den Kopf, die Tattoos auf meinen Armen sahen dunkler aus als je zuvor. »Ich bin nicht so der Typ, den man sich als Vater aussucht.«

Justin sah mich fest an. »Bist du sicher?« Dann betrachtete er sein Bier, die Blasen, die darin aufstiegen. »Frauen schaffen es irgendwie, über diesen ganzen Blödsinn hinwegzusehen und nur zu sehen, was wirklich wichtig ist. Meine Frau … hat darüber hinweggesehen, was ich war, und mich so gerettet. Ich hab sie wahrscheinlich auch gerettet. Sagt sie. Wir haben uns gegenseitig gerettet, und ich glaube, so soll es sein.«

Ich schüttelte den Kopf und trank noch einen Schluck Bier. »Wenn ich Fiona aus dem Gefängnis hole, dann rette ich sie nicht. Ich mache nur einen Fehler wieder gut.«

»Alles passiert aus einem Grund«, sagte Justin und neigte die Flasche in meine Richtung. »Das kann ich dir mit Sicherheit sagen.«

»Sie wäre nicht im Gefängnis, wenn ich es nicht vermasselt hätte.«

»Was hast du gemacht?«

»Ich hab ihr gesagt, was ich bin.«

Justin schenkte uns Whiskey nach. »Sie hat dir nicht geglaubt.«

Ich schüttelte den Kopf, kippte den Shot runter. Die Welt wurde unscharf an den Rändern. »Weil ich's nicht richtig gemacht hab. Ich hab ihr Angst gemacht«, sagte ich angewidert. »Es war das Letzte, was ich wollte, und trotzdem ist genau das passiert.«

»Liebt sie dich?«

Die Frage traf mich wie ein Pfeil mitten in die Brust. »Ich weiß es nicht. Ich glaub schon.«

Justin zog eine Augenbraue hoch. »Du glaubst?«

»Sie hat es nie gesagt, und bis sie es tut, kann mich dieses *Gesicht* am Arsch lecken«, sagte ich. »Ich hasse es, Leuten die Erinnerungen aus dem Kopf zu stehlen. Ich wollte so sehr, dass Fiona mir alles über ihre Vergangenheit erzählt, bevor das *Gesicht* es sich nimmt. Und dann hat es sich trotzdem einfach alles geholt. Es hat … mich *in* ihre Erinnerung versetzt.«

Justins Augen weiteten sich. »Heilige Scheiße.«

»Ich kann das nicht rückgängig machen. Ich werde nie vergessen können, was ich gesehen hab.« Ich schüttelte den Kopf, mein Körper fühlte sich zu lose an wegen des Whiskeys. »Du hast gesagt, man kann diese Fähigkeit, oder was auch immer es ist, nur aushalten, wenn man damit hilft. Aber wie kann ich irgendjemandem damit helfen?«

»Hast du das *Gesicht* in Fionas Gegenwart vorher nicht benutzt? Um zu wissen, was sie fühlt, oder damit du das Richtige sagen oder tun kannst? Um sie glücklich zu machen? Damit sie sich geliebt und sicher fühlt?«

Ich lehnte mich zurück. »Ich … weiß nicht.«

»Ich bin kein Spieler«, sagte Justin grinsend. »Aber ich wette, die Antwort ist *Ja, hast du.*«

»Es fühlt sich trotzdem falsch an«, sagte ich. »Aber in ihrer Gegenwart ist die Welt so viel ruhiger. All diese Energien, mit denen wir angeblich verbunden sind? Die sind laut und grell und schmecken manchmal echt scheiße. Sie lassen mich nicht in Ruhe. Nur bei ihr. Bei ihr kenne ich Frieden. Mit Fiona kann ich mit dem *Gesicht* leben. Ohne sie bin ich am Arsch. Mit oder ohne *Gesicht*, wenn Fiona nicht da ist, bin ich am Arsch.«

»Weil du sie liebst.«

Ich machte den Mund auf, aber es fühlte sich falsch an, das zu sagen; ich hatte sie so furchtbar im Stich gelassen. Ich rieb mir die Augen und versuchte, klarer zu sehen. »Scheiße, warum sitze ich hier noch? Ich muss nach Florida.«

»Heute nicht«, sagte Justin. »Selbst ohne Alkohol wärst du nicht in der Verfassung, noch zu fahren. Du musst ein bisschen schlafen. Dich ausruhen, was essen, dann kannst du los.«

Ich hasste es zuzugeben, dass er recht hatte. Es fühlte sich an, als wäre diese Einweihungsparty Jahre her und als wäre ich seither jede einzelne Minute wach gewesen.

»Lass uns noch was trinken.« Justin hob das Glas. »Ich treff nicht jeden Tag jemanden, der auch … diese Verbindung hat.«

»Es ist ein verfluchtes Wunder«, sagte ich und kippte den Alkohol runter. »Gibt es noch mehr wie uns? Mit meinem *Gesicht* oder deinen Träumen oder etwas ganz anderem?«

»So, wie ich das sehe«, sagte Justin, »ist es wie außerirdisches Leben. Es gibt Milliarden von Sonnensystemen mit Planeten, die genau im richtigen Abstand eine Sonne umkreisen, wie die Erde. Zu denken, dass es auf keinem davon Leben gibt, wär verrückt, oder? Ich glaube, wir sitzen beide im selben Boot. Es gibt sieben Milliarden Menschen auf diesem Planeten. Zu denken, dass wir die Einzigen sind, die besonders sind … wär irgendwie arrogant.«

»Es ist nur arrogant, wenn du es für was Gutes hältst«, murmelte ich. »Meins war ein Albtraum, solange ich denken kann.«

»Dann wird's Zeit, es sinnvoll zu nutzen.«

Ich schüttelte düster den Kopf. »Ich weiß ja nicht …«

Ich verstummte, als Justin den Kopf schief legte, als würde er auf etwas lauschen, was nur er hörte.

»Was ist?«, fragte ich. »Redet … etwas mit dir?«

Justin nickte ernst. »Es sagt mir etwas …«

Ich beugte mich vor. »Was?«

Justin blickte mir direkt in die Augen und flüsterte: »*Wenn du's baust, wird er kommen.*«

Ich blinzelte und sackte auf den Stuhl zurück. »Du Arschloch«, murmelte ich. Dann wiederholte ich es lauter, und ein raues Lachen entfuhr mir. »Du *Arschloch!* Ein dämlicher Baseballfilm? Mann, bin ich betrunken …«

»Ja, bist du«, sagte Justin, und seine Schultern bebten vor Lachen. »Und voll drauf reingefallen.«

»Idiot«, sagte ich leise lachend.

»Man soll nicht von sich auf andere schließen!«, sagte Evan.

Er hieß Evan, und ich war hackedicht und fiel bäuchlings auf das Motelbett, bevor ich begriff, dass ich das wusste. Whiskeygetränkter Schlaf griff gierig nach mir, und ich schlief besser als seit Wochen und wachte auf, als mir am nächsten Morgen die Sonne in die Augen schien.

Blinzelnd setzte ich mich auf. Ein leichter Kopfschmerz pochte hinter meinen Augen. Durch das Fenster sah ich die Bonneville, die vor dem Motel geparkt war. Sie war gewaschen worden, und der Frontscheinwerfer war repariert. Sie sah aus wie neu.

Mein Blick fiel auf einen Zettel auf dem Tisch.

Nik,

ich hab letzte Nacht noch mal geträumt. Das ist, woran ich mich erinnere:

Fiona wird einen neuen Pass brauchen. Such nach Del del Rio in Dolores, Louisiana. Del hat einen Kontakt. Sie wird dir helfen. Sie hat uns geholfen.

Trag Schwarz, wenn du Margo Pettigrew triffst.

Sag Chuck, seine Schwester liegt in den Wehen.

Viel Glück, Bruder.

E.

Ich checkte aus und fuhr zu einem kleinen Diner am Ortsrand. Ich aß ein riesiges Frühstück, bestellte ein zweites zum Mitnehmen und machte mich dann auf den Weg nach Süden.

»T'áá íiyisíí ahéhee«, sagte ich.

Ich wusste nicht, warum ich das sagen konnte, aber ich wusste, was es bedeutete. Dankbarkeit, die größer war als ein Danke. Ich schickte es zu den Sternen oder in den Himmel oder zu den Energien, mit denen wir verbunden sind, und ich hoffte, dass es irgendwie zu Evan gelangen würde, auf seinem Weg zurück zu seiner Jo.

27. KAPITEL

Fiona

Ich träumte von einer dunklen Straße, die sich durch einen Wald wand. Es blitzte, und ich sah Nikolai allein dort langgehen, mit gesenktem Kopf und hängenden Schultern. Ein unerbittlicher Regen durchnässte ihn. Vor ihm lag ein dunkler Umriss am Straßenrand, und ich hörte einen Klagelaut, der klang, als würde etwas sterben, so voller Schmerz …

Keuchend wachte ich auf. Der Schlafsaal war dunkel, es war noch vor der Morgendämmerung. Meine Wangen waren nass, und ich hatte solche Angst, dass *ich selbst* im Schlaf diesen Klagelaut ausgestoßen hatte, dass mir am ganzen Körper heiß wurde. Dabei war ich sowieso schon komplett nassgeschwitzt. Ich blieb reglos liegen, hielt den Atem an, um die Schluchzer zu kontrollieren, und lauschte, ob ich jemanden geweckt hatte. Nichts. Nur die Schlafgeräusche der Frauen.

Langsam atmete ich ein und aus und kämpfte mit den Tränen.

Nikolai …

Ich packte die dünne Decke und wünschte, es wäre sein T-Shirt, mit seiner warmen Haut und den kräftigen Muskeln darunter. Ich umarmte das Kissen und wünschte, es wäre sein Körper, der mich auch umarmte und beschützte.

Aber er war weg und würde nicht wiederkommen. Vor drei

Tagen hatte ich ihm gesagt, dass er gehen sollte, und das hatte er getan. Danach hatte ich nichts mehr von ihm gehört. So war es das Beste. Ich hatte viel zu viel Angst die ganze Zeit, war viel zu aufgelöst. Ich erkannte mich selbst nicht mehr.

Dummes kleines Mädchen. Du hast dir ziemlichen Ärger eingehandelt, stimmt's?

Ich kniff die Augen zu und biss die Zähne zusammen, um nicht zu schluchzen. Dann fuhr ich zusammen, als mir eine weiche Hand übers Haar strich. Ich machte die Augen auf und sah Martínez, die neben dem Bett stand, ihr Gesicht auf einer Höhe mit meinem. In der Dunkelheit waren ihre Augen sanft und fingen das schummrige Licht in ihren braunen Tiefen.

Ich hielt absolut still, nur mein Herz pochte, während ich darauf wartete, dass sie mich kniff oder beleidigte oder über mich herzog, weil ich weinte. Schon ein einziges hartes Wort wäre zu viel; ich fühlte mich, als sei ich aus Glas, schon an Hunderten Stellen gesprungen. Ich könnte so leicht zerbrechen.

Aber Martínez' Hand war sanft, ihre Stimme mütterlich und warm. »Trockne deine Tränen, querida«, flüsterte sie. »Du schaffst es nur, wenn du etwas findest, woran du dich festhalten kannst. Wofür du kämpfen kannst.«

Langsam atmete ich aus. »Ich hab ihm gesagt, dass er gehen soll«, flüsterte ich.

Martínez strich mir die Haare aus der Stirn, und es war wie die Berührung einer Mutter, die ich nie gekannt hatte.

»Du kannst dich nicht auf jemand anderen verlassen. Keinen Mann oder Freund oder deine Familie. Du musst in dir selbst etwas finden, um durchzuhalten.«

»Wie hältst du durch?«, flüsterte ich.

»Bücher«, sagte sie. »Auf die kann ich mich freuen. Ich freue mich jedes Mal auf das Ende einer Geschichte, bin neugierig, wie es ausgeht. Und dann freue ich mich auf das nächste Buch. Eins nach dem anderen. So halte ich durch.« Sie strich mir mit dem Daumen übers Kinn, und ich konnte im Dunkeln ihr Lächeln sehen. »Du bist wie meine jüngste Tochter. Ein süßes kleines Ding, das keiner Fliege etwas zuleide tun könnte, sí?«

»Aber das habe ich«, flüsterte ich. »Ich habe eine Frau sehr schlimm verletzt.«

Martínez tätschelte mir die Wange. »Dann komm drüber weg, querida. Egal wie. Finde etwas in dir, was dir dabei hilft.«

»Finde den Sonnenschein«, murmelte ich, und meine brennenden Augen fielen zu.

»Sí, querida. Finde deinen Sonnenschein.«

Ich schlief.

Der Schlaf war tiefer als je zuvor, und als ich von den Pfiffen der Gefängniswärterinnen aufwachte, fühlte ich mich schwerfällig und ganz verkatert vom Weinen.

Wir wurden zum Frühstück geführt, und ich nahm mein Tablett – Haferflocken, zwei blasse Scheiben Cantaloupemelone und eine Scheibe Toast – und begann den nervenaufreibenden Gang durch die Cafeteria, bei dem ich mir die Haare ins Gesicht fallen ließ, um die roten und geschwollenen Augen zu verbergen.

Ich setzte mich an einen leeren Tisch, entschlossen, zu essen und so schnell wie möglich wieder zu gehen. Ich hatte gerade einen Löffel fade und klebrige Haferflocken im Mund, als die »Rainbow-Crew« an meinen Tisch kam.

»Piggy, Piggy, Piggy«, sagte Taggerty mit einem müden Seufzen. »In China gibt's hungrige Kinder, die hätten liebend gern das Frühstück, das du gleich einfach wieder auskotzen wirst.«

»Das mach ich nicht«, sagte ich und blickte auf mein Tablett.

»Sie kann's sich nicht eingestehen«, sagte Brooks. »Da ist wohl eine Intervention nötig.«

»Ganz deiner Meinung«, sagte Taggerty. Ihre Hand tauchte in meinem Gesichtsfeld auf, um sich mein Tablett zu nehmen. »Es ist nur zu deinem Besten …«

Ich hielt mein Tablett fest.

»Jetzt komm schon, Piggy.« Taggerty zog noch einmal. »Gib es mir.«

Ich hielt fest. Taggerty zog kräftiger, und ich ließ genau im richtigen Moment los.

Es rutschte über die Tischkante, die Haferflocken kippten ihr in den Schoß, und der wässrige Orangensaft bespritzte ihren Overall. Brooks und Vasquez – und auch einige andere Insassinnen an Tischen in der Nähe – lachten.

»Du hattest recht«, sagte ich und stand auf. »Ich fühl mich schon viel besser.«

Ich ging, Augen geradeaus, die Hände an den Seiten zusammengekrampft, damit sie nicht zitterten, aus der Cafeteria. Das Herz hämmerte mir in der Brust. Ich hatte einen kleinen Sieg errungen, aber zu welchem Preis? Taggerty würde das nicht vergessen … und ich hatte noch nicht gefrühstückt.

Ich bot in den Gang zum Verpflegungsschalter ein.

»Ein Snickers …« Mein Blick fiel auf die Stapel einzeln verpackter Seifenstücke. Von gewerblicher Größe und schwer. »Und drei Stück Seife.«

Die Frau am Schalter gab es in den Computer ein. »Das können Sie sich nicht leisten. Sie haben alles ausgegeben für diese Woche.«

»Jetzt schon? Wie …?«

»Versuchen Sie mal, ab und zu in der Cafeteria zu essen«, sagte die Frau mit einem schiefen Grinsen.

Ach echt, darauf wär ich nie gekommen …

»Was kann ich mir leisten?«

»Den Schokoriegel und zwei Stück Seife.«

»Geben Sie mir drei Stück Seife«, sagte ich.

Die Frau gab sie mir. »Sie wissen, dass Sie die nicht essen können?«

Ich nahm die Seife und ging hungrig zu meinem Bett zurück.

Taggerty und die Rainbow-Crew gingen mir für den Rest des Tages argwöhnisch aus dem Weg, aber ich spürte die Rache wie ein Gewitter am Horizont aufziehen. Wahrscheinlich beim Duschen. Ich wollte es auslassen, aber die Schlafsäle waren zu warm und zu stickig, und die Angst hatte sich wie eine Heizdecke um mich gelegt. Der Schweiß war wie eine zweite Haut.

Als wir zum Duschen gerufen wurden, zog ich mich aus, wickelte mich in mein Handtuch und stellte mich in die Schlange. Die drei Seifenstücke hatte ich mir unter den Arm geklemmt.

Taggerty, Brooks und Vasquez trödelten absichtlich, damit sie sich hinter mir anstellen konnten. Ich fühlte es kommen und zuckte fast nicht zusammen, als mir jemand auf die Schulter tippte.

»Hey Piggy«, sagte Taggerty.

Ich ignorierte sie. Sie tippte kräftiger.

»Ich rede mit dir, Bitch. Wegen der Sauerei heute Morgen muss ich mich extra gründlich waschen.« Sie hielt den Mund dicht an mein Ohr. »Ich werd ein zweites Handtuch brauchen. Dein Handtuch. Aber das macht dir ja bestimmt nichts aus, Piggy. Du zeigst ja gern deinen Supermodelkörper.«

Sie zog an meinem Handtuch, und ich wirbelte herum. Taggerty fielen die Haare über ein Auge, das andere war klar und grün und hart wie eine Murmel.

»Lass mich in Ruhe«, sagte ich.

»Echt süß, Piggy, aber ich kann dich mit dem kleinen Finger durchbrechen, und das weißt du genau.«

Ich hatte nichts zu sagen. Keine schneidende Bemerkung, keine Drohung, die ich wahrmachen könnte. Ich drehte mich wieder um, und das Herz hämmerte mir in der Brust.

»Dreh mir nicht den Rücken zu.« Taggerty schubste mich, und ich stolperte gegen die Frau, die vor mir stand.

Ich sah Taggerty an. »Mach das nicht noch mal«, sagte ich.

»Oder was?« Sie schubste mich.

Hitze stieg mir in die Wangen. Ich hatte es satt, dass man mich rumschubste, kleinmachte oder mir das Gefühl gab, dumm und schwach zu sein, und wollte endlich nicht mehr immer nur Angst haben. Ich schubste Taggerty zurück. Sie taumelte gegen Brooks, und bevor ich nachdenken konnte, riss ich mir das Handtuch runter und packte die drei Seifenstücke hinein wie in einen Beutel. Den hielt ich hoch, bereit zuzuschlagen.

»*Lass mich in Ruhe*«, sagte ich.

Taggerty lachte. »Oh, unsere Piggy ist ja so erwachsen! Vier Tage Knast, und schon ist sie die krasse Motherfuckerin.«

Vazquez grinste, aber Brooks schürzte die Lippen und blickte zur Tür.

»Komm schon, Tag, lass gut sein«, sagte Brooks.

»Scheiße, nein«, sagte Taggerty. »Die Bitch will spielen. Ich bin dabei.«

Sie täuschte an, dann stürzte sie sich auf mich, aber ich war bereit. Ich schwang das Handtuch mit den drei Seifenstücken und traf sie seitlich am Kopf. Die Seife knallte ihr gegen die Wange, und sie stolperte und krachte gegen die Wand.

Adrenalin raste durch meine Adern, und ich hielt das Handtuch wieder hoch.

»Ich hab dir ja gesagt, du sollst mich in Ruhe lassen«, sagte ich und atmete zitternd ein.

Taggertys Augen waren groß, als sie sich an die Schläfe fasste, wo eine Beule wuchs. An ihren Fingern war Blut von einer kleinen Platzwunde auf ihrem Wangenknochen. Sie sah fast genauso aus wie ich vor drei Tagen.

Wütend sah sie mich an. »Du traust dich niemals, das noch mal zu machen.«

Ich packte das Handtuch fester, nackt und zitternd, jeder Muskel bereit. »Probier's aus.«

Taggerty starrte mich an. Ich starrte unverwandt zurück. Dann lachte sie und berührte noch einmal ihre Wange. »Das hat verdammt wehgetan, Piggy.«

»Ich heiß nicht Piggy«, sagte ich.

»Nein, stimmt wohl. Was ist dein Name? Daniels, oder?«

Ich nickte.

Taggerty grinste. »Das hat verdammt wehgetan, *Daniels*.«

»Gut«, sagte ich.

Brooks kriegte große Augen und stieß Vasquez in die Rippen. Alle tauschten amüsierte Blicke und Lacher.

Eine Wärterin erschien. »Was dauert hier so lange, Ladies? Und was ist mit Ihrem Gesicht passiert, Taggerty?«

»Nichts, Ma'am«, sagte Taggerty, sah mich an, und ein kleines Lächeln huschte über ihre Lippen. »Ich bin ausgerutscht und gegen die Wand geknallt. Aber kein Problem. Alles gut.«

Die Wärterin sah mich an, die ich immer noch nackt und mit erhobenem Handtuch dastand. »Daniels?«

»Ja, alles gut«, sagte ich langsam und blickte Taggerty in die Augen.

»Dann sehen Sie zu, dass Sie duschen. Sie halten alles auf.«

Sobald die Wärterin weg war, prusteten Brooks und Vasquez los, und es fühlte sich an, als würde aus einem zum Bersten gefüllten Luftballon langsam die Luft entweichen, statt ihn gewaltsam platzen zu lassen.

»Mann, Daniels, du bist echt 'ne crazy Bitch«, sagte Brooks.

»Die hat dir ganz schön eine reingehauen, Tag«, fügte Vasquez hinzu.

»Voll«, sagte Tag und nickte mir unwillig anerkennend zu. »Die ist stärker, als sie aussieht.«

Nach der Dusche ging ich in den Schlafsaal zurück, zog mich an und ging in die Bücherei. Sich in ein Buch zu vertiefen – oder in ein Buch nach dem anderen – klang nach einem guten Plan. Vor dem Schalter der kleinen Bücherei lagen ein paar Prospekte und Broschüren. Eine, die für Bildungsprogramme über das lokale Community College warb, erregte meine Aufmerksamkeit. Es gab auch ein Ausbildungsprogramm für Lehrkräfte und Erzieherinnen. Ich fragte mich plötzlich, wer eine Kindergärtnerin mit einer Strafakte einstellen würde.

Damit befasse ich mich, wenn es so weit ist, dachte ich. Ich steckte die Broschüre ein.

Eine Stunde später ging ich mit einer Ausgabe von *Der Graf von Monte Christo* unter dem Arm zum Schlafsaal zurück. Ein Officer mit Klemmbrett in der Hand kam im Flur auf mich zu.

»Sie haben Besuch.«

Hoffnung keimte in mir auf. *Nikolai ist zurück ...*

»Ich bin platt, Daniels«, sagte der Mann, als er einen Blick auf sein Besucherverzeichnis warf. »Sie haben mir gar nicht erzählt, dass Sie verheiratet sind.«

Die Hoffnung wurde so schnell und hart zerschlagen, dass ich kaum Luft bekam.

Er war hier.

28. KAPITEL

Nikolai

Ich brauchte anderthalb Tage bis Miami Beach. Eigentlich wollte ich die Nacht durchfahren – jede Sekunde, die Fiona im Gefängnis verrottete, war wie ein Strich, den jemand in mein Herz ritzte. Aber ich musste schlafen. Ich brauchte die Konzentration. Ich hatte keine Ahnung, was ich tun würde, wenn ich bei Margo Pettigrew ankam, aber bestimmt war es das Beste, so ausgeschlafen zu sein wie möglich.

In Miami Beach war es voll. Das Stimmengewirr der Touristen, die Hitze, der konstante Angriff der Farben, Geschmäcker, Düfte ... Fast war es zu viel. Zwei Mal tupfte ich mir mit einem Handtuchpapier die Nase ab, zwei Mal war es hinterher rot.

Ich fand ein Internetcafé und suchte nach Informationen über die Pettigrews. Es war ziemlich leicht; er war Senator, vor Kurzem gewählt worden und beliebt. Sie war die einundzwanzigjährige Tochter, die – den Lokalzeitungen zufolge – brutal von einer psychisch beeinträchtigten jungen Frau in Savannah angefahren worden war, als die Pettigrews ihren Urlaub auf Tybee Island verbrachten.

Margo Pettigrew war in einem Privatflügel der Mt.-Sinai-Klinik versteckt worden – mit einem zerschmetterten Becken, einer kollabierten Lunge und einem so komplizierten Mehrfachbruch des linken Beins, dass die Ärzte erwogen hatten, es zu amputieren.

Ich schloss die Augen, als mich Übelkeit überkam. Fiona war keine leichtsinnige Fahrerin; ich hatte sie dazu gemacht, als ich ihr ihre schlimmsten Erinnerungen entrissen und für uns beide sichtbar gemacht hatte.

Langsam atmete ich aus. Evan hatte gesagt, der Schlüssel, um Fiona zu helfen, läge bei Margo Pettigrew. Ich musste ihm vertrauen. Was blieb mir anderes übrig?

Ich checkte um sechs Uhr abends in einem kleinen Motel am Meer ein. Ich duschte, und obwohl die Temperatur auf fünfunddreißig Grad zuging, zog ich mich komplett schwarz an: schwarze Jeans, schwarzes T-Shirt, schwarze Motorradstiefel und die schwarze Lederjacke.

Ich fuhr zum Mt.-Sinai mit dem Gefühl, dass sich die ganze Stadt an mich klammerte und mir ins Ohr flüsterte. Im klimatisierten Inneren des Krankenhauses ließ es etwas nach, aber der Schmerz, das Leid und die Angst von Hunderten Patienten und ihren Familien legte sich um mich wie ein Nebel.

Ich versuchte, mich zu konzentrieren, aber was zum Teufel sollte ich als Nächstes tun? Im Krankenhauskiosk Blumen kaufen und so tun, als wäre ich ein Besucher? An der Rezeption fragen, wo Margo Pettigrew sich erholte? Sie war die Tochter eines Senators. Einem Fremden würden sie keine Informationen geben.

Einen Moment lang stand ich im Wartebereich, und genau wie ich es vor so vielen Wochen in jenem Motel getan hatte, sandte ich das *Gesicht* aus, wie einen Ruf in die Dunkelheit. Ich schob es durch die Wellen der vielen anderen Leben, um mich nur auf ein Leben zu konzentrieren. Nur eine Seele, der vielleicht das Bein wehtat oder die die Erinnerung verfolgte, von einem Auto angefahren zu werden.

Margo antwortete, aber es war nicht, was ich erwartet hatte. Ich spürte nur ein klaffendes Nichts, doch irgendwie wusste ich, dass sie es war. Ich ging die Treppe hinauf, ließ mich vom *Gesicht* in den fünften Stock leiten. Ich kam zu einer Station, die vor allem für Patienten mit Geld reserviert war. Der Wartebereich war ein leerer weißer Raum mit Blumen auf den Tischen und Kunst an den Wänden. Ein Wagen mit Gourmet-Snacks wurde von Freiwilligen in makelloser Arbeitskleidung herumgeschoben. Alles strahlte Ruhe aus … bis auf Margo.

Shit, es war, als würde alles Licht von einem schwarzen Loch eingesogen; und auch ich wurde angesogen, mit einer verzweifelten Dringlichkeit, die unter diesem Nichts lag.

Wieder kam es mir falsch vor, eine Schwester zu fragen. Stattdessen ging ich zielstrebig durch den Gang auf die gähnende Leere zu bis zu einer Tür, vor der ein Mann stand.

Ein Bodyguard. Er war ganz in Schwarz gekleidet. Auf seinem Namensschild stand Charles Murphy.

Das ist also Chuck. Danke, Evan.

Ich setzte ein wissendes Lächeln auf und schlenderte zu ihm. »Hey Chuck. Ablösung.«

Der Typ runzelte die Stirn und versuchte, mich einzuordnen. »Ich muss bis Mitternacht bleiben, dann hat Spencer die Nachtschicht. Wo ist dein Namensschild?«

Ich tat erstaunt. »Hat man dich nicht angerufen? Der Boss schickt mich, damit du hier verschwinden kannst. Deine Schwester hat versucht, dich zu erreichen.«

»Meine Schwester …?«

»Sie liegt in den Wehen.«

Chuck kriegte große Augen, dann kniff er sie zusammen. »Warte.« Er holte sein Telefon raus und sah nach. »Mich hat niemand angerufen …« Er gab eine Nummer ein und hielt das Telefon ans Ohr, ließ mich nicht aus den Augen.

Ich tat, als könnte mich nichts aus der Ruhe bringen, und lehnte mich zurück.

»Hey, Pats? Was ist los? Hast du …? Wirklich? Wo? South side? Okay … Ist Brian bei dir? Gut, super, ich bin auf dem Weg …«

Chuck steckte das Telefon wieder in die Tasche und klopfte mir auf die Schulter. »Heilige Scheiße«, sagte er. »Ich muss los … Du kriegst das hin?«

»Klar«, sagte ich und seufzte. »Verschwinde. Du wirst Onkel.«

»Oh Mann …« Chuck ging den Gang entlang, bog um die Ecke und ließ mich mit Margo Pettigrew allein.

Bis jetzt hatte Evan mit allem recht gehabt. Meine Hoffnung flammte auf … und erlosch fast, als ich leise Margos Zimmer betrat.

Es ähnelte einem Hotelzimmer, nur dass dort alle möglichen medizinischen Apparate standen, mit denen Margos Vitalzeichen überwacht wurden. Infusionen hingen über ihrem Bett. Margo selbst war eine kleine, braunhaarige Frau, die verloren wirkte in einem Meer aus weißen Laken. Schläuche führten in ihren Arm, eine Nasenkanüle versorgte sie mit Sauerstoff, und ihr Bein …

Gott, ihr linkes Bein war hochgelagert und vom Knöchel bis zur Hüfte in einer gemein aussehenden Apparatur fixiert. Alle fünf Zentimeter drangen Nadeln in die aufgeschürfte und mit Blutergüssen übersäte Haut, und ihr Fuß war geschwollen.

Schlimmer als der Anblick des Beins war das klaffende Nichts, das ich von ihr empfing. Es ging tiefer als Trauer oder Melancholie, war schlimmer als eine Depression.

Sie hat keine Tränen mehr übrig …

Aber ihr Blick war wach und intelligent. Er fiel auf mich, als ich näher kam, dann sah sie weg und starrte aus dem Fenster, wo es dunkel wurde. »Was wollen Sie?«, fragte sie. »Haben Sie Angst, dass ich aufstehe und abhaue?«

Ich stellte mich neben das Bett. »Ich muss mit Ihnen reden.«

Sie zog die Augenbrauen zusammen, die dunkel waren auf ihrer hellen Haut. »Reden? Könnt ihr Schwachköpfe denn was anderes sagen als ›Ja, Sir‹ zu meinem Vater?«

»Ich will über den Unfall reden«, sagte ich.

Margo zuckte nicht zusammen. Ihr Puls auf dem Monitor war gleichmäßig.

»Gehen Sie«, sagte sie müde.

»Das geht nicht«, sagte ich. »Ich kann nicht gehen, bevor wir nicht geredet haben.«

»Hat mein Vater Sie geschickt?«

»Nein, ich bin aus eigener Entscheidung hier.«

Sie drehte sich wieder zu mir und bemerkte, dass ich kein Namensschild trug. »Sie arbeiten nicht für ihn.« Spöttisch verzog sie den Mund. »Wollen Sie mich umbringen?«

»Nein …«

»Wirklich schade.«

»Ich muss mit Ihnen über die Frau reden, die Sie angefahren hat.«

Margo schloss kurz die Augen, und ich spürte ein leichtes Bedauern durch die Leere huschen, die sie umgab.

»Ich muss nur die Schwester rufen und Sie rauswerfen lassen.«

»Bitte«, sagte ich. »Sie ist im Gefängnis. Sie hat drei Jahre bekommen …«

»Sie hat mich fast umgebracht«, sagte Margo ausdruckslos. »Abgesehen davon hab ich gehört, dass sie unter falschem Namen gelebt hat. Sie ist eine Kriminelle.« Sie drehte sich etwas weiter um, um mich direkt ansehen zu können. »Ist sie Ihre Freundin? Soll sie mir etwa leidtun? Ich wurde schon vier Mal am Bein operiert. Meine Hüfte wurde aus Titan rekonstruiert, und ich ertrage es nicht länger als zwanzig Minuten ohne Morphin. Nur geben sie mir nicht so viel Morphin, wie ich brauche …«

Das Nichts um die Frau wurde größer, und es fühlte sich an, als würde langsam die Luft aus dem Raum gesogen.

»Wenn Sie hier sind, weil ich ihretwegen mit meinem Vater reden soll, vergessen Sie's«, sagte Margo. »Sie hat die Suppe eingebrockt, und ich muss sie auslöffeln.«

»Margo«, sagte ich. »Ich brauche Ihre Hilfe. Fiona – Tess – braucht Ihre Hilfe. Was passiert ist, war nicht ihre Schuld, sondern meine. Meinetwegen war sie so aufgewühlt …«

»Dann hätte sie eben nicht fahren sollen«, sagte Margo, und ich schmeckte die Lüge hinter ihren Worten. Ein schlechtes Gewissen und Schuldgefühle wirbelten um sie herum wie feuchte Asche nach einem lodernden Brand. »Raus! Bevor ich die Schwester rufe«, sagte sie. »Oder die Security. *Richtige* Security.«

»Margo, bitte …«

»Nennen Sie mich nicht so!«, zischte sie leise. »Sie kennen mich nicht. Sie haben keine Ahnung, wer ich bin. Ihre Freundin hat mich fast umgebracht. Sie hat gekriegt, was sie verdient.«

»Warum fühlen Sie sich dann schuldig?«

Sie zuckte zusammen. »Was? Ich …« Sie fasste sich wieder und zeigte auf ihr Bein. »Gucken Sie sich diesen Scheiß an, und sagen Sie mir, warum zum Teufel ich mich *schuldig* fühlen sollte.«

»Das kann ich nicht. Sie müssen es mir erzählen. Ihre Geschichte. Sie haben doch eine Geschichte? Die Sie keinem erzählen können?«

Margo starrte mich an. Es war alles da, aber ich konnte es

nicht sehen. Und wenn ich es mir auf dieselbe Art nehmen würde, wie ich Fiona ihre Geheimnisse entrissen hatte, dann würde ich verlieren. Heftig verlieren.

Wenn du etwas von ihr willst, gib ihr auch etwas dafür.

»Es ist okay«, sagte ich. »Ich hab auch eine Geschichte. Und der Teil mit dem *nicht erzählen*? Das kenn ich. Es frisst einen von innen auf, bis nichts mehr übrig ist. Gar nichts.«

Sie schwieg, aber ich spürte, wie meine Worte an ihr zogen, sie aus der Reserve lockten. Ich spürte, wie sie auf mich zukam, wie ein Mensch, der das früher schon tausend Mal getan hatte und immer abgewiesen worden war.

»Ich bin kein Bodyguard«, sagte ich.

»Ach, echt?«, sagte sie, aber es klang zittrig.

»Ich hab keinen richtigen Job. Ich lebe vom Pokern. Bis ich Fiona getroffen habe, bin ich kreuz und quer durchs Land gereist, von einem Underground-Spiel zum nächsten. Ohne Sinn und ohne Ziel. Sechs Jahre lang hab ich das gemacht und so getan, als gäbe es irgendeine Bestimmung, irgendetwas von Bedeutung, was am Ende auf mich warten würde. Aber es war immer nur dasselbe. Nichts.«

Margo hörte mir zu, ihre wachen Augen betrachteten mich aufmerksam.

»Manchmal«, sagte ich, »nachdem ich acht Stunden lang gefahren war, hab ich das Motorrad ganz leicht abdriften lassen.« Ich sah sie an. »Margo, du … Weißt du, was ich damit meine? Abdriften.«

»In den Gegenverkehr«, sagte sie.

»Genau. In den Gegenverkehr.«

Wir schwiegen kurz, und ich spürte, dass sie sich nach mehr sehnte. Mehr Worten, einer stärkeren Verbindung.

»Ich hab Tattoos – Dutzende davon, weil der Schmerz der Nadel real war. Es fühlte sich an wie das einzig Reale. Schmerz, der mich daran erinnerte, noch am Leben zu sein. Noch hier zu sein.«

Margo nickte fast unmerklich. »Ich hab mich gekniffen«, sagte sie. »Ich konnte mich nicht ritzen, weil sie es gesehen hätten, aber ich hab mich so heftig gekniffen, dass ich an der Innenseite der Oberschenkel überall blaue Flecken hatte. Ich hab mich gekniffen, bis ich weinen musste. Tränen bedeuteten, dass ich noch etwas fühlte.« Sie schluckte. »Sie wissen, wie sich das anfühlt, oder?«

»Ja, weiß ich.«

Sie wandte den Blick ab und blinzelte. »Ich dachte, ich wär die Einzige.«

»Es ist anstrengend, oder?«, sagte ich.

»Gott, ja, ich bin so müde«, sagte sie. »So zu tun, als wäre alles okay, ist so viel schwieriger, als nicht okay zu sein.«

Ich ließ den Moment zwischen uns sacken, dann fragte ich sanft: »Was ist passiert, Margo? Was ist wirklich passiert?«

Margo lächelte reumütig, ihre Augen schimmerten. »Haben Sie die Zeitung nicht gelesen? Ihre Freundin hat nicht aufgepasst und mich angefahren. Eine hilflose Fußgängerin. Sie hat mich fast umgebracht.« Ihre Stimme wurde zu einem Flüstern. »Fast.«

Ich hielt den Atem an und schwieg, hatte Angst, das durch meine Verzweiflung kaputtzumachen.

Lass sie einfach sein …

Margo spielte mit dem Laken.

»Wissen Sie, dass Sie der Erste sind, der mich seit vier Tagen besucht?«, fragte sie. »Mein Vater ist zu beschäftigt, und meine Stiefmutter ist in Paris. Sie ist jeden Sommer in Paris. Es gefällt ihr da besser als auf Tybee Island. Zu viele Mücken, sagte sie. Zu viele ›Hinterwäldler‹. Sie ist immer noch in Paris. Ich habe kein Wort von ihr gehört. Und mein Vater hat wie immer viel Arbeit. Aber er hat Angela, seine Sekretärin, diese Blumen schicken lassen.«

Margo deutete mit dem Kopf auf die weißen Rosen auf dem Tisch. »Hübsch, oder? War sogar eine Karte dabei. *Alles Liebe, Dad.* Ist das nicht wahnsinnig aufmerksam? Nur dass es nicht seine Handschrift ist.«

Ich konnte es fühlen, Worte stiegen auf einer Welle des Schmerzes in ihr auf, der hinter dem Nichts lauerte und seit Jahren kein Tageslicht mehr gesehen hatte.

»An dem Tag, an dem ich angefahren wurde, war Gregory für meinen Personenschutz zuständig. Er sollte auf mich aufpassen, während mein Vater mit ein paar Freunden eine Bootstour machte. Ich wollte nicht mit auf die Bootstour, und das war kein Problem, ich war gar nicht gefragt worden. Ich bin zu still. Ich mache keinen Small Talk. Ich bin mürrisch und nicht sehr einnehmend für die Tochter eines Politikers, der sich immer von seiner besten Seite zeigen will. ›Zeig dich immer von deiner besten Seite, Margo‹, sagt er mir gern. Und ich will ihm antworten, dass ich an den meisten Tagen gerade mal aufstehen kann. Duschen und mich anziehen und darauf achten, dass meine Schuhe zusammenpassen.«

Sie sah mich an. »Angeblich macht eine Depression einen traurig. Ich finde eher, sie macht, dass einem nicht mehr wichtig ist, ob man sich von seiner besten Seite zeigt.«

Ich beugte mich vor, schluckte. »Margo, was haben Sie auf dieser Straße gemacht?«

Margo legte den Kopf schief und sah mich fest an. »Wie heißt du? Dein richtiger Name, und lüg mich nicht an.«

»Nikolai.«

»Nikolai«, sagte sie. »Da ich mich so selten von meiner besten Seite zeige, wollte ich wenigstens einen starken Abgang. Und deshalb bin ich in den Gegenverkehr gerannt. Direkt vor das Auto deiner Freundin. Ich war Gregory für ein paar kostbare Minuten entkommen. Gerade lange genug, um den Boulevard zu überqueren, auf die Straße zu laufen. Niemand hält sich an einem verkehrsarmen Sonntagmorgen an die Geschwindigkeitsbegrenzung. Alle fahren zu schnell auf dem Boulevard, dachte ich. Aber nicht deine Freundin.« Sie verzog bitter den Mund. »Sie hatte nur eine Aufgabe und hat versagt.«

Ich riskierte etwas. Ich nahm ihre Hand und hielt sie zwischen meinen. Das große gähnende Nichts, das sie umgab, verschluckte mich. Und darin war keine Leere. Darin war so viel …

Ich wappnete mich und nahm alles in mich auf. Ich fühlte, was sie fühlte, den Schmerz, die Einsamkeit. Sie saß mit der Familie am Tisch, umgeben von Lachen und Stimmen, und war doch auf einer einsamen Insel und schickte Rauchsignale in die Luft, die niemand sah.

»Sie glauben, es geht dir gut«, sagte ich. »Sie glauben, du könntest dich einfach ändern, wenn du nur wolltest. Sie verstehen nicht, warum du nicht lächelst und nett bist und …«

»Mich nicht von meiner besten Seite zeige«, flüsterte sie.

»Medikamente sind für Kranke«, sagte ich. »Krankheit ist was für Schwache.«

»Und Pettigrews sind nicht schwach. Wir sind stark und gesund und fit«, sagte Margo. »Außer mir. Ich bin schwach. Ich fühle nichts mehr, und das konnte ich keine Sekunde länger aushalten.«

Mein Blick verschwamm, so sehr spürte ich ihren und auch Fionas Schmerz.

»Es war nicht ihre Schuld«, sagte Margo, und Tränen sammelten sich in ihren Augenwinkeln. »Niemand hätte mir ausweichen können. Es war unmöglich. Gregory wusste das, aber man hat ihm befohlen, nichts zu sagen. Mein Vater wollte die

Sache vertuschen und so schnell wie möglich deiner Fiona die Schuld zuschieben. Und es war so leicht …«

»Weil sie so neben der Spur war«, sagte ich und blinzelte. »Und das war meine Schuld. Bitte lass sie nicht deshalb leiden.«

Sie seufzte schwer, und ich spürte, wie diese Leere um sie herum ein wenig schrumpfte und Hoffnung und Licht hineinströmten.

»Woher wusstest du, was du sagen musst?«, fragte Margo. »Ich hatte keine Worte, jahrelang nicht. Nur … nichts. Und du hast es doch alles gesagt.«

»Ist es wichtig?«, fragte ich.

Sie sah mich kurz an, dann schüttelte sie den Kopf, und ein winziges Lächeln zeigte sich auf ihren Lippen. »Wahrscheinlich nicht«, sagte sie. »Es ist nur wichtig, von jemandem verstanden zu werden.«

Ich nickte und dachte an Evan und was für eine Erleichterung es war, nicht allein zu sein.

»Du bist nicht schwach«, sagte ich. »Aber du brauchst Hilfe. Jeder braucht Hilfe.«

»Ich habe Angst«, sagte sie, »und es ist das erste echte Gefühl seit langer Zeit.« Sie schüttelte den Kopf. »Es tut mir leid, dass Fiona wegen dem, was ich getan habe, im Gefängnis ist.«

»Wirst du uns helfen? Ihr?«

Margo drückte schwach meine Hand, aber eine Schwester kam herein, bevor sie antworten konnte. Ich wollte loslassen, doch sie hielt mich fest.

»Wie geht es uns?«, fragte die Schwester, und ihr Blick fiel auf unsere Hände. »Brauchen Sie etwas?«

»Ja«, sagte Margo. »Ich brauche einen Arzt. Nicht den Orthopäden … jemand anderen. Jemanden, mit dem ich reden kann.«

»Natürlich, Ms Pettigrew. Alles, was Sie wünschen.«

»Und ich möchte mit meinem Vater sprechen. Könnten Sie ihn kontaktieren? Und wenn er sagt, dass er zu beschäftigt ist, sagen Sie ihm bitte, dann würde ich stattdessen mit der Presse sprechen. Würden Sie das für mich tun?«

Ich sah, wie viel Gewicht der Name Pettigrew hatte und wie Margo das vielleicht zum ersten Mal im Leben nutzte.

»Ja, Ma'am«, sagte die Schwester. »Das mache ich. Wie stark sind Ihre Schmerzen momentan?«

»Schlimmer«, sagte Margo und sah mir in die Augen. »Und besser.«

»Es ist Zeit für die nächste Dosis«, sagte die Schwester und injizierte eine hellgelbe Flüssigkeit in die Infusionsflasche, die mit Margos Arm verbunden war.

»Ruhen Sie sich jetzt aus«, sagte die Schwester und warf mir einen Blick zu. »Es ist spät.«

Sie ging, und Margos Blick war schon weniger wach.

»Ich werde für Fiona tun, was ich kann«, sagte sie. »Sollte nicht schwer sein. Mein Vater tut alles, um schlechte Presse zu vermeiden. Allein der Gedanke, ich könnte der Welt erzählen, dass ich vor ein Auto gerannt bin und er einen Richter dazu gebracht hat, eine unschuldige Frau einzusperren, um es zu vertuschen, wird ihn dazu bringen, sofort ein paar Anrufe zu tätigen.«

»Danke, Margo«, sagte ich und atmete zitternd aus.

»Ich danke *dir*, Nikolai«, sagte sie und trieb davon auf den Wogen des Morphiums. Doch ihre Stimme erhob sich noch einmal zwischen uns. »Nikolai … wer auch immer du bist. Ein Prinz in Schwarz, der mich gerettet hat. Der Drache hat mich umkreist und wollte mich schon verschlingen, da bist du gekommen …«

»Ich bin kein Prinz.«

»Doch, bist du. Der Schwarze Prinz. Du hast mich gerettet.«

»Du hast mich auch gerettet, Margo«, sagte ich. »Indem du Fiona hilfst, rettest du mir das Leben.«

Sie lächelte traurig und schön. »Ich habe noch nie jemanden gerettet«, sagte sie, und ihr fielen die Augen zu. »Es ist ein gutes Gefühl.«

29. KAPITEL

Fiona

Ich ging zum Besuchszentrum und fühlte mich wie auf dem Weg zum Galgen. Das Herz hämmerte mir gegen die Rippen, und mein Mund war knochentrocken.

Geh nicht. Es gibt keine Regel, die besagt, dass du Besucher auch treffen musst.

Aber ein Schritt folgte auf den anderen und trug mich vorwärts. Abschließen, hatte Opal einmal gesagt. Vielleicht ging ich deshalb weiter. Ich hatte jahrelang Angst gehabt und im Kopf Steves Stimme gehört. Damit musste jetzt Schluss sein.

Trotzdem hatte ich weiche Knie, und der Atem schien mir in der Brust stecken zu bleiben.

Ich bog zu den Telefonschaltern ab, aber mir wurde gesagt, dass ich meine Besucher inzwischen an einem normalen Tisch empfangen durfte.

Oh Gott …

Ich wurde zu dem Hauptbesuchsraum geführt, wo Insassinnen gegenüber von Angehörigen an kleinen Tischen saßen. Ich blickte durch das Fenster, als der Vollzugsbeamte die Tür aufschloss. Der Raum war voll von meinen Mitgefangenen und ihren Männern, Kindern, Freunden … Menschen, die sie sehen und berühren wollten.

Am Tisch in der Mitte saß Steve Daniels.

In meiner Erinnerung war er so groß geworden, er hatte so viel Platz in meinem Kopf eingenommen, dass ich einen Riesen erwartete. Ein Monster.

Aber da saß ein ganz gewöhnlicher Typ in Jeans und einem grünen Polohemd. Die Tatsache, dass er so gewöhnlich war, machte es fast schlimmer, weil es viel schwieriger war, meine Angst zu rechtfertigen. Seine Heimtücke war unsichtbar für einen normalen Beobachter. Er sah erst aus wie ein Monster, wenn man ihm in die Augen sah. Seine Augen waren tot.

Eine halbe Sekunde lang konnte ich mich nicht bewegen, dann kam die Erinnerung zurück, wie ich in der Frauendusche nackt das Handtuch mit den Seifenstücken geschwungen hatte.

Ich bin stärker, als ich aussehe.

Ich betrat den Raum, und Steve hob den rothaarigen Kopf. Mir fiel auf, dass seine Haare länger und ungekämmt waren, auf dem Polohemd waren Flecken. Der Steve aus meiner Erinnerung hatte immer makellos ausgesehen – gebügelte Kleidung, akkurat geschnittene Haare. Dieser Steve hingegen saß mit nervös wippendem Bein und fest verschränkten Armen am Tisch wie ein Junkie, der auf den nächsten Schuss wartete.

Als er mich sah, lockerte er die Arme und hielt das Bein still. Das Lächeln, das sich auf seinen Lippen ausbreitete, ließ mir das Blut in den Adern gefrieren. Ich hatte es am Anfang unserer Beziehung, als ich ein naives achtzehnjähriges Mädchen gewesen war, so oft gesehen. Ich hatte es für echt gehalten, dachte, es würde nur mir gelten, und ein Prinz würde mich bezaubern wollen.

Er ist nicht der Prinz. Er ist der Drache. Und jetzt sehe ich, dass er nicht einmal das ist …

»Tess«, sagte er und breitete die Arme aus, als wollte er sagen: *Was soll ich nur mit dir machen?*

Ich sank auf den Stuhl ihm gegenüber.

»Wie geht es dir, Schatz? Es ist so lange her ...« Er legte den Kopf schief. »Rosa Haare? Süß. Gefällt mir.«

Ich versteifte mich. Er klang so nett und freundlich, so voller Sorge. Genau wie am Anfang.

»Was willst du?«, fragte ich.

Er lachte leise. »Das ist das Erste, was du deinen Mann nach zwei Jahren fragst?«

»Du bist nicht mein Mann«, sagte ich. »Auf dem Papier vielleicht. Hier drin nicht.« Ich legte mir die Hand aufs Herz und ballte sie dann in meinem Schoß, um zu verbergen, wie sehr sie zitterte.

Steves Miene verhärtete sich wie eine Maske. »Natürlich bin ich dein Mann«, stellte er fest. »Ich habe nie aufgehört, dein Mann zu sein, egal, wohin du dich verirrt hast.«

»Wie hast du mich gefunden?«

»Ich habe dich gegoogelt. Zwei Jahre lang jeden Tag. Ich wusste, irgendwann würde etwas auftauchen ...«

Mir fiel die Kinnlade runter. »Jeden Tag ...?«

»*Jeden Tag*«, sagte er überdeutlich. Er sah mir in die Augen, fixierte mich mit seinem Blick. Seine Nägel, normalerweise perfekt manikürt, nun unregelmäßig gekürzt und stumpf, kratzten über den Tisch.

Mir wurde ganz anders, als ich dieses leise, kaum wahrnehmbare Geräusch registrierte. Ich konnte es eher fühlen als hören, als würde er über meine blankliegenden Nerven kratzen. Es kribbelte am ganzen Körper ... als würde eine eingeschlafene Gliedmaße aufwachen.

Ich verschränkte die Hände unter dem Tisch.

»Du hast jeden Tag nach mir gesucht. Hast du jemals ...« Ich schluckte. »Hast du jemanden geschickt, der mich suchen sollte?«

Steve runzelte die Stirn. »Ob ich jemanden geschickt habe? Ich musste niemanden ›schicken‹, Tess. Ehrlich gesagt wusste ich, dass es nur eine Frage der Zeit war, bis du stolpern würdest. Wie tief du fallen würdest, habe ich natürlich nicht geahnt …«

Ich hörte ihn kaum. Sobald ich die Frage ausgesprochen hatte, kannte ich die Antwort. Jetzt, da ich Steve nach zwei Jahren gegenübersaß, war es so offensichtlich. So absolut klar. Nikolai war überhaupt nicht wie Steve und würde nie etwas mit jemandem wie Steve zu tun haben wollen. Nik sprühte vor Leben – auch wenn er litt –, und die Zeit, die wir zusammen verbracht hatten, war so wunderbar und voller Licht gewesen. Steve war tot und leer. Nik hätte nur Umgang mit einem Scheusal wie Steve, um ihn auf den Hintern zu befördern, so wie er es mit diesem Typen auf dem Jahrmarkt gemacht hatte.

Aber wenn Nik nicht von Steve von meinem Krankenhausaufenthalt gewusst hatte, dann hatte er die Wahrheit gesagt über seine besondere Fähigkeit. Das *Gesicht*. Doch dies war nicht der richtige Moment, um das zu verarbeiten. Es genügte zu wissen, dass alles andere zwischen uns echt gewesen war. Ich spürte es bis ins Mark, in meinem Blut, im instinkthaften Teil meines Wesens, der unter den Gedanken und der Vernunft existierte. Die Worte, die wir gewechselt hatten, die Art, wie er mich angesehen und geküsst und geliebt hatte … Alles war echt gewesen.

»Es war Magie«, murmelte ich.

»Was ist Magie?«, fragte Steve.

»Nik. Nik ist Magie.«

Steve richtete sich auf und verschränkte die Arme wie ein strenger Chef, der gerade festgestellt hat, dass eine Angestellte sich nicht an seine Anordnungen gehalten hat. »Wer ist Nik?«

»Er ist ein richtiger Mann. Hundertmal mehr als du. Er hat mich nie dazu gebracht, an mir zu zweifeln. Er hat mir nie gesagt, dass ich hässlich sei. Er hat mir nie das Gefühl gegeben, nicht begehrt zu werden oder nicht …« Ich schluckte die Tränen runter. »Nicht geliebt.«

»Aha«, sagte Steve. »Und wo ist dieser Nik jetzt?«

Ich hatte keine Antwort. Ich wusste nicht, wo Nik war, aber ich wollte ihn zurück, weil ich jetzt mein Herz kannte und nur er darin war.

Steve lächelte triumphierend, als ich schwieg. Er setzte sich auf, strich sich das Hemd glatt und machte sich ein bisschen größer. »Verstehe. Er hat dich gevögelt, dich in dem Glauben gelassen, dass du ihm wichtig bist, und ist dann abgehauen. Stimmt's? Du hast einfach einen Mann gegen den nächsten getauscht, oder? Ich hab immer gewusst, dass eine Schlampe in dir steckt.«

Ich erwartete, dass das Wort mich verletzen würde, aber es perlte einfach an mir ab.

»Ich bin keine Schlampe. Deinetwegen war ich zwei Jahre lang allein«, sagte ich leise. »Ich habe Nik nur deinetwegen weggestoßen.«

Steve räusperte sich und tat so, als wäre er bestürzt. »Ich höre, dass du mir an vielem die Schuld gibst, Tess. Du sagst, es sei meine Schuld, dass Nik nicht hier ist? Liegt das nicht eher an etwas ganz anderem … zum Beispiel einer dreijährigen Gefängnisstrafe? Welcher Mann würde schon auf dich warten? Das wäre wirklich viel verlangt, zumal du dich derart dumm und rücksichtslos verhalten hast. Ich wusste immer, dass du labil bist, aber auch noch so unverantwortlich? Was steckt wirklich dahinter? Hast du getrunken, als du dieses arme Mädchen angefahren hast?«

»Nein. Ehrlich gesagt dachte ich, ich hätte dich über die Straße gehen sehen, und hab eine Sekunde lang die Fassung verloren.«

»Oh, dann bin ich also auch an *deinem* Unfall schuld? Wenn

du nicht wie eine Diebin in der Nacht weggelaufen wärst, hättest du auch die *Fassung* nicht verloren, und das wäre alles nicht passiert. Hast du da mal drüber nachgedacht? Du bist einfach verschwunden, Tess. Hast du auch nur einen Gedanken daran verschwendet, wie ich mich dabei gefühlt habe? Weißt du, wie es ist, drei Jahre mit einer Frau zusammenzuleben, ihr ein Zuhause zu bieten, neben ihr einzuschlafen und dann eines Tages zu entdecken, dass sie weg ist? Ohne ein Wort? Ohne einen Anruf oder eine Nachricht?«

»Ich hatte kein Telefon, mit dem ich hätte anrufen oder texten können«, sagte ich ausdruckslos. »Du hattest es mir weggenommen.«

Er winkte ab, tat meine Antwort und meine Gefühle ab; tat mich ab, denn für ihn war nur wichtig, was ich ihm angetan hatte. »Meine Güte, Tess, du bist meine *Frau*. Ich war verloren ohne dich. Ich war völlig fertig. Und ich hatte Angst. Denkst du nicht, dass ich mir Sorgen gemacht habe, wo du bist? Ich dachte, du würdest tot irgendwo im Straßengraben liegen! Ich habe die Krankenhäuser angerufen, die Polizei. Ich habe eine Vermisstenanzeige aufgegeben, wusstest du das? So viel Angst und Sorge, aber nein, du bist einfach verschwunden … um mit diesem Nik zu vögeln.«

»Bist du fertig?«, fragte ich.

Steve blinzelte. »Ob ich … ob ich *fertig* bin?«

»Ja«, sagte ich. »Bist du fertig damit, über dich und *deine* Gefühle zu reden?«

»Tess …?«

»Du hast gerade etwa zehn Mal Ich gesagt in deiner kleinen Rede. Aber was glaubst du, wie ich mich fühle, Steve? Kannst du mir das sagen? Jetzt? Wie fühle ich mich?«

Er runzelte die Stirn. »Du schämst dich, weil du diese Frau angefahren und fast umgebracht hast …«

Ich wand mich bei diesen Worten, nickte aber. »Ja. Was noch? Was habe ich für ein Gefühl, weil du hier bist?«

»Erleichterung. Du bist erleichtert, dass ich dir vergeben habe und du nicht länger allein bist«, sagte Steve. Er griff über den Tisch nach meinen Händen. Ich wich zurück.

»Falsch«, sagte ich. »Ich bin nicht erleichtert, dich zu sehen, Steve. Ehrlich gesagt ist mir ein bisschen schlecht, weil du so nah bist, und wenn du noch einmal versuchst, mich zu berühren, schreie ich nach der Wache.«

Er starrte mich kurz an, seine hellblauen Augen ausdruckslos, aber dahinter wirbelten Gedanken. »Du bist lächerlich und dramatisch.«

»Lächerlich?«, fragte ich, und die Brust wurde mir eng. »Du hast mir alles genommen. Alles.«

Er blinzelte. »Ich soll dir etwas weggenommen haben? Du hast mir zehntausend Dollar geklaut und bist abgehauen …«

»Das war mein Geld. Mein Vater hat es mir vererbt. Du hast es einbehalten, damit ich nicht wegkonnte. Ich hab mir nur zurückgeholt, was mir gehört. Und das Geld ist mir sogar egal. Es ist nichts, verglichen mit dem, was du mir noch genommen hast.«

Tränen stiegen mir in die Augen, und mein erster Impuls war, sie wegzublinzeln. Sie verschwinden zu lassen, bevor er mich beschuldigte, schwach und emotional zu sein. Aber diese Tränen waren echt und gehörten mir, und ich ließ ihnen freien Lauf.

Steve lehnte sich mit einem tadelnden Lächeln auf den Lippen zurück. »Geht das wieder los. Wirklich, Tess …«, warnte er mich. »Du weißt, was Weinen bedeutet, oder? So versteckst du dich vor der Realität. Ich soll Mitleid mit dir haben, statt …«

»Nein, das ist es nicht, was Weinen bedeutet«, sagte ich. »Ich weine um etwas, was ich nie zurückbekommen kann. Ich empfinde einen realen Verlust.«

»Darum geht es also? Bist du deshalb weg? Wegen diesem einen kleinen Gespräch mit dem Arzt?«

Ich lehnte mich auf dem Stuhl zurück. Seine Herzlosigkeit war wie ein Schlag ins Gesicht.

»Du hast mich betrogen. Du hast mich mit einer Krankheit angesteckt, und ich bin fast gestorben. Und jetzt ist mein Körper so voller Narben …«

»Ach, ich war sowieso nie so wild drauf, Kinder zu haben«, redete er einfach weiter. »Das wusstest du. So, wie ich das sehe, passiert es, wenn es sein soll. Und wenn nicht …« Er zuckte die Achseln. »Wir versuchen es mit künstlicher Befruchtung. Oder wir adoptieren, wenn es dir so wichtig ist.«

Ich starrte ihn an. »Du glaubst … Denkst du ernsthaft, ich komme zu dir zurück, wenn ich rauskomme?«

Er starrte zurück, und das falsche Lächeln verschwand, fiel ab wie die Maske, die es in Wirklichkeit war. Wieder kratzte er mit den Fingernägeln über den Tisch.

»Wir sind verheiratet, Tess. Du bist meine Frau. Ich hatte jetzt zwei Jahre lang Geduld. Ich kann auch noch drei weitere warten, aber dann ist Schluss mit diesem Unsinn. Wenn du hier rauskommst, kommst du zu mir zurück.« Er kratzte bis zum Rand des Tisches, legte die Hand wieder in die Mitte des Tisches und machte dasselbe noch einmal. »Du kommst zurück, Tess. Zu mir.«

Ich wartete, dass die Angst zurückkehrte, einsank und Wurzeln schlug. In der Zeit, die ich mit ihm verheiratet gewesen war, hatte Steve mich von einer jungen Frau, die gerade erst ihren Platz in der Welt suchte, auf ein psychisches Wrack reduziert, das jedem Gedanken in ihrem Kopf und jedem Gefühl in ihrem Herzen misstraute. Er hatte meinen Wunsch, zu lieben und geliebt zu werden, in eine Waffe verwandelt und damit immer wieder auf mich eingeschlagen. Ich war in winzige Stücke zerbrochen und hatte nicht gewusst, wie ich mich wieder zusammensetzen sollte. Bis jetzt. Ich hätte lachen können über die Ironie, dass ich erst in einem Gefängnis landen musste, um frei zu sein.

Ich sah Steve an, und die Angst, die mich so lange erdrückt hatte, fiel einfach von mir ab.

»Nein«, sagte ich.

»Nein was?«

»Du bist ein mieses Arschloch und hast mich misshandelt, und es gibt kein ›wir‹. Nie wieder.«

Steve verdrehte die Augen. »Misshandelt? Ich habe nie die Hand gegen dich erhoben …«

»Nicht alle Schläge werden mit Fäusten ausgeteilt«, sagte ich. »Nicht alle Stiche verletzen die Haut, aber ich habe trotzdem Schmerzen empfunden und geblutet. In meinem Inneren.«

Steves Blick war so hart, dass man Glas damit hätte schneiden können. »Meine Güte, Tess, lass diesen melodramatischen Scheiß. Du klingst nur dumm …«

»*Ich bin nicht dumm*«, sagte ich und zog damit die Blicke anderer Insassinnen auf mich. »Ich bin dir entkommen …«

»Entkommen«, schnaubte er.

»Ich bin dir entkommen«, sagte ich, »aber ich war nie frei. Nicht wirklich. Du warst immer noch da, wie ein Schatten, vor dem ich nicht weglaufen konnte. Weil ich weggelaufen bin. Ich bin abgehauen, statt dich zu konfrontieren, und deshalb fühlte ich mich an jedem Tag meines Lebens verfolgt. Aber jetzt lauf ich nicht mehr weg.«

»Ganz genau. Du läufst nicht weg. Weil du im *Gefängnis* sitzt«, sagte er fast triumphierend. »Gefängnis, Tess. Du hast nicht nachgedacht, als du diese Frau überfahren hast, und jetzt denkst du auch nicht nach. Aber es ist okay. Ich bin zurück. Ich …«

»Ich war seit Jahren im Gefängnis. Seit *Jahren*, Steve. Ich hatte seit Jahren Angst, und ich bin es so leid. Deinetwegen hatte ich diese Angst. Und ich dachte, wenn ich ganz weit weglaufe, sogar das Land verlasse, könnte ich sie hinter mir lassen. Aber jetzt sehe ich es. Du warst gar nicht der Grund. Die Angst war in mir drin. Es ist so klar: Du bist nichts, und ich hab keine Angst mehr.«

Er verdrehte die Augen, sodass man fast nur noch das Weiße sah. »Ich muss sagen, dass mich das wirklich verletzt, Tess. Ich soll so grausam sein? Bist du nicht ein bisschen unfair? Ich bin mit offenen Armen gekommen, und du haust mich derart in die Pfanne.«

»Es ist vorbei, Steve. Endgültig.«

Er erwiderte meinen Blick. Ich fragte mich, ob ich es mir nur einbildete, aber ich glaubte, einen Hauch von Angst – echter Angst – in seinen Augen flackern zu sehen. Dann war da nur noch Zorn. »Gar nichts ist vorbei.«

»Doch. Weil wir nie zusammengehört haben. Du hast mich für einen Zweck benutzt, und ich habe es zugelassen, weil ich meinen Wert nicht kannte. Ich wusste nicht, dass ich gut für irgendjemanden sein könnte. Oder für mich selbst.«

Aber ich bin gut für jemanden. Und er ist gut für mich.

»Du schaffst es nicht ohne mich, Tess. Du hast niemanden …«

»Ich habe mich«, sagte ich. »Zum ersten Mal seit Jahren habe ich mich.« Ich stand auf, überragte ihn. »Auf Nimmerwiedersehen, Steve.«

Seine Hand schoss vor, und er packte mein Handgelenk. Ich empfand nur Ekel und Abneigung.

»Lass mich los«, sagte ich ruhig.

»Ich kann warten. Ich *werde* warten. Solange es nötig ist. Du kannst dich nicht vor mir verstecken.«

»Ich verstecke mich nicht. Ich sehe dir in die Augen und sage: Lass. Mich. Los.«

Steve starrte mich an. Ich erwiderte den Blick und blieb standhaft, während mir das Herz in der Brust hämmerte. Schließlich ließ er kraftlos die Hand sinken. Ich drehte mich um, und seine zornige Stimme verfolgte mich.

»Du kannst nicht vor mir weglaufen.« Ich hörte einen Stuhl über den Boden schrappen und wusste, dass er aufgestanden war.

Ich ging weiter und blickte nicht zurück. Seine Stimme wurde lauter.

»Es ist nicht vorbei, Tess. Es wird *nie* vorbei sein.«

Ich verließ das Besuchszentrum, und die Tür schloss sich zwischen uns. Ich lehnte mich an die Wand und stieß zittrig die Luft aus. Dann schlug ich mir die Hand vor den Mund und dachte zuerst, ich würde ein Schluchzen unterdrücken, aber ich lachte stattdessen. Es war ein schmerzhaftes Lachen, das tief in mir seinen Ursprung nahm, Muskeln beanspruchte, die erwachten, nachdem ich sie lange nicht benutzt hatte. Ich hatte die ganze Zeit nur halb gelebt, hatte versucht, den Sonnenschein unter einem Himmel voller Wolken zu finden. Aber jetzt …

Jetzt bin ich frei.

Die Welt öffnete sich. Ich wollte nach Costa Rica um des Landes willen, nicht um zu fliehen. Ich wollte mich um Kinder kümmern, weil ich sie liebte; und die Hoffnung erwachte in mir, dass irgendwo doch meine eigenen Kinder auf mich warteten.

Ich dachte an Nikolai.

Mein stummes Lachen ließ nach und verwandelte sich in unermessliche Sehnsucht.

Ich will Nikolai.

Nikolai hatte mich immer akzeptiert, wie ich war, auch ängstlich und voller Unsicherheit. Er hatte meine Fehler und Ängste gesehen, und wenn das stimmte, was er über das *Gesicht* sagte, dann blickte er sogar noch tiefer und wollte mich trotzdem. Bei ihm konnte ich einfach ich sein. Hatte ich ihn verloren?

Ich ging an den Wandtelefonen auf dem Weg zum Schlafsaal vorbei. Ich stellte mich in die Schlange, dann wählte ich Nikolais Nummer. Das automatische System forderte mich auf, meinen Namen zu sagen, um dem Angerufenen mitzuteilen, dass ein R-Gespräch von einer Insassin in Whitworth auf ihn wartete. Aber Niks Telefon klingelte nur. Keine Mailbox.

Du hast gesagt, dass er gehen soll.

Ich atmete ein. Wenn er fort war, würde ich dem ins Gesicht sehen müssen, obwohl ein Leben ohne Nik viel schlimmer war als drei Jahre im Gefängnis.

Du weißt nicht, ob er wirklich weg ist. Mach weiter. Mach einfach weiter.

Ich atmete tief ein und rief Griffin in seiner Anwaltskanzlei an.

»Fiona, oh mein Gott, ich wollte in dieser Sekunde den Hörer abnehmen, um dich anzurufen.« Seine Stimme klang aufgeregt.

»Was ist?«

»Sitzt du?«

»Ich lehne an einer Wand. Zählt das?«

»Halt dich gut fest, Liebes. Richter Riley hat dein Urteil vom Gouverneur umwandeln lassen.«

Ich erstarrte. »Was hast du gesagt?«

»Alles wurde umgewandelt. Du musst nur noch die bereits abgesessene Zeit ins Gefängnis und fünfhundert Stunden gemeinnützige Arbeit leisten.«

Ich legte die Hand an die Wand, um nicht das Gleichgewicht zu verlieren. »Wie … wie ist das möglich?«

»Ich habe heute den Anruf bekommen. Die Anweisung des Richters liegt direkt vor mir. Da steht, es habe eine neue Zeugenaussage gegeben und du seist nicht rücksichtslos gefahren, sondern Margo Pettigrew habe ein ›unvermitteltes Verkehrshindernis‹ dargestellt.«

Ich nickte langsam. »Ich … weiß nicht, was ich sagen soll. Was ist mit Margo Pettigrew? Wie geht es ihr?«

»Soweit ich gehört habe, erholt sie sich gut.«

»Das freut mich, aber ich fühle mich trotzdem noch furchtbar wegen dem, was ich ihr angetan habe. Ich habe sie so schlimm verletzt …«

»Es war ein Unfall, Fi«, sagte Griff. »Ein unglücklicher Unfall, und du hast es nicht verdient, dafür drei Jahre ins Gefängnis zu gehen. Und der Richter hat das auch gesehen. Irgendwie.«

»Irgendwie …«, murmelte ich, und meine Gedanken wanderten unerklärlicherweise zu Nik.

»Fiona«, sagte Griff. »Du kommst raus.«

»Ich komme raus«, flüsterte ich. »Wirklich?«

»Wirklich, Schatz. Du wirst in den nächsten Tagen entlassen, sobald die richterliche Anweisung bearbeitet wurde. Ich halte dich auf dem Laufenden.«

»Danke, Griff, für alles.«

»Ich bin nur ans Telefon gegangen.«

»Ich bin dankbar, dass du da warst, um für mich ranzugehen«, sagte ich. »Kann ich dich um noch etwas bitten, solange du noch mein Anwalt bist?«

»Sag.«

»Bitte bereite Scheidungspapiere vor, und lass sie Steve Daniels zukommen. Sofort.«

Man hörte Griff bei den nächsten Worten lächeln. »Betrachte das als erledigt.«

Ich gab ihm die Adresse unseres Hauses in Duluth und den Namen der Firma, für die er gearbeitet hatte, als ich vor zwei Jahren gegangen war.

»Ich weiß nicht, ob das noch stimmt«, sagte ich.

»Es genügt, um ihn ausfindig zu machen.«

Ich grinste. »Ja. Du machst ihn ausfindig, ja?«

Ich legte auf und ging zu meinem Bett zurück. Mir war ganz schwindelig von der Kette der Ereignisse, und mein Herz war voller Dankbarkeit … und Sehnsucht.

Meine Sehnsucht danach, Nikolai zu sehen, wurde zu einem heftigen Verlangen. Ich wollte ihn berühren und ihm sagen, wie leid es mir tat; ihn bitten, zu mir zurückzukommen. Dass er bei mir der sein konnte, der er war. Alles, was er war …

Martínez lag auf dem Bett und blätterte durch den Inhalt eines braunen Umschlags.

»Ein Care-Paket von meinen Kindern«, sagte sie, und ihre Finger berührten Briefe und selbstgebastelte Karten.

»Das ist total süß«, sagte ich und kniete mich neben sie. »Wie viele Kinder hast du?«

»Zwei Mädchen«, sagte sie. »Vier und acht. Sie sind ganz schön anstrengend, aber solange ich hier bin, gehorchen sie ihrer Tante.«

»Siehst du sie bald?«, fragte ich sanft.

»Jeden Samstag«, sagte Martínez. »Und dann in drei Monaten. Noch drei Monate nur samstags, dann kann ich nach Hause.«

Sie nahm einen Traumfänger aus dem Stapel von Geschenken. Er war aus Eisstielen, Nähgarn und einer Feder gemacht. Sie gab ihn mir.

»Ich glaube, der hier will zu dir.«

»Zu mir? Nein, ich kann …«

»Um deine Träume einzufangen«, sagte sie und drückte ihn mir in die Hand.

»Ich behalte ihn, aber nur zur Erinnerung an dich«, sagte ich. »Ich komme in ein paar Tagen raus.«

Martínez' braune Augen weiteten sich, dann legte sie den Kopf schief und lächelte stolz. »Ich bin so froh, querida. Du gehörst nicht in diesen Käfig.« Sie griff nach einer Locke meines rosa Haars und zog spielerisch daran. »Die Rainbow-Crew wird dich vermissen.«

Ich lachte. »Ich glaub, sie kommen drüber weg.«

Ihr Lächeln wurde sanft. »Und holt dich jemand ab, wenn man dich rauslässt?«

»Ich weiß es nicht«, sagte ich und senkte den Blick. »Ich hab ihn weggeschickt, weißt du noch?«

Sie schloss meine Finger um den Traumfänger. »Also fang ihn wieder ein.«

In dieser Nacht legte ich den Traumfänger unter mein Kissen. Ich dachte, ich würde mir dumm oder albern dabei vorkommen, aber das war ich nicht. Ich wusste, wer ich war. Und ich wusste, was ich wollte.

»Komm zurück, Nikolai«, flüsterte ich. »Komm zu mir zurück …«

30. KAPITEL

Nikolai

Ich blieb zwei Tage in Miami Beach, und als ich Margo noch einmal im Krankenhaus besuchte, sagte sie, dass es erledigt sei.

»Ich hab meinen Vater dazu gebracht, den Richter genauso unter Druck zu setzen wie beim ersten Mal«, sagte sie. »Tess – oder Fiona – sollte noch in dieser Woche rauskommen.«

Ich sackte erleichtert auf dem Stuhl neben ihrem Bett zusammen. »Danke, Margo. Was ist mit dir? Was kommt als Nächstes?«

»Es gibt hier eine Ärztin. Eine Psychiaterin. Sie hat mit meinem Vater und mir ein langes Gespräch geführt. Und ich habe auch allein mit ihr geredet. Im Moment will ich nur regelmäßig mit ihr reden.« Sie deutete auf das Bein und die schrecklich aussehende Schiene. »Viel mehr geht gerade nicht«, sagte sie. »Außerdem hat sie mir Medikamente verschrieben. Mein Vater fand das zuerst schrecklich, aber einen Skandal findet er noch schrecklicher. Oder dass man ihn als schlechten Vater ansehen könnte. Also …« Sie zuckte die Achseln. »Es geht mir nicht toll, aber besser. Das habe ich bisher noch nie sagen können.«

»Das freut mich«, sagte ich. »Und noch mal danke.«

Sie schüttelte den Kopf auf dem Kissen. »Ich danke dir, Nikolai. Und sag Fiona, dass es mir leidtut.«

»Alles geschieht aus einem Grund«, sagte ich lächelnd. »Das wurde mir jedenfalls so gesagt.«

Ich verließ das Krankenhaus und setzte mich auf dem Parkplatz auf die Bonneville. Fiona war frei oder würde es bald sein, aber wie würde ihr Leben aussehen? Ihre Wohnung und ihre Ersparnisse waren weg, ihre Pläne, nach Costa Rica zu gehen, zerschlagen. Sie brauchte Geld, um neu anzufangen oder das Land zu verlassen, wenn sie das noch wollte.

Und ich hatte zwanzigtausend Dollar auf einem Bankkonto liegen und musste entscheiden, wofür sie waren.

Fiona. Das Geld war immer für Fiona …

Aber zwanzigtausend Dollar würden nicht lange vorhalten, zumal, wenn sie einen Pass brauchte, mit dem sie über die Grenze kam und in Costa Rica einreisen konnte. Mir fiel der Kontakt in Louisiana ein, von dem Evan gesprochen hatte, und ich suchte mein Telefon, um zu googeln, wie viel man im Moment für einen falschen Pass hinlegen musste. Das Telefon war weg. Ich suchte in den Satteltaschen. Nichts. Es musste rausgefallen sein, als ich das Motorrad den Abhang runtergeschubst hatte. Ich fuhr zum nächsten Internetcafé und setzte mich an einen Computer. Falsche Pässe, stellte sich heraus, kosteten mindestens zehntausend Dollar, wenn man eine Chance haben wollte, am Heimatschutz vorbeizukommen. Und es ging nicht, dass Fiona aus dem Gefängnis freikam, nur um wegen eines schlechten Passes wieder eingesperrt zu werden. Auf Besitz eines gefälschten Passes standen zehn Jahre. Ich musste darauf vertrauen, dass Evans Kontakt uns nicht enttäuschen würde.

»Scheiße«, murmelte ich. Wenn ich die Hälfte meiner Ersparnisse für den Pass ausgab, blieb zum Leben nicht viel übrig. Ich wollte, dass sie eine gute Grundlage hatte.

Zurück an die Spieltische, dachte ich mit einem Seufzen.

In ein paar Tagen konnte ich bei Underground-Spielen auf dem Weg zurück nach Georgia einiges gewinnen.

Noch im selben Internetcafé spielte ich Onlinepoker und wurde zu einem Spiel kurz vor Gainesville eingeladen. Es war ein Fischrestaurant, in dem nach Ladenschluss an zehn Tischen gespielt wurde. Die Einsätze waren okay. Ich tauchte in der Nacht um elf Uhr mit dem Losungswort meines Onlinekontakts auf.

Der Laden war gut besucht, fast wie ein kleines Casino. Der Besitzer hatte sich mit der lokalen Polizei gutgestellt, also ließen sie ihn in Ruhe. An einem der zehn Tische saßen sogar ein paar Cops. Man sieht sofort, wenn Cops was Illegales machen; sie führen sich auf, als würde die ganze Sache nur passieren, weil sie es erlaubten. Vielleicht stimmte das ja, aber deshalb waren sie trotzdem schuldig.

Die Wolken und Nebel und unangenehmen Geschmäcker, die mir am Gaumen klebten, waren intensiv, aber ich kämpfte mich durch, setzte mich an einen Tisch und fing an zu spielen. Aggressiv. Ich hatte keine Zeit zu trödeln.

Als das graue Licht der Morgendämmerung durch die Jalousien fiel, hatte ich sechstausend Dollar zu den zehntausend, mit denen ich gespielt hatte, hinzugewonnen und bis auf sieben sämtliche Spieler in dem Laden abgezogen. Zeit zu gehen.

»Ganz schöne Glückssträhne«, sagte der Typ, der die Bank hatte, als ich meine Chips einwechselte. »Kommen Sie heute Abend wieder?«

»Nein, ich bin fertig.«

»Das macht er immer so«, sagte eine Stimme hinter mir. »Hit and Run. Außerdem betrügt er.«

Ich drehte mich um und entdeckte Will, den verschlagenen kleinen Mistkerl, gegen den ich in Atlanta gespielt hatte, bevor ich Fiona getroffen hatte. Er sah dünner aus, als ich in Erinnerung hatte, und der Gestank der Sucht sickerte ihm aus den Poren. Seit unserer letzten Begegnung hatte Will sich eine Heroinabhängigkeit zugelegt.

»Das ist eine schwere Anschuldigung«, sagte der Bank-Typ. »Können Sie das beweisen?«

Ich verschränkte die Arme. »Ja, das würde ich auch gern hören.«

Die anderen Spieler beobachteten mich. Wenn es eine Konstante unter Pokerspielern gab, dann der strenge Ehrenkodex. Allein die Andeutung von Betrug (und eine Chance, sein Geld zurückzukriegen) würde eine schnelle und fürchterliche Rache nach sich ziehen.

Will stierte mich aus gelben Augen an. »Ich weiß nicht, wie er's macht«, sagte er. »Aber das Arschloch betrügt. Er hat ein paar von uns vor ein paar Monaten in Atlanta eiskalt ausgenommen und dann die Stadt verlassen. Genau wie jetzt.«

Der Manager des Restaurants hatte sich zu uns gestellt – und auch alle anderen. Die Cops sahen aus, als würden sie mir gleich den Hals umdrehen.

»Durchsucht ihn«, sagte der Manager.

Sie rissen mir die Lederjacke runter, tasteten mich ab, suchten in meinen Taschen nach Geräten oder dem sprichwörtlichen Ass im Ärmel. Sie fanden nichts.

Es gab kein Gesetz, das mir vorschrieb, die kompletten drei Tage zu spielen, und es gab keinen Beweis, dass ich betrogen hatte. Die Bank zahlte mich aus.

»Wenn ich Sie noch einmal hier sehe, gibt es Ärger.«

»Lasst ihn nicht gehen«, jammerte Will. »Er ist ein beschissener Betrüger …«

»Habt ihr mal drüber nachgedacht«, sagte ich langsam und spürte, wie die Gefahr sich wie ein dunkler Nebel um mich sammelte, »dass ich vielleicht einfach besser spiele als ihr?«

Im Nachhinein war es vielleicht falsch, das zu sagen.

Ich ging mit sechzehntausend Dollar in einer kleinen Ledertasche aus dem Restaurant, während mir ein Dutzend zusammengekniffener Augenpaare folgte. Ich schaffte es nicht einmal bis zu meinem Motorrad. Drei Typen stellten sich mir in den Weg. Ein vierter tippte mir auf die Schulter.

Ich drehte mich um, und Will rammte mir die Faust gegen den Kiefer, dass es mir den Kopf zur Seite schleuderte. Wütend starrte ich ihn an. Er trat einen Schritt zurück, und ich verpasste ihm einen Kinnhaken, der ihn taumeln ließ. Dann stürzten seine Freunde sich auf mich. Ein Hagel von Fäusten schickte mich zu Boden, nach ein paar Tritten bekam ich kaum noch Luft.

Aus dem Augenwinkel sah ich, wie Will, dem Blut aus dem Mund tropfte, die Tasche mit Fionas Geld aufhob.

Adrenalin durchströmte mich, und ich rappelte mich auf, aber sie waren zu viert, ich allein. Ich landete noch ein paar gute Treffer, aber der größte von ihnen verpasste mir einen Tritt in die Nieren, als ich schon auf allen vieren war, dann kassierte ich noch einen Schlag auf den Hinterkopf. Mein Rücken brannte vor Schmerz, und die Welt kippte unter mir weg. Ich fiel hart zu Boden.

»Wir kennen dich jetzt«, sagte Will. »Alle Berufsspieler von Küste zu Küste. Du bist erledigt, Mann. Dafür werd ich sorgen.«

Sie ließen mich, alle viere von mir gestreckt, einfach liegen. Der Körper tat mir an hundert Stellen weh. Blut lief mir aus Mund und Nase und einer Platzwunde über dem Auge.

Und was zur Hölle mach ich jetzt?

Das Netzwerk für Underground-Poker war ein weitverzweigtes System mit tausend Arterien. Schon morgen würde ich in den nächsten drei Nachbarstaaten kein Spiel finden. Wenn ich irgendwas für Fiona gewinnen wollte, musste ich in ein Casino.

»Fuck«, murmelte ich und spuckte Blut aus. In einem Casino waren die Einsätze höher, es ging um mehr. Ich konnte eine ziemliche Stange Geld gewinnen … aber nur, wenn ich den Ansturm des *Gesichts* überlebte.

Ich hatte zehntausend Dollar auf dem Konto, ohne die Prepaid-Kreditkarte, auf der noch zweitausend für Notfälle waren. Das würde ich auch nehmen, wenn es nötig war. Das größte Casino war das in Jacksonville, in dem ich das Geld gewonnen hatte, um in Garden City zu bleiben. Ich wich innerlich zurück; der Laden hatte mich fast fertiggemacht.

Ich fuhr ins Hotel und wusch mich. Ich sah beschissen aus: Blutergüsse, rote Augen, eine aufgeplatzte Lippe und eine Wunde auf der Stirn. Ich hatte die ganze Nacht gespielt, und mein schmerzender Körper und mein müder Kopf wollten schlafen. Ich gönnte mir eine Stunde – ein kleiner Happen für einen Verhungernden – und fuhr dann weiter.

Jacksonville floss über von Farben, Gerüchen und Geräuschen. Von allen Seiten hämmerte es auf mich ein, ich schwamm in einem Meer aus Emotionen, in dem ich zu ertrinken drohte, bevor ich es überhaupt auf den Parkplatz des Casinos schaffte. Ich parkte die Bonneville und nahm den Helm ab. Schloss die Augen und atmete tief ein. Beim Ausatmen stellte ich mir vor, wie Fiona meine Hand nahm und so wunderschön lächelte.

Einfach sein …

Ich wollte diesen Frieden, aber es war unmöglich. Nur in ihrer Gegenwart hatte ich mein eigenes Ich wirklich spüren können. Nur dann umgab mich ihr Frieden, und das *Gesicht* hörte auf, mich mit Leben zu bombardieren, um sich ganz natürlich mit meiner Wahrnehmung zu verflechten. So leicht. Bei Fiona konnte ich einfach sein.

Warte auf mich, Baby, dachte ich. *Ich komme zu dir zurück …*

Ich ging zum Eingang und wurde von einem Schild für ein

Poker-Turnier begrüßt. Es fing heute an, und der Jackpot betrug fünfzigtausend Dollar.

»Das muss ein Witz sein«, murmelte ich. Ich hatte mich auf drei Tage Plackerei gefasst gemacht und gebetet, in den Hinterzimmern ein paar High Roller zu treffen. Das war ein echter Durchbruch.

Alles passiert aus einem Grund.

Ich stellte mich an, um mich zu registrieren. Der Buy-In lag bei Fünftausend. Die Schlange reichte bis zur Tür, und ich war mir fast sicher, nicht mehr dranzukommen. Als ich vor dem Schalter stand, warf die Frau einen oberflächlichen Blick auf meine Tattoos.

»Gerade noch. Einhundert Spieler sind zugelassen. Sie sind der glückliche Letzte.«

»Echt jetzt?«

»Echt jetzt.« Sie nahm mein Geld, während ich das Formular ausfüllte. Dann stempelte sie es und gab mir eine Karte, die ich gegen Chips eintauschen konnte. »Viel Glück, Schätzchen.«

Ich nahm die Karte. »Danke«, sagte ich, und das *Gesicht* wirkte schon auf mich ein. *Ich werd's brauchen.*

Ich holte mir meine Chips und setzte mich an einen Tisch. Sobald ich mich setzte, wusste ich, dass ich all meine Kraft brauchen würde, um das durchzustehen.

Das Turnier fand an zwanzig Tischen in einer Art Konferenzraum mit einer niedrigen Decke statt. Die Nebel und veränderlichen Farben der Spieler hingen wie dichter Rauch in der Luft. Ich musste mich durch dieses Chaos durchkämpfen, um mich auf meine Gegner zu konzentrieren und ihre Tells zu sehen – die, die jeder sehen konnte. Das *Gesicht* war hier nutzlos. Ich musste spielen wie jeder andere auch, nur dass ich halb blind war von den Farben und dem Licht und dem wahllosen Getuschel in den Ohren.

Nach drei Stunden tupfte ich mir die Nase mit einer Serviette ab. Sie war rot.

Ich schaff es nicht.

Ich musste mich zusammenreißen und mich auf meine Karten, die Karten auf dem Tisch, meine Gegner konzentrieren. Garantiert sah ich wie ein Irrer aus. Spieler flogen raus, und die Tische wurden neu zusammengesetzt; ich und die anderen Überlebenden zogen an einen neuen Tisch um, wo neue Gegner über den verschlagenen Mistkerl mit den Tattoos und dem Schweiß auf der Stirn grinsten. Sie hörten auf damit, als ich sie besiegte.

Für Fiona. Gewinn für sie.

Nach gefühlten Jahren warf ich einen glasigen Blick auf den Chipcount. Es waren noch zweiundzwanzig Spieler übrig, zusammen 500 000 Dollar in Chips. Ich sah meine Chips an und versuchte, mir auszurechnen, wo ich stand. Wahrscheinlich etwa an sechzehnter Stelle. Die ersten fünfzehn nahmen richtig Geld mit nach Hause. Als sechzehnter würde ich etwa zehntausend kriegen. Nicht annähernd genug. Wirklich hohe Summen gab es nur für die ersten fünf, aber *fuck*, es fühlte sich an, als würde ich nackt einen Berg besteigen oder einen Ozean durchtauchen, ohne Luft zu holen.

Ich blinzelte mir den Schweiß aus den Augen, wischte mir die Nase ab und tat so, als würde das Blut mir keine Angst machen.

Die Nacht zog sich in die Länge. Das *Gesicht* wurde Stunde für Stunde unbarmherziger, als das Casino sich mit nächtlichen Spielern füllte. Ich ertrug es kaum. Endlich tippte mir der Turniermanager auf die Schulter und bat mich erneut, mich umzusetzen. Der letzte Tisch, und ich hatte mit acht anderen Spielern einen Platz bekommen.

Sie platzierten den Tisch so, dass das Publikum um uns herumstand und mich von allen Seiten bombardierte. Ich fühlte mich wie in einem Goldfischglas, und das Wasser wurde mit jeder Minute trüber. Die Nervosität und Angst meiner Gegner war so groß, ich konnte kaum atmen.

Ich tupfte mir die Nase ab und erwog meine Optionen. Wenn ich siebter wurde, würde ich mit fünfundzwanzigtausend Dollar hier rausgehen. Aber wenn ich nur noch einen mehr besiegte, würde ich dreißigtausend gewinnen. Dreißigtausend, und ich könnte nach Georgia zu Fiona zurück …

Wenn ich nicht vorher ernsthaft Nasenbluten kriege …

Wir spielten ein paar Runden, und ich machte mich vertraut mit dem Spiel meiner Gegner. Die meisten waren alte Profis, die schon hundertmal an solchen Tischen gespielt hatten. Ich war der einzige Neue, aber sie hatten alle Tells. Selbst ohne das *Gesicht* konnte ich hier ein Zucken in der Wange sehen, dort ein halbes Grinsen.

Ich guckte mir den Typen aus, der mir gegenübersaß – mittleres Alter, Westernhemd und Cowboykrawatte, schwarzes Haar mit grauen Schläfen. Er war mein Ziel. *Mach ihn fertig, dann geh mit dreißigtausend raus und verschwinde.*

Ich fokussierte mich auf ihn. Ich musste mich auf eine einzelne Sache konzentrieren, denn alles andere – das Publikum, die Menschenmassen, die durch den Rest des Casinos schlenderten, die Hotelgäste, all dieses Leben – war wie eine Hand, die mich zu Boden drückte. *Konzentrier dich auf diesen einen Typen.* Den Cowboy. Er war unruhig. Nervös. Sein Tell war ein Zucken seines dünnen Barts, wenn er was Gutes hatte; wenn er Scheiß hatte, trommelte er mit den Fingern auf dem Tisch.

Offensichtliche Tells. *Vielleicht zu offensichtlich. Beobachte ihn.*

Nach einer weiteren qualvollen Stunde war der Chipsstapel des Cowboys klein, meiner ein Riesenberg. Zeit für den entscheidenden Schlag. Der Dealer mischte und gab jedem von uns zwei Karten. Die Karten rutschten über den Filz, praktisch in unsere Hände.

»Nervös, Kumpel?« Der Typ neben mir sah mich an, dann die zwei verdeckten Karten vor ihm. »Der letzte Tisch. Jetzt geht's um alles.«

Sag bloß.

Ich hob die Ecke meiner zwei Karten mit dem Daumen an. Pikkönig und -bube. »Genau, wie ich's mag«, murmelte ich.

Der Flop bestand aus einer Pikneun und Pikzehn und einer Karodame.

Heilige Scheiße. Auf einmal hatte ich eine Spitzenhand.

Ich brauchte irgendein Pik für einen Flush, die Pikdame für einen Straight Flush, aber darauf würde ich mich nicht verlassen. Mit einer so vielseitigen Hand könnte ich jeden anderen Spieler übertrumpfen, wenn ich mich nur konzentrieren könnte. Die nächste Wettrunde begann. Eine Straße hatte ich schon. Ich erhöhte nicht, damit der Cowboy sein Vertrauen nicht verlor. Er setzte zweitausend.

Die Turn-Karte wurde gelegt. Herzdame. Der Schnurrbart des Cowboys zuckte, und er erhöhte um tausend Dollar.

Er hat mindestens eine Dame.

Er hatte einen Drilling, wenn nicht einen Vierling. Mein ganzer Gewinn – das Geld für Fionas Flucht – hing von einer einzigen Karte ab. Wenn er drei Damen hatte, hatte ich jetzt schon gewonnen. Bei einem Vierling wäre ich am Ende.

Der Typ rechts von mir erhöhte. Ich glaube, er hoffte auf ein Full House. Ich erhöhte auch.

Mein Kopf pochte jetzt, irgendwas hämmerte in meinem Schädel. Ich fühlte mich wie kopfüber aufgehängt – das Blut lief mir ins Gesicht, und der Druck erhöhte sich mit jeder Sekunde. Lange würde ich's nicht mehr machen. Ich tupfte mir das Blut von der Nase. Es schien eine Ewigkeit zu dauern, bis der Dealer die River-Karte hinlegte.

Pikdame. Straight flush. Game over. Ich hatte gewonnen.

Mein Körper reagierte überhaupt nicht.

Der Cowboy ging All-In. Mit dieser Dame hatte er Vierlinge – ich sah sein Schnurrbartzucken deutlich wie ein Neonschild. Ich wankte auf dem Stuhl, wartete, bis ich mit Bieten dran war, bemerkte kaum, was die anderen Spieler machten. Der Erste stieg aus. Der rechts von mir schob ein paar Chips in den Pot.

Ich hatte die beste Hand und wusste es. Kein *Gesicht*, keine Tells. Ich hatte das beste Spiel meines Lebens mit reinem Glück gemacht.

Die Pokerregeln besagen, dass du erhöhen musst, wenn du die beste Hand hast. Der Cowboy sah, wie ich einen Stapel Chips – im Wert von tausenden von Dollar – in den Pot warf.

»Ich erhöhe.«

Die Worte verließen meinen Mund, und die Anspannung zog sich wie eine Schlinge um mich zusammen. Dann stand das Publikum, das wie in einem kleinen Stadion um uns herum saß, auf und jubelte.

Der Cowboy erhob sich ungläubig. »Nein … Du hast nicht gewonnen«, sagte er mit großen Augen. »Ich hab vier Damen.«

Er drehte seine Dame um, zu den dreien auf dem Tisch.

»*Doch*, hab ich«, sagte ich lallend. Ich drehte meine beiden Pik um, um den Straight Flush zu zeigen. »Aber nette Karten.«

»Nette Karten? *Scheiße!*« Der Cowboy hob die Hände, als würde er den Tisch umkippen, verschränkte sie dann hinter dem Kopf und ging auf und ab.

Das ganze Publikum brach in Jubel und Applaus und Staunen aus. Es passierte nicht jeden Tag, dass vier Damen von einem Straight Flush geschlagen wurden. In all den Spielen, die ich über die Jahre gespielt hatte, hatte ich es nur ein oder zwei Mal erlebt. Der Cowboy, das wusste ich, würde diese Bad-Beat-Story für den Rest seines Lebens erzählen.

»Der Gutshot des Jahrhunderts«, sagte ein Typ zu meiner Rechten. Er gab mir die Hand. »Gut gemacht.«

Ich blinzelte, schüttelte ihm die Hand und blickte auf den Pot. Ich hatte recht gehabt; er hatte ein Full House versucht und auch gekriegt, aber es reichte nicht. Ich hatte ihn und zwei andere Spieler rausgeworfen, ohne es auch nur zu bemerken.

»Die ersten drei«, sagte er. »Nicht schlecht, junger Mann.«

Ich blickte auf den Chipcount und meine Gewinne. Wir waren nur noch zu dritt. Der dritte Platz bekam vierzigtausend Dollar. »Heilige Scheiße.«

Ich sackte erleichtert zusammen, aber man verlässt ein Pokerturnier nicht vor dem Ende. Ich quälte mich mehr schlecht als recht durch zwei weitere Runden, bis ich rausfiel. Dritter Platz.

Ich konnte nicht schnell genug mit meinem Voucher zur Kasse gehen.

»Dritter von Hundert. Sie sollten stolz auf sich sein, Schätzchen«, sagte die Frau mit dem toupierten Haar kaugummikauend. Dann verblasste ihr Lächeln. »Sie sehen gar nicht gut aus. Machen Sie mal Urlaub.«

Sie druckte einen Scheck aus. Ich schnappte ihn mir, dann taumelte ich durch das Casino zum Ausgang.

Draußen brüllte Jacksonville wie ein Drache. Ich setzte mich auf mein Motorrad und fuhr langsam Richtung Norden, während mir das Blut aus der Nase lief.

Zehn Minuten hinter der Stadt konnte ich wieder atmen. Ich fuhr rechts ran, um mir das Gesicht abzuwischen, und blieb einen Moment sitzen mit dem Helm im Schoß und einem Vierzigtausend-Dollar-Scheck in der Brieftasche. Jede Sehne in meinem Körper tat weh, und die Erschöpfung machte sich in meinen Knochen breit. Aber ein kleines Lächeln trat auf meine Lippen, als ich an meinen Gewinn dachte.

Man soll sich mit einem Knall verabschieden. Egal, was jetzt mit Fiona passierte – ob sie mich noch in ihrem Leben wollte oder mich wieder auf die Straße schicken würde –, das war mein letztes Spiel gewesen. Ein Hauch von Wehmut wehte über mich hinweg. Dann war er fort.

Das Whitworth Frauengefängnis war fünf Stunden Fahrt von Jacksonville entfernt. Wenn ich noch in der Nacht losfuhr, würde ich am frühen Morgen ankommen. Jede Faser meines Körpers wollte Schlaf, aber irgendetwas sagte mir, dass ich fahren musste. Dass ich zu spät sein würde, wenn ich erst am Nachmittag ankäme. Ich hatte mein Telefon verloren und konnte nicht in Erfahrung bringen, wann Fiona entlassen wurde, aber …

Morgen früh. Sei dort, wenn sie rauskommt.

Ich kam noch vor der Dämmerung vor dem Gefängnis an. Ich hielt am Tor, und der Officer im Wachhäuschen prüfte meinen Ausweis.

»Holen Sie jemanden ab?«

»Ja, Tess Daniels. Das ist doch heute?«

Er sah mich komisch an, dann blickte er auf seine Liste. »Ist es.«

Er dirigierte mich zum Ende des Besuchsparkplatzes hinter dem Gefängnis. Auf einer Tür in der grauen Mauer stand *Entlassung. KEIN Wiedereintritt.*

Steve Daniels war schon da.

Ich erkannte ihn sofort: groß, blass, rothaarig, mit einem merkwürdigen Surren an sich. Er beobachtete ausdruckslos, wie ich auf der Bonneville langsam auf ihn zukam. Ich machte den Motor aus und nahm den Helm ab. Wir sahen uns in der Stille vor dem Morgengrauen an.

Er war abstoßend, wie eine Lehmversion eines Menschen. Ich stellte mir vor, dass Insekten und Maden statt Blut aus ihm herausquellen würden, wenn ich ihn aufschnitt.

»Du bist dieser Nik«, sagte Steve.

Er hat sie besucht. Hat mit ihr gesprochen …

Zorn ballte sich in mir zusammen, und ich fragte mich, ob er es geschafft hatte, seine Klauen wieder in Fiona zu schlagen. Vielleicht hatte sie ihn angerufen, damit er sie abholte … *Denn sofern sie mich angerufen hatte, war ich ja nicht rangegangen.*

Ich stieg ab, und Steve trat einen Schritt zurück. Er war größer als ich, aber ich hatte bestimmt zwanzig Kilo mehr Muskelmasse. Ich ballte die Fäuste.

»Sie wird nicht mit dir gehen«, sagte ich.

»Glaubst du, sie geht mit dir?«, fragte er höhnisch. »Ich bin ihr Mann.«

Die Worte waren wie Gift in meinen Ohren, und ich wand mich innerlich. »Sie muss mit keinem von uns zusammen sein«, sagte ich langsam. »Aber mit dir geht sie nicht.« Ich kniff die Augen zusammen. »Hat sie dich gebeten zu kommen?«

Steves Lider flatterten. Sein Tell. »Natürlich.«

»Beschissener Lügner.«

»Sie braucht mich. Sie kann nirgendwohin. Wir haben ein gemeinsames Zu…«

Ich stürzte vorwärts, schnitt ihm das Wort ab, indem ich ihn an der Kehle packte, und rammte ihn gegen die Mauer. Seine Füße suchten Halt, und er versuchte kraftlos, meine Hände wegzuziehen.

»Du gehst jetzt«, zischte ich, meine Stimme leise und hart. »Du wirst verschwinden. Du wirst nie wieder das Wort an sie richten oder sie auch nur ansehen.«

Er konnte nicht antworten; er kriegte ja kaum Luft. Dieses Gefühl eines Surrens wurde stärker. Ich blickte in seine panisch aufgerissenen Augen, und da war nichts. Leere, darunter Angst … Eindrücke blitzten auf, ich ›sah‹ sie durch das *Gesicht*.

Ein leeres Feld mit Hochspannungsleitungen, die darüber surrten.

Eine Ameisenfarm, in der die kleinen Geschöpfe übereinander krabbelten.

Steve war ein ewiges Opfer. Er mühte sich ab, seine leere Seele zu füllen, saugte aus allen in seiner Nähe das Leben heraus und ernährte sich davon. Ich wollte auf ihn einprügeln für das, was er Fiona angetan hatte, aber in diesem Augenblick wurde mir klar, dass es keinen Eindruck auf ihn machen würde, abgesehen von blauen Flecken und Blut. Er würde sich nur leidtun, als hätte ich ihm ein Unrecht zugefügt, nicht seine gerechte Strafe.

Das *Gesicht* tauchte durch den Körperkontakt tiefer in ihn ein. Mitten in der Leere war weiches, rosa Licht. Ein einsamer heller Fleck in einer tiefschwarzen See, wo kein Sonnenlicht jemals hinkam. Kein Wunder, dass er Fiona wollte. Kein Wunder, dass er selbst nach zwei Jahren versuchte, sie sich zurückzuholen. Dieses kleine Stück von ihr war lebendiger, atemberaubender als alles andere in ihm.

»*Du* brauchst *sie*«, zischte ich, und er widerte mich so sehr an, fast hätte ich ihn losgelassen. »Die ganze Zeit … Du hast sie gefangen gehalten. Sie kleingemacht. Ihr das Gefühl gegeben, wertlos zu sein. Du hast sie fast *umgebracht*, nur um sie behalten zu können.«

Steve keuchte und zappelte, und das *Gesicht* zeigte mir seine Existenz, seit Fiona ihm entkommen war. Ein verzweifelter Mann, der sich kaum am Leben hielt.

»Ich sehe dich«, knurrte ich. »Du warst die ganze Zeit der

Schwache. Ohne sie bist du nichts. Nichts.« Ich zwang mich, mich ihm zu nähern, Nase an Nase, packte fester zu. »*Du … bist … nichts.*«

Dann ließ ich ihn los, und er lehnte sich schwer gegen die Mauer und schnappte nach Luft. Meine Finger hatten Druckstellen an seinem Hals hinterlassen.

Mehr sagte ich nicht. Es war nicht mehr nötig. Ich hatte ihn seines Panzers beraubt, den jämmerlichen Feigling darunter entblößt, und er wusste es. Er starrte mich an, und ein animalischer Fluchtinstinkt zeigte sich in seinen Augen.

»Sie gehört mir«, sagte er heiser. Er rückte sich den Kragen zurecht und ging rückwärts in Richtung seines Autos, ohne mich aus den Augen zu lassen. »Sie ist meine Frau …«

Ich ballte eine Hand zur Faust bei diesen schrecklichen Worten. »Nicht mehr.«

Steves Augen weiteten sich. »Du … kannst sie mir nicht einfach wegnehmen.«

»Sie ist kein verfluchter Besitz«, sagte ich durch zusammengebissene Zähne. »Und wenn ich dich jemals wieder in ihrer Nähe sehe, bin ich nicht so nett wie heute.«

Steves Kiefer arbeitete stumm, und ich dachte, er würde vielleicht weinen. Er riss sich zusammen und spuckte mir vor die Füße. »Arschloch. Du glaubst wohl, du bist knallhart. Fahr zur …«

Ich kam mit erhobenen Fäusten auf ihn zu, und er hastete rückwärts, stolperte über seine eigenen Füße, fiel in den Dreck. Und Fiona war nicht da, um ihm aufzuhelfen.

Hektisch rappelte er sich auf, stieg vorsichtig in seinen Wagen und fuhr weg.

Sobald er außer Sicht war, lehnte ich mich an die Mauer und sackte in mich zusammen. Ich atmete tief ein, um meinen Magen zu beruhigen. Die Ereignisse der letzten zwei Wochen und meine ganze Zeit auf der Straße drohten mich zu überwältigen, aber ich riss mich zusammen und stieß mich von der Mauer ab.

Ich ging zu meiner Bonneville, um mich hinzusetzen und auf Fiona zu warten. Nach kaum zehn Schritten öffnete sich hinter mir eine Tür. Ich drehte mich um, da schob sich die Sonne in meinem Rücken über den Horizont. Ein Officer hielt die Tür auf, und Fiona trat heraus.

Sie war noch da, und sie war dieselbe wie vorher, aber sie war größer. Irgendwie war sie gewachsen. Die Farben um sie herum strahlten heller und … Gott, ich liebte sie. Ich hatte in meinem Leben noch nie jemanden so sehr geliebt wie Fiona, als sie aus den Schatten in die Sonne trat.

31. KAPITEL

Fiona

Ich wurde in einer zu großen Jeans, einem verwaschenen gelben T-Shirt und den Sandalen, die ich angezogen hatte, als ich an dem Morgen nach Nates und Griffs Party aus der Wohnung gegangen war, aus dem Gefängnis entlassen. Das Kleid hatte meine Verhaftung nicht überlebt. Über meinem Arm hing meine bestickte Tasche – leer bis auf fünfzehn Dollar für eine Busfahrkarte, die mir der Officer bei der Entlassung gegeben hatte. Mein gefälschter Führerschein war konfisziert worden. Die Wohnungsschlüssel waren weg. Ich hatte ja auch keine Wohnung. Ich hatte nichts.

Alles wird gut werden.

Ich lächelte dem Officer zu, der mir die Tür aufhielt, und ging hinaus in die Freiheit.

Zu Nikolai …

Die Zeit stand still. Mir stockte der Atem, und das Einzige, was sich auf der ganzen Welt bewegte, war mein Herz, das mir gegen die Rippen schlug. Er war ein Traum oder eine Luftspiegelung …

Er ist golden …

Nikolai stand da, ganz in Schwarz, während die Sonne hinter ihm aufging und ihn mit einer Aura aus goldenem Licht umgab. Er war leuchtend und dunkel zugleich, die Muskeln seines Körpers strahlten Kraft aus, während sein wunderschönes Gesicht mich mit einem sanften, herzzerreißenden Ausdruck der Freude und der Liebe betrachtete.

Liebe. Gold war Liebe, und Nik strahlte das aus; die Farbe glühte auf seiner Haut und seinem Haar und schimmerte auf den spitzen Metallstücken in seinen Ohren. Ich fühlte mich erfüllt davon.

Dann stieg die Sonne höher, die Aura um ihn wurde heller und zerstreute sich, als das Sonnenlicht auf die Welt schien. Aber in meinem Herzen würde ich diesen Anblick für immer bewahren.

»Hey«, sagte er rau, die Stimme belegt vor Gefühlen. »Ich will es dir nicht schwerer machen. Ich … bin nur gekommen, falls du eine Mitfahrgelegenheit brauchst.«

Tränen traten mir in die Augen. Ich wollte nicht aufhören, ihn anzusehen.

Er holte einen Umschlag aus seiner Tasche. »Und ich wollte dir das geben.« Er hielt mir den Umschlag hin. »Damit kannst du neu anfangen.«

»Ohne dich?«

Sein Kiefer arbeitete, und seine wunderschönen blauen Augen schimmerten in der Morgensonne. »Wenn es das ist, was du willst.«

»Was ich will …«

Ich trat näher zu ihm, ganz dicht an ihn heran. Ich atmete seinen Geruch ein, erinnerte mich. Nahm jedes Detail seines Gesichts in mich auf, machte mich wieder mit ihm vertraut. Er versteifte sich, und das Herz schlug ihm sichtbar bis zum Hals. Seine Miene sagte mir, dass er nicht wagte zu hoffen. Langsam, als würde ich schmelzen, legte ich den Kopf an seine Brust und umarmte ihn.

Eine halbe Sekunde lang bewegte er sich nicht, dann schloss

ich die Augen, als Nik seine Arme um mich legte, so fest, dass ich kaum Luft bekam. Ich spürte, wie er den Kopf auf meinen drückte und einatmete. Sein Herz pochte an meiner Wange. Wir schmiegten uns aneinander, spürten jede Stelle, an der wir uns berührten, und wussten, dass alles real war. Ich war frei, und er war hier …

Er löste sich von mir, um mich anzusehen, strich mir die Haare aus dem Gesicht und berührte sanft das verblassende blaue Auge. »Bist du okay? Hat dir noch jemand wehgetan?«

Ich schüttelte den Kopf und berührte eine kleine Platzwunde an seiner Lippe, dann eine größere auf seiner Stirn. »Und wer hat *dir* wehgetan?«

»Es ist nichts.«

»Doch. Erzähl mir, was passiert ist.«

Er schüttelte den Kopf. »Ich kann nicht. Es ist zu viel. Und im Moment … Ich will nur wissen, ob das hier real ist.«

Mir brach das Herz angesichts des Schmerzes und der Hoffnung in seinen Worten – einem Echo seiner Vergangenheit, als er von den Menschen, die ihn eigentlich akzeptieren sollten, verstoßen worden war.

Ich umfasste sein Gesicht. »Es ist real, Nik. Zum ersten Mal seit Jahren weiß ich, was ich fühle. Was ich will. Mein eigenes Herz war mir ein Rätsel, und ich war so voller Angst, dass ich beinahe erstickt wäre. Aber jetzt nicht mehr.«

»Da ist noch so viel, was ich dir nicht erzählt habe«, sagte er. »Über das *Gesicht* …«

»Ich weiß«, sagte ich. »Aber im Moment fühle ich nur Liebe.« Ich hielt die Tränen zurück, die mich zu überwältigen drohten, aber er musste das hören. »Ich liebe dich, Nikolai Alexei. Ich liebe dich.«

Er schluckte schwer, und ich spürte, wie er darum kämpfte, nicht die Kontrolle zu verlieren. Sein Blick wanderte über mein Gesicht und die Luft um mich herum, und er sah so hoffnungsvoll aus, als könnte er nicht glauben, was er sah. Dann schloss er die Augen und drückte die Stirn an meine.

»Sag es noch einmal«, flüsterte er.

Ich hielt sein Gesicht in den Händen, und meine Lippen berührten seine, als ich die Worte wiederholte. »Ich liebe dich, Nik. Und ich glaube, das tue ich schon seit einer ganzen Weile. Ich hatte nur nicht genügend Vertrauen in mich, um zu wissen, dass es stimmte.«

Er hob staunend den Kopf. »Ich habe es noch nie gesehen. Ich wusste nicht, was es war. Es ist so schön … Aber die Worte zu hören …« Er starrte mich an, seine blauen Augen waren voller Gefühle. »Es ist gar nicht so, dass ich nehme. Du gibst.«

»Ja«, flüsterte ich, und meine Stimme brach. »Ich liebe dich, Nik, mit meinem ganzen Sein.«

Jetzt nahm er mein Gesicht in die Hände und wischte mir die Tränen mit den Daumen ab. »Ich liebe dich auch«, sagte er heiser. »Ich liebe dich so sehr, Fiona, ich habe das Gefühl, als hätte ich dich schon früher geliebt. Als würde ich dich noch lange nach diesem Leben lieben.« Er schüttelte den Kopf, seine Miene war schmerzlich. »Ich weiß nicht, wie ich sonst erklären soll, warum du mir solchen Frieden schenkst. Von Anfang an.«

Ich presste die Wange in seine Hand. »Ich fühle genau dasselbe, Nik. Wir haben uns früher schon gekannt, oder? Weil es so perfekt ist. Genau, wie es sein soll.«

Ich lehnte mich an ihn und gab ihm einen sanften Kuss.

»So«, flüsterte ich an seinen Lippen. »So, wie ich mich jetzt fühle, so soll es sein.«

Ich weiß nicht, wie lange wir uns umarmten. Irgendwann fuhr ein Auto auf den Parkplatz. Ich legte mir die Tasche über die

Schulter und setzte mich hinten auf die Bonneville. Nik gab mir einen schwarzroten Helm.

»Der ist neu«, sagte ich. »Der andere war blau und weiß.«

»Ich hab ihn auf dem Weg besorgt«, sagte er.

»Dem Weg von wo?«, fragte ich sanft.

»Jacksonville.«

»Jacksonville … Florida? Und was hast du da gemacht?«

»Hab dir einen Helm gekauft.« Er sah mich komisch an. »Hab ich doch gerade gesagt?«

Ich schlug ihm auf den Arm. »Witzbold.« Dann legte ich das Kinn auf seine Schulter. »Ich will alles wissen.«

»Ich erzähl dir auch alles, Baby. Aber zuerst – wo wollen wir jetzt hin? In meine Wohnung?«

»Oder zu Griff und Nate, die mir das Gästezimmer in ihrem Haus gegeben haben. Nein«, verbesserte ich mich. »Die *uns* das Gästezimmer gegeben haben.«

Nik verzog das Gesicht. »Ich glaube nicht, dass ich gerade ihr Lieblingsmensch bin.«

»Ich werde ihnen alles erklären. Jedenfalls so viel, wie sie hören müssen.«

Er nickte. »Ich hatte gedacht, einer von ihnen oder Opal würde dich abholen.«

»Mir wurde erst spät gestern Abend mitgeteilt, dass ich rauskomme. Ich wollte sie nicht so kurzfristig von ihrer Arbeit wegholen.«

»Also Savannah?«

»Es sind vier Stunden«, sagte ich. »Du siehst müde aus, Schatz, und ich bin noch dabei, meine plötzliche Freiheit zu verarbeiten.«

»Hast du Hunger?«, fragte er. »Das Essen im Gefängnis muss furchtbar sein.«

»Ich hab, ehrlich gesagt, keine Ahnung«, erwiderte ich.

»Aber ich werde auf keinen Fall in den nächsten hundert Jahren noch mal ein Snickers essen.«

Er drehte sich auf dem Sitz zu mir um. »Ich will alles wissen.«

Ich lächelte. »Wirst du.«

»Ich liebe dich«, sagte er. »Und ich weiß, wo wir hinfahren sollten.«

»Ich liebe dich auch«, sagte ich. »Und wo sollten wir hinfahren?«

»Irgendwohin, wo es schön ist. Ein schickes Hotel mit Zimmerservice.«

»Und einem Bad mit einer riesigen Badewanne? Von Duschen hab ich gerade die Nase voll.«

»Alles, was du willst«, sagte er.

»Ich hab alles, was ich will«, sagte ich und drückte ihn. »Lass uns irgendwohin fahren, wo wir allein sind.«

Nik lenkte die Bonneville in Richtung Süden, und anderthalb Stunden später bekam ich große Augen, als wir auf die geschwungene Auffahrt des Ritz-Carlton am Lake Oconee fuhren – ein Hotel, das eher einem Herrenhaus glich.

»Nik«, sagte ich, als wir die Helme abnahmen und der Mann vom Parkservice auf uns zu kam. »Ich bin nicht richtig angezogen für so einen Ort.«

Er grinste müde. »Mein Geld hat den richtigen Grünton; das ist alles, was zählt.«

Wir checkten praktisch ohne Gepäck mit Niks Kreditkarte ein. Er hatte recht. Das Personal war höflich trotz seiner Tattoos und der Second-Hand-Klamotten, die man mir bei der Entlassung gegeben hatte. Dennoch war ich froh, als wir endlich sicher in unserem Zimmer waren.

»Oh mein Gott …« Ich drehte mich im Kreis und starrte alles an. »Das ist so … hübsch.«

Nik setzte sich schwer auf das große Bett. »Nur, was du verdienst.«

Die Suite war doppelt so groß wie meine Wohnung in Garden City. Ich warf einen Blick in das riesige Bad ganz aus weißer Keramik und Chrom. Am einen Ende stand auf einem kleinen Podest eine Badewanne mit Massagedüsen, direkt neben einer bodengleichen Dusche.

»Die Wanne ist perfekt«, sagte ich und öffnete die Doppeltür zu einem Balkon mit Blick auf den See, dessen blaugrünes Wasser in der Nachmittagssonne glitzerte. »Und was für eine Aussicht …« Ich ließ mich auf die Couch am Fenster fallen und legte die Füße auf den Couchtisch. »Unser Hotelzimmer hat ein richtiges Wohnzimmer.«

Nik gähnte und lächelte schwach.

»Oh Nik.« Ich ging zu ihm und setzte mich neben ihm aufs Bett. »Du bist völlig fertig.«

»Ich hab in letzter Zeit nicht viel geschlafen.«

»Warum schläfst du nicht ein bisschen, während ich mich in die Wanne lege?«

»Was ist mit Essen?«, fragte er. »Und Reden. Wir müssen … über alles reden, oder?«

Ich besaß nicht die Fähigkeit, Gefühle zu lesen, wie er es von sich behauptete, aber es stand ihm ins Gesicht geschrieben, wie sehr er fürchtete, abgelehnt zu werden. Wie er trotz meiner Liebe zu ihm immer noch Angst davor hatte. Oder vielleicht hatte er auch Angst, dass es ihn, gerade *weil* ich ihn liebte, verletzen würde, wenn ich nicht damit klarkäme … sofern ich ihm überhaupt glaubte.

Glaubst du ihm denn?

Mein erschöpfter Verstand hatte keine klaren Antworten, aber mein Herz flüsterte, dass meine Liebe zu Nik bedingungslos war. Dass ich ihn liebte, wie er war. Doch die Falten in seinem müden Gesicht waren nach Hunderten Kilometern auf der Straße tief eingegraben, und ich musste mich entspannen.

Ich streichelte seine stoppelige Wange, strich über das Haar an seiner Schläfe. »Du schläfst. Ich bade. Danach können wir essen und reden.«

Er nickte matt und legte sich aufs Bett. Ich legte die Finger an meine Lippen und drückte sie auf seine. Er lächelte schwach, aber ihm waren schon die Augen zugefallen. Ich stand auf und zog die Jalousien vor den Fenstern und der Balkontür zu, bis es angenehm dunkel war.

Dann ließ ich mir ein heißes Bad mit ziemlich viel Lavendelschaumbad ein. Während die Wanne volllief, betrachtete ich mich im Spiegel über dem Doppelwaschbecken.

»Oh mein Gott …«

Ich sah ausgemergelt aus. Mein Gesicht war schmaler geworden in der kurzen Zeit im Gefängnis, ich hatte dunkle Ringe unter den Augen. Die Haare hingen mir platt und leblos über die Schultern, das Rosa war verblasst.

Tränen stiegen mir in die Augen, aber ich blinzelte sie weg. »Es ist vorbei.«

Ich türmte die Haare zu einem lockeren Knoten auf und glitt nackt unter den ganzen Schaum. Dann lehnte ich mich in der Wanne zurück und wartete, dass sich der Stress und die Angst der letzten Wochen auflösten.

Die Stille im Bad war ohrenbetäubend. Im Gefängnis hatte es keine Stille gegeben. Keine ruhigen Momente, in denen ich hätte nachdenken können. Immer hatte mich ein Blick oder ein Geräusch einer Mitgefangenen erschreckt. Und jetzt überwältigten mich die Ereignisse der letzten Wochen.

Ich setzte mich in der Wanne hin und zog mir die Knie an die Brust. Ich fühlte mich so klein und nackt in der plötzlichen

Stille und Einsamkeit. Eine winzige Insel in einem riesigen Ozean.

Hör auf. Du bist ja lächerlich.

Nik klopfte an die Tür und steckte den Kopf rein. »Hey. Alles okay?«

Ich lachte leise. »Genau der Mensch, den ich sehen wollte«, sagte ich sanft. »Woher wusstest du …?« Ich schüttelte den Kopf. »Vergiss es. Dumme Frage. Kannst du nicht schlafen?«

Er durchquerte das Badezimmer und hockte sich neben die Wanne. »Nee, kann ich nicht.«

»Meinetwegen?«

»Ich habe eine große Störung der Macht gespürt.«

Ich lachte, aber es klang hohl in dem großen Badezimmer und verging schnell.

Im nächsten Moment zog Nik seine Stiefel aus.

»Rutsch mal«, sagte er.

»Was?«

»Los, rutsch ein Stück«, sagte er. »Mach dich nicht so breit in der Wanne.«

»Was hast du …?«

Ich rutschte nach vorn und lachte, als Nik hinter mir in die Wanne stieg, komplett angezogen, in Jeans und T-Shirt. Wasser und Schaum schwappten über den Rand. Dann umarmte er mich und zog mich sanft an seine Brust. Ich wusste genau, was er da tat, und es war genau, was ich brauchte.

»Fühl einfach alles, was du musst«, sagte er an meinem Haar. »Ich bin da.«

Ich schloss die Augen und lehnte mich erleichtert an seinen starken Körper. Er umarmte mich, und wir fassten uns an den Händen und verschränkten die Finger. Das warme Wasser umhüllte uns beide. Ich lag lange einfach da, hob und senkte mich mit seinem Atem. Seine Wange lag an meinem Kopf, und ich fühlte, was ich fühlen musste. Erleichterung, Erschöpfung, Dankbarkeit … und auch Schuld, denn egal was passiert war oder warum, Margo hatte noch eine lange Genesung vor sich.

Ich weinte ein bisschen, und Nik hielt mich fest, und die Liebe, die ich für ihn empfand und auch in ihm spürte, beruhigte meine aufgewühlte Seele. Er gab mir Frieden und sagte, dass ich dasselbe für ihn tat, dass ich den wilden Ansturm des *Gesichts* beruhigte. Dass nur ich das konnte.

Ich drehte mich in seinen Armen um und lag auf Nik. Wir sahen uns in die Augen, ich stützte mich mit den Unterarmen auf seine Brust. Seine Jeans waren rau an meiner nackten Haut. Er betrachtete mich eine Sekunde lang, und ich spürte, wie er mich mit seinem *Gesicht* sah.

Ist das wirklich wahr? Kann er …?

»Du kannst meine Gefühle sehen?«, fragte ich.

Er versteifte sich etwas. »Ich kann sie sehen. Und schmecken. Und manchmal, wenn ich dich berühre, kann ich einen Gedanken hören.«

»Welche Farbe habe ich?«

»Rosa.«

»Wie schmecke ich?«

»Wie Zucker.« Er hob die nasse Hand und berührte meine Wange. »Du schmeckst so süß wie Zucker.«

Ich nahm seine Hand und legte sie auf mein Herz. »Hörst du, was ich denke?«

Niks Augen schimmerten, und ein Muskel an seinem Kiefer zuckte. »Ja«, sagte er. »Du liebst mich.«

»So, wie du bist«, flüsterte ich. »Ich liebe dich so, wie du bist.«

Er schluckte. »Es stört dich nicht? Was ich sehen kann?«

Ich schüttelte den Kopf. »Ich dachte, ich würde mich nackt fühlen, aber ich fühle mich erleichtert. Beschützt. Ich vertraue dir, Nik. Ich vertraue dir von ganzem Herzen. Und außerdem sollte eher ich nervös sein, nicht du. Du kannst mich ganz sehen.« Ich hob den Blick zu ihm. »Und du liebst mich trotzdem?«

»Ja, ich liebe dich«, sagte er und strich mir das feuchte Haar aus der Stirn. »So, wie du bist.«

Wir sahen uns lange in die Augen, schwelgten darin, dann musste ich grinsen. »Okay. Schön, dass wir drüber geredet haben.«

Er lachte kurz und beendete damit den Moment der größten Verletzlichkeit. »Das war's?«

»Das war's«, sagte ich. »Mit dieser Liebe stimmt alles, Nik. Wirklich alles.«

Ich küsste ihn, seufzte leise dabei. Ich machte Versprechungen mit diesem Kuss. Schwor, dass ich nie an ihm zweifeln oder ihm das Gefühl geben würde, nicht gewollt oder anders zu sein wegen dem, was er war. Denn in meinen Augen war er schön – ein harter Mann, der für mich durch die Hölle gegangen war. Der für mich gelitten hatte; das stand in seinen müden Augen und in der blutigen Wunde auf seiner Stirn. Er hatte so viel durchgemacht in diesen letzten Wochen. Ich gab ihm Frieden, aber er gab auch mir Frieden. Er gab mir die Freiheit, ich selbst zu sein. Und er gab mir seine Liebe.

So viel Liebe.

»Und jetzt musst du schlafen«, sagte ich und unterbrach den Kuss.

»Stimmt«, sagte er, und seine Hände glitten unter Wasser an meinem Rücken hoch. »Aber du bist nackt. Es ist ein echter Kampf.«

Ich lächelte. »Wir haben jetzt Zeit. Wir haben alle Zeit der Welt.«

Wir stiegen aus der Wanne, und Nik zog seine nassen Sachen aus und ließ sie im abfließenden Wasser liegen. Wir trockneten uns ab und legten uns wortlos ins Bett. Er auf den Rücken, ich mit dem Kopf auf seiner Brust. Er spielte träge mit der Hand in meinem Haar.

»So soll es sein«, murmelte ich.

»Ja«, sagte er und war schon halb eingeschlafen. »Genau so. Für immer.«

»Für immer.« Ich legte die Arme um ihn und vergrub mein Gesicht an seinem Hals.

Er zog mich an sich, und beim nächsten Atemzug war ich weg.

Wir schliefen in unserer perfekten Stille. Er und ich. Ich war ein Schutzschild, der seinen Frieden bewahrte, und er war mein unerschütterliches Fundament.

Für immer.

4. TEIL

Magie

32. KAPITEL

Fiona

Als ich aufwachte, fiel die Spätnachmittagssonne messingfarben und warm zwischen den Lamellen der Jalousien hindurch. Nik hielt mich in den Armen, und ich hatte ein Bein über seine Hüfte gelegt. Der Schlaf hatte meinen müden Verstand wiederbelebt, und ich war bereit, von den letzten Wochen zu hören.

Aber mein Körper wollte ihn zuerst.

Ich küsste seinen Hals, wo die Tattoos bis zu seinem Kiefer hinaufkletterten.

Er regte sich und wachte mit einem leisen Seufzen auf. Seine blauen Augen waren wie flüssige Saphire, erwiderten meinen Blick mit einer mächtigen Mischung aus Liebe und Lust, die mir den Atem nahm.

»Hi«, sagte er sanft.

»Hi«, flüsterte ich.

Er hob den Kopf, und da waren nur noch wir auf der Welt. Zuerst küssten wir uns lange und zärtlich, hielten das Gesicht des anderen. Es war, als würden wir langsam in flaches Wasser waten … und dann tauchten wir unter.

Unsere Küsse wurden hart und drängend; ein nasses Aufeinanderprallen von Mündern und Zähnen, der Atem ging rau durch unsere Nasen, weil Küssen wichtiger war als Atmen.

Hände wurden fordernd, dann gierig. Ich spürte, wie sich das Verlangen in seinem Körper sammelte, und mein Herz pochte laut bei dem Gedanken, was er mit mir machen konnte.

Seine Hände fanden meine Brüste, die perfekt hineinpassten, und ich lehnte mich ohne jede Verlegenheit oder Scham in seine Berührung. Das war ich – mein Körper –, und ich fühlte mich schön in meiner Nacktheit und in Niks Blick, der mich in sich aufnahm.

»Krasiwaja«, flüsterte er mit tiefer Stimme.

Er bewegte sich weiter nach unten, sein Mund fand eine meiner Brustwarzen. Er biss sanft hinein, bis es wehtat, dann saugte und leckte er, um den Schmerz zu beruhigen. Ich keuchte, griff in sein Haar, als er zur anderen Seite wechselte.

»Nik, bitte«, stieß ich hervor und fragte mich, wie wir so lange hatten warten können. »Ich will dich …« Ich schluckte schwer. »Ich will dich jetzt.«

Er griff nach der Brieftasche auf dem Nachtschrank.

»Nein«, sagte ich und zog ihn zurück zu mir. »Ich will alles fühlen.«

»Bist du sicher?«

»Sie waren zu meinem Schutz. Aber ich muss mich nicht vor dir schützen.«

»Nein, musst du nicht«, sagte Nik, und seine Stimme war angespannt, als ich mich auf ihn setzte. Ich hielt den Atem an, kämpfte gegen mein eigenes Verlangen, um mich zu bremsen, damit es länger dauerte.

»Ich vertraue dir, Nik.« Ich umfasste seine harte Erektion. »Ich will, dass du mich ganz bekommst.«

»Fiona«, sagte er durch zusammengebissene Zähne.

»Und ich will dich auch ganz«, sagte ich, sank auf ihn und nahm ihn in mich auf. Ich schloss die Augen, als ich den perfekten, schweren Druck spürte, der mich dehnte und ausfüllte.

Als wir aneinanderstießen und er komplett in mir war, gab Nik tief in seiner Brust einen Laut von sich, als würde er Schmerz und Ekstase zugleich empfinden.

»Gott, du fühlst dich so gut an«, flüsterte er. »Ich … kann alles fühlen.«

»Oh ja …«

Niks hitziger Blick fiel auf die Stelle, wo wir verbunden waren, dann wanderte er zu mir hoch. Ich konnte die Kraft seines Körpers unter und in mir fühlen. Ich fühlte die Liebe, die er für mich empfand, wie eine sanfte Liebkosung, und gleichzeitig war die Lust in ihm so stark wie in der Nacht, in der wir uns kennengelernt hatten, und heiß wie eine Flamme.

Langsam … ganz langsam fing ich an, die Hüften zu bewegen, mich an ihm zu reiben. Ich spürte seine Anspannung, sah es an der Art, wie sein Bizeps sich wölbte. Er wollte mich bewegen. Er wollte mich hochheben und runterdrücken, während er in mich stieß. Mein Herz raste bei der Vorstellung. Ich wollte es auch … aber noch nicht. Ich widerstand ihm, und er spürte es. Er war stark genug, um zehn Mal mit mir zu machen, was er wollte, aber er las meine Wünsche und unterdrückte seine Frustration.

»Fiona …«, sagte er warnend.

»Ich weiß«, flüsterte ich. »Noch ein bisschen …«

Ich beugte mich vor, stützte die Unterarme auf die tätowierten Muskeln zwischen Hals und Schulter und hob und senkte mich immer noch auf ihm. Seine Kontrolle hing an einem seidenen Faden. Ich fühlte mich, als würde ich surfen, auf einer Welle reiten, bevor sie sich überschlägt, in dem Wissen, *dass* sie sich irgendwann überschlagen und mich unter Wasser reißen wird …

Jetzt …

Ich küsste ihn – berührte zitternd seine Lippen –, dann

drang ich mit der Zunge in seinen Mund ein, nahm seine Unterlippe zwischen die Zähne und saugte.

Ein leises Stöhnen kam tief aus Niks Brust, und mit seiner Selbstbeherrschung war es vorbei. Er erwiderte den Kuss, fuhr hart mit seiner Zunge über meine, während er meine Taille umfasste. Er drehte sich mit mir um, ohne unsere Verbindung zu unterbrechen, legte mich auf den Rücken und stieß immer wieder in mich.

Die Welle überschlug sich, und ich ertrank in ihm. Schweiß und heiße Haut, das klatschende Geräusch, als er immer wieder in mich eindrang. Ich hielt mich an ihm fest, ließ den Kopf zurückfallen, kratzte hilflos über seine Schultern.

»Oh Gott, Nik …«

»Komm«, stöhnte er, sein Mund schwebte über meinem, seine Hüften prallten unerbittlich gegen meine. »Komm für mich, Fiona. Jetzt …«

Mein Körper gehorchte. Ich schrie auf, als ein Orgasmus meinen Körper durchlief, rauschhafte Wellen von Empfindungen.

»Ja …«, flüsterte er erleichtert. »Fuck, ja …«

Er verlangsamte seine Stöße und legte seinen Mund zu einem sanften, perfekten Kuss auf meinen. Ich atmete, und er stöhnte seinen Orgasmus in meinen Mund. Ich schluckte sein Stöhnen und hielt ihn fest, als ich ihn heiß in mir kommen spürte und er auf mich sank.

Als wir wieder zu Atem kamen, wurde Niks Blick weich, seine Küsse zärtlich. Er war noch in mir und küsste mich immer weiter, mit langsamen, tiefen Bewegungen seiner Zunge. Er nahm mein Gesicht in die Hände und … *Gott*, wie er mich ansah …

»Ich will mehr«, flüsterte er. »Mehr.«

Ich nickte, hob schon den Kopf, um ihn wieder zu küssen. »Ja … Gott, ja …«

Und wir fingen von vorne an.

Immer wieder brachten wir uns zum Höhepunkt, machten gerade lange genug Pause, um wieder Luft zu kriegen, und stürzten uns erneut aufeinander, bis unsere Körper schließlich Nahrung und Wasser verlangten.

Nik bestellte beim Zimmerservice. Wir aßen Pfeffersteak und Kartoffelpüree im Bett und wollten uns danach eine Schale Mousse au Chocolat teilen. Nik bot mir einen Löffel davon an. Ich leckte die Schokolade ab, sah ihm in die Augen und fuhr mir dann mit der Zunge über die Unterlippe. Seine Augen weiteten sich, dann warf er den Löffel weg, zog mich an sich und küsste mich heiß.

»Du bist so süß«, flüsterte er. »So verdammt süß …«

Wieder warfen wir uns aufs Bett, ertranken ineinander, bis uns endlich mitten in der Nacht die Wellen der Ekstase ans Ufer spülten, nach Luft schnappend und völlig erschöpft.

»Was ist … Wut?«, fragte ich.

Nik lachte leise. »Ist das ein Quiz?«

Ich lag wie immer auf seiner Brust und zeichnete seine Tattoos nach, während er mit meinem Haar spielte oder mir über den Rücken strich, sodass ich angenehm erschauderte.

»Ja«, sagte ich unbeirrt. »Ist sie rot? Wie in *Ich bin so wütend, dass ich rot sehe*?«

»Manchmal«, sagte er. »Es gibt Muster, aber meistens ist es von Mensch zu Mensch verschieden. Wut ist manchmal ein roter Nebel, manchmal eine summende Wolke, wie Wespen, und du weißt, dass du dich besser fernhalten solltest.«

Meine Augen weiteten sich. »Richtige Wespen?«

»Das nicht«, sagte er. »Es ist eher wie ein Eindruck. Mein Verstand weiß, dass da keine sind, aber das *Gesicht* übersetzt es, wie es will.«

»Was ist Rosa? Du hast gesagt, ich sei rosa?«

»Du bist *vor allem* rosa«, sagte Nik. »Es ändert sich mit deiner Stimmung, aber Rosa scheint deine Standardeinstellung zu sein.«

Ich lachte. »Aber was bedeutet das?«

»Rosa ist Mitgefühl. Güte. Fürsorge für andere.«

Ich nickte und dachte an Hailey.

»Und jetzt bist du bläulich gefärbt«, sagte Nik. »Ein Nebel. Der ist immer da, wenn du an Kinder denkst.«

Nik lächelte sanft, aber ich konnte sehen, dass er sich auf meine Reaktion gefasst machte.

»Du hast recht«, sagte ich und lächelte. »Ich vermisse Hailey.«

Er nickte und seufzte unter mir. Ich verdrängte die Melancholie.

»Was ist mit … Sex? Was passiert beim Sex?«

»Beim Sex passiert sehr viel«, sagte Nik und grinste.

»Zum Beispiel?«, fragte ich und lachte. »Kannst du meine Orgasmen sehen?«

Ich hatte eher im Scherz gefragt, aber Niks Antwort war todernst.

»Klar.«

Ich hob den Kopf und sah ihn an. »Was? Neee.«

»Oh doch.«

»Wie sehen sie aus?«

»Irgendwie silbrig, wie Sternschnuppen oder Wunderkerzen am vierten Juli …«

»Du lügst«, sagte ich lachend.

Er hob eine Hand. »Ich schwöre bei Gott …«

»Du willst sagen, dass Orgasmen *wirklich* wie Feuerwerk aussehen? Wie in kitschigen Filmen?«

»Ich hab nicht gesagt *Feuerwerk*, aber das wäre ein gutes

Ziel.« Nik wanderte mit den Fingern meinen Rücken hinunter. »Ich werd mich verbessern müssen.«

Ich starrte ihn ungläubig an, dann lachte ich. »Du hast Glück, dass du so niedlich bist.« Ich legte mich wieder auf seine Brust und sah ihn an.

»In dem Porträt, das du von mir gemalt hast, war viel Rosa«, sagte ich nach einem Augenblick. »Ich liebe dieses Bild. Es kommt mir so … ehrlich vor. Als würde ich in einen Spiegel blicken, der mehr sieht als nur meinen Körper. Wirst du weiter malen?«

»Ich weiß es nicht«, sagte er. »Bevor ich dich getroffen habe, dachte ich, das wäre vorbei. Diese Zeichnung auf der Serviette war das Erste, was ich gemacht hab, seit ich aus dem Krankenhaus raus war.«

»Hast du davor gemalt? Als Kind?«

Niks Augen verdüsterten sich im Licht der schummrigen Lampe im Zimmer. »Ja, hab ich. Es hat mir geholfen, solche Porträts zu malen. Es hat mir geholfen, mit dem *Gesicht* klarzukommen.«

Ich nahm seine Hand und führte sie an meine Lippen. »Wann hat es angefangen?«

»Ich war noch sehr klein«, sagte Nik. »Vielleicht hatte ich es schon immer, aber ich kann mich nur erinnern, dass ich mit acht oder so mit meinen Eltern darüber geredet habe. Mein Dad dachte, ich würde ihn verarschen, als hätte ich gesagt, ich hätte einen imaginären Freund.«

»Und deine Mom?«

»Zuerst war es okay für sie. Sie dachte auch, ich hätte einfach viel Fantasie. Das änderte sich erst ein paar Jahre später, als mein Vater sie öfter geschlagen hat. Ich wollte sie beschützen, fragte sie manchmal, was das war, was ich sah, wenn sie mir einen Gutenachtkuss gab. Da hat sie Angst gekriegt. Sagte, ich hätte den Teufel in mir. Ein paar Jahre später hat mein Vater uns dann verlassen. Er sagte, ich wär verrückt und meine Mutter wär zu nachsichtig gegenüber meinen Lügen und würde es noch schlimmer machen. Er sagte, ich hätte ihn vertrieben.«

Es tat mir so leid, dass er schon als kleiner Junge so viele Vorwürfe hatte ertragen müssen. »Und dann hat sie dich ins Krankenhaus gebracht?«, fragte ich leise.

Er nickte. »Alles, was ich dir an dem Tag am Strand erzählt habe, war die Wahrheit«, sagte er. »Sie haben eine schwere Klaustrophobie und Agoraphobie mit visuellen und akustischen ›Halluzinationen‹ diagnostiziert. Es war nicht gerade ein Spitzenkrankenhaus. Der zuständige Arzt hatte keine Ahnung, was er mit mir anstellen sollte, und was ich ihm über ihn gesagt hab, hat ihm nicht gefallen. Meistens.«

»Und deshalb haben sie dir Elektroschocks gegeben.«

»Ich hab nur Angst und Kopfschmerzen davon gekriegt.« Seine Augen verdüsterten sich. »Und die Lust zu malen ist mir vergangen.«

»Du malst so unglaublich gut«, sagte ich. »Ich hoffe, du machst weiter.«

Er lächelte schwach, verschränkte die Finger mit meinen. »Vielleicht.«

»Erzähl mir den Rest«, sagte ich. »Was ist nach Nates und Griffs Party passiert?«

Nik erzählte mir alles, angefangen beim Tod seiner Mutter in St. Louis; die stressige Reise zurück nach Garden City, wo er von dem Unfall erfuhr; seine Eile, nach Whitworth zu kommen, um mich im Gefängnis zu besuchen, und dann die bedrückende, kopflose Fahrt nach Süden.

Während er sprach, lauschte ich mit geschlossenen Augen, aber meine Fantasie legte sich anscheinend ziemlich ins Zeug, weil ich alles so deutlich sehen konnte:

Eine junge Mutter, die mit ihrem Sohn unter dem Rasensprenger tanzte.

Nik in meiner leeren Wohnung, wie er erschrocken erfuhr, dass ich im Gefängnis war.

Und ich spürte die Verzweiflung und Hoffnungslosigkeit auf seinem Weg nach Süden, bis ihm mitten im Regen auf einer kurvigen Straße durch einen Wald das Benzin ausging.

»Was jetzt kommt, wirst du ziemlich verrückt finden«, sagte er.

»Es ist alles verrückt. Warum jetzt aufhören?«, erwiderte ich und stupste ihn an.

Er erzählte mir von dem armen Reh, dessen Leid er beendet hatte, und von einem Mann namens Evan, der behauptete, die Zukunft zu träumen.

»Er träumt die Zukunft?«, fragte ich.

Nik nickte. »Zuerst klang es total verrückt, aber er hatte mit allem recht.«

»Magie«, sagte ich. »Am Ende gibt es doch Magie in der Welt.«

Seine Finger waren warm auf meiner Haut. »Ja, ich glaub schon.«

Er fuhr mit seiner Geschichte fort, erzählte, wie Evan gesagt hatte, dass Margo der Schlüssel zu meiner Freiheit wäre. Wie er nach Miami Beach gefahren war und mit Margo geredet und sein *Gesicht* benutzt hatte, um die Einsamkeit in ihr zu berühren.

»Empathie«, flüsterte ich. »Sie hat dir vertraut, weil sie wusste, dass du sie verstehst.«

»Margo war kurz davor, sich etwas anzutun«, sagte Nik. »Und eigentlich war sie schon darüber hinaus. Sie stand wankend am Abgrund. Margo ist dir vors Auto gerannt, Fiona«, sagte er leise. »Und sie hat nur überlebt, weil du so vorsichtig fährst.«

Ich nickte, schon wieder den Tränen nah. »Griff hat auch schon so etwas gesagt. Er meinte, ich hätte unmöglich vermeiden können, sie anzufahren. Aber ich fühle mich trotzdem schrecklich.«

»Sie sagt, das tut ihr sehr leid. Auch, dass du im Gefängnis gelandet bist.«

Ich strich über das Tattoo eines Mondes hinter Wolkenfetzen unter Niks rechtem Brustmuskel. »Wenn ich nicht ins Gefängnis gekommen wäre, hätte ich mich Steve nicht gestellt. Er war so lange dieses Schreckgespenst, und als er dann vor mir saß, war so klar, dass er überhaupt nichts mehr bedeutete. Dass meine Angst sich so viele Jahre lang aus sich selbst gespeist hatte …« Ein kleines Lächeln trat auf meine Lippen. »Und willst du was Komisches hören?«

»Warum jetzt aufhören?«, erwiderte Nik.

»Du sagst, es hat geregnet, als dir das Benzin ausgegangen ist?«, fragte ich.

»Und ob.«

»Und es lag etwas am Straßenrand. Ein dunkler Umriss …«

»Das Reh«, sagte Nik. »Es war Stunden zuvor von einem Auto angefahren worden.«

»Ich hab das gesehen«, sagte ich. »Evan … ist im Dunkeln auf dich zugefahren. Ich hab seine Scheinwerfer hinter dem Regen gesehen …«

»Wo hast du das gesehen?«

»Ich hab es geträumt«, sagte ich.

»Was?« Nik riss die Augen auf, dann blinzelte er langsam, als der Gedanke sich in ihm setzte.

»Sogar mehrmals«, fuhr ich fort. »Aber an mehr kann ich mich nicht erinnern.«

»Du hast richtig geträumt.«

»Ich frage mich warum.«

Nik reckte sich und sank tiefer in die Kissen, seine Stimme war ernst. »Evan sagte, er und ich wären mit den Energien des Universums verbunden.« Er lächelte mich müde an. »Vielleicht bist du das auch.«

»Kann sein, aber wie? Warum ich?«

Nik zog mich hoch auf seine Brust.

»Du bist auch ein Teil all dessen, Baby«, sagte er. Er schloss die Augen, und ich dachte schon, er wäre eingeschlafen, als er endlich sagte: »Nachdem ich das Reh getötet hatte, um sein Leid zu beenden, hat Evan über dem toten Tier ein Gebet gesprochen. Ein Navajo-Gebet, das die Ureinwohner nach der Jagd gesprochen haben. Um dem Tier zu danken, dass es sein Leben gegeben hatte, damit sie leben konnten. Evan meinte, die Bedeutung wäre *Dankbarkeit, die größer ist als ein einfaches Danke*. Aber wir haben gar nicht gejagt. Wir haben das Tier nicht gegessen. Damals wusste ich nicht, wofür das Gebet war.«

»Aber jetzt schon?«

Nik öffnete die Augen, blau wie das klare Wasser eines tiefen Sees. Er sah mich an.

»Evan hat mich bei dem Reh gefunden, und ohne ihn hätte ich nicht gewusst, dass ich zu Margo muss. Ich wollte eigentlich bei meinem Motorrad bleiben und das Ende des Unwetters abwarten. Ich bin nur die Straße entlanggegangen, weil ich die Schreie gehört hatte. Ich weiß nicht, was passiert wäre, wenn er mich verpasst hätte. Ich weiß nicht, was ich getan hätte, wenn ich dich verloren hätte.« Er schloss wieder die Augen.

»Das Reh ist für uns beide gestorben«, sagte er. »Damit wir leben können.«

33. KAPITEL

Nikolai

Am nächsten Morgen rief ich die Rezeption an und bestellte Zahnpasta und zwei Zahnbürsten, dazu Eier, Schinken, Grits und Obst. Das Essen wurde auf einem Wagen unter silbernen Abdeckhauben gebracht, zusammen mit einer silbernen Kaffeekanne.

Wir frühstückten, und danach duschte Fiona und setzte sich, in ein Handtuch gewickelt, aufs Bett. »Ich muss Griffin und Opal anrufen, bevor sie im Whitworth anrufen und sich Sorgen machen.«

»Ich werde in der Zwischenzeit duschen«, sagte ich und grinste leicht. »Damit ich das Geschrei nicht hören muss.«

Sie hielt mich fest, als ich aufstehen wollte. »Ich werde ihnen erzählen, dass du mit Margo gesprochen und sie dazu bewegt hast, ihre Geschichte zu erzählen. Sie werden dich lieben, weil du mir geholfen hast.«

»Dich lieben sie mehr«, sagte ich und küsste sie zärtlich. »Und das ist auch richtig so.«

Ich duschte und putzte mir die Zähne, und als ich mit einem Handtuch um die Taille wieder aus dem Bad kam, sah ich Fiona noch in das Handtuch gewickelt auf dem Bett sitzen. Sie hatte ihre Tasche auf dem Schoß. Ich blieb abrupt stehen. Das feuchte Haar hing ihr wie ein Vorhang vorm Gesicht. Die

Farben um sie herum waren eine trübe Mischung aus Freude und Nervosität, Aufregung und Unsicherheit.

»Fiona?«

»Was ist das?« Sie hielt den Scheck hoch, den ich ihr gestern gegeben hatte.

»Das hab ich doch gesagt. Es gehört dir. Um neu anzufangen.«

»Vierzigtausend Dollar?« Sie schüttelte den Kopf, bevor ich etwas sagen konnte. »Nein, ich weiß, was das ist. Es sind deine Ersparnisse mal zwei. Und ... du wolltest mir die einfach geben?«

»Es ist dein Geld für Costa Rica.«

In ihren Augen schimmerte die Wärme ihrer Liebe – ein tiefes Rosa, das an den Rändern golden glühte, wie der Himmel bei einem Sonnenaufgang.

»Wo hast du das her? Poker? Ich kenn mich ja nicht aus, aber bestimmt muss man mit hohen Einsätzen spielen, um so viel zu gewinnen. War es das, was du in Jacksonville gemacht hast?«

»Ich habe es mit dem Geld gewonnen, das ich gespart hatte«, sagte ich. »Dem Geld, von dem ich nicht wusste, wozu es gut ist, bis ich es doch wusste.«

Fiona blinzelte die Tränen weg. »Nik ... und wenn ich gar nicht mit dir hätte zusammen sein wollen? Wenn ich immer noch wütend auf dich gewesen wäre oder gedacht hätte, du würdest lügen? Du würdest mit leeren Händen dastehen.«

»Es ist dein Geld, Fiona. Ich glaube, es war immer für dich bestimmt.« Ich setzte mich neben sie und legte ihr den Arm um die Taille. »Und ich hatte Hoffnung.«

»Liebe und Hoffnung«, murmelte sie und schniefte. Dann berührte sie die kleine Platzwunde auf meiner Stirn. »Und das?«

Gott, ich liebe sie. Fionas Sorge legte sich um mich wie warmes Wasser. Ich wusste, sie wollte die ganze Geschichte hören, aber es war sinnlos, ihr Licht mit der Hässlichkeit von Will und seinen Freunden oder dem Stress des Turniers zu dämpfen.

»Ich bin ein paar alten Bekannten über den Weg gelaufen«, sagte ich. »Mir geht es gut, ich schwöre es. Die Geschichte ist es nicht wert, erzählt zu werden.«

Der Gutshot des Jahrhunderts ist es nicht wert, erzählt zu werden? Ich unterdrückte ein Grinsen. *Heute nicht.*

Fiona kniff die Augen zusammen. »Ich habe gesehen, wie müde du warst, als du mich abgeholt hast. Vielleicht habe ich nicht das *Gesicht*, aber ich weiß schon, dass man nicht so einfach an vierzigtausend Dollar kommt.«

Bring sie zum Lächeln. Lass sie in der Sonne.

»Es stimmt, ich hatte wirklich eine heftige Zeit. Und das Einzige, was mir helfen kann, drüber wegzukommen, ist Sex. Sehr viel Sex.«

Ein Lachen entfuhr ihr, bevor sie es unterdrücken konnte, und sie schlug mir auf den Arm. »Du hattest viel Sex. Wir haben nichts anderes gemacht, seit wir eingecheckt haben.«

»Siehst du? Und mir geht's schon viel besser.«

Sie verdrehte die Augen, ein widerstrebendes Lächeln auf den Lippen. Ich zog sie an mich und küsste sie auf den Hals.

»Es ist nicht mein Geld, es ist *unser* Geld«, sagte sie und sog die Luft ein, als ich sanft mit den Zähnen über ihre Haut fuhr. »Für den Ort, wo wir als Nächstes hingehen. Okay?«

»Okay«, murmelte ich an ihrer warmen Haut. »Wo gehen wir als Nächstes hin?«

Sie löste sich von mir. »Ich will immer noch nach Costa Rica«, sagte sie. »Ich wollte weit weg, um vor Steve wegzulaufen, aber ich habe mir Costa Rica aus einem Grund ausgesucht. Ich wollte die Strände und die Berge und den Wald. Und das will ich immer noch.« Hoffnung flammte um sie herum auf, ein weiches, zartes Leuchten. »Vielleicht kann ich Kindern dort Englisch beibringen. Und ich glaube, es wäre auch gut für dich. Weniger Menschen. Ruhe.« Sie sah mich an. »Willst du noch mit mir dahin?«

»Ja, Baby, das will ich.« Und das war die Wahrheit. Ich würde ihr überallhin folgen, was auch immer sie glücklich machte. Und ich fragte mich, ob dieses Land vielleicht auch etwas für mich bereithielt. Einen Sinn.

Fionas Farben leuchteten hell und schön. Sie küsste mich zart. »Ich liebe dich«, sagte sie, dann löste sie sich von mir. »Aber ich habe selbst mit dem geänderten Urteil noch zwei Jahre Bewährung und fünfhundert Stunden gemeinnützige Arbeit vor mir. Ich will das ja gern machen, aber zwei Jahre …?«

»Evan hat mir von einem Kontakt erzählt, über den wir einen Pass bekommen, doch es ist riskant, Fiona.«

»Ich weiß«, sagte sie. »Aber ich will nicht warten. Und ich will nicht länger Tess Daniels heißen. Dieses Mädchen gibt es nicht mehr. Ich will mit dem Leben beginnen, das uns bestimmt ist.«

Ich umfasste ihr Gesicht. »Bist du sicher?«

Sie nickte. »So soll es sein. Ich spüre das. Und Evan … Es ist alles passiert, was er gesagt hat, oder?«

»Das stimmt.«

»Vertraust du ihm?«

Ich dachte an Evan, den ich nur ein paar Stunden gekannt hatte. *Mein Bruder …*

»Ich würde ihm mein Leben anvertrauen«, sagte ich.

Fionas Gesicht erstrahlte, da sie lächelte, dann küsste sie mich voller Leidenschaft. »Oh mein Gott, passiert das wirklich?«, flüsterte sie an meinen Lippen und schmiegte sich an mich. »Gehen wir wirklich nach Costa Rica?«

»Ja«, sagte ich und zog ihr das Handtuch weg. »Aber noch nicht.«

Wir fuhren drei Stunden zurück nach Savannah und kamen am Abend an. Wir versuchten es zuerst bei meiner Wohnung, aber mein Schlüssel passte nicht mehr. Ich legte die Hand an die Scheibe und blickte hinein.

»Sie haben es an jemand anderen vermietet«, sagte ich. »Jemanden mit Möbeln.«

»Oh Nik … Was ist mit deinem Bild?«

Ich drehte mich zu Fiona um. »Ich male dir ein neues. Ich male dich hundert Mal, wenn du willst.«

»Es geht nicht darum, dass es ein Bild von mir war. Es war dein Werk …« Ihr Blick schoss zu mir. »Moment, du wirst wieder malen? Wirklich?«

Ich zuckte die Achseln und lächelte. »Eines Tages.«

Aber nicht hier.

Wir fuhren nach Savannah rein, als die Sonne im Westen versank. Nate und Griffin begrüßten uns an der Tür. Sie umarmten und küssten Fiona, dann warf Nate mir einen kühlen Blick zu. »Mr Young«, sagte er steif. »So sieht man sich wieder.«

»Dramaqueen«, sagte Griffin und verdrehte die Augen. Er hielt mir mit einem warmen Lächeln die Hand hin. »Fiona hat uns heute Morgen alles erzählt. Ich kann dir nicht genug danken für das, was du für sie getan hast.«

»Ich hab nur ein Unrecht wiedergutgemacht«, sagte ich.

»Hmpf«, schnaubte Nate.

Fiona stellte sich neben mich und legte mir den Kopf auf die Schulter. »Benimm dich, Nathaniel«, sagte sie. »Ich liebe ihn. Und du musst auch lieben, wen ich liebe. Das ist die Regel.«

Griffins Herz war offen und bereit zu verzeihen. Er strahlte uns an wie ein stolzer Vater, aber Nate dachte an Fionas Schmerz an dem Abend der Party.

»Ich kann es verstehen«, sagte ich zu ihm. »Und es tut mir leid. Ich wollte sie nicht verletzen. Und ich werde es nie wieder tun.«

Nate klopfte mit dem Fuß auf den Boden, die Arme noch verschränkt, dann warf er die Arme hoch. »Nun, ich habe zufällig gerade Cocktails gemixt und viel zu viel gemacht, also kommt rein und helft uns, sie zu trinken. Griff, wie sieht es mit dem Essen aus? Ist ja nicht so, als wäre ich nicht schon halb *verhungert*.«

Nate ging rein, seine Stimme hallte zu uns zurück.

Griff beugte sich zu mir vor. »Er hat dir Alkohol angeboten. Alles vergeben und vergessen.«

»Nehm ich gern.«

Fiona sah mich lächelnd an, und wir folgten ihnen hinein.

Die Millers hatten ihr neues Heim schlicht, aber elegant eingerichtet. Der Esstisch war für sechs gedeckt, uns vier und Opal und ihren Mann. Als die beiden auf der Terrasse zu uns stießen, umarmte Opal Fiona. Die beiden Frauen redeten kurz. Dann begrüßten sich Jeff und Fiona, und Opal nahm mich beiseite.

»Es tut mir leid, Opal«, sagte ich, bevor sie den Mund aufmachen konnte. »Es tut mir leid, was in jener Nacht passiert ist und Fiona so aufgewühlt hat. Ich bin froh, dass du für sie da warst.«

Sie hielt erstaunt inne. »Oh. Na ja. Also … ich habe ein paar Sachen gesagt an dem Tag im Gartencenter …«

»Du hast Fiona beschützt. Dafür solltest du dich nicht entschuldigen.«

Opal sah mich noch ein bisschen länger an, dann kniff sie

die Augen zusammen. »Fiona hat erzählt, dass du ein professioneller Pokerspieler bist.« Sie warf mir einen scharfen Blick zu, hinter dem sich ein Lächeln verbarg. »Werd ich gerade manipuliert?«

»Ich will ehrlich sein. Ich habe abgewogen, ob du mir einen Tritt in den Hintern verpassen oder mir vergeben würdest.« Ich grinste. »Ich wollte mich nur absichern.«

Sie sah mich argwöhnisch an. »Ach, komm her, du großer Kerl.« Sie umarmte mich. »Fiona hat mir erzählt, dass du bei Margo warst«, sagte sie mir ins Ohr. »Danke.«

Ich nahm ihre Dankbarkeit und ihre Erleichterung wahr, aber über allem war ihre Liebe für Fiona. Ich erwiderte ihre Umarmung. »Ich werde auf sie aufpassen, das verspreche ich.«

Sie löste sich von mir. »Das klingt wie ein Abschied.«

Ich setzte mein Pokerface auf und sagte nichts.

»Dolores, Louisiana«, sagte Fiona und sah zu, wie ich eine kleine Tasche packte. »Nie gehört.«

»Da ist der Kontakt, den Evan mir genannt hat. Wenn ich ihm nicht vertrauen würde, würde ich es nicht mal in Betracht ziehen.«

Wir waren in unserem Zimmer bei den Millers, seit Fionas Entlassung war eine Woche vergangen. Das frühe Morgenlicht fiel auf das Bett und leuchtete golden in ihrem Haar, das frisch gefärbt war, mit neuen rosa Strähnen, und zerzaust von den Aktivitäten der letzten Nacht. Nate beschwerte sich jeden Morgen, dass wir noch die Dachsparren lockerrütteln würden, aber wir konnten die Hände nicht voneinander lassen.

»Die Fahrt ist so lang«, sagte Fiona. »Ich hasse es, von dir getrennt zu sein.«

»Ich auch, Baby«, sagte ich, und das war eine glatte Untertreibung. Es war schlimm genug, auf den Frieden zu verzichten, den sie mir gab, und noch dazu hasste ich es, nicht mit ihr im Arm einzuschlafen oder beim Aufwachen als Erstes ihr Gesicht zu sehen.

Ich liebe sie zu sehr.

»Es sind nur ein paar Tage«, sagte ich, vor allem zu mir selbst. »Für einen guten Zweck schaffe ich schon noch eine letzte lange Fahrt.«

»Ich wünschte, ich könnte mitkommen.«

Die Bewährungsauflagen erlaubten nicht, dass sie den Bundesstaat Georgia verließ, und sie hatte in einem Frauenhaus angefangen, die fünfhundert Stunden gemeinnütziger Arbeit abzuleisten. Dort wurden Opfer von häuslicher Gewalt aufgenommen, die vor ihren Partnern geflohen waren und nirgends hinkonnten.

Selbst wenn wir in diesem Moment einen Pass gehabt hätten, um loszufahren, wäre Fiona geblieben, um diesen Frauen zu helfen. Sie sagte, nur so käme es ihr in Ordnung vor, sich über die Bedingungen ihrer Entlassung hinwegzusetzen.

»Und außerdem«, hatte sie nach ihrem ersten Tag gesagt, »will ich helfen. Ich glaube, ich kann etwas geben, auch wenn es nur ein bisschen Trost und Mitgefühl ist.«

»Trost und Mitgefühl bewirken ziemlich viel«, hatte ich geantwortet.

Jetzt gab ich ihr einen Abschiedskuss, und sie umarmte mich. »Ich liebe dich. Pass auf dich auf.«

»Das mach ich. Und ich liebe dich auch.«

Ich fuhr im Morgengrauen los und legte nur zwei kurze Stopps ein, um zu tanken und zu essen. Ich kam abends um halb zehn in Louisiana an und fuhr direkt zum Rio. Von außen war es nur eine Kaschemme, aber von innen entpuppte es sich als Discopalast im Kleinformat. Regenbogenflaggen hingen an der Wand über den Flaschenregalen. Die Person, von der ich nur annehmen konnte, dass es Del del Rio war, stand in einem kompletten Diana-Ross-Kostüm hinter der Theke, mit toupiertem Haar und einem goldenen Paillettenkleid. Aus den Lautsprechern erklang »Ain't No Mountain High Enough«. Die Gäste an der Bar waren sämtlich Männer, und eine Wolke von Argwohn und Neugier folgte mir von der Tür zur Theke.

»Was willst du trinken, Schätzchen?«, fragte mich Del und warf eine Serviette vor mir auf die Theke. Sie trug Modeschmuck an den Fingern, die Nägel waren rot lackiert.

»Whiskey pur«, sagte ich.

Sie schenkte ein Glas ein und stellte es auf die Serviette. »Du bist mir ein Herzchen«, sagte sie und betrachtete die Tattoos und Piercings. Dann weiteten sich ihre dunklen Augen unter all dem Make-up und den falschen Wimpern. »Warte mal … Kennen wir uns?«

»Nein«, sagte ich, »aber wir haben einen gemeinsamen Freund.«

»Und wie heißt unser gemeinsamer Freund?«

»Justin«, sagte ich mit einem Grinsen. »Das steht jedenfalls auf seinem Führerschein.«

Ein Lächeln zeigte sich auf Dels Gesicht, und sie schlug mit der Hand auf die Theke. »Das gefällt mir«, sagte sie. »*Justin* hat vor drei Tagen angerufen und gesagt, ein tätowierter, gepiercter Motorradfahrer würde sich bei mir melden und nach speziellen Dokumenten erkundigen.«

»Ich hab gehört, du hast Verbindungen.«

»Du hast richtig gehört, Schatz«, sagte Del. »Justins Frau ist mir teurer als das Rio. Freunde von den beiden sind auch Freunde von mir. Wie heißt du?«

»Nik.«

»Bist du gerade angekommen, Nik?«

»Diese Minute.«

»Du siehst müde aus, Süßer. Nimm dir ein Zimmer im Motel am Ende der Straße, und ruf mich mit deiner Zimmernummer an. Ich sorg dafür, dass mein Mann sich morgen bei dir meldet.«

»Danke, Del«, sagte ich. »Ich weiß es zu schätzen.«

»Er ist nicht billig«, warnte sie.

»Das hoffe ich«, gab ich zurück. »Ich kann keinen Ärger gebrauchen.«

»Wird's nicht geben. Er ist jeden Penny wert. Für dich?«

»Nein, für meine Freundin«, sagte ich.

Wärme ging von Del aus, und ihre Farben strahlten heller als das glitzernde Kostüm. Ich wusste erneut, dass Evan uns nicht im Stich gelassen hatte.

»Ich hätte es wissen müssen«, sagte Del. »Aus Liebe. Und wenn es aus Liebe ist, dann ... *ain't no mountain high enough*«, sang sie mit. Del tätschelte mir die Wange, sang weiter und tänzelte zum anderen Ende der Theke, um einen Gast zu bedienen.

Ich nahm ein Motelzimmer, und alles war wieder da: das Gefühl, nach einer Zehn-Stunden-Fahrt in einem miesen Hotel mitten im Nirgendwo zu sitzen.

Für Fiona, dachte ich. *Das ist das letzte Mal. Für sie.*

Vier Tage später saßen Fiona und ich in einer der hinteren Nischen eines Burger-Ladens und sahen einem kleinen, drahtigen jungen Mann namens James dabei zu, wie er einen Bacon-Cheeseburger futterte. Nach dem mysteriösen Gehabe bei dem Anruf hatte ich eher einen finsteren Kriminellen erwartet. Dieser Typ sah aus, als würde er in einem Apple Store arbeiten.

Vielleicht ist das wirklich sein offizieller Job.

»Es ist Deep-Web-Zeug«, sagte James mit vollem Mund. Er

trank einen Schluck Dr. Pepper. »Ich erschaffe für den Namen auf dem Pass eine neue Identität, falls ihr überprüft werdet. Das ist mein Edelpaket. Zehntausend Dollar. Fünf jetzt, fünf später. Ich brauche ein Passfoto und den Namen, den ihr wollt. Es dauert etwa drei Wochen, alles zusammenzubasteln.«

»Ich kann mir einen Namen aussuchen?«, fragte Fiona. Sie packte unter dem Tisch meine Hand.

»Klar«, sagte James genervt. »So einen Quatsch, wie Fotos auf geklauten Pässen auszutauschen, mach ich nicht. Ich mach euch einen neuen Pass, aus dem gleichen Material, den die Regierung benutzt. Ist ein verdammtes Kunstwerk. Niemand wird einen Unterschied bemerken.«

Fiona biss sich auf die Lippe. »Starling kann ich nicht mehr nehmen. Aber ich will Fiona behalten. Das bin ich jetzt. Ich weiß keinen anderen Nachnamen …«

James verdrehte die Augen und biss noch einmal von seinem Burger ab.

Ich sah ihn und dann Fiona an und war plötzlich total nervös. »Du könntest meinen Namen nehmen«, sagte ich langsam.

Die Farben um Fiona strahlten – es war der atemberaubendste Sonnenaufgang aus Rosa und Gold, den ich je gesehen hatte. »Deinen Namen?«

Ich sah zu James, der noch kaute und so tat, als wäre er unglaublich an irgendetwas in seinem Telefon interessiert.

»Ja, Baby. Wenn du willst.« Ich schluckte. »Willst du?«

»Ja«, flüsterte sie. »Ich will.«

»Ihr habt euch entschieden?«, fragte James laut. »Super. Wie ist der Name?«

Sie sah mich mit so viel Liebe an, ausgestrahlt von ihrem ganzen Wesen – ich schwöre bei Gott, ich war kurz davor, zu heulen wie ein Baby.

»Fiona Young.«

Als wir das Restaurant verließen, fiel sie mir um den Hals. Wir küssten uns und umarmten uns und küssten uns noch weiter, und es war total egal, dass wir auf dem Parkplatz eines billigen Burger-Ladens standen.

Mit dieser Liebe stimmt alles, hatte Fiona gesagt, und sie hatte recht.

34. KAPITEL

Nikolai

Fünf Wochen später hatte Fiona ihre gemeinnützige Arbeit abgeleistet und ihren neuen Pass bekommen. Ich wusste, er würde funktionieren. Ich verglich ihn mit meinem, und sie fühlten sich gleich an, sahen gleich aus, waren aus denselben Materialien und hatten dieselben Wasserzeichen und Farben.

Und es stand derselbe Nachname drauf.

Die Millers organisierten eine inoffizielle Hochzeits-/Abschiedsparty in ihrem Garten. Opal, Jeff, Nancy und die kleine Hailey waren die einzigen Gäste.

Ich stand neben Nate, der die Zeremonie durchführte, auf dem hinteren Ende des kleinen Rasens; zu meiner Linken stand Griff, mein Trauzeuge. Jeff und Nancy saßen auf weißen Gartenstühlen und sahen zu, wie Hailey hinten aus dem Haus kam und in einem rosa Kleidchen rosa Rosenblätter auf den Rasen streute. Danach kam Opal in einem geblümten Kleid und stellte sich auf Nates andere Seite als Fionas Trauzeugin. Sie drohte mir mit der Faust, dann lächelte sie.

Ich erwiderte das Lächeln, und dann sah ich Fiona aus dem Haus kommen.

Sie trug ein schlichtes, schimmerndes Kleid, das sich fließend über ihren Körper ergoss und denselben Rosaton hatte wie ihre Haare. In den Händen hielt sie einen Strauß Gardenien, deren Duft sich mit ihrem eigenen Duft mischte, und ihre Haare waren mit Wildblumen geschmückt. Mir blieb das Herz stehen, als sie mich anlächelte und sich zu mir stellte.

»Hi«, sagte sie sanft.

»Hi«, antwortete ich, meine Stimme kaum ein Flüstern.

»Oh mein Gott, hört auf, ihr beiden«, schimpfte Nate. »Ich werde heulen, bevor wir überhaupt angefangen haben.«

Unsere kleine Zeremonie begann.

Wir gelobten, uns gegenseitig zu beschützen und einander so zu lieben, wie wir waren.

Wir tauschten Ringe aus Silber mit poliertem Zebraholz. Fionas war schmal, meiner breit und schwerer. Fiona steckte mir meinen Ring an den Finger, und er verdeckte das A des PAWN-Tattoos. Ich hatte darüber nachgedacht, sie entfernen zu lassen, aber es gibt einen Grund, weshalb Tattoos permanent sind: Sie sollen dich daran erinnern, woher du kommst und was du durchgemacht hast. Ein Ehering von Fiona, der das Wort PAWN auseinanderbrach, war perfekt. Ich war nicht länger ein Hoax oder eine Figur, die jemand auf einem Spielbrett herumschob. Das *Gesicht* hatte einen Sinn bekommen, und jeden Tag verstand ich ein bisschen besser, was es in meinem Hinterkopf flüsterte. Mit Fiona würde ich das schaffen.

»Und jetzt«, sagte Nate, »ohne irgendeine mir verliehene Autorität, erkläre ich euch zu Mann und Frau oder zumindest zu einer vernünftigen Kopie derselben.« Er neigte den Kopf zu mir. »Du kannst die Flüchtige jetzt küssen. Äh, Braut! Sorry, ich meinte Braut.«

Ich umfasste Fionas Gesicht, küsste sie sanft, und im goldenen Schein ihres Lichts flüsterten wir uns unsere eigenen, geheimen Gelübde zu.

»Ich habe dich schon vorher geliebt«, sagte ich. »Ich werde dich immer lieben.«

Eine Träne fiel mir auf die Hand. »Ich werde dich in diesem Leben lieben«, flüsterte sie, »und im nächsten.«

Es gab Applaus und Jubelrufe von unseren paar Gästen, und dann flog Hailey Fiona in die Arme. Meine Frau hob das Mädchen hoch, umarmte sie und drückte Küsse auf ihre kleine Wange.

Meine Frau …

Es war nicht offiziell, aber sie war in jedem Sinn des Wortes meine Frau. In meinem Herzen und in meiner Seele, und ich brauchte kein offizielles Schriftstück, das bestätigte, was ich für sie empfand. Es hatte keine Grenzen. Und ich gelobte mir im Stillen noch etwas anderes, und zwar, dass wir eine Familie gründen würden. Irgendwie. Nicht nur, um die kalte Leere unserer Vergangenheit auszugleichen, sondern um eine Zukunft voller Wärme und Licht zu erschaffen.

Fiona hat so viel zu geben …

Ich sah zu, wie sie Hailey herumwirbelte. Das kleine Mädchen quietschte vor Lachen. Fiona warf den Kopf zurück, und ihre eigene Freude war ein wunderschönes Licht um sie herum, ein strahlender Sonnenaufgang, der vor Liebe und Hoffnung schimmerte.

Liebe und Hoffnung.

Sie hatte mir von beidem so viel gegeben. Mein Herz war erfüllt von der Liebe zu ihr … und einer Dankbarkeit, die größer war als ein Danke.

EPILOG I

Der Mann ging in der hereinbrechenden Dämmerung über den Steg. Die Frau saß auf dem Deck des Hausboots und sah ihn näher kommen. Er wusste, dass sie jeden Abend dort gewartet hatte, seit er gegangen war. Sie war im sechsten Monat schwanger. Sie stand anmutig von ihrem Stuhl auf und stieg die Leiter hinab.

Sie trafen sich an der Reling des Hausboots, aber sie trat auf den Steg, bevor er an Bord kommen konnte. Sie legte ihm die Arme um den Hals. Ihr Bauch drückte sich sanft an ihn, und bei dem Gefühl schloss er die Augen.

»Du bist wieder da«, seufzte sie an seiner rauen Jeansjacke.

»Das bin ich.« Er strich ihr über das dunkle Haar. »Ich hab dich vermisst.«

»Dagegen gibt es ein Mittel«, sagte sie und umarmte ihn fester. »Geh nicht wieder weg.«

»Mach ich nicht«, sagte er. *Zumindest nicht, bevor das Baby geboren wird*, dachte er, sagte es aber nicht laut. Er wusste nicht, ob ihn erneut ein Traum rufen würde oder wie dringend, aber er wusste, er würde darauf hören müssen.

Doch für den Moment war er zu Hause.

Die Frau löste sich von ihm, um ihn zu betrachten, und

strich ihm eine blonde Strähne aus dem Gesicht, die ihm bis zum Kinn reichte.

»Wie ist es gelaufen?« Sie lächelte schief, ihre Narbe glänzte silbrig im heller werdenden Mondlicht. »Eine erfolgreiche Mission?«

Er erwiderte ihr Lächeln. »Sehr. Sie haben sich gefunden. Ich glaube, sie werden glücklich.«

»Woher weißt du das?«

»Nur so ein Gefühl …«

»Erzählst du mir davon?«

»Kann ich zuerst duschen?«, fragte er und zog sie an sich. »Ich könnte Hilfe gebrauchen … Es gibt so viele Stellen, an die man schlecht rankommt.«

Sie küsste ihn zuerst zärtlich, dann intensiver. »Ich helfe gern.«

Sie führte ihn ins Hausboot, dann zogen sie sich aus und betraten die kleine Dusche. Sie seifte ihn ein, um den Schmutz der Straße von ihm abzuwaschen. Er drehte sich zu ihr um und küsste sie.

»Ich bin so froh, dass du wieder da bist«, sagte sie. »Aber ich bin auch froh, dass du gefahren bist, wenn es ihnen geholfen hat.« Sie sah ihm unter dem Strahl der Dusche in die Augen. »Werden sie so glücklich sein wie wir?«

Der Mann betrachtete seine Frau, legte ihr die Hand auf den Bauch und spürte einen Tritt seines ungeborenen Sohnes.

»Ganz bestimmt.«

EPILOG II

Fiona

Zwei Jahre später …

»¿Cuántos son?«, fragte ich meine Klasse und zeigte auf die zehn Katzenbilder an der Tafel. »Contemos en inglés«, fügte ich hinzu.

Zwanzig Fünfjährige in blauweißen Schuluniformen sahen mit zwanzig dunklen Augenpaaren zu mir und zählten dann einstimmig mit, als ich auf die Katzen zeigte.

»Eins, zwei, drei, vier, fünf, sechs, sieben, acht, neun, zehn.«

»Sehr gut«, sagte ich.

Es klingelte, und sie liefen zu ihren Rucksäcken; manche kamen noch zu mir nach vorn, um ihre kleinen Ärmchen um mich zu legen. Ich sah, wie sie davongingen und ihr süßes Lachen mitnahmen. Das Klassenzimmer blieb still im Halbdunkel zurück.

Etwa eine Stunde lang bereitete ich die morgigen Stunden vor, dann packte ich meine Tasche und verließ die Schule. Ich winkte ein paar anderen Lehrerinnen und stieg auf mein Fahrrad, um über einen holprigen Pfad nach Hause zu radeln. Unsere Casita lag zwei Kilometer östlich von San Josecito, weiter weg von den blauen Wassern des Pazifik und tiefer im Dschungel am Rio Uvita.

Der Weg teilte sich, und ich radelte nach rechts, wo unser kleines, aus Holz gebautes Vierzimmerhaus im Dschungel verborgen war. Ich fuhr auf die kleine Lichtung davor, die Nik »Auffahrt« nannte, dann schob ich das Rad durch den Garten an langen, niedrigen Holzkästen vorbei – einer mit Blumen, einer mit Obst, einer mit Kräutern und Gemüse.

Ich lehnte das Rad an die Wand der Casita. Über mir flatterten Kolibris vor den Futterspendern, die vom Dach hingen. Die Luft roch nach Grünpflanzen und Bougainvilleen und dem schwachen Salz des Ozeans.

Das Innere der Casita war offen gestaltet, alles war aus demselben warmen Holz, das nachts im Lampenschein golden leuchtete. Nik hatte mir einen Teller mit Obst rausgestellt. Ich lächelte und warf mir eine Weintraube in den Mund. Die Casita war still, was hieß, dass er hinten einen Kunden hatte.

Ich ging durch unser Wohnzimmer mit den schlichten Rattanmöbeln und bunt bestickten Kissen, die wir von lokalen Kunsthandwerkern gekauft hatten. An den Wänden hingen Niks eindrucksvolle Werke. Seine Kunst, die mehr als nur Farbe auf Leinwand war, sondern zur Schau gestelltes Leben.

Ich ging durch die Hintertür und über einen Weg, an dem Krotone und Farne wuchsen, zu einem kleinen Holzgebäude am Rand des Grundstücks.

Nik nannte es die Hütte. Ich nannte es sein Atelier.

Es hatte nur zwei Wände, der Rest öffnete sich auf den Dschungel. Ich blickte um die Ecke.

Heute saß ein alter Mann aus dem Dorf auf dem Hocker. Nik, barfuß in Jeans und weißem Unterhemd, stand hinter einer großen Leinwand und hatte drei oder vier Ölkreiden in der Hand. In dem Korb vor ihm lagen fünfzig weitere. Nik war ein ruheloser Künstler. Wenn er nicht gerade Farbe auf die

Leinwand brachte, ging er dahinter auf und ab oder warf einen Blick auf sein Motiv, um es besser zu *sehen*.

Ich spürte eine schmerzliche Rührung, als ich das Porträt von heute sah. Nik hatte den alten Mann fröhlich gemalt, mit einer Aura aus leuchtend gelbem Licht. Seine Augen waren voller Leben, sein Lächeln breit und ungezwungen. Zartes Licht fiel durch die Risse in der faltigen Haut des Mannes, als wäre er selbst eine Lichtquelle. Sein schütteres weißes Haar glühte.

Am Rand der gelben Aura hatte Nik einen Nachthimmel gemalt, der mir zuerst gar nicht zu dem Mann zu passen schien. Aber ich sah, wie Nik ihn lange und aufmerksam studierte und dann eine graue Pastellkreide in die Hand nahm. Er malte einen Mond in die Nacht, mit Weiß durchsetzt, damit er silbrig und hell wirkte, als er hinter den Wolkenfetzen aufstieg. Die Wolken verwoben sich mit dem Haar des Mannes, sodass es aussah, als wäre der Nachthimmel der Traum des Mannes.

»Erzählen Sie mir von Ihrer Frau«, sagte Nik, während er malte.

Der Mann lächelte und bekam noch mehr Falten. Ich dachte, dass er sehr oft und sehr leicht lächeln musste, so tief waren die Falten.

»Oh, sie war ... wie sagt ihr Amerikaner noch? Una romántica?«

»Ach ja?«, fragte Nik.

Der Mond erwachte vor meinen Augen zum Leben – Nik malte schnell, seine Hand bewegte sich weit ausholend über die Leinwand, dann folgten kleine gezielte Striche.

»Sí«, sagte der Mann. »Sie war romantisch. Jede Nacht hat sie mich gerufen. ›Der Mond geht auf‹, sagte sie immer. ›Komm, lass uns den Mond ansehen.‹«

Ich biss mir in die Backe.

Nik beendete den Mond, und mit wenigen Strichen zeichnete er unten auf der Leinwand einen weichen, vom Mondlicht erhellten Sandstrand.

»Sie wollte jede Nacht mit mir am Strand spazieren gehen«, sagte der alte Mann, und ich sah, wie Nik Fußspuren in den Sand malte, fast als hinterließen die Worte des Mannes die Abdrücke, während er sprach.

Der alte Mann lachte leise. »Sie hat gern Händchen gehalten, als wären wir ein junges Liebespaar und nicht schon fünfzig Jahre verheiratet.« Er sah Nik an. »Sind Sie verheiratet?«

»Ja«, sagte Nik.

»Sie sollten jede Nacht ihre Hand halten«, sagte der Mann. »Wenn Sie wissen, was gut für Sie ist.«

Nik lächelte und drehte den Kopf unauffällig kurz in meine Richtung. »Das mach ich.«

Ich grinste und zog mich leise zurück. Der Mann würde nie erfahren, dass die Farbe schon vor den Worten da gewesen war. Er würde die Leinwand erst am Ende sehen und glauben, Nik hätte nur gemalt, was er ihm erzählt hatte.

Mit mir hatte es angefangen.

Nik hatte mich gemalt, um das Porträt zu ersetzen, das in Savannah verlorengegangen war. Ich liebte es so sehr wie das erste, aber es gab Unterschiede. Die Frau auf diesem Porträt war strahlend glücklich, und das Rosa um sie herum war mit Gold durchsetzt.

Eines Abends luden wir ein paar unserer neuen Freundinnen und Freunde aus dem Dorf zum Abendessen ein. Sie sahen das Porträt, und eine der Frauen bat Nik, sie auch zu malen. Das tat er und stellte ihr dabei leise ein paar Fragen, wie Small Talk; ein unschuldiges Gespräch, das auch ein Friseur mit seiner Kundin hätte führen können.

Die Frau weinte, als sie das fertige Bild sah.

Sie erzählte es einem Freund, der sich auch malen lassen wollte. Dann einem dritten. Dann kamen Leute aus dem Dorf und tauschten Obst oder Fische oder ein bisschen Geld gegen die Möglichkeit, Nik Modell zu sitzen.

Unser Dorf San Josecito war nicht weit von Uvita entfernt, wo jedes Jahr ein Musikfestival stattfand. Nik malte auch dort, und die Schlange der Leute, die ihn sehen wollten, reichte fast bis zum Strand.

Danach kamen Leute aus der ganzen Welt. Es waren keine Massen, es kam nur ab und zu jemand vorbei, aber manche waren bereit, Hunderte oder gar Tausende Dollar zu bezahlen. Ein Kunstkritiker nannte ihn den Marc Chagall der Porträtmaler. Aber wir durften nicht auffallen. Nik lehnte jedes Interview ab und schaffte es, seinen Ruhm auf den einer lokalen Kuriosität zu beschränken: jemand, den man unbedingt sehen musste, wenn man in Uvita Urlaub machte.

Trotzdem gab es einen ständigen Strom von Kunden. Ich glaube, manche argwöhnten sogar, dass der Händedruck, mit dem Nik jede Sitzung begann, mehr war als eine normale Begrüßung. Wie auch hätten sie keinen Verdacht schöpfen sollen? Die Bilder offenbarten, wer sie waren.

»Du siehst sie«, sagte ich, nachdem eine Kundin mit Freudentränen ging. »Sie fühlen sich *gesehen*.«

Mehr als eine Person hatte ihm gesagt, dass die Porträtsitzungen wie eine Art Therapie für sie waren. Dass sie das Gefühl hatten, ein Teil von ihnen – manchmal mehrere – würde endlich an seinen Platz finden, wenn sie das fertige Bild sähen.

»Die Ironie daran ist, dass *ich* das fühle«, sagte Nik. »Mit jedem Porträt habe ich das Gefühl, etwas würde sich zusammenfügen. So viele zerbrochene Teile, die überall verstreut sind … und jetzt sehe ich sie und weiß, wo sie hingehören.«

»Es hilft allen. Dein *Gesicht* hilft.«

»Evan hat damals gesagt, dass ich so überleben würde. Ich wusste nur nicht, wie das gehen sollte.« Er drehte sich zu mir um. »Es hilft den anderen, aber es hilft auch mir, und deshalb fühlt es sich falsch an, Geld von ihnen zu nehmen.«

Aber Nik nahm nur, was sie sich leisten konnten – was sie für richtig hielten. Er wollte es umsonst machen, doch den Menschen, die er malte, war es wichtig, ihm etwas zu geben.

Und wir hatten eine Adoption beantragt.

Araceli war achtzehn Monate alt und lebte momentan in einem Waisenhaus in einer Provinz weiter im Norden. Sara, die Frau von der Adoptionsagentur, hatte gemeint, dass die Genehmigung kurz bevorstand. Die Behörden mochten uns. Es gefiel ihnen, dass Nik malte und ich unterrichtete; dass wir ein Teil der Gemeinschaft waren und ihr etwas zurückgaben; dass wir in ihr lebten, nicht von ihr wie ewige Touristen.

In der Casita drehte sich über mir der Deckenventilator, als ich das Foto von Araceli in die Hand nahm, das an der Wand über der Spüle hing. Dunkle Locken umrahmten ihr Gesicht, und große dunkle Augen sahen mich an. Das Verfahren dauerte lange, und es würde fast noch einmal ein Jahr dauern, bis sie dann unsere Tochter wäre … wenn wir die Genehmigung bekamen.

Wir konnten warten. Seit Sara mir das Foto gezeigt hatte, wusste ich, dass wir auch ewig auf sie warten würden.

Nik kam herein und schenkte sich aus dem Glaskrug auf der Küchentheke einen Orangensaft ein. Seine Finger hinterließen Farbreste auf dem Glas.

»Wie ist es gelaufen?«, fragte ich.

»Gut«, sagte er, obwohl er abgelenkt aussah. »Wie war dein Tag?«

»Schön«, sagte ich. »Genau wie der Tag davor und der Tag davor.«

Er lächelte schwach.

»Bist du okay?«, fragte ich und strich ihm die Haare aus den Augen.

»Alles gut«, sagte er. Er wollte sein typisches Grinsen aufsetzen, bremste sich aber und blickte zu etwas über meiner Schulter.

»Nik?«

Er schüttelte den Kopf. »Sorry«, sagte er. »Es ist nichts. Bestimmt muss ich nur mal richtig durchschlafen.«

Ich nickte. Er war die letzten Nächte unruhig gewesen, hatte sich herumgewälzt und Selbstgespräche geführt.

»Tilapia zum Abendessen?«, fragte er.

»Klingt gut«, sagte ich, zog ihn an mich und gab ihm einen Kuss. »Ich liebe dich.«

Er nahm mein Gesicht in beide Hände und runzelte die Stirn, als würde er sich plötzlich über etwas wundern. »Ich liebe dich«, sagte er. »Fuck, so sehr.«

Ich grinste. »Romántico!«

Ein Lachen entfuhr ihm, die merkwürdige verwirrte Miene verblasste. »Ich dusche und werfe den Grill an.«

Wir aßen auf dem flachen Dach der Casita wie jeden Abend, wenn das Wetter es zuließ. Von dort oben war der Dschungel ein Meer aus dunkelgrünen Formen, das weiter hinten für einen goldenen Strand Platz machte, dann einen tiefblauen Ozean. Insekten flogen gegen die altmodische Laterne, die ein Fischer aus dem Dorf bei Nik gegen ein Porträt getauscht hatte.

Wir sahen uns in dem goldenen Licht in die Augen, und neuerlich huschte kurz diese Verwirrung über sein Gesicht und verschwand wieder.

Er stand auf und streckte mir die Hand hin. »Wollen wir tanzen?«

»Ich hab keine Musik mit hochgebracht«, sagte ich und stand auf.

»Wir haben Musik«, sagte Nik.

Ich nahm seine Hand, und er legte seine schützenden Arme um mich. Die Insekten summten, und Niks Herz schlug den Rhythmus an meiner Wange, als wir uns langsam auf dem Dach im Kreis drehten, ganz Costa Rica vor uns ausgebreitet.

»Bleib«, flüsterte er. »Bitte bleib.«

Ich hob den Kopf. »Was?«

Niks Augen waren so blau im bernsteinfarbenen Licht der Laterne, und er sah mich an und küsste mich. Sanft und zärtlich, dann leidenschaftlicher. Er küsste mich, bis ich keine Luft mehr bekam.

»Lass uns ins Bett gehen«, sagte er.

Er liebte mich in dieser Nacht in jedem Sinn des Wortes. Ich fühlte mich verehrt, mein Körper sang bei seinen Berührungen. Danach hatte ich das Gefühl, vor Ekstase zu summen.

»Ich hole Wasser«, sagte ich und wollte aufstehen.

»Ich hole es«, sagte er und drückte mich sanft auf die Matratze. »Willst du noch etwas anderes?«

»Ich glaube, die Mangos sind reif«, sagte ich und ließ mich aufs Kissen sinken. »Danke.«

Er brachte mir ein Glas Wasser und einen Teller mit Mangoscheiben. Nik fütterte mich mit dem Obst, und ich leckte ihm den Saft von den Fingern, bis wir uns wieder aufeinander stürzten. Er drang erneut in mich ein und kam erneut in mir und sagte mir die ganze Zeit immer wieder, wie sehr er mich liebte.

»Ich liebe dich auch, Nik«, flüsterte ich und hatte Tränen in den Augen, ohne zu wissen warum. »So sehr. Du machst mein Leben perfekt.«

»Das hoffe ich, Baby. Ich will, dass du alles hast. Alles.«

Wir schliefen eng umschlungen ein, und ich wachte davon auf, dass Nik im Schlaf redete.

»Ostawaisja«, sagte er mit flehentlichem Gesichtsausdruck und gerunzelter Stirn. »Poschaluista. Ostawaisja.«

Sanft strich ich ihm die Haare aus der Stirn, und sein Gesicht glättete sich. Er rollte sich zu mir, zog mich an sich und schlief friedlich.

Sonnenlicht strömte in die Casita, schien von überall gleichzeitig zu kommen, und Nik drückte mir Küsse auf den Rücken, bis ich vor Verlangen zitterte.

»Was ist in dich gefahren?«, fragte ich, müde lachend, nach dem nächsten herrlichen Orgasmus.

Er zuckte die Achseln. »Du bist schön, sexy, und ich liebe dich.«

»So einfach ist das?«

»Du bist noch nicht angezogen«, fügte er hinzu. »Es ist also auch praktisch …«

Ich lachte und kuschelte mich an ihn.

»Du hast letzte Nacht im Schlaf geredet«, sagte ich nach einer Minute.

»Ja? Was hab ich gesagt?«

»Etwas auf Russisch. Poschal … ostawa … irgendwas.« Seine Arme versteiften sich um mich. Ich drehte den Kopf, um ihn anzusehen. »Was bedeutet das?«

»Nichts. Kauderwelsch. Mein Russisch ist ziemlich eingerostet.« Er lächelte leicht und gab mir einen Kuss auf die Schulter. »Frühstück?«

»Klar«, sagte ich und runzelte die Stirn. Ich nahm mein Telefon, und auf eine plötzliche Eingebung hin googelte ich das russische Wort für ›bleib‹.

Ostawaisja.

Die nächsten paar Tage wirkte Nik immer noch oft verwirrt, aber er sagte nicht noch einmal *bleib*, weder auf Englisch noch auf Russisch, und falls er im Schlaf redete, schlief ich selbst zu tief, um es zu hören.

Einen Monat später zog ich die Nase kraus, als Nik mir ein Stück von der Ananas anbot, die er gerade kleinschnitt.

»Örks, nein danke«, sagte ich.

»Du liebst Ananas«, sagte er.

»Ja, schon«, sagte ich, »aber im Moment kann ich den Gedanken daran …« Ich verstummte und schlug mir die Hände vor den Mund, weil mir plötzlich schlecht wurde. Dann rannte ich ins Bad und schaffte es gerade noch. Als Nik dazukam, kniete ich noch vor der Toilette, atmete schwer und wischte mir das Kinn ab.

»Alles okay, Baby?«, fragte er langsam, als würde er sich Mühe geben, möglichst beiläufig zu klingen.

Ich nickte, und er half mir auf. Meine Hand zitterte, aber seine auch. Ich sah zu ihm hoch. »Nik …«

»Leg dich hin«, sagte er und führte mich zur Couch. »Entspann dich.«

»Ich hab bestimmt was Falsches gegessen«, sagte ich mit zitternder Stimme. »Diese Tapas gestern … Vielleicht sind die mir nicht bekommen …«

Nik schwieg. Er hatte selbst zwei Teller Tapas gegessen, und es ging ihm gut.

Es ist ein Magen-Darm-Virus, sagte ich mir, weil jede andere Möglichkeit zu kostbar war, um auch nur daran zu denken – wie die zarteste gläserne Kugel. Eine Berührung, und sie könnte zerbrechen.

Aber auch am nächsten Morgen und den Rest des Tages über musste ich mich übergeben, oder mir wurde zumindest übel.

Nachdem ich es kaum zur Spüle geschafft hatte, um das leichte Mittagessen zu erbrechen, das Nik mir gemacht hatte, griff ich mit zitternder Hand nach seiner und hielt mich an ihm fest.

»Nik …«, flüsterte ich flehend. »Ich bin überfällig. Nicht lange, aber ein bisschen. Und ich kann alles riechen und hasse Essen, das ich normalerweise liebe, und, Gott, ich habe solche Angst. Ich habe solche Angst …«

Er umarmte mich und streichelte mein Haar. »Hab keine Angst«, flüsterte er. »Lass es uns erst einmal sicher herausfinden, und wenn du wirklich …«

»Wenn«, sagte ich an seiner Brust, und meine Tränen tropften sein T-Shirt nass. »Und dann sind die Chancen, es zu behalten, fast gleich null. Überhaupt schon schwanger zu sein wäre ein Wunder …«

Meine Stimme überschlug sich bei *schwanger*, und ich schluchzte in den Armen meines Mannes.

Nik drückte mir einen Kuss auf die Haare. »Ich weiß, Baby. Ich weiß.«

Wir ließen den Schwangerschaftstest zu Hause aus und fuhren direkt in die Klinik, wo ein junger Arzt namens Miguel Jiminez einen Bluttest machte, der bestätigte, dass ich in der sechsten Woche schwanger war.

»Eine zehnprozentige Chance«, flüsterte ich und hielt Niks Hand, als ich in einem Einwegkittel auf der Liege saß. »Ich hatte nur eine zehnprozentige Chance.«

Wir erklärten Dr. Jiminez meine Lage, und er wirkte ernst, aber hoffnungsvoll. Nach einer kompletten Untersuchung und einem Ultraschall pustete er die Backen auf und schüttelte den Kopf.

»Ich will realistisch sein und Ihnen keine falschen Hoffnungen machen. Bei den Vernarbungen Ihrer Gebärmutter bin ich nicht sicher, ob das Ei sich richtig eingenistet hat. Ich rate Ihnen, nach Hause zu gehen und sich auszuruhen. Nicht unbedingt komplette Bettruhe, aber so nah dran, wie es Ihnen momentan möglich ist. Nur zur Sicherheit.«

Ich sah Nik in die Augen. »Zehn Prozent …«

Dr. Jiminez lächelte warmherzig, als er sich erhob, um zu gehen. »Hoffen wir das Beste.«

Ich schwor, mehr zu tun. Jede Stunde, jede Minute würde ich eine stumme Bitte oder ein Gebet an Gott oder die Götter oder die Energien des Universums schicken – wer auch immer zuhörte –, damit ich dieses Baby behielt.

»Bleib«, sagte ich, und mein Blick schoss verwundert zu Nik. Er schwieg, nahm jedoch meine Hand und ließ sie nicht los.

Die Morgenübelkeit hörte nicht auf, und obwohl es keinen Spaß machte, jeden Morgen das Frühstück zu erbrechen, war ich trotzdem dankbar. Es bedeutete, dass ich immer noch schwanger war. Jede Heißhungerattacke, jede empfindliche Reaktion auf Gerüche, jeder Hauch von Übelkeit waren Momente, die ich feierte. Ich blieb drei komplette Tage im Bett, aber am vierten warf ich die Decken zur Seite.

»Ich muss spazieren gehen. Ich brauche frische Luft und Bewegung.«

»Wenn du dich fit genug fühlst«, sagte Nik.

»Das tue ich. Ich habe wahnsinnige Angst, aber ich bin auch so … glücklich. So absolut *zufrieden*. Es ist so merkwürdig. Im Hinterkopf höre ich dieses Geflüster, dass es … vorbeigehen könnte. Aber vor allem bin ich glücklich. Als würde alles gut werden.«

An dem Nachmittag bekamen wir die Nachricht, dass die Adoption genehmigt worden war. Wir würden Araceli bekommen.

Wir feierten an dem Abend, vorsichtig. Wir machten alles vorsichtig. Wir machten lange Spaziergänge am Strand, Hand in Hand, jeder Fußabdruck im Sand ein Schritt näher am Ziel, und zählten die Tage bis zu beiden Kindern.

Zwei anstelle von einem …

Ich konnte es kaum fassen.

Wir richteten Aracelis Zimmer ein, und Nik räumte das kleinere dritte Schlafzimmer aus, in dem wir alles Mögliche aufbewahrten. Ich starrte vom Flur aus hinein, wagte nicht zu hoffen, dass wir bald zwei Kinder haben würden, obwohl ich mich damit abgefunden hatte, ein Leben ganz ohne zu führen.

»Wir müssen bereit sein.«

Ich nickte, obwohl es sich leichtsinnig anfühlte, als würden wir das Schicksal herausfordern. Aber in der fünfzehnten Woche fühlte ich, wie sich das Baby bewegte, wie ein leichtes Flattern.

»Ich habe es gefühlt«, sagte ich und legte die Hand auf den leicht gerundeten Bauch. »Ich habe das Baby gefühlt.«

Nik setzte sich neben mir aufs Bett und legte die Hand dorthin, wo ich etwas gefühlt hatte. Zuerst war da nichts, und dann …

Niks Augen weiteten sich, und er hatte ein kleines, ungläubiges Lächeln im Gesicht.

Liebe und Hoffnung. Das war alles, was wir hatten.

Die sechzehnte Woche ging vorbei. Dann die zwanzigste. Das Flattern verwandelte sich in richtige Tritte. Dr. Jiminez, freudig überrascht, machte einen Ultraschall und sagte, alles würde normal aussehen.

»Möchten Sie wissen, ob es ein Mädchen oder ein Junge ist?«, fragte er, immer noch mit einem Zögern in der Stimme.

»Es ist ein Junge«, sagte ich und sah zu Nik. »Oder?«

Nik nickte, aber der Arzt, der sich auf den Ultraschall konzentrierte, dachte, ich hätte ihn gefragt.

»Sí«, sagte Dr. Jiminez. »In der Tat, ein Junge.«

Er blieb.

Ich bekam Wehen am Anfang der achtunddreißigsten Woche. Ich genoss den Schmerz, der am frühen Morgen als ein leichtes Ziehen anfing und sich am späten Nachmittag in monströse Krämpfe verwandelt hatte. Ich genoss den Schmerz. Den Schweiß. Niks Hand, die die meine drückte. Ich wollte alles, wollte alles fühlen.

Als die Dämmerung sich golden vor dem Fenster senkte, wurde unser Sohn geboren.

Er kam mit dem herzhaften Schrei eines gesunden Neugeborenen auf die Welt, war in jeder Hinsicht perfekt. Die Schwester legte ihn mir an die Brust, die voller und runder war, nur für ihn. Er dockte sofort an, während Nik die Nabelschnur durchschnitt. Ich bemerkte, dass die Hand meines Mannes ein wenig zitterte. Die Schwester und der Arzt ließen uns einen Moment allein.

Nik saß neben mir, betrachtete unseren Sohn in meinen Armen, und seine Miene war voller Liebe und Hoffnung und Angst und Zweifeln.

»Nik …?«

Er räusperte sich heiser. »Und wenn er … wie ich ist?«

Tränen traten mir in die Augen. »Wenn er ist wie du, werden wir ihn unendlich lieben und ihm sagen, dass er nicht allein ist. Dass sein Daddy all das kann, was er auch kann. Dass es vielleicht andere da draußen gibt, die so sind wie er; Menschen, die auf dieselbe Art anders sind wie er. Und wir werden ihm sagen, dass es vielleicht jemanden da draußen in der Welt gibt, der ihn genau deshalb braucht, weil er ist, wer er ist, und dass er ihn oder sie genauso brauchen wird. Und wenn sie sich finden, werden sie glücklich sein.«

Nik wandte sich einen Moment lang ab, um seine Gefühle unter Kontrolle zu bringen.

»Okay«, sagte er. »Okay.«

Ich legte Nik das Baby in die tätowierten Arme und lächelte, bis mir die Wangen wehtaten. »Wir haben uns gar keinen Namen überlegt«, sagte ich.

»Evan«, sagte Nik. »Ich glaube, wir sollten ihn Evan nennen.«

»Das glaube ich auch.« Ich küsste Nik auf die Wange, dann drückte ich dem Baby zärtlich die Lippen auf die Stirn.

»Evan Alexei Young.«

Sechs Wochen, nachdem wir mit unserem Sohn nach Hause gefahren waren, kam Araceli.

Nik öffnete unserer Adoptionsvermittlerin Sara die Tür, die ein kleines Mädchen an der Hand hielt. Araceli war jetzt zwei Jahre alt, sie umklammerte einen handgewebten ausgestopften Hasen, ihre Augen waren groß und dunkel.

Unser kleines Mädchen ist nach Hause gekommen …

Ich sah das wunderschöne Kind einen Augenblick an. Ein zweites Wunder, das direkt vor mir stand.

Nik bewegte sich zuerst und hockte sich vor sie. »Hallo, Süße.«

»Hallo«, sagte sie. Ein leises Flüstern.

»Wir haben ihr ein bisschen Englisch beigebracht«, sagte Sara. »Damit sie sich besser eingewöhnt.«

Araceli legte den Kopf schief und berührte das Piercing in Niks Ohr, dann betrachtete sie seine Tattoos. In meinem Kopf sah ich wieder Hailey, nur der alte Schmerz und die Sehnsucht waren nicht da. Nicht mehr.

Ich hockte mich neben Nik. »Hallo, Baby. Ich bin … Fiona.« Fast hätte ich gesagt *deine Mami*, dann dachte ich, es wäre besser, es langsam anzugehen.

Sie streckte die Hand aus und berührte meine Haare. »Bonbons«, sagte sie.

»Das ist richtig«, sagte ich sanft. »Rosa wie Bonbons.«

Aracelis dunkler Blick wanderte zwischen uns hin und her, und ich konnte fast spüren, wie auch ihre kleine Hoffnung versuchte, Fuß zu fassen. Dann schrie das Baby in seinem Zimmer, und Aracelis vorsichtige Miene wich einem offenen Lächeln.

»¿Bebé?«

»Ja«, sagte Nik. »Willst du es sehen?«

Araceli nickte. Nik und ich tauschten hoffnungsvolle Blicke mit Sara.

»Ich warte einfach hier«, sagte sie mit einem wissenden Lächeln.

Wir gingen mit Araceli ins Kinderzimmer. Evan quengelte wie immer, wenn er aufwachte. Araceli stellte sich auf die Zehenspitzen, dann ließ sie ihr Stofftier fallen und reckte die Arme, damit Nik sie hochhob.

Ich legte mir die Hand auf den Mund, als Nik sie hochnahm und auf seine Hüfte setzte, als hätte er seit Jahren nichts anderes getan. Araceli legte ihm einen Arm um den Hals, und zusammen beugten sie sich vor, um das Baby zu betrachten.

»Siehst du?«, sagte er, und sein Blick fand meinen. »Das ist dein kleiner Bruder. Hermano bebé.«

Ich stellte mich zu ihnen, und Nik legte mir die freie Hand um die Taille. Araceli strahlte mich und Evan an, und bei diesem Lächeln spürte ich, wie mein Leben endlich vollständig wurde.

Meine Familie … Ich habe eine Familie.

Es fühlte sich an wie im Traum. Ich blickte zu Nikolai Young hoch, der wie ein wilder Sturm aus Lust und Leidenschaft in mein Leben getreten und dann alles geworden war, was ich je gewollt hatte.

»Ich liebe dich«, sagte ich vor unserem Sohn und unserer Tochter. »Ich liebe dich, Nikolai.«

Ich wusste, Nikolai konnte durch sein *Gesicht* meine Liebe sehen, aber die Worte zu denken war nicht dasselbe, wie sie laut auszusprechen. Wie ein Buch, das nie gelesen wird, gehen Gefühle verloren, wenn sie niemals Gewicht und eine Stimme bekommen. Wenn ich die Worte absichtlich aussprach und ins Universum entließ, hörte er sie laut und deutlich, nicht durch einen Schleier aus Dunst oder Farben oder Licht.

Er lächelte mich an, und ich sah auch in seinem schönen Gesicht einen Ausdruck von Vollständigkeit. Und einen Frieden, der meinen eigenen spiegelte.

Wir hatten unseren Sonnenschein gefunden.

NOCH EIN SONNENAUFGANG

Obwohl dies ein fiktionales Werk ist, sind die Kämpfe und das Leid einiger der Figuren für viele Menschen absolut real. Wenn ihr oder jemand, den ihr kennt, diese Probleme habt, gibt es Hilfe.

Hilfetelefon bei Gewalt gegen Frauen: 116 016
www.hilfetelefon.de/das-hilfetelefon.html

Telefonseelsorge: 116 123
www.telefonseelsorge.de

Nummer gegen Kummer für Kinder und Jugendliche: 116 111
www.nummergegenkummer.de

MINIGLOSSAR VON POKERAUSDRÜCKEN

Bad Beat – Wenn entgegen aller Wahrscheinlichkeit ein sehr gutes Blatt von einem noch besseren geschlagen wird.

Blinds – Ein festgelegter Einsatz, den nur zwei Spieler zahlen; den Small Blind zahlt der Spieler links vom Dealer, den Big Blind der links neben dem Small Blind. Meist ist der Big Blind doppelt so hoch wie der Small Blind.

Buy-in – Notwendiger Geldbetrag, der vor dem Spiel in Chips umgetauscht wird.

checken – In einer Wettrunde nicht bieten. Geht nur, wenn vorher in der Runde nicht geboten wurde.

Flop – Die ersten drei Gemeinschaftskarten, die nach der ersten Wettrunde ausgeteilt werden.

Gutshot (engl. Bauchschuss) – Wenn eine unvollständige Straße vervollständigt wird, z.B. Pikneun, Pikzehn, Pikdame und Pikkönig mit dem Pikbuben.

High Roller – Spieler, die hohe Summen setzen.

Hit and Run (engl. für zuschlagen und weglaufen) – Jemand kauft sich in ein Spiel ein und verschwindet, sobald er einen großen Gewinn hat. Wird als schäbig angesehen, da die Gegner nichts zurückgewinnen können.

Raise – Erhöhen/Erhöhung.

River-Karte – Die fünfte und letzte Gemeinschaftskarte, die nach der dritten Wettrunde ausgeteilt wird.

Turn-Karte – Die vierte Gemeinschaftskarte, die nach der zweiten Wettrunde ausgeteilt wird.

DANKSAGUNG

Ich schulde so vielen Personen, die geholfen haben, dieses Buch zum Leben zu erwecken, so viel.

Ich danke Melissa Panio-Petersen für ihre unermüdliche Arbeit und ihre großartigen Cover. Ich bin verwöhnt und gesegnet, sie zu haben, und ich weiß wirklich nicht, was ich ohne sie tun würde.

Ich danke meiner großartigen Formatiererin, Angela Bonnie Shockley, die immer unter Zeitdruck arbeitet, um das Buch von innen so schön zu machen wie von außen. – Ich weiß, ich bin Ihr Problemkind; danke, dass Sie mich nicht umbringen. xoxo

Dank an Joy Kriebel-Sadowski, Grey, Robin Hill und Kathleen Ripley dafür, dass sie das Manuskript immer (und immer und immer) wieder durchgehen, bis es hübsch und sauber ist – obwohl ich mir solche Mühe gebe, es in die Finger zu kriegen und wieder schmutzig zu machen.

Dank an Suanne Laqueur, weil sie immer genau weiß, was sie sagen muss und wann ich es hören muss, und weil sie die besten »Nicht den Verstand verlieren«-Podcasts empfiehlt. – Lass uns immer wir selbst bleiben.

Dank an Irene Oust für ihre Kenntnisse der russischen Sprache, Spasibo!

Und ich danke meinen furchtlosen Testleserinnen, deren Feedback und Unterstützung unschätzbar war, um das Buch zu dem zu machen, was es ist: Lisa Ackley Aiello, Jeannine Allison, Heather Bentley, Melissa Brooks, Annette Chivers, Sasha Lambert Clements, Dawn Dairymple, Liezel Felix, Dawn DeShazo Goehring, Saffron Kent, Desiree Ketchum, Alissa Laroche, Alison Mackie Lazewski, Julia Lis, Alissa Marino, Danielle McGregor, Kasey Metzger, Michelle Morrison Monroe, Joanne Goodspeed Ragona, Trisha Rai, Steph Simmons, Meg Thornton, Mari Tee, Tijuana Turner und Becca Zsurkan.

Dank an meine Lektorin Jennifer Livingston, die so viel mehr als nur redaktionelle Kompetenz eingebracht hat (davon aber auch richtig viel). Es war vorherbestimmt.

Ein großes Danke an Shannon Fahey, eine wandelnde Enzyklopädie des Poker. – Sie haben so viel zu Nikolai beigetragen, und ich bin wirklich dankbar, dass Sie Ihr unglaubliches Wissen und Ihre Erfahrung mit mir geteilt haben.

Und Dank dieser Buch-Community – den Bloggerinnen und Leserinnen, die mit jedem Teilen, jeder Rezension, jedem Tag so viel tun. – Ihr helft, dass Bücher entstehen, und ich kann euch nicht genug danken, denn ein einfaches: »Hey, ich habe dieses Buch gelesen und gemocht, guckt da mal rein«, bedeutet alles für eine Autorin.

Triggerwarnung

The Peace That Is You enthält Elemente,
die triggern können.

Diese sind:
Psychischer Missbrauch, toxische Beziehung (Vergangenheitsebene), Tod von Angehörigen